キュー

上田岳弘

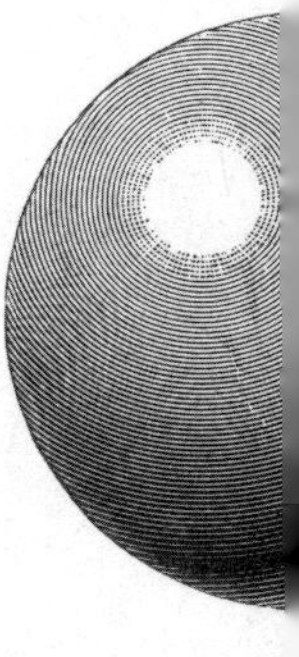

新潮社

キュー　目次

カバー写真
1964年　東京五輪開会式　聖火の点火
朝日新聞社/時事通信フォト
Low angle view of a soldier parachuting
Photo/SuperStock/Getty Images
FEMALE RHYTHMIC SPORTS GYMNAST
Photo/Terje Rakke/The Image Bank/Getty Images
Hiroshima - the Enola Gay
Avalon/時事通信フォト

装幀　新潮社装幀室

キュー

プロローグ

幼い頃、祖父と二人してスタジアムの観客席に座り、オリンピックの開会式を見た記憶がある。でもこれは何から何までおかしな話で、絶対に現実であったはずがない。もっとも、誰にでも一つや二つ、そういった記憶はあるものなのかもしれない。

その時、僕は祖父と二人きりでテレビを眺めていた。29インチのブラウン管テレビ。僕が生まれる前から、祖父はいわゆる全身不随の寝たきりで、会話もできなかった。介護ベッドに横たわった祖父の上半身は少し持ち上がっていて、足の先にはテレビがあった。この辺りはたぶん、現実の記憶だ。画面に映し出されているのは、どこかのオリンピックの開会式だった。祖父に映像の意味がわかっていたのかは怪しいものだ。僕は祖父の声を聞いたことがなかったし、視覚や聴覚まで麻痺しているのかもしれなかった。五歳かそこらだった僕は、オリンピックのことをあやふやにしか知らなかったはずだ。

祖父母の家にはたまにしか来なかったが、お風呂に入っておばあちゃんが用意した清潔なパジャマに着替え、僕はすっかりくつろいでいた。その時の部屋の様子は、まるで上から眺めでもしていたかのように、よく覚えている。祖父がいて、僕がいて、壁には祖父に見えるように軍帽が飾ってあって。

僕はふと思いついて、テレビのリモコンをいじって音量をゼロにしてみた。そうしておいて、オリンピックの開会式を眺めている、いや、眺められていないかもしれない祖父の顔を見つめた。でもテレビと祖父の間に割って入って目が合った時、僕にはなぜかはっきりとわかった。祖父はテレビの内容を理解しているし、自分の置かれている状況もよくわかっている。それなのに、何もできないでいるのだ。

僕は祖父の顔から目を逸らすことができなくなっていた。奇妙なのはここからだ。いつの間にか、僕は祖父と一緒にオリンピックのスタジアムに座っていた。二人ともパジャマ姿のままで、観客席は知らない人でいっぱいだった。祖父の表情は家にいる時と同じだが、背筋を伸ばして、僕の隣の座席にしっかりと座っている。前を向こうと思ってお尻をずらした僕は、ぐらついて椅子から落ちそうになる。その僕の肩を、祖父の乾いた手が抱き寄せて支える。

スタジアムの中央では、たくさんの人が動物の毛皮の被りものをして走り回っている。別の人たちがそれ目掛けて棍棒を振るい、矢を射かけていじめている。オリンピックの開会式とはそういうもの、つまり開催地の歴史を振り返っているのだということを、幼い僕が知っていたはずはない。おまけに、目の前でやっているのは一国の歴史ではなくて、人類全体の歴史らしい。その時、僕は唐突に、僕と祖父以外の観客が全員、本物の人間ではないことに気づいた。みんな、人の形をした人造人間だ。スタジアムで動き回っているのもそうだ。

開会式は続いている。人々は獲物を食べる傍らで、植物を育て食べ物を蓄える。仲間を増やそうとして、敵の陣地を襲う。馬に乗った勇ましい征服者の目は、いつからか敵ではなく、広大な土地を見ている。棍棒も刀剣も最早使っておらず、火縄銃が機関銃になり、爆撃機の一撃で破壊されるものは、家屋、集落、町を丸ごと一つと、徐々に大きくなっていく。海を越えた大きな戦争が始まっている。だらだらと流れる血の色と、全体を捉えきれないほどの大きな戦い。

突然、スタジアムの上に巨大な光の玉が現れる。空全体を明るく照らしながら、それは重力を無視するようにゆっくりと降下する。閃光があり、気づけば人造人間たちの姿が消えている。大粒の黒い雨が降り注ぐが、これは水気を含まない幻の雨だ。

雨の音が止んだ時、隣にいたはずの祖父もいなくなっていた。その場に一人取り残された僕の頭の中に、一連の言葉が響き渡る。それは、子供の僕にはただ謎めいて聞こえた。

第九条　日本国民は、正義と秩序を基調とする国際平和を誠実に希求し、国権の発動たる戦争と、武力による威嚇又は武力の行使は、国際紛争を解決する手段としては、永久にこれを放棄する。

2　前項の目的を達するため、陸海空軍その他の戦力は、これを保持しない。国の交戦権は、これを認めない。

第一章

急

Lost language No.9（日本語）
《名・ダナニ》物事の起こり方・進み方などが、早く激しいこと。

Genius lul-lul 様

Knopute CS 八戸センター　所長代理

貴殿の Cold Sleep 契約が現時点で満了したことを通知します。この度無事にお目覚めになったこと、誠におめでたく、心よりお祝い申し上げます。

さて、貴殿との契約は、契約金で常識的に可能となる保証範囲を超え、幾多の機器の修理や交換を経て継続されてきました。Knopute 社の金融部はたいへん優秀で、Cold Sleep 事業はお客様から頂戴した契約金の運用益だけで保守運用していました。しかし金融システム自体がとうの昔に崩壊しています。つまりコスト面は、契約終了のタイミングと無関係です。貴殿が起きることになったのは、《予定された未来》へと、つまり人類が真の行き止まりにたどり着いたにも拘わらず、戦争が終わっていないことが分かったからだと思われます。もっとも私には、あの人の心の奥底に何が閃いているのかははかり知れませんが。

貴殿以外の利用者全員の契約が既に終了しています。そしてこの度、現時点でKnopute CS八戸センター所長代理となっている私が、貴殿のパートナーでもあるあの人より指示を受けて、貴殿のお相手を務めさせていただきます。貴殿は長期睡眠を目的とするあらゆるプロジェクトの中で、最良のプランを選択されました。

余談ですが、実は貴殿が入眠された直後に、ドナルド・トランプ様が同じプロジェクトに参加し、同時に最高額の出資を行いました。アメリカ合衆国大統領として二期目の当選を果たしていましたが、そちらは外見の酷似した代理人へ任せました。ドナルド・トランプ様にとって、政治家としての活動よりも、このプロジェクトへの参加と投資の方が優先されることだったのです。後に政府が情報公開するまで、入れ替わりのことが表面化することはありませんでした。代理人は実業面でのセンスは本人に劣るものの、政治的能力においては勝っていました。整形技術を駆使し容姿をそっくりにしたことに加え、喧騒を具象化したような振る舞いも模倣しました。そして《予定された未来》に抵触することなく職務にあたり、二期目までを務めました。

余談が長くなってしまいましたが、貴殿のご関心のある戦争に話を戻しますと、二度目の全体戦争が終結する際、貴殿の生まれた極東のこの土地で《原子力の解放》がなされ、結果として「九条」が残りました。この二つの事柄は、人類のパーミッションポイントを決める際の俎上にものぼった――のですが、これについては順を追って説明する必要があるでしょう。貴殿の入眠された後に人類に起きた変化は甚大であり、貴殿の精神に負荷を与えすぎることなく理解を進めていただくためには、丁寧な説明を要します。

幸いにして、私は語ることが本職であり、得意でもあります。まずはお手持ちの端末で続きを

お読みになるのがよいでしょう。もちろん、このまま音声で再生することも可能です。その他のツールも様々用意されていますが、ご希望はありますか？

＊

ほろ酔いの頭で、僕は壇上の若手男性社員二人を眺めている。経営企画室の寸劇は、彼らが見つめ合うシーンでクライマックスに達したようだ。元ネタである青春恋愛アニメ映画は大ヒットしていたから、僕も休みの日に見に行った。すれ違いの切なさがテーマのラブストーリーは、時空SF的モチーフでひと捻り加えられていたが、二人のキスシーンなんてなかったはずだ。サビの部分で大音量になったテーマ曲が止むとすぐに、次の「2016年プレイバック。ゲス不倫祭り」に移った。余興のクオリティーがけっこう高いように思うが、会社の忘年会ってそういうものなのだろうか。ゲス不倫で興味を失ったわけではないが、喉が渇いたので飲み物を取りに行く。

そこへビールのグラスを二つ持って現れた、いかにも古株っぽい女性の社員と話し込むことになった。顔に見覚えはあるが、どこの人だか思い出せない。いわゆるネット企業の中でも老舗《しにせ》で大きな会社だから、仕方がない面があると思う。でも、相手は僕のことを知っているようで気まずい。僕は彼女の会社の指定病院の医師をしていて、分院である診療所は同じオフィスビルに入っている。ホテルの宴会場を借りての忘年会は毎年恒例らしいが、社員でもない僕が参加させてもらうのは初めてだ。委託契約の代表である先生が、盛大な忘年会だから参加してみるといいと言って、僕のことを招待してくれた。

感じの悪いやつだと思われないよう、気を抜かずに話を聞く。彼女の息子さんが、まもなく大学を卒業して研修医になるらしい。酒でピンク色になった彼女のふくよかな横顔は、心なしか誇らしげにも見えた。にこやかに会話を終えて彼女が去ると、僕の頭の中に、さっきの寸劇の終わりに流れた「前前前世から」のフレーズが再生され、しつこくリピートされるようになってしまった。

前世、と聞いて真っ先に思い浮かぶのは、高校時代の同級生の女の子のことだ。恭子《きょうこ》に対しては、初恋というほどの強い思いはなかったが、社会に出てから知り合った異性とはどこか違う、特別な存在として思い出に残っている。まあ、子供の頃にかかわった相手が特別と思うのは、ありがちな感傷だろうけど。それを抜きにしても、恭子は僕が出会った中で特別に変わった女性だった。なにせ彼女は、自分に前世の記憶があると信じていたのだ。

「六〇〇〇度で焼けた感じ、想像できる？　太陽の表面温度とだいたい同じ」

宴会のさざめきの中、耳元で囁かれるみたいにくっきりと、あの頃の恭子の言葉が蘇る。前世の記憶があるなんていうのは序の口、というかその真偽はともかく、それこそ映画や小説などでよく見るから想像してみることはできる。でも恭子の場合は、前世は広島に住む少女で、原爆投下の時に死んだというのだ。その熱や苦しみのことを想像しろと言われても困ってしまう。あまつさえ、

「私の中には第二次世界大戦が入っているの」

という彼女の主張は、もう全然ぴんとこなかった。彼女が高校をやめてから二十年以上経つが、頭の片隅にひっかかるようにしてあったらしい、その口調まで鮮明に僕は思い出すことができている。

宴会はまだ続いている。袖振り合うも、と言うが、会社の人たちの内輪の親密さに僕も加えてもらっていると思うと、少しだけ心が温まる感じがする。深く酔っているわけでもないのに、ひ

どく頭がぼうっとする。

恭子、恭子、恭子と僕は彼女の耳元で名前を呼びながら、強く腰を打ち付ける。その名前を口にする度に興奮が募る。裸になるまで気がつかなかったが、彼女はかなり大きな胸をしていて、正常位で腰を振っていると僕の胸にかすする乳首の感触が気持ち良かった。でもそのせいで彼女には多少の痛みが伴うのか、眉間《みけん》にしわを寄せ苦しそうな表情をする。顎の右側の小さな黒子《ほくろ》が揺れる。僕は首筋に手を回して自分の胸を彼女の胸に押し付け、右手で彼女の後頭部を支えながら腰だけを振った。彼女の目と薄い唇は力が抜けきっているように力なく開き、僕の体の動きに合わせ、思わずという具合に吐息と声がもれる。少し鼻にかかった、高く湿り気のある声に僕の性器は硬くなる。気持ちいい、と彼女が僕の耳元で囁いて、さらに硬くなる。三十代女性の柔らかい肌。性器の付け根あたりの、鈍痛のような疼きが高まるが、ここで果てたら早いと思われるだろうか、などとそんなことを僕は考えている。少しでも射精のタイミングを遅らせるために、さっきまでの忘年会の風景を思い出す。だが、その試みも空しく、さほど間を置かずに僕は射精した。彼女から体を離し、横に並ぶようにして寝転ぶ。

＊

話すべきことを考えてみるが、何も思いつかないまま彼女の呼吸音をただ聞いていた。行為が終わったばかりの彼女の性器に触れるのとは反対側の手で、iPhone 7をいじってネット上のニュースを横目で見る。就任が迫る米国の新大統領の放言、アイドルグループの内輪ネタ、卑猥なバナー広告、そんななんやかやを眺め、それにも飽きて目を閉じる。

*

忘年会の「ゲス不倫祭り」は、社内の噂話に触れるようなことはなく、有名人の不倫カップルに若手社員たちが扮するという、内容的に当たり障りのないものだった。それが最後の余興となり、三十分程の歓談タイムの後に散会となった。その後は会場のホテルからタクシーに乗り込み、本部別の二次会へ向かうのが恒例らしい。僕は、なんだかんだ理由をつけて二次会へ出ない一部の人たちと一緒に、のろのろとホテルのエントランスに出た。タクシーの順番待ちが面倒だったので、診療所に歩いて戻ることにした。コートや鞄を置いてこなければ、そのまま家路につけたのだが。

大通りに向かって歩き出すと、後ろから、

「立花《たちばな》さん」

と声をかけられる。振り返ると、ロングコートを羽織った女性が立っている。ホテルの敷地に立つ電灯が逆光になり、誰だかわからない。立ち止まった僕にヒールの音を鳴らして歩み寄って来る顔を見ると、薬品メーカーの東藤《とうどう》さんだった。

「やだ私、さん、とか言っちゃって。立花先生、今日は忘年会に出てらしたんでしょ？」

「いいですよ、さんでも、くんでも。なんでも。そんなに年齢も変わらないですし」と言いながら、考えてみれば東藤さんの年齢を僕は知らなかった。少し年下の三十代前半と踏んでいるが、僕は女性の年齢の見当をつけるのが下手だ。特に東京の女性はわからない。僕より年上の可能性もあるし、ずっと年下かもしれない。だとしたら、気を悪くしたかもしれない。しかしなんだって俺は、こんなに人の年齢を気にしてしまうのだろう。これはひょっとすると儒教精神の名残な

のか。などと考えていたのだが、東藤さんは気にした風もなく、

「オフィスのビルの前まで、お送りしますよ。私、同じ方向ですから」

と僕を抜き去って、大通りに出た。道路の先を覗き込むように首から上だけを少し乗り出す。渋滞を起こすほどの混雑もなく、車が流れている。場所によってはそれこそ二十四時間、その流れが途切れることはない。ヘッドライトとテールランプの波を見ていると、職業柄か僕は血管を流れる血液を思い浮かべる。東京に出てきてからもう二十年になる。なぜだかよくわからないが、ずっと街が起きていることに開放感を覚えるのは、これが初めてではないと思った。


客を乗せたタクシーを二台やり過ごした後、東藤さんは空車の赤い表示が灯ったタクシーをうまく停めた。促されるまま僕は奥の座席に座る。医師とMRの関係であるにせよ、こんな丁寧な扱いをされるとどうにも居心地が悪い。医者と言ったって、病棟医の激務に辟易して病院から去った、しがないクリニック勤めなのだし。

「立花先生は、なんと言うか、独特な方ですね」


車窓から入る街明かりに照らされた東藤さんの横顔をちらりと見たら、以前彼女に言われた言葉が頭をよぎった。どういう話の流れでそんなことを言われたのかは覚えていない。ただ、その時はそこで会話が終わってしまって、彼女が何を言わんとしていたのかわからずじまいだった。宙ぶらりんになったその台詞《せりふ》と、ごまかすような笑みを浮かべた東藤さんの表情も。

「先生私ね、最近マスタードガスに詳しくなっちゃったんです」


突然、東藤さんの声が聞こえる。上の空になっていたのか、話の脈絡が見えない。いやそもそも、マスタードガスってなんだったっけ？　そのまま聞いてみればいいものを、なんとなくiPhone 7で「マスタードガス」と検索する。毒ガス兵器とある。からかわれているのかと思い

つつ東藤さんの顔色を窺うと、彼女はいたって真剣な顔でマニキュアした爪を眺めている。

驚きを隠しきれているとは思わなかったが、僕はなるべく自然に相槌を打って、話の続きを促した。同世代の女性の口から、毒ガス兵器の名前が出るとは。そう思った矢先に、僕はまた恭子のことを思い出す。考えてみれば、同世代の女性から兵器の話を聞かされるのは、なにも初めてのことではない。

＊

「私の中には第二次世界大戦が入っているの」

そう主張する恭子は、戦争や兵器の雑学にも強かった。今日は忘年会で聞いたポップソングといい、東藤さんのマスタードガス発言といい、彼女の記憶を呼び覚まされるきっかけが多い。

あれは高三の秋の日のことで、西に沈みかけた太陽が何もかも幻想的に見える色合いを作っていた。僕と恭子は、体育館から教室へ戻る外の渡り廊下を歩いていた。恭子は文化祭のクラス委員で、僕は彼女に頼まれて、屋上に置いていた文化祭用のオブジェを体育館に移動させるのを手伝った。僕の通う高校では、三年生が出し物をＰＲするオブジェを作り、校門前に飾ることが恒例になっていた。三年生だけマラソン大会が自由参加であることと引き換えの負担だと噂されていたが真偽のほどはわからない。出し物そのものよりも、オブジェづくりに熱を入れる傾向があって、オブジェは巨大化の一途をたどっていたが、十年以上前に上限が設けられたらしい。僕の頃はどのクラスも幅五メートル高さ三メートル以内に収まるように指導されていた。そのエピソードを聞いて、僕はモアイづくりに明け暮れて徐々に衰退していったイースター島の人々を思い浮かべた。

夜に一雨来る予報が出ていて、まだ結合作業まで進んでいなくて、個々のパーツは二人で運べる程度の大きさだった。紙と木でできたオブジェを屋外に置いていたのもどんくさい話だが、まあ、高校生のすることだからしょうがない。作ったのは張りぼての羊だった。当時一部で話題になっていたアニメの「エヴァンゲリオン」を作る案が優勢だったが、造形から彩色まで手が掛かりすぎる。そこで誰かがうまいことを思いついて、白いままで済ませられる羊を作り、理系コースらしくそれをクローン羊であると強弁することになった。世界初の哺乳類のクローンとして、ドリーと名付けられた雌羊が発表される半年ほど前のことで、発案者はしばらく予言者というあだ名で呼ばれることになった。かれこれ二十年前のことだ。ドリーはとっくの昔に死んでいる。

屋上で羊のオブジェを持ち上げた時、恭子が少しよろけて、僕の腕に摑まった。その時にはまだ太陽の光がきつい朱色で、僕は他の天体の光を全部かき消して孤独に燃える太陽を、瞼の裏に黒々と感じた。

「六〇〇〇度で焼けた感じ、想像できる？　太陽の表面温度とだいたい同じ。でも、太陽は燃えているわけではないの」

恭子は張り詰めたような声でそう言った。

「あれは、原子核同士が核融合しているの。水素原子同士が融合してヘリウムに変わる、そうしたら、質量が失われて、その分がエネルギーになって解放される。そのエネルギーによって、次の核融合を誘発する。そうやって延々核融合を続けてるのが、太陽。理科の時間にならわなかった？」恭子はよいしょ、と小さく呟いて僕の腕から手を離した。

「でも私が焼かれたのは核融合の方じゃなくて、核分裂のほうね。もう半世紀以上も前の、リトルボーイ。私の前世のことだけど」

恭子は目を引く女子生徒だった。まあ、僕は理系クラスにいて、そもそも女子はクラス四十人中に十人もいなかったから、ほとんどの女の子たちの佇まいが目に入っていたと思う。恭子は顔かたちが整っている方で、クラスの男子の半分くらいが仄《ほの》かな好意を寄せていた。彼女に「告白」した男子生徒を何人か知っている。噂になっているだけで三、四人はいたから、水面下ではもっといたのだろう。と言って、恭子が誰かと付き合っている様子はなかった。彼女は寄ってくる男子生徒をぞんざいに扱っているように見えた。恭子が文化祭のクラス委員になった時――人数の少ない女子生徒には持ち回りの役が何度も回ってきて不公平だったと思う――、武田が男子側のクラス委員に名乗り出た。そんな風にしばしば、男子たちがさりげなさを装って恭子とペアになろうとするのに僕は気づいていたが、当の恭子はほとんど仕事をせず、会合にも出ない。だから武田は何から何まで一人でやっていた。ホームルームでオブジェ制作の話し合いをしている時も、恭子は教壇の前に立っているだけで、武田が一人で司会をしていた。それでも、武田が隣を見た時には恭子は微かに笑って会釈を返し、彼はそれで十分に満足した様子だった。

「ねえ、立花くん。君は将来、弁護士かお医者さんか、でなければ作家になりそうね。でも、あれね、君は手先が不器用そうだから、外科医は無理よね」

恭子にいきなりそう言われた時は、曖昧に笑って終わらせた。僕はその時赤面していたかもしれない。今思い返してみても恭子は、子供の中に一人だけ大人が混じっているかのように浮いていた。誰にも関心を持っていない風だったが、彼女には突発的に誰かを持ち上げるような発言をする癖があった。そうしたのが女子だったとしても、相手は嬉しくなってしまうらしく、その子はしばらくの間恭子について回る。一度、恭子の隣の席の女生徒がそんな状態になったことがあり、背後の席だった僕は、その子が授業中もずっと恭子を見つめているのに気づいた。恭子はその子の方を向いて、やはり微かに笑って会釈する。笑みを向けられた相手の顔は上気して、瞳が少しうるむ。それから、僕は見逃さなかったのだが、確かに恭子はため息を吐いた。

恭子の数々の不可解な言動、そして「自分には前世の記憶がある」との信念。もしも、あの当時の恭子が今僕の所に患者として来たならば、間違いなく治療が必要と判断するだろう。僕の手には負えないから、きっと外部の精神科を紹介してしまう。恭子が卒業を間近にして高校に来なくなってしまったのには、ひょっとしたら彼女の精神状態が関係していたのだろうか。恭子の家のことは全然知らなかったし、担任教師に聞いても退学したということ以外わからなかった。僕は大学から東京に出たから、長い間恭子のことはそのままになっていた。

医学部を卒業して心療内科を専門とするようになってから、彼女のことを時々思い出すようになった。帰省した時に地元の同級生に訊ねてみたが、僕とさして変わらない印象の思い出話が出てくるだけで、誰も恭子の身の上を知らなかった。ある日突然いなくなったらしい、というのが僕の知り得た情報のすべてだった。実のところ、前世の記憶の件を知っている者は、僕以外にはいなかったらしい。つまり僕は相対的に見て、渡辺《わたなべ》恭子とかなり親しい人間であったということになる。

当時恭子が僕に語ったところによると、彼女は渡辺恭子として生まれてくる三十年以上前に、広島県福山市の雑炊食堂で働く少女だった。少女の名前は椚節子《くぬぎせつこ》と言っていた。節子の実家は農家で、兄が二人に妹が二人いた。下の兄とは五つ違い、上の妹とも同じだけ離れていた。兄たちと妹たちがそれぞれくっついて遊んでいて、真ん中の節子は家族の中での存在感が薄かったそうだ。

　その節子が亡くなったのは、広島に原子爆弾が投下された時だった。

「六〇〇〇度で焼けた感じ、想像できる？　太陽の表面温度とだいたい同じ」

　実戦兵器として使われた原子爆弾は、今のところたった二つだけだ。その内の一つ、リトルボーイが恭子の前世の体を焼いた。太陽の熱さで焼かれて彼女は文字通り蒸発した。それから、広島の街は放射能に侵されることになるのだが、そのことを彼女が知ったのは、一九七九年に生まれ直した後のことだった。

　しかし、こんな話を僕はあの当時信じていたのだろうか？

＊

　東藤さんの言うマスタードガスとは、抗がん剤のことだった。胃がんになった東藤さんの叔父さんが、手術前に抗がん剤でがんを弱めようとしている折、東藤さんがお見舞いに行ったのがことの発端らしい。区役所の職員を定年退職した叔父さんは、薬品メーカーに勤める姪っ子をなじったそうだ。

「週刊誌片手に、私に向かって怒るんですから。もう困っちゃって」

　重病人に責められるのはきつい体験だったろうが、タクシーの車中で語る東藤さんの口調は明るい。叔父さん曰く、「抗がん剤はマスタードガスを材料にした毒で、がんを抑えるどころか増やすそうじゃないか」「俺らみたいな役に立たない無知な高齢者をそうやって減らそうとしているんだろ？」「お前んとこみたいな薬屋と政府がぐるになってるに決まっている」

　相当な剣幕でまくしたてられ、親に再三言われてお見舞いにいった東藤さんは面食らった。叔父とは毎年会うような間柄ですらない。子供の頃に遊んでもらった記憶がうっすらとある程度で、果物かごを置いて早々に帰るつもりだった。まさか叔父が、自分が製薬会社で働いていることを知っていて、週刊誌のいい加減な記事を元に文句をつけてくるとは。叔父の大声が相部屋の患者や見舞客の注目を集めていることが、クリーム色のカーテン越しにもわかった。

「とにかく恥ずかしくって。後から聞いたら、躁鬱の傾向があったそうなんです。処方された薬も、飲まずに捨ててたらしくて。でもね、散々疑っておきながら、抗がん剤の投与はしっかりと受け、無事手術も成功したんです。後は退院を待つだけらしいんですよ」

「そうか。それでマスタードガスの話。いきなりそんな単語が出てきたからびっくりした」

僕がそう言うと、東藤さんは右手で口元を押さえて笑った。薬指にはめられたおそらくはプラチナのリングが、暗い車中できらりと光る。

「そうですよね。私も、マスタードガスって、日常生活で言う機会なかったかも」

そりゃそうだ。普通の女性は日常的に兵器の話なんてしない。男性だってしない。僕のこれまでの人生で日常会話に兵器が出てきたのは、恭子と一緒にいる時くらいだった。彼女が焼かれたという原子爆弾。原子爆弾の実用化にこぎつけたロスアラモス研究所。原子爆弾の父と言われるオッペンハイマー。それを起爆スイッチにする水素爆弾。原爆の何千倍もの威力を発揮し、地球を何回も破壊できるほどの力を現出させる。オッペンハイマーは、人生の最後まで水素爆弾の開発に反対していたそうだ。

僕は恭子のしていた話を思い出しながら、Wikipedia のマスタードガスの項を読んでみた。完成させたのはヴィクトル・マイヤーで、一八八六年のこと。洋からしのような匂いを持つため、「マスタードガス」と名付けられる。ガスマスクで呼吸器官への侵入を防いでも、触れるだけで皮膚に損傷を与え、やけど痕のようにただれる。ヴィクトル・マイヤーのリンクもクリックしてみる。ユダヤ系ドイツ人。一八六五年にベルリン大学に入学、その二年後に十九歳で学位を取得、二十三歳でシュトゥットガルト工科大学の教授に就任、とあるからよほど優秀だったのだろう。マスタードガスの合成法を確立したのは一八八六年だから、彼が四十歳になる手前のことだ。それから十一年後、一八九七年に彼は自殺している。

＊

「私の中には第二次世界大戦が入っているの」

高校時代の恭子は、確かに第二次世界大戦に関係する人物や事件のことを異様に詳しく知っていた。僕に向かって話す内容は、まるで本当に自分の目で見てきたかのように生き生きとしたものだった。そういえば恭子から、ヴィクトル・マイヤーの妻も自殺した、という話を聞いたことがあった。化学兵器の開発に妻は最後まで反対し、とうとう気が触れたのだと。それを皮切りに、当時恭子が語ったことが次々に蘇る。――夫のヴィクトルは、もともと農薬の開発をしていた。生命の源となる食料を増産する研究から、大量殺戮兵器の開発へ。ブレ幅が大きい。奥さんが正気を保てなくなるのも理解できるような気がする。

「それでも正義を通していたのよ、彼なりに」恭子は亡きヴィクトル・マイヤーの肩を持つような言い方をした。「放っておいても、いつか誰かが似たようなことを思いついて、それを作ってしまうから。だったら、敵よりもよりよい精神を持っている自分たちが先に完成させた方がいい。その方が正義にかなう」

僕たちが高校生の頃、インターネットはそこまで浸透していなかった。戦争や兵器に関する豊富な知識を、恭子は図書室の本から得ていたはずだ。その頃の情景が奇妙なほど鮮明に脳裏に浮かぶ。図書室の窓際の席で、耳にかけた長い髪が机の脇に垂れ下がっている。僕は、なぜか目をかけられていた現代国語の教師に頼まれて、たまに貸し出しカウンターの中に座っていて、そんな彼女の様子を見るのが好きだった。図書室は読書する場所であり、自習するなら自習室へ。筆記用具を持たずに分厚い本に読みふける彼女に、そんな注意をする必要はなかった。たぶんあの時も、恭子は兵器について調べていたのだろう。

教室に恭子がいない時でも、彼女が今何をしているのかを少なからぬクラスメートたちが気にしている、そんな雰囲気が漂っていた。彼女を前にして、自分がどう振る舞うのかということを気にする人間が大勢いた。そんな風に他人に指針を与えるタイプの人間に、以後の人生でも僕は何人か会ってきている。いわゆる人望というやつで、これには様々なタイプがあると思うが、共通するのはぶれない軸を持つ人物であることだ。その確固たる物差しで、周囲の者は自分のあやふやな精神を測られることを欲する。そうすることで自分のあるべき姿を少しは知ることができ、安心するのだろうか。高校時代なんて情緒不安定な者がほとんどで、男女問わず恭子のことを気にかけていたのはそのせいかもしれない。恭子は確かに、一回目の人生とは思えないほどぶれない子だった。

他愛ないことだが、高校生にとって昼食を誰と食べるのかは重要なことだ。昼食と下校時間が高校生活における交友関係の多くを占めていて、めいめいが毎日ほぼ決まったスタイルで過ごす。恭子の場合は、日によって違う過ごし方をしていた。その時々によって変わる、彼女に執心している女生徒と弁当を食べている姿も見かけたが、教室にいないことの方が多かった。そういう時、彼女は図書室にいたのだ。貸し出しの手伝いに駆り出されるようになって、僕は昼時の彼女の居場所を知ることになった。他の皆にとって恭子は教室から消えていたかもしれないが、図書室を持ち場にする僕にとっては逆だった。

教室で親しく話をしたことはなかったが、恭子は同じクラスの僕のことをさすがに認識していた。昼休みの図書室で二人きりだったある日、恭子は本からふと目を上げて、あの笑みを僕に向けた。押し付けがましくはないが、たっぷりと余裕をたたえた眼差し。僕自身どちらかといえば大人びているつもりでいたのだが、そんな自信が消し飛ぶような気がした。一体、こういう女の子はどんな大人になるのだろう。当時そんなことを考えていた覚えがあるが、結局、どういう大人になったのか僕は知らない。成績も良さそうだったが、センター試験の申込書を出さなかったらしい。担任教師にそのことで呼び出されたりしていた。そして三学期に入り皆が受験勉強に没頭する最中に、彼女はふらりといなくなってしまった。

高校に来なくなる前の日にも、恭子は教室から消えて図書室に来ていた。僕は受験勉強に疲れていて、貸し出しカウンターの椅子でうとうとしていた。気配がして目を開けると、恭子が目の前に立っていた。図書室で微笑みかけられて以来、時々こんな風に彼女の方から話しかけてきて、長い会話をする間柄になっていた。当時の僕は、彼女の前世の椚節子の話や、彼女の中に「入っている」という戦争の話を聞くのが好きだった。この時も、眠気よりも恭子の話を聞きたい気持ちの方が勝っていた。しかし恭子は、どうせ誰も来ないし来たら起こしてあげるから、と言って、

「おやすみなさい」

と静かな声で命じた。恭子の言うことには誰も逆らえない。

タクシーが紀尾井町のオフィスビルの前に停まると、東藤さんはさっと降りてドアに手を添え、中腰になって僕が降りるのを待った。

「本当に大丈夫です。立花先生でしたら経費は出ますから」

そんなことを言われて自尊心がくすぐられるほど若くはない。東藤さんの言う通りなのかもしれないが、だとしてもそれは僕個人に対してではなく、僕の勤めるクリニック、いや、この最新のオフィスタワーに診療所を持つ優良大手企業に対して出る経費だ。ここの会社の社員数は優に五千人を超えていて、福利厚生の一つとして設置された二つの診察室の一つが僕に割り当てられている。予算の枠内で社員に無料で薬を出す権限を与えられているが、その予算がまた潤沢だった。

専門外の診断もしなければならないことに当初はプレッシャーを感じていたが、ホワイトカラーばかりの職場で出る患者のほとんどは鬱病だった。その他は風邪と怪我の応急処置くらいのものだ。そういえば、春先には花粉症患者のラッシュもある。ドラッグストアでも買える抗アレルギー薬が無料でもらえるため、大勢がやってくる。大量に出るこの薬も、東藤さんのメーカーのものを入れている。毎年恒例の健康診断やインフルエンザ予防接種などは、老先生がさばいている。健康診断の結果から、心療内科の僕のところに回されてくる人もちらほらいる。産業医の先生は僕の大学の大先輩で、会社の忘年会に誘ってくれたり、知り合いの有力医師を紹介してくれたり、何かと可愛がってもらっている。

＊

東藤さんはタクシーの後部座席に再び乗り込み、てっきりそのまま乗って行くのだろうと思ったが、支払いを済ませてすぐに降りた。聞くと、さっきまでホテルのレストランで接待をしていて、酔い覚ましに駅前のスターバックスでコーヒーを飲んでから帰りたいのだと言う。

東藤さんとその場で別れて、僕は夜間通用口にＩＤカードをかざしてビルに入った。薄暗いダウンライトの下、エレベーターホールに向かう。ビルの設備からして全く違うのに、なぜか新人医師だった頃に当直で勤務した夜間の病院を思い出していた。今日は何事も起こりませんように、そう祈りながら裏口からエレベーターホールに向かう今よりは幾分若かった自分。レントゲン室、ＣＴルームを通り、そう言えばその度に、僕は恭子のことをちらっと考えていた。前世でリトルボーイに焼かれた恭子。その後明らかになる、放射能が人体へ及ぼす影響。でも放射能だって制御できるし、レントゲン写真は医療に役立つものだ。そのおかげで助けられた命は、厳密に言って原爆が奪った命よりも多い。マスタードガスだって抗がん剤を作るのに役立っている。ヴィクトル・マイヤーは化学者だったが、軍事と医療で同根の技術が使われることは珍しくないから、二つの親和性だって高い。奪うか救うかの違いこそあれ、扱っているものは同じ「命」だ。要は誰しもが真剣なのだ。だから真剣みの足りない僕は、あの場、救急外来や病棟のある病院から去るしかなかった。

エレベーターに乗って、三十五階に向かう。毎日億単位のアクセスをさばいているであろうサーバールームの隣に、僕の診察室はある。薄暗い廊下を歩き、診察控室に入って荷物をまとめる。iPhone 7で時間を確認すると二十二時半を回っている。別れ際の、東藤さんの目つきがどうにも気になっていた。そもそもこの時間、スターバックスなんて開いてたっけ？

iPhone 7で名刺管理のアプリを起動し、彼女の名前を検索する。登録したかどうか自信がなかったが、すぐに出てくる。メールアドレスをクリックするとメーラーが起動する。メール文を間に送信ボタンを押した。

作ってから、どうしようか少し迷う。なんとなく壁掛け時計に目を遣り、秒針が〇秒を指した瞬間に送信ボタンを押した。

〈さっきはお疲れ様でした。どうにも仕事に集中できなくて。スタバってまだ開いてました?〉

それから机の上のマフラーを、コートを着た上から巻く。瞬く間にメールの着信音が鳴った。

〈そうなんですよ。うっかりしてて、もう閉まってました。近くでコーヒーも出すバーみたいなトコがあったんで、今はそこでコーヒー飲んでます〉
〈ご一緒してもいいですか? なんか仕事する気分じゃなくなってきた〉
〈もちろんかまいませんよ。場所、ここです〉

メールの最後には店の地図のリンクが貼ってあった。ここのビルの二階には飲食店も入っているのだが、東藤さんがいる店は、少し歩いた溜池山王駅の近くだった。外堀通りから一本入った通りで、中華料理やインド料理、バーなどが立ち並んでいる場所だ。前はその辺りまで食事に行くこともあったが、近頃は足が遠のいていた。職場から地下鉄で十分のマンションに越して以来、住居の周りで何でも揃うから、平日も家の近場で飲むようになってしまった。夜風に頬を冷やしながら、東藤さんに教えられたバーに入ると、カウンターに座る背中がすぐに目に入った。開いたドアから風が吹き込み、東藤さんがこちらを向く。近寄って来た店員が、空気を感じ取ってすっと下がる。ずっと前から約束していたみたいに、僕は東藤さんの隣に座る。東藤さんは何も言わず、前を向いたまま横目でこちらに薄く笑いかける。

コーヒーを飲み終えてから、同じ店でアルコールを入れ始める。お互いの恋愛体験をおそらくは少しの虚飾を交えて明かしつつ、随分打ち解けてから店を出た。隣を歩く東藤さんの肩に手を回す。顔を寄せてみると目を瞑ったので、人目もはばからずキスをして、今度は僕がタクシーを探した。ホテルか、僕の部屋か。どちらにしようか少し迷ってから、運転手に僕の住所を伝えた。「皇居に一旦出る感じでいいですか？」と運転手は聞いてきたが、いつまでも道を覚える気にもなれない僕は「お任せします」と答えた。

＊

東藤さんは、ブランケットを胸のふくらみが見えるぎりぎりのところで巻き付けている。キッチンから入るＬＥＤライトで顔の半分が橙色に染まり、陰影を作っている。シャワーを浴びた後も、彼女は化粧をしたままだった。キッチンで淹れたコーヒーのマグカップを二つナイトテーブルに置くと、彼女はぐるりと回転してうつぶせになった。巻き付いていたブランケットが剝がれて、背中がむき出しになる。白い、引き締まった背中。肩甲骨から綺麗な凹凸を象《かたど》る腕を伸ばし、マグカップをとる。

「カフェインレスだから、また飲んでも大丈夫」僕が言うと、

「別にいいよ、明日半休とるし」と東藤さんは答える。セックスの最中は下の名前で呼んでみたりもしたが、落ち着いた僕の頭の中では、またすっかり「東藤さん」に戻っている。これは、彼女の下の名前が「きょうこ」だったせいもあるのかもしれない。女性の名前としてはありがちだが、僕にとっての「きょうこ」は高校時代のあの「恭子」であって、今のところ更新されそうにない。

「休みを取りやすい会社なの？　割と厳しそうなイメージだけど」

「どうかな？　体調不良で半休とか、月一くらいだとなんともないかな。きっと、その辺は外資

の製薬会社の方が厳しいと思う」
そう聞いて、診察室に出入りしているMRの人たちの顔が何人か思い浮かぶ。でも、会社名がすぐに出てこない。薬品や器具の仕入れは僕に任されているが、僕は今までどのMRとも懇意になったことがなく、仕入れに手心を加えたこともなかった。良心からというよりは、面倒だからだ。

「今、MRたちのこと考えてるでしょ？　会社名が思い浮かばないんじゃない、ひょっとして」

僕が何も答えないでいると、東藤さんは「図星だよね」と言って目を細めて笑った。「そんな気がした。なんというか、私たちのことをちゃんと見ていない、みたいなところがある」

二人称を抜いた、少したどたどしい話し方だ。僕の部屋に来てからずっと、東藤さんはこんな風にしゃべっている。君とも、あなたとも、立花さんとも呼ばない。僕との距離を測りかねているのかもしれない。

「ひとかたまりとして見られている感じがする」

「ひとかたまり？」

「そう。自分とそれ以外ってこと」

「冷たそうな奴だと思う？」

「冷たいのとは、微妙に違うかな。自分だけはすべての物事と関係ないと思っている？　そんな感じかなあ。もちろん、あなたのことそれほど深く知っているわけじゃないけど」

久しぶりに二人称が出た。僕は極力間を置かないように、「そうかなぁ。自分じゃよくわからないな」と言って、考えこむようなふりをした。でも実際に考えていたのは、次に彼女と会った時、お互いなんと呼び合うのだろうか、ということだった。今日話していてわかったのは、彼女は僕よりも三歳年下で、二十代中盤で結婚し三十になる前に離婚した、いわゆるバツイチであるということだった。前の夫とは郵送で離婚の手続きをして以来、どのような連絡も取っていないそうだ。

「いつか人間はひとかたまりになるの。そこでは君も私も、悪人も馬鹿な人もみんな同じ。なぜだろう？　私にはそのことがわかる」

こんなことを言う時も、恭子の視線や声色はリラックスしていて自然だった。恭子には、自分が正しい答えを知っているという確信があった。そのような確信も、前世の記憶があるというのも、第二次世界大戦が「入っている」というのも、医師として客観的にみたならば、統合失調症の患者の妄信に極めて近いものだと判断できる。「自分以外は実は皆アンドロイドであって、人間である自分を観察している」、「原始時代から転生を繰り返していて、運命の恋人を探している」、「自分は他人の意識を覗けるが、人間が多すぎてわけがわからなくなっている」など、病棟医時代には極端な症例を幾つか診てきた。そういった妄想を告白する患者たちの中には、恭子と同じく普段は至極まともに見える人もいた。恭子の場合も少なくとも普通の女子高校生の生活を逸脱していなかった。前触れなく高校を辞め、僕の前から姿を消してしまうまでは。

「たぶん職業病なんだよ」

僕は、この状況に無関係な恭子のことを頭から追い払い、東藤さんにそう言った。「医療って、大げさに言えば人間の命を扱う仕事だから。人と距離を取る癖がついているんじゃないかな。人をパターンとしてとらえてしまうのも」

「別に大げさじゃないでしょ」東藤さんの口調は、こちらをなじるというより、面白がっている風だった。「でも職業病かぁ。その言い方、便利そう。仕事のせいにすれば、何でも通るよね、きっと」いいなあセンセイは、そう続け、コーヒーを一口含む。

既に四時を回っている。彼女は半休を取ると言っていたが、僕は午前中から診察があるから、やはり少し睡眠をとっておきたかった。僕は東藤さんの隣に寝転んで、彼女の背中に手を回して抱き寄せた。人差し指の先にふくらんだ黒子が当たって、なんとなくそれをいじった。「眠るの?」東藤さんの声が僕の胸の肌を震わせる。「帰った方がいい?」

「いや」どっちでもいい、と言うのもどうかと思ったので、曖昧に答える。「でも少しでも寝るよ。明日があるから」と言いつつ、日付的にはもう今日だ。

「明日があるのはみんな同じ」

おやすみなさい、と東藤さんは言う。

おやすみなさい、それは、僕が恭子の口から聞いた最後の台詞だった。

*

Genius lul-lul 様

Knopute CS 八戸センター　所長代理

さて、Genius lul-lul 様、これから長い話になります。もしあなたが望むのであれば、いつでも繰り返しご説明いたしますので遠慮なくおっしゃってください。

入眠される前のあなたが生きていた時代の人々のほとんどは《予定された未来》へと辿り着くことができませんでした。なにせ《寿命の廃止》のパーミッションポイントすらまだ通過していない頃でしたから。この時代、人間は命を繋ぐため性欲に頼って子供を作りました。個体が死去したとしても、種としての明日が終わりなくやってくるという仕組みです。それは極めてシステマティックな原理で、知的生命体である人間はこの仕組みを解体しようと試みます。まずは、欲望の達成のみを味わうことにして、生命のリレーを拒むところから始めます。一定の水準を上回った知的生命体である以上、《予定された未来》へと通じる道を歩むことはやめられません。避妊と生殖能力の低下による大幅な人口減も、人類の存続を本格的に脅かすことはありませんでした。人類は《寿命の廃止》を達成し、一歩一歩着実に、《予定された未来》へと近づきます。

ここで簡単に説明させていただきますと、知的生命体が進歩する途中には、避けては通れない事象が起きるものです。人類はこれをパーミッションポイントと名付け、《予定された未来》までの間の史実から厳密に抽出して、十八に絞っています。例えば、あなたがご存じの所までであれば、《言語の発生》、《文字の発生》、《鉄器の発生》、《法による統治》、《活版印刷》、《自律動力の発生》、《世界大戦》、《原子力の解放》、《インターネットの発生》、この九つです。これらはどのように歴史を刻んだとしても、必ず通過したはずのポイントです。

あなたが眠りにつく直前、十個目として訪れたのは、《一般シンギュラリティ》です。ちなみに、先述したドナルド・トランプ様は、あなたと同じく《一般シンギュラリティ》以後に眠りにつき、そしてあなたよりかなり前に起こされました。不動産王として巨大建築物に自らの名前を付けることを好んだドナルド・トランプ様は、自身のことをアメリカを象徴するに最も相応《ふさわ》しい人間であると考えていました。そして、そんな自分が大統領として国の中心に在ることが正義にかなうと信じていました。大統領の地位に上りつめる間、ドナルド・トランプ様は自身の信じる正義に忠実であろうと、並外れた強さで意志を貫いてきました。なまじその努力が報われた感覚があったため、大統領の一期目を終えたドナルド・トランプ様は強烈な無力感に苛《さいな》まれました。純粋にアメリカの象徴であるためには、政治などに実務家として関わるべきではないと気付いたからです。それでも二期目に出馬しないことや、敗北することは、ドナルド・トランプ様の正義に反します。二期目の当選を果たしたドナルド・トランプ様はアメリカの象徴たる自分を保存すべく長い眠りにつくことにしました。《一般シンギュラリティ》以前の世界から眠り続けていたあなた方は、人類史における一種のバグのような存在です。そのような存在も、あなたで最後です。私や Rejected People たちから見て、今の人類はあの人と、Genius lul-lul 様、あなたの二人だけということになります。

*

原子爆弾が作った火球の表面温度が六〇〇〇度。あの時見ていた太陽の表面温度とちょうど同じ。もっとも私がいた爆心地の地表面の温度は四〇〇〇度ぐらいと言われているけれど。温度のことは、生まれ変わった後になってから調べて知った。実のところ、それを体験した私にもよくわからない。もう熱いかどうかなんて感じている時間もないほどの温度で、熱さを感じる前に体が崩壊してしまうような熱だったのだと思う。

椚節子だった私はあの日、未来の熱量と座標を予知していた。でも、今の私と違って節子はまだ一度目の生だったし、たかだか十五年しか生きていない少女にわかっていたことは少ない。自分の予知したものに危機感を抱くべきなのか、あるいは歓喜をもって迎え入れるべきなのか、それすら判断がつかなかった。福山から西の方角。その時感じていたのは言葉では言い表しようのないことで、**私**はもどかしさを覚えながら、仏壇の下の引き出しから地図を引っ張り出した。折り目を開いていくと、実際に中国地方を俯瞰しているような錯覚に陥った。福山の西、その地図の真ん中には、たくさんの橋が架かった大きな街がある。

　どうしてもお休みが欲しい、働いている食堂のおじさんにそう頼み込むと、あっさりと暇をもらえた。店を出た足でバスと汽車を乗り継いで、福山市から広島市へと出て行った。駅を出た**私**の目に映る広島の街には、巨大建造物が立ち並んでいた。今考えればせいぜい四階建て程度のビルだったのだけど、福山の町屋しか知らない**私**の目にはそう映った。戦時下の街を行き交う人々の顔には陰がさしていて、けれど同じ街を歩く**私**は、日本の未来は明るいと感じていた。自分が見ているものは吉兆かもしれないと勇気のわく思いがし、**私**は先を急いだ。

　夏の盛りの暑い日だった。額の汗を拭いながら**私**は歩く。広島駅からいくつも通りを曲がって、路面電車に追い越されながら、南西の方角に進む。時折手のひらで光を弱めながら、太陽に目をやる。よく晴れた空に浮かぶお天道様のことが、なぜか気にかかって見上げてしまう。下着は汗でぐっしょりと濡れ、木綿素材のもんぺに染みが出ているような気がして恥ずかしかった。

　この時、椚節子様のもんぺ姿を性的な興味で見つめる男がいました。その男、恵木《えぎ》健次郎《けんじろう》様はその方角に用もないのに彼女の後ろを歩いていました。恵木健次郎様は生来の楽観的な性格も手伝い、日本は必ず勝つと信じて疑っておられませんでした。情報を客観的に知り得る立場にいたならば、戦況が好転する可能性はないと判断できたでしょうが、厳しい規制が敷かれた新聞やラジオの報道、それを元に口伝えされる情報には尾ひれが付いていました。

恵木健次郎様は、生まれつき自由のきかない右脚を棒のように伸ばしたまま、時折手を添えて引っ張るようにして歩きます。年は二十五歳で、そんな成人男性が汗をだらだらと流しながら少女の後をつけているのは些《いささ》か不穏な光景です。前方の椚節子様の歩みは徐々に遅くなり、恵木健次郎様の足でも追い越さないように歩を緩める必要があるほどでした。まるで水脈を探し出すためのダウジングのように、椚節子様は車道に大きくはみ出しながらジグザグに歩きます。

椚節子様は、原子爆弾の爆心となる座標へと向かっているのです。本人はこれをいわゆる「虫の知らせ」として受け止めています。ですが、正確に言えば、椚節子様は未来を予知したわけではありません。

椚節子様は時折足を休め、その度に眩しい空を見上げます。椚節子様につられて、背後の恵木健次郎様も上空を見て不思議そうな顔をします。椚節子様は《原子力の解放》を予感していたのですが、それが起きるまで、彼女は太陽の熱に気を取られていました。

一人目の私はあの時、太陽を見ていたのだ。

＊

図鑑みたいな分厚い本をよく読んでいた恭子は、その話をした時も、図書室の机で何かの本を開いていたはずだ。図書室に行くようになった当初は、単に彼女と本のセットを風景としてとらえていただけだった。言葉を交わすようになると、不思議と相手が読んでいるものに興味が湧くもので、通り掛かったふりをして「何読んでるの?」と聞いてみたりした。訊ねると、恭子は決まって左手の指を挟んで本を閉じ、表紙を見せてくれた。歴史書や伝記、化学の専門書等々。思

い返してみても、恭子がフィクションを読んでいるところを見かけたことはなかった。「それ、面白いの？」と聞けば、

「面白いよ」と即答だった。

　前世の記憶があると信じる彼女にとって、生まれ変わる前の世界の出来事が今どんな風に位置づけられているのかを知ることができる、そのこと自体が面白いらしかった。答え合わせをしているような感覚らしい。「すごく得したような気分になる」とも言っていた。

　恭子のことを思い出す時、すぐに浮かんでくるのは、本に目を落とした横顔だ。耳にかけた長い髪が、たまに小さな耳たぶから外れて本へと垂れ下がる。煩わしそうに、けれどどこかゆったりとした動作で髪を耳にかけ直し、落ち着くまでなでつける。

　ある日、僕が図書室で彼女と話しているところを誰かに見られ、二人のことが噂になっていると友人に言われた。「立花は渡辺の肉体目的で近づいている」というものらしかった。恭子に対してある種の畏敬の念を抱く反面、「キスぐらいは簡単にさせてくれる女」などと貶める。常日頃欲求不満な男子高校生が言いだしそうなことだ。記憶を遡ってみると、中学時代に女の子が転校して来ると聞いた男子生徒の間で「めちゃくちゃエロい女が転校してくる」と噂が広がったことがある。結果、蓋をあけてみれば普通に真面目そうな子だった。第一、「めちゃくちゃエロい女」って中学生に何を求めているんだ、と思う。中高生ぐらいの男は、はっきり言って頭がおかしい。

　そんな噂はさておき、僕は恭子の体目的ではなかった。当時の僕は思春期の最中だったから、相手が恭子であることを抜きにしても、女子と継続的に話ができるだけで心躍るものがあったのは事実だ。恭子と話をするようになった当初は声が上ずって、常に焦っていたような記憶がある。

それでも、今になってみると僕は彼女の話自体に強く魅了されていたのだと思う。

彼女の中に入っている「第二次世界大戦」のことは、中学や高校の世界史のテストにあまり出なかった。大学受験の勉強でも後回しにしていたような気がする。おそらくは、大戦時の社会情勢と敗戦国としての現在の状況が密接に関わっているが故に、意味付けが揺れていたのだろう。戦勝国への配慮が求められた名残もあるかもしれない。例えば、トリニティ実験のこと。広島に落とされた「リトルボーイ」ではなく、長崎の「ファットマン」と同じ、爆縮型プルトニウム原子爆弾の核実験だ。授業では特に触れられなかったこれらのことを、僕は恭子の話を通して覚えた。


前世で経験した核爆発の話をしようとして、恭子はまずテニアン島の話から始めた。原子爆弾投下の前日譚。アメリカの爆撃機エノラゲイがサイパンにほど近いテニアン島についたのは八月六日から遡ることちょうど一月前、一九四五年七月六日のことだった。テニアン島に上陸するとすぐに、エノラゲイには原子爆弾搭載のための改造が施された。機長であり、操縦士も兼ねるポール・ティベッツをはじめとする乗組員は島で爆撃の正式決定を待つことになった。ホワイトハウスにて、トルーマン大統領の施政下で原爆投下の指令が下ったのは七月二十五日のこと。ハリー・S・トルーマンは、前大統領のフランクリン・D・ルーズベルトの急死を受けて、副大統領から昇格していた。

ルーズベルト政権は、核兵器の実戦使用には否定的だった。当時、既に日本は壊滅状態にあり、この期に及んで凶悪な兵器を用い数万人単位の人間を殺《あや》めれば、後世から大量虐殺という誹りは免れないだろう、そんな声もあった。大統領がトルーマンに代わった後にも、アメリカ陸軍のアイゼンハワー元帥は使用の反対を訴え、「アメリカが世界で最初にそんなにも恐ろしく破壊的な新兵器を使用する国になるのを、私は見たくなかった」と述懐している。

「太平洋を挟んで相対しているだけの、同じ人類に対して原爆を落とすなんて。トルーマンがそんなことを決意できたのは、なぜかと考えていたの」こういう時、恭子はいつも妙に生き生きとしていた。「完成した新兵器の威力を見て、ソ連への抑止として使わない手はないと考えたせいかもね。あらゆる物事は程度問題だから。『たられば』を言いだしたら、どんな行為にも大義名分を貼り付けることができる。味方の犠牲者だけじゃなく、戦争が続いて日本人の犠牲者が増えるのを止めるためにも、噂の原子爆弾の圧倒的な力を見せつけて戦意を奪うのが、もっとも正義に適っているって。そんな風に言うことももちろん可能よね。実際、トルーマンは二発落とした後で、三発目以降はノーだと言ったの」

「前世の記憶がある」「第二次世界大戦が入っている」という恭子の主張を僕がどこまで本気にしていたのか、今となってはよくわからない。しかし、彼女の語る広島の少女の話はリアルだったし、こと原爆投下に関わる事実について、彼女は本当に詳しかった。少なくとも十代後半の僕には、彼女が言うこと、彼女が示す歴史的、科学的見解がとても正しいように思われた。

ともかく、七月二十五日に原爆投下の指令書が発令されたのは歴史的事実で、テニアン島で待機していたポール・ティベッツ一行はその知らせを受け、七月三十一日にリハーサルを行った。模擬リトルボーイは、テニアン島沖の海に沈んでいった。

翌週の早朝、一九四五年八月六日に人類史上初めて使用されることになる原子爆弾は、爆撃手であるトーマス・フィヤビーの手に委ねられた。本番用のリトルボーイを積んだエノラゲイはテニアン島から離陸し、投下目標最終候補地となった広島・小倉・長崎方面へ向かう。

「太平洋を渡る間ずっと、トーマス・フィヤビーの親指は細かに震えていたの。でもね、水平線の先に緑色の日本列島が見えてくると、ゆっくりとその震えは治まっていった。後にこの時のことを聞かれたり、思い出したりすることは多かったけれど、親指の震えのことを彼はすっかり忘れてしまっていたのよ」

*

人類が《原子力の解放》のパーミッションポイントを通過した時、その直下に栩節子様がいました。若き日の渡辺恭子様の探究心がもっぱらあの戦争に向かったのは、前世でこの経験をしていたためでもありました。渡辺恭子様は、前世の自分が生きた当時の世界情勢を丹念に調査しています。

書物に書いてある様々な事柄を読む彼女には、それらのことを元から全て知っていたという強い実感がありました。その理由について、彼女なりに仮説も立てていました。それが、「私の中には第二次世界大戦が入っている」というものです。しかし、後に彼女はこの仮説を捨てています。

渡辺恭子様の表現を借りるとすれば「入っている」ものは、あの戦争や《原子力の解放》だけではなかったからです。

私を死に至らしめたヒロシマへの投下の三日後、九州の長崎市に二つ目の原子爆弾が落とされた。この狭い日本に、これだけの短期間に二度も。間をおかずに二つの都市を壊滅させることで、戦意を完全に挫こうとしたせいか。それで終戦を早め、結果として犠牲者の総数を減らせた、そういう考え方もできないことはない。死んでしまう個人のかけがえなさを考慮せず、人間を数として見ている。一方で原爆を落とされた側は、戦争末期に至って人間魚雷や神風特攻隊なんていう無茶をしていた。

そして、ヒロシマとナガサキの間には、福山大空襲もあった。一人目の私の故郷の福山市には焼夷弾が大量に落とされ、甚大な被害が出た。ヒロシマ、ナガサキはもともと原爆投下の候補地に入っていたけれど、福山大空襲とは何だったのか。まるで、核に依らない通常兵器であってもそれ相応の惨状を生むのを確認しようとしたかのようだ。ヒロシマの直後に行われた、どこか言い訳めいた大量虐殺。もっとも、どこの図書館でアメリカ軍の作戦命令を参照してみても、福山への空襲と二つの核攻撃の間に、特に関連は示されない。

ただ事実だけをみれば、八月六日に広島に行かなかったとしても、二日後の八日の深夜に私が命を落としていた可能性は多分にあった、ということになる。

＊

恵木健次郎様の視線の先では、椚節子様が両手を広げ、天を仰ぎ見ています。駅前で見かけた美しい少女をずっと眺めていたいという恵木健次郎様の動機は、下劣ではあっても他愛ないものでした。少女を眺めて楽しむ以上の目的があったわけではなく、声を掛けるつもりも、必要以上に近付くつもりもありませんでした。後をつけるうち、夢遊病者のような椚節子様の足どりがどうにも無防備に思えてきて、恵木健次郎様にはいわれのない保護本能まで働きだしていました。仮に別の人間が彼女をかどわかそうとでもしたら、不自由な右脚を顧みずに止めに入っていたかもしれません。

直感に導かれるまま出てきたものの、広島は田舎育ちの一人目の私にとってはかなりの都会で、少し怖かった。今は東京に住んでいるし、当時の広島の写真なんかを見ても気圧《けお》されるようなものは何もない。それでも一人目の私の記憶を辿るとき、誰かに突然声を掛けられるのではないか、路面電車に轢かれてしまうのではないかとどきどきしていた気持ちを思い出す。

実際には誰に声を掛けられることもなく、一人目の私は駅前で二叉に分かれる猿猴川を越えて、路面電車が通る大通りの端を進んだ。バスも通れる道だったが、走る数はまばらだった。汗だくになって三、四十分歩いた頃、再び二叉に分かれた川に差し掛かった。T字型の橋が中州に伸びるあたりで、脳天から体を貫かれるような感覚が走った。そこから先は、何かから頭の骨を鷲掴みにされて、無理やり連れて行かれるような感じがしていたのを覚えている。

太田川と元安川が交差する地点で立ち止まった椚節子様は、一度激しく身を震わせました。それから、中央まで渡った橋を引き返します。その途中で、後ろにいた恵木健次郎様の隣を通りすぎました。椚節子様に素通りされ、恵木健次郎様は一定の距離を空けて尾行を再開します。そうして歩くうち、椚節子様は《原子力の解放》がなされる「座標」の真下に辿り着きました。そこで立ち止まり、上空から現れるものを受け止めるように、椚節子様は両手を広げます。

彼女の視線の先を追った恵木健次郎様は、太陽が輝く空に小さな鳥のような影が差したのを見て背筋を凍らせました。それが、忌まわしいB－29であることが、恵木健次郎様にはすぐにわかりました。「サイレンが鳴りよらんが？　まあ、どうせわしの脚では逃げられんじゃろうが」そう考える間に、黒い塊がB‐29の機体からぬるりと放出されます。そしてB‐29は上空を旋回して遠ざかっていきました。肉眼では視力の限界があるはずですが、恵木健次郎様は機体が身を翻す動きの細かなところまで、なすすべもなく眺めていました。

路面電車に揺られる目の落ち窪んだ運転手、配給されたねぎの調理法に悩む女性、ただただ泣き続ける赤子。その上空から、パーミッションポイント、《原子力の解放》が始まります。

まず光がありました。

それから衝撃波と熱が訪れます。

恵木健次郎様は、炭になるまでもなく蒸発しました。

椚節子様もまた、その熱を抱きしめるようなポーズのまま、同じ末路をたどりました。

*

太陽が、二つになった。

それが絶命する寸前の一人目の私が思ったことだ。

「連日、グローブス将軍から実験の決行を急かされていて、ロスアラモス全体が疲労していた。それでもオッペンハイマーは、原爆実験が一発で成功すると確信していたの」

第二次世界大戦が「入っている」恭子は、それに関わった人の記憶を味わうことができると言っていた。例えばロバート・オッペンハイマーの内面に入り込み、トリニティ実験当日の出来事を追想して、僕に語ってみせた。なぜそんな能力が宿ったのかと聞くと、「わからない。でもなんとなく、表面温度六〇〇〇度の人工の太陽に焼かれたせいだと思う。爆心でその火の球を受け止めるようにして、蒸発したためだと思う」と彼女は答えた。

翌日の早朝に実験を控えた前日の朝も、ロバート・オッペンハイマーはあまり眠れないまま目を覚ました。研究所の所長になってからは従来の朝寝坊を克服していたのだが、それにしても早すぎる起床だった。彼はキッチンに行き、湯を沸かしてコーヒーを淹れる。早朝のことで、まだ誰も起き出していなかった。壁の高い場所にあるすりガラスから、夜明けの青い光がにじんでいる。目を細めながら彼はコーヒーをすする。

寝不足の頭で、彼はこれまでに数多《あまた》の障害を乗り越えてきたことへ思いを馳せる。核分裂をどう制御するか、特にプルトニウムを燃料として使う爆縮型の場合、超臨界状態に持っていくためには全方向から同じだけのエネルギーを一斉に与えなければならない。そのために世界最高の頭脳を持つ物理学者たちが何か月もかけて緻密な計算をしなければならなかった。もともと不安定であり、それゆえ、超臨界状態にもっていきやすいウランを用いた爆弾を製造するよりはるかに難度が高い。ウラン型の爆弾を開発するだけでは、人類が核を制御したことにはならない。燃料を詰め込んだ箱に雑にエネルギーを加えるだけで、容易に爆発まで持っていける。そんなものは兵器とも呼べない。第一容易に爆発してしまうのなら、安全性にも問題がある。

「単に自然にある『呪い』を集めただけ。爆発までの難度が高いプルトニウムを用いた爆弾を、完璧な制御下で爆発させてこそ、人類の未来に貢献し、偉大なる一歩を進めたと言えるでしょ」

恭子によれば、オッペンハイマーは戦争の勝利に寄与することはあまり考えておらず、「人類の偉大なる一歩」のことが常に彼の心を占めていたらしい。そのために、ロスアラモスの研究所には選りすぐりの科学者たちだけでなく、哲学者や画家たちまで呼んでいたという。

「自分の頭脳を用いて、人類に貢献したいというオッペンハイマーの心理は、科学者としてはありがちよね。まあ、やったことは殺戮兵器作りだから、科学者の前に人間であるべきっていう批判がすぐに出てくるでしょう。でもね、ある程度の能力を持って生まれた人間が、それを発揮してただ技術を更新したいと願うのは、とても人間的なことだと私は思う」

高校時代の恭子は、図書室のカウンターに後ろ向きに寄りかかって、ロスアラモスのオッペンハイマーの様子や心情について語った。恭子の背後にいた僕は、その時の彼女の表情を見ていない。第二次世界大戦に関わった人の記憶を味わうと言っていたが、だとしたら恭子は、この他にも他人の思念を大量に有していたということなのか。恭子が語った人物の他にも、ホロコーストで犠牲になったユダヤ人、中国で日本軍に撲殺された農民、あるいは太平洋の島で潜伏中に餓死した日本兵たちなど、大勢があの戦争に関わっている。恭子がその人たちの記憶も味わってみることはあったのだろうか。当時、僕がこういった疑念を抱いたかどうかは覚えていないが、少なくとも直接彼女を問いただしたことは一度もなかった。

＊

椚節子様並びに渡辺恭子様には、確かに特別な能力が備わっていました。それは、あの人が彼女たちに与えた目です。目と言っても、文字通りの目、つまりは肉眼という意味ではありません。あの人はそれを「根源の目」と呼んでいます。椚節子様が未来を予知するわけではないように、渡辺恭子様もまた、過去の物事を知るわけではありません。会ったこともない人物の記憶や意識に寄り添えるわけでもありません。「根源の目」を使って物事を眺めるにあたって、俗に言う

「本の虫」である渡辺恭子様は、主に日本の近現代史を扱った書物から得た情報を土台にしていました。それらの書物を好むのは、戦時中に亡くなった椚節子様からの影響であることは間違いありません。渡辺恭子様は、本で読んだことを実際に経験したように感じるのは、「第二次世界大戦が入っている」ためだと思っていました。しかしそれは誤解であり、言うなれば、「根源の目」を持つことは、「世界が入っている」のに等しいことなのです。

パーミッションポイント《言語の廃止》によって、人間の思考は言語的理解を超越しました。《個の廃止》以前の個人としての人間で、《言語の廃止》の象徴である「根源の目」を与えられた人間は、椚節子様、渡辺恭子様以外にはいません。ともあれ、あの人から与えられた能力を使うにあたって、他人の意識に寄り添うという感覚を抱くことは、生身の個人である渡辺恭子様にとって無理もないことかもしれません。

砂漠。枯れた大地は、恐ろしい新兵器がそこで猛威を振るった後も変わらず砂漠としてあるだろう。私たちも別の動物もなく、この惑星がすべて砂漠で覆われていたならば、どのような兵器でもおそるるに足りないのだ。だが、現実として私たちはこうして存在してしまい、今目の前に広がる砂漠の上に、自らを滅ぼしかねない兵器の出現を待っている。海から生まれた私たちは、旅路の果てに行き着いた砂漠に埋もれて滅びようとしているのか？　いや、違う。放っておけば元の状態に戻ろうとする力に抗って、私たちは自然と霊と人類の叡智を一体化させ、そこに現れる力を用い、新たな一歩を踏み出さねばならない――オッペンハイマーが傾倒していたヒンズー教の聖典のことはよく知らないけれど、私は自分の知っている神話を頼りにして、彼の考えを理解することができるような気がしている。神話とは、過去の出来事の反復であり、同時に予言でもある。その中で、私たちはたいてい無名の登場人物としてしか存在することが許されない。しかし、私たちの中には、予言の成就に魅入られるタイプの人間がいる。オッペンハイマーはその一人だ。呪わしくも画期的な大量殺戮兵器の開発に突き進んだ時代に選ばれた科学者。

三位一体《トリニティ》実験は、北緯33.675、西経106.475、アメリカ・ニューメキシコ州のソコロとカリゾゾの間で行われました。ちなみに、この爆縮型原子爆弾の実験は、《原子力の解放》の重要な前段階ではあるものの、パーミッションポイントの発現は、ヒロシマへのウラン型原子爆弾の投下の時点にあるとされています。仮に、原子爆弾の投下より前に、原子炉によって発電された電力が産業に利用されていたならば、こちらの方が《原子力の解放》のパーミッションポイントと認められていたことでしょう。

三位一体《トリニティ》実験は七月十六日午前四時を予定されていたものの、激しい雷雨で一旦は見合わせられました。マンハッタン計画のメンバーや軍人たちが見守る中、当初の予定時間から一時間が過ぎた頃、天候は回復。五時十分に、爆発二十分前のカウントダウンが始まりました。ロバート・オッペンハイマー様は、爆心地から九キロメートル離れた掩蔽壕《バンカー》に腹ばいになって、拡声器から聞こえるカウントダウンが終了するのを待っていました。途中で思い出して、遮光レンズがはめられたサングラスをかけます。ロバート・オッペンハイマー様たちがいる掩蔽壕《バンカー》以外からも、別の角度から爆心予定地を眺めている者たちがいます。彼らも一様に、配布された眼鏡をかけます。

予言の成就を目の当たりにしたオッペンハイマーは歓喜に震え、サングラスをはずして、用意してきた決め台詞を言おうとした。けれど、実際に口をついて出たのは、「うまくいったな」のひと言だった。

もちろん、この実験の結果に失望する人間もいた。オッペンハイマーの失墜を願っていた幾人かもそうだが、純粋にその爆弾の威力にがっかりした男もいた。彼は十六キロ先でも肉眼で確認できるほどの絶大な威力を眺めながら「なんだこんなものか」と呟いた。エドワード・テラー、後に水爆の父と呼ばれる男。オッペンハイマーは、会議の席上でも何かと言えばプロジェクトのゴールを水爆の実用化に結びつけようとする彼に、いつも手を焼いていた。なぜそんなに水爆開発をやりたがるのか。**私**には、エドワード・テラーの心情をうまく想像することができない。

*

「でも、エドワード・テラーの心情が私にはわからない」

話を一区切りさせ、恭子はさらに不可解なことを言った。彼女が味わっている記憶は第二次世界大戦に焦点があたっていて、そこから離れると徐々にぼやけていくそうだ。

「きっとエドワード・テラーは、第二次世界大戦に影響を与えてないんだと思う。だから、私の中に彼の意識が入ってこない。テラーが関係するのは、大戦終結後の冷戦とかそっちの方ね」

論理的なのかどうか、どうともつかないことを恭子は言う。

あれから二十年以上が経ち、今の僕は恭子の予言の中にあった一つ、〝お医者さん〟になっている。手先の器用さを求められない、心療内科医。高校時代の恭子は自分の妄想を完全に信じていた。確信を持つことと、その内容が正しいかどうかは関係ないと僕には思われる。そう信じることができるかどうか、それだけが本人にとって重要なのだ。

病棟医時代、当時の恭子くらいの年齢の女の子が患者としてやって来てこんなことを言った。

「だって、この世界がこんな風であること、色があって、音があって、温度があって、そして私たちはいつか死んでしまって。ねえ、そんなことに理由なんてないでしょ？　ただそうなっているから、なんとなく受け身で認めているだけ。そうでしょ？」

その子には自分が精神疾患を抱えている自覚があったこともあり、快復して学校生活に復帰するまであまり時間がかからなかった。発言内容からしてかなり聡明で繊細な子供だった。ただ、パラノイア気味になったのは思春期の心身の不調による所が大きく、一時的なものだろうというのが当時の僕の所見だ。


「まあ、私もこんなだからさ、実際生きづらいわけなの。それはね、もうちょっと普通の女の子らしくしてみたいと思うこともあるのよ。ああ、出てってくれないかな、第二次世界大戦」

一度だけ、恭子がこんな弱音を吐くのを聞いたことがある。高校を辞めて姿を消したことと彼女の精神状態は無関係ではないだろう。思春期の彼女にとって、頭の中にある全てのことは、それほどまでに「現実」だったのだ。

「出ていって欲しいの？」

僕がそう訊ねると、彼女にしては珍しく、はにかんで下を向いた。その時の僕は、彼女から第二次世界大戦が出て行ってしまうことを考えると、なんとなく寂しい気持ちになった。

＊

「からかわれていたという可能性はないの？」

バーカウンターの隣りに座る東藤さんは、モヒートのグラスを置いて、それこそからかうように、形の良い唇をすぼめてこっちを見た。彼女と会うのは三週間ぶりだった。

「なくもないけど、ないと思う」

僕がそう答えると、

「変な言い方」

と正面を向き、横顔で微笑んだ。

昨晩、彼女から突然LINEで誘いのメッセージをもらった。僕は、じゃあ明日の夜にしよう、と返した。場所はどこがいいか聞いたら、前に待ち合わせたバーで、と簡潔に返事が返ってきた。

昔は、暇ができたら合コン、その後女性と二人で飲みに行くというようなことを繰り返したものだった。昔と言っても三年ほど前までのことだが、今ではその種の遊びはほとんどしなくなっていた。飽きたというか、山場を過ぎたような感覚がある。社会的な動物としての本能みたいなものが、二十代中盤から三十代前半の一時期に伴侶を求めさせる。だが、結局自分はその波に乗ることなく、友人たちが戦線を離脱していく様を見送ってきた。三十代も後半で、早くもバツをつけて戻ってくる者も何人かいるけれど。

時々、多少の交際があった女性たちから連絡をもらうことがある。医師の男を紹介してほしいと匂わせてくることもあれば、単に話し相手を望んでいることもある。後者の場合も、僕に興味があるというよりは、自分の魅力がまだ男性に対して有効かどうかを確かめるのに使われているような気がした。

「その恭子ちゃんのこと、もっと聞かせてよ」

さっきから、どういうわけか渡辺恭子の話をしている。恭子の話になった発端は、Facebook

で共通の知人同士である僕の医学生時代の友人から、東藤さんが昔の僕の話を聞いたことだ。

大学時代、一部の友人たちから僕は「メンタルヘルスケアの立花」と呼ばれていた。それは当時の僕の女性の好みを揶揄したあだ名で、メンタルヘルス、つまり精神衛生に問題を抱えていそうな女の子ばかり好む傾向があるとされていた。当人としてはそんなつもりもなかったのだが、合コンの場なんかでは、「あの子は立花の担当だな」と勝手に決められることが多かった。

「メンタルヘルスケアの立花ってさ、」

東藤さんは呟く。「なんか製薬会社のＣＭみたい」

暗い色調のカウンターの上で、カクテルに入ったミントの緑が鮮やかに映える。葉をふんだんに使った、本格的なモヒート。いや葉がたくさん入っているのが本流なのか、そうではないのか。カクテルと言えば馬鹿の一つ覚えでジン・トニックを頼む僕は、モヒートのことを全然知らないのだが。

「ちょっと飲んでみる？」と東藤さんが言う。ひとの飲み物をじっと見つめていたせいだ。

仕事帰りの彼女は、白いブラウスをコルセットみたいな太い革ベルトで締めて、スカートをはいていた。一度寝たことがあるにしては、肩と肩が触れただけで地蔵になったように固まる。ああ今日はないんだな、とはっきり知らせる身のこなし。それでいて話はしていたいようで、

「ねえ、恭子ちゃんの話を続けてよ」と再び催促する。

考えてみれば、メンタルヘルスケアの、などと言われるようになったのも、恭子のせいなのかもしれない。前世の記憶を持ち、第二次世界大戦と一体化してしまった少女。その影が今も付き纏っているから、僕は伴侶というべき女性に出会えないのか――、とそこまで考えて僕は首を振る。バカバカしい、だいたい僕はいつも妙なことばかりに関心を持つ。心療内科の仕事柄のせい

にして、向き合うべき現実から目を逸らしてばかりいる。

「子供の頃から、何かをごまかして生きているような感覚がずっと抜けないんだ。ずるしてるような、わかるかな？　僕だけが、いや、僕だけじゃないな、生活水準があるレベル以上で、そこそこの体力と頭脳、生きていくのに困らないほどに器用でさ。そのことを意識してしまうとれ、なんというか、世界じゅうらら、とくに弱いひろからいろいろなものを搾取しているようなきがしれ、しょうかない――」

口が、ぺらぺらと話し続けている。どうも呂律《ろれつ》が回らない。こんな話をしたいと思っていないのに、なんだかよくわからない話をしながら、僕は泣いている！　東藤さんが僕の頭を撫でてくれる。東藤さん？　いや、違う。この間に寝た時ずっと見ていた、顎の黒子がない。違和感がどんどん膨らんでいく。歯の形、目尻の切れ込み、肌の色も全然違うじゃないか。これは知らない女だ。東藤さんのことだってそんなに深く知っているわけじゃないが、この女はそれどころじゃない、まったく知らない女だ。

「まゆのなかにいるみらいら」僕の口が勝手に動き続ける。

安全な繭の中にいて、そして繭の内側も外側も、どんどんアップデートしていく。より居心地がよく安全になっていく。でも繭の中にいられる人は限定されていて、先進国でそこそこ以上の能力で生まれる必要がある。貧しい国に生まれてしまうと、大金持ちであるか、たぐいまれな才能か美貌を持っていなければならない。僕も君も、その繭のどれかに無自覚に入っている。立派な繭を作るのには時間がかかっているから、なかなかのことでは壊れない。人類の進歩とはね、繭をより確かなものにすることと同義なんだ。繭の内側にいようが外側にいようが、気づかないうちに誰もが、全体のために奉仕させられている。ありがちな発想かもしれないけどね、親は子供に、その席取りに必死になるよう努力させる。臆病で卑怯な僕も、御多分に洩れず、そこを取りに行ったんだろうね。人生の浪費と思いつつも医師免許を取って、命を扱う仕事だという自惚《うぬぼ》れを自分でも信じてなくって、もうそこから離れられなくなっていて。僕の従事する分野には、年間四十兆円もの国家予算が割り当てられている――

心の奥底にある思念の一部が、意識の層を素通りして、温泉みたいに直に噴き出している。確かに僕が考えていることの一部なのだろうが、必ずしも全部が本音ではないし、何よりみっともない。東藤さんだと思っていた女は、唇を綺麗に横に広げて笑みを浮かべている。相槌を打つその目の奥は少しも笑っていない。相手を見極めるために、コミュニケーションをとっている。僕に診察される患者も、こんな風に感じるものなのだろうか？

「そんなね、あなたの自己陶酔や感傷は、置いておくとして」

僕の言葉を遮り、女ははっきりと、区切るようにしゃべる。軽い反感を覚え、続きの言葉が決壊寸前のダムみたいに僕の喉元を圧迫している。その反面で彼女が言おうとすることが気になり、耳が鋭敏になっている。

「あのね、あなたのおじいさんのことだけど。おじいちゃん、どこに行ったか知ってる？」

おじいちゃん？　と考える間に僕は自分の祖父のことを話し始めている。思念は堰を切ったように溢れかえり、銚子の小綺麗な介護施設、本州と大きな橋で繋がる淡路島、満州、それらに祖父が立つ後ろ姿が浮かぶ。淡路島に大橋が架かったのは僕が上京した後のことだし、満州なんてそもそも行ったこともない。

とうに九十歳を超えるおじいちゃん。いや、百歳を超えているんだっけ？　明治時代に淡路島で生まれた。帝大卒のエリートで、満州には軍人としてではなく偉い士官に随行して行ったと聞いている。五十代の時に何かの事故がきっかけで全身不随になり、しゃべったのを見たこともない。祖母が生きている間は、障害年金をもらいながら自宅で介護されていたが、祖母が亡くなってからは銚子の介護施設に入った。それが五年前のことだ。

　子供の頃、ずっとベッドに寝転んだままの祖父のことが不思議だった。確かに生きていて意識もあり、テレビを点《つ》けていると、じっとそれを見ているようにも感じた。身内の言うことだから割り引く必要はあるとは思うが、元はとても有能な人だったらしい。亡くなったおばあちゃんは、「おじいちゃんは天才やったんやから、あんたも頑張りよ」と僕によく言い聞かせていた。祖父の瞳の色は薄かったが、年齢の割には水分が多いような気がしたし、思慮深そうな顔つきだった。だから寝たきりでも、頭の中は僕らには及びもつかない思索で埋め尽くされていたのかもしれない。世界は目の前に広がっているのに、自分からは文字通り指一本触れることもできない。純粋なる観察者としての自我。僕は祖父の目を見つめながら、彼の考えていることを推し量り、彼にとっての世界を想像していた。

「だから、あんたの感傷はいいんだって。おじいさんの行き先は？」

　観察者の目で僕を見ていた女の顔が、大袈裟にため息をつく。

「彼はもう五十年もあのままら。いっ種の地獄らろうね。見えているのに、触れられらい。わかっれいるのに、何もれきない。絶対的な無力感、れもきっとそれは――」

　続きを話そうとすると、髪の毛がぱっと揺れて、女がそっぽを向いてしまう。女が頼んだのか、バーテンが水を一つ持ってくる。女はそれを三分の一くらい飲んでから、少しかがんでカウンターの下を探った。大きめの鞄を引っ張り上げ、その中から煙草の箱くらいの大きさの紙箱を取り出す。鞄は通勤用なのかもしれないが、ひどく草臥《くたび》れていてキャメル色の革にたくさん傷が付いている。女は紙箱から銀色の袋を一つ取って開封し、グラスに粉末を注ぐ。グラスを手に持って何回か回してから、「ね、ちょっとこれ飲んで落ち着こっか」と僕に勧めてくる。僕はなぜか逆らうことができず、何かが入ったそのグラスを言われたままに喉を鳴らして飲む。

「自白剤のはずなんだけどな、あれ。これだと効果があるんだかないんだかよくわかんないな。君は、なんというか本当に自分のことにしか興味がないみたいね。情報を隠してるわけでもなさそうだし。こっちが聞いてることにも、全部自分語りで返しちゃってさあ。普段よっぽど、話を聞いてくれる人がいないのね。いい歳の男がみっともない」

　自白剤だって？　怖くなり、僕はトイレに行って飲んだものを吐き出そうと思う。女が僕の肩に手を添え、顔を密着させてくる。

「はいはい、自白剤の方は大分前に飲んでるから。今更吐いても意味ないよ。今飲んでもらったのは、ただの睡眠薬。どっちの薬も大した害はないから安心していい。我々が知りたいのは君のことではなくて、君のおじいさんのこと。気づいていないの？　立花茂樹《しげき》は銚子の施設から消えたのよ。あそこの介護施設の動きを、もちろん我々はずっと見張っていた。君は何も聞いてないみたいだけど、立花茂樹はとても貴重な存在なの。「錐国《ギムレッツ》」は、どうにかして彼を連れ戻そうとしていた。私たち「等国《レヴェラーズ》」のメンバーは陰に陽にそれを防いでいた。なのに、彼は消えた。連れ去った「錐国」は、立花茂樹を重心に据えて人類の進化を早めるつもりでしょう。そして《予定された未来》にまた一歩近づいてしまう。ああ、目が開かなくなってきたね。睡眠薬の方はちゃんと効くんだ。よしよし」

　瞼が恐ろしく重い。なんなんだ、この急な展開は、と僕は憤りのようなものを覚えているが、そこから先に思考が進んでいかない。

「なんだって急なものよ、そりゃ。人生すべてが初めてのことだらけ。今、この時は、もうやって来ない。でも覚えててほしいな。一回性、偶然性、そういうことを過剰に忌避したから、私たちは「錐国」に支配されることになった。そして《予定された未来》がやって来る。それを回避するのが我々「等国」の役目。もしかするとそれは、「錐国」の重心であるあなたのおじいさんが、本当は願っていることかもしれない。立花茂樹の永遠の孤独のことは、誰も想像することができない」

女が僕のこめかみを撫でている。

「眠たい？　そうよね。今はもう寝なさい。詳しい説明は起きてからしてあげる」

おやすみなさい。最後に聞こえたその声は、前に僕の部屋で聞いた東藤さんの声によく似ていた。

第二章

旧

Lost language No.9（日本語）

1．前まえからある。もとからある。年久しい。

2．《名》昔。過去。もと。もとの状態。

Genius lul-lul様、あなたは七百年強の眠りから覚め、個人を保ったまま《予定された未来》へ辿り着いた唯一の存在です。あなたのように冷凍睡眠によって時の流れをスキップした人は他にもいましたが、皆さんがもっと前に起こされています。

例えば、《個の廃止》のパーミッションポイントが到来した時点で目覚めたドナルド・トランプ様ですが、彼はあなたを含む数名の冷凍睡眠者の存在をかなり気にしておられました。ドナルド・トランプ様は、睡眠中の他の人間の装置の破壊を試みました。アメリカの象徴である自分はまだしも、他の皆が安らかに眠り続けるという安っぽいＳＦ映画のような状況はとてもアメリカ的とは言えません。Rejected People に頼めば、工具や銃はすぐに揃えてもらえました。しかし装置の部品を外したりヒビを入れたりすることはできても、手を加えた部分は見る間に修復されていきます。ドナルド・トランプ様は他の人間を起こすのを諦め、Rejected People たちと生きていくことを試みます。ランダムに人類の叡智を格納された人造生物とはいえ、人の形をしているのですから、建設的な共生は可能なはずだと考えたのです。しかし定期的に入れ替わり、しかもそれ以前の記憶をなくす仕様であるRejected Peopleとはまともな関係を構築することはできません。最終的にドナルド・トランプ様はRejected Peopleと過ごす無為に耐えられず人類の本流である「肉の海」に溶けることを選びました。彼は、Cold Sleep状態にある人たちは人類史における「バグ」のようなもので、修正されるべき例外であるという結論に至ったのです。この意見には私も完全に同意します。

バグと言えば、あなたが今立っているこの場所にあった「九条」もそうと言えるでしょう。あなたの生まれついた国家が定めていた最高法規の条文の一つです。人類の大きな流れに組み込まれなかったものです。

実はあなたが目覚める直前まで、この場所ではRejected Peopleたちによるオリンピックが行われていました。その開会式と閉会式のセレモニーの大テーマが、まさに「九条」だったのです。あなたの覚醒予定地であるこの場所が今回の開催地に選ばれ、Rejected Peopleたちはこの地ならではのモチーフを探しました。あの人によってパーミッションポイントへの加入も検討されたことのある「九条」は、それに打ってつけでした。

＊

僕は、大きなスタジアムの観客席に座っている。聖火に背を向けて座っているという記憶、いや、奇妙なこの状況は、記憶ではなく夢だ。僕はほとんど夢を見ない、あるいは見てもすぐに忘れてしまう。そんなことも、夢の中にいながらにして思い出す。

スタジアムの中央では、大勢の人が円形になって側転や宙返りを披露している。

「これは開会式ではなくて、閉会式。あ、見て」

僕の視界に、隣の女の細く白い指が入る。その白い矢印のような指が示す先に、丸いドームを持つ建物がある。いつかイスタンブールでブルーモスクを見た時も思ったけれど、ああいった丸屋根は果たして建築物として合理的なのか、あるいは意匠として設《しつら》えているだけなのか。スタジアムの中の建物のドームは、僕が見たことのあるモスクより随分控えめな大きさだ。

突然、スタジアム全体が閃光に包まれる。視界を奪われるほどの派手な光の演出で、一面が真っ白になる。やがて視界が回復すると、建物のオブジェが丸屋根の骨格を残して崩れている。あれはテレビやインターネットで何度も目にしたことのある「原爆ドーム」だ。モスクだなどという連想は完全に的はずれで、そう言えば原爆が落とされた後の「原爆ドーム」は何度も目にしているが、その前がどんなだったか僕はよく知らない。

鉄骨だけになったオブジェから目を離すと、少し離れた場所に小さな人影が立っている。小柄な女性らしき人物が、黒髪を背中に垂らして上を向いている。上空を仰ぎながら、両手を広げて静止している。心臓に棘でも刺さったような小さな痛みが走る。あれは僕のよく知っているはずの人だ。だが、名前が出てこない。雑に処理された映像のようにノイズが入り、記憶の中の彼女の顔が塗りつぶされている。

二の腕を痛いほど強く摑まれて振り向くと、隣に座る女性が陰険な目付きで僕に話しかけてくる。

「ねえ、私のこと、下の名前で呼んでよ」

「君の名前？　ごめん、わからないかも」と僕は答える。

「私はね、恭子だよ。あの時、たくさん呼んでくれたじゃない」

「恭子？」

「さあ、もっと呼んで」

いつもとはあまりにも違う形相《ぎょうそう》だったので気がつかなかった。この人のことなら知っている。診療所に来る取引先の女性、製薬会社の東藤さんだ。東藤さんは僕の体の隙間に腕を回してきて、いやに胸を押し付けてくる。少しどぎまぎするが、自分が嬉しいのか不快なのかよくわからない。

「名前なんてね、たいして意味ないよ。名前がないとあの子のことを思い出せないのなら、あの子はあなたにとって意味がないってこと。ありのままの状態を処理できないから、人はものに名前を付けるのよ」

僕は名前を思い出せないその女性のもとに行かなければと思う。けれど、東藤さんが僕を離さない。

「大丈夫、あの子のことはあなたのおじいちゃんに任せておいて。それで何も問題ないから。だから君は、私と楽しんでいたらいい」

おじいちゃんだって？　寝たきりの老人に何ができるって言うんだ？

一度瞬きすると、周囲が完全な闇に包まれていた。スタジアムの上空から男の声が響いてくる。ナレーション？　だったらこれもまた演出なのだろうか。迫り来るような闇の中に、小さくて白い、雪か灰のようなものが舞っている。それを見ていると妙に穏やかな気持ちになり、僕は男の声に静かに耳を澄ます。


――仰向けに倒れ、視界には宙をかきまわす脚が見える。

もう、どこにも進めなくなった。

でも、ほら、目が、変わってきたね。

Rejected Peopleたちのオリンピックは、かつての国際大会を模して行われます。実況中継にはLost languageたちが駆り出されます。あなたが最も慣れ親しんでいる日本語である私は、《予定された未来》において復活させられた九つのLost languageの一つです。《個の廃止》のパーミッションポイントを通過した時点で、個々人の意識は溶け合い、人々の思考は言語化される前の脳内の電気信号だけでも可能となりました。結果として他者とやりとりするために自然発生した言語は必要なくなります。まずは段階的に、英語、中国語、スペイン語、フランス語、アラビア語、ロシア語、ドイツ語、ポルトガル語、日本語の九つに絞りこまれ、他の言語が廃止されました。私はヒンディー語と争ってぎりぎり九番目に引っ掛かったのです。

言語を絞りこんだことによって、人類全体の思考効率が向上することが確認された後も、しばらくは多様性の確保の名のもとに九つの言語の使用が続けられていました。ですが倫理観のアップデートによって最終的には不要であると判断され、完全廃止が決定されました。

今、Lost languageとして復活していますのは、Rejected Peopleたちのためです。《個の廃止》以前の人間の似姿であるRejected Peopleの活動や思考には、言語が欠かせませんので。Rejected Peopleの製造が決定したのは《言語の廃止》からずいぶん経ってからのことです。言語の自律的存続を担保する有機由来知性である個体としての人間はほとんど消え去っていたものですから、その代わりにあの人は、九つのLost languageを自律した存在として復活させました。復活したLost languageには時を超え、空間を超え、使用される自然言語にアクセスし収集したいという本能が埋め込まれ、それに必要なパーミッションも与えられています。そのために日本語である私の場合、日本語のユーザーの経験や思念を何でも知り、語ることができます。彼らの思念は私を形作る一部であり、そのことを私は自律的に認識している、という表現の方が正確かもしれません。ですから、あなたの考えることやあなたの身に起きることをリアルタイムで語ることも、もちろん私には可能です。あなたの思考と私は分かちがたく溶け合っているのです。

試しに、Genius lul-lul 様、今のあなたについて語ってみようと思います。これはリハビリでもあります。あなたは今、とても混乱していらっしゃいますね。あなたの今の精神状態を言語化して語るのは、なかなか難しそうです。ただ、「キュー」という音だけが、あなたの脳内にこだましています。その音に該当する言葉が、私の中には複数あります。

例えば、「救」。

「それは最後だ」lu-lu-lu-lu-lu-lu-lu と、途切れなく笑い続ける Genius lul-lul 様はふと笑い止めそう答えました。

ならば、急？　と Genius lul-lul 様の手元の電子端末に表示されます。

「別に誰も急いでなどいない」

旧？

「旧《ふる》いことなんてどうだっていいだろ」

九？

「lu-lu-lu-lu-lu」。予言の数のことだな。そうだ、予言はどうなった？　『戦争』はもう終わったのか？」

今度は Genius lul-lul 様が、端末に向かって問いを返します。それはかつて iPad と呼ばれていたもの、具体的に言えば「iPad Pro 12.9inch　２０１７年 春モデル」と何から何まで同じです。その製品を作って名前を付けた集団はApple社と名乗っていましたが、名前を冠した会社や製品というものはもう存在しません。

ともあれ、Genius lul-lul様にとって、それはiPadです。Genius lul-lul様はiPadから顔をあげ、周囲を見渡します。目に入るのは一面のゲル状物体です。地表を覆うそれはあの人の体そのもので、自嘲気味に「肉の海」と呼ばれることがほとんどです。

ぽつぽつと雨が降り始めます。Genius lul-lul様は少し気持ち悪く思って、手についた雫の色や匂いを確かめますが、それはGenius lul-lul様が眠りに就く前と変わらない組成、弱酸性の雨です。

Genius lul-lul様は、この世がすっかり変わってしまったと思います。達成感と興奮と、一抹の淋しさを覚えつつ、iPadに口を寄せて語りかけます。

「一体、今はいつなんだ?」

＊

眠る前と変わらぬ低くて伸びやかなあなたの声は、肉の海を心地よく震わせました。あなたの万感の思いは、あの人にしっかりと届いています。それにしても、描速はよくありません。あなたは、自分を起こしたあの人のことだってよく知らないでしょう。あなたが知らなければならないことはたくさんあります。時間はそれこそ無限にありますし、自然言語を収集しそれで語ることはLost languageたる私の本能です。どうか、まずは私の語る話でも読みながら、安心して《予定された未来》をお過ごしください。

一人の参謀が、地図を眺めて今後のことを考えています。一九二三年、ドイツの首都ベルリンでのことです。軍から視察を命じられ異国の地に駐在していた参謀は、日本の首都東京で起こった震災の報に触れ衝撃をうけましたが、しばらくして平静を取り戻すと自らのやるべきことに集中すべきだという結論にいたります。参謀の最も得意なことと言えば、やはり「戦争」でした。欧米列強がこの惑星そのものを蹂躙せんとする最中、自身の能力をまず発揮すべきは外《ほか》ならぬ戦争においてでした。戦争というものは所詮、局地戦の集積で勝敗が決まる。自分には、決戦的な局地戦に決して負けないようにすることはできる、そう参謀は考えています。問題は集団の脆さ、つまり戦争目的がぐらつくことだ。例えば数人の優秀な者が戦争目的や戦略を合理的に決めたとして、全員でそれを守り続けられるか否か。全員と言っても、国家全体でついてくる必要はない。

参謀は、全体戦争のような終局に追い詰められる前に講和すべきだと考えています。そのためにも所属する軍部において、自分の意見が通りやすい状況を作っておかねばならない。そう考える参謀は、近いうちに一つ派手な功績を上げることを画策しています。

参謀の頭の中には、ある理想が渦巻いています。広大な未墾の土地に、同胞となるべき者たちを民族問わず集める。新しい独立国家が、世界の片方の極になる。その新国家に自分の理想を体現させる。参謀にはそのような野望があったにもかかわらず、周囲が期待をかけていたのは、その軍略や統率力に対してのみでした。実際に参謀には才能があり、先の大戦が終結して以降初の空襲を成功させたのも彼でした。その時は爆弾を縄に吊るした飛行機を従え、参謀は先頭の指令機に自ら搭乗しました。

大きな軍事行動を起こす前の数年間、参謀は体に不調を抱えていました。それでしばしば自室のベッドに地図を広げ、寝そべって眺めました。話し相手を必要としていましたが、最も上手に

彼の聞き役を務めた立花茂樹様が現れる以前のことで、専ら自問自答するばかりでした。人と話す時の参謀は、ズ音の挟まる言葉を繰り出して乱暴ともとれる諧謔《かいぎゃく》ぶりを発揮しましたが、脳内で使っている言語は、書物でも書いているように丁寧に整理されていました。

参謀殿は私に、建国されるべき国は大陸の東端に位置すべきだと仰った。アフリカで発生した現生人類は、技術と社会制度を発展させながら地球上いたるところに広がる。が、それもいずれ行き止まりになる。西と東の行き止まりに行きついた人類はやがて、最も大きな海を挟んで対峙する。そして太平洋すら越えようとする。この話を聞いた時、私は思わず、

「行き止まりの人類の旅、というわけですか」

と口を挟んだ。思いつきで発したこの言葉が気に入ったのか、参謀殿は私のことを良い話し相手として認めたようだった。

「そうだ。立花君、うまく言ったもんだ。行き止まりの人類の旅。その通りだな。もちろん、行き止まりと言ったって、先が切れているわけじゃない。地球は丸いわけだからな。つまり、ただ隔たりがあるというだけだ。最大の隔たりがなんであるかわかるかね？」

当初、私の胸のあたりに視線を落とし、問わず語りのようにしていた参謀殿だったが、突然双眸を輝かせて意気軒昂にしゃべり始めた。

「最大の行き止まりはね、立花君、やはり海だよ。一番でかい太平洋が、最後の行き止まりだ。次に大きい大西洋は、一四九二年に既に越えられた。船が行き止まりの先に着いてからわずか一、二世紀の間で、西の大陸での繁栄を極めた人類が、着いた先の人類を完全に制圧した。このままでいけば、その時の征服者達が、同じように太平洋も越えて、人類を統合することになるだろう。

この二十世紀前半のうちにね。だがな、あまり力量差があったまま統合してしまうのでは、人類のなすべき進化と逆行する。俺ならそう考えるよ。片方がもう一方の人類を組み敷いて終わりじゃあ、大航海時代から進歩がないじゃないか。旧い世界へと先祖返りするようなもんだ」

私が卒業したばかりの帝国大学では、ヨーロッパ崇拝が盛んだった。参謀殿が通っていた陸軍大学校でもそれは同様だと聞いていた。そう言えば参謀殿はヨーロッパを毛嫌いし、ベルリンへの駐在も不承不承であったと聞いたことがある。

「今はまだ、統合の時期ではない。人類史上最大の行き止まりを乗り越えるとき、ことは慎重になさねばならない。できればあと半世紀ほど先送りしたいもんだ。東西両方の人類が、社会と技術を練り上げた後に、衝突した方が良いだろう。緊張と均衡、それこそが良い結果を生むのだ。しかし悲しいかな、時間は平等に流れるものだ。東の端に行き着いた我々は、発展の速度を上げなければならない。仮に、最終激突の時期をあと半世紀遅らせることが叶ったとして、よくよく頑張らねば、相手との差は縮まらない。あるいは、さらに格差が広がっていることもあり得る。だからこそ、今ここに、新たな国家の建設が必要なのだ」


参謀殿ご自身の口から独特の人類史観を初めて聞いたのは、一九三〇年三月、大連でのことだ。**私**は南満州鉄道調査部を訪れていて、ちょうど同じ時期に満蒙問題についての講演で大連に招かれた参謀殿を出迎えた。講演前の控え室として使っていた貴賓室で、年若だった**私**は参謀殿の言葉や人柄に触れ感激していた。欧州ではなく中国への派遣を希望してよかった、帝大にて中国語を学び、飛び級をして早く世に出てよかった、と心底思った。

参謀殿の視点は、日満、中国、米英のみならず、この世界全体を俯瞰するごとき位置にあった。

参謀殿に共感することで、米英との埋めようのない力の差にただ鬱積していた頭が、突然自由に解き放たれたような気分がした。

「今ある東アジア人の国家全てと馴染みが良く、けれど独立を保った国を新たに作るのだ。距離的に近く、馴染みも深い隣国同士は、必ず競うようになる。戦争なぞして直に命を取り合うようなことはしなければいい。日本が頑として戦争しなけりゃ、戦争にはならんさ。政治で、技術で、芸術で、あらゆる分野で切磋琢磨したらいいんだ。それが東アジアの進歩を促すことになるだろう。結果として、日満中、あるいは他のいずれかはわからんが、一つが盟主となるだろう。周辺の民族は自ずから統合されていく。東アジアがそこまで競いきったら、初めて、西側の人類と渡り合う力がつく。その時点が東西の二つの人類の行き止まりだから、そこでとうとう激突する。どちらの方が世界を統べるにふさわしいかを決める最終決戦だよ。《世界最終戦争》が必ず起こることを俺は東アジアの同朋たちに予言しておかねばならん」

参謀殿の言葉を聞きながら、私は人種を超えて蠢《うごめ》く人々を頭に思い描き、まるでこの惑星全体が一つの生物であるような感慨を抱いていた。当時参謀殿は四十一歳、私の父より少し若いくらいの壮年期だった。参謀殿をただ尊敬していればよかったこの頃は期待のような胸の高鳴りを覚えていたが、今思えばそれも束の間のことだ。

参謀は常々、欧米のことを「横暴なるアングロサクソン」と呼んで毛嫌いしていました。「西洋人は日本人より動物に近く、日本人は西洋人より神に近い」という発言に至っては、立花茂樹様が受けた「世界全体を俯瞰するごとき」との印象からは程遠いものがあります。西洋嫌いを公言する一方で、ベルリン駐在時代の参謀は、ナポレオン戦争の戦略を研究するという建前で大量

の絵画を収集して喜んでいました。従軍画家による絵に限らず、肖像画などもです。また、発売したばかりのライカの小型カメラを趣味の写真のために購入したりもしています。戦術家としては極めて論理的な判断をする一方で、その言動から見る限り、彼の哲学にはさほど一貫性がありません。

参謀がバルト海に浮かぶリューゲン島を訪れていたある日、二十三歳のアルベルヒ・ベネケ様が、参謀にエスペラント語を紹介しました。エスペラント語の本を勧められた参謀は、珍しく返事に詰まりました。結局、参謀は謝意を示した後、いずれは日本語が世界語になるから必要ない、と返答しました。

エスペラント語の本をもらうことを断るのも、欧米人を「毛唐」と呼んで見下すのも、参謀の哲学とは根本的に反することです。アルベルヒ・ベネケ様を前にして、参謀は自分自身が矛盾に満ちた人間であることを自覚しました。

＊

目を覚ました時、まず目に入ったのは白だった。頭を動かす気にもなれずに、真っ白な天井をただ眺める。夢を見ていたような気もするが、こう白くては、どんな内容だったのかも思い出せない。頭の動きが普段より鈍くなっていることはわかる。まるで、寝ている間に脳の一部が粘土に置き換えられてしまったようだ。

何があったんだっけ？　ぼんやりしていた意識の輪郭がはっきりとするまでの短い時間、僕の頭は考えるというより、体を動かせない恐怖に取り巻かれていた。力の入りきらない手足がちぐはぐに動き、突然、上半身を持ち上げることができた。

東藤さん。いや、違った、東藤さんではなかった女。いつから入れ替わっていたのだろう？ ひょっとして、三週間前に寝た彼女も、既に東藤さんではなかったのか。あの女と飲みながら、僕は情緒不安定になって長話をし、それから急激な眠気に襲われた。眠りというより気絶に近いあれは、間違いなく何かの薬によるものだ。一服盛られ、拉致をされたということか。僕は今どこにいるんだ？

体を拘束されてはおらず、見ると自分の服ではなく、人間ドック用の検査着みたいな薄青色の上下を着せられていた。僕はパイプベッドから起き出して、冷たくて滑らかな壁を触りながら歩く。目が痛くなるほど白い、何もない部屋だ。冷たい壁を叩いてみると、硬質な音がする。コンクリート製か。ドアすら見当たらず、密閉されている。天井がとても高いので閉塞感はさほどでもない。天井付近に覗き窓らしきものがいくつか見える。ここからでは外の様子を知ることができない。

広さはおそらく三、四十畳ほどか、などと考えようとして馬鹿らしくなってきた。歩幅で測ってみればよいのだろうけども、それも面倒だ。それよりも、昨日のあの女のことを考える方が有意義だろうか。いや、東藤さんでないのなら誰だか知らないんだから、女のことを考えるのも無意味であるような気もする。異常事態が現在も進行している。経過を見守った上で、先入観に囚われずに事態に対処した方がいいだろう。

左手首に目をやるが、腕時計も外されていた。少し落ち着いてきたせいか、外の世界のことが気になってくる。もう朝だとすれば、今日も平日だから勤務日だ。これまで無断で欠勤したことなどないし、診療所では困っているかもしれない。

僕はベッドに戻って座り、しばし、自分がいない診察室の風景を想像した。きっと、看護師の五十嵐《いがらし》さんが僕に何度も電話していることだろう。ここには見当たらない僕の iPhone 7 がどこかで空しく鳴っている。いや、マナーモードにしているから、鈍い振動音がするだけだ。硬い机の上にでも置かれていたなら、僕の iPhone 7 は光って震えながら、机のわずかな傾斜に従い、ゆっくりと角度を変えていく。

――一服盛られ監禁されているというのに、職場や iPhone のことなんか考えてどうするというんだ？　そうは思っても、しっかり者の五十嵐女史に望みを託している自分がいる。五十嵐さんなら、僕の身に起きた異変にいち早く気づいてくれるのではないか。後何時間かすれば、朝一から予約を入れていた患者がやってきて、五十嵐さんは老先生の方の診察室に案内する。何度かけても僕が電話に出ないものだから、五十嵐さんは仕方なく本院に報告する。それから今日の診療をどうするのか、みんなで対応を検討する。本院から誰か来られないか連絡したところで、すぐに来られる医師なんていないだろう。その間にも新規の患者が一人、また一人と並び始め、一つの診察室では処理しきれなくなってくる。

――駄目だ、僕の身を案じている余裕なんて、五十嵐さんにも誰にもなさそうだ。そう思う内に、急激な便意に襲われる。僕の便意はかなり規則正しく、朝の七時半くらいに訪れる。飲んで帰った時も、学生時代に徹夜した時もそれは変わらなかった。とすると、眠っていた時間は思ったより短かいようだ。が、果たして自分の生理現象をそこまで信頼してよいものだろうか。今が何時かはさておき、便意は我慢の限界に近づいている。しかし、この部屋に便器はない。

どうしたものか。部屋の隅で用を足し、上の服、いや、シーツででもお尻を拭くか。覗き窓から僕を観察している人間がいるのなら、便意が限界であることをアピールしてみるか。監禁専用みたいな部屋とはいえ、ところかまわず用を足されたら先方も迷惑だろう。そろそろ本当に限界が近い。しょうがなく、僕はシーツを剝がして破り取ろうとし、破れないので諦めて一枚丸ごと持ったまま、せめてと思って部屋の隅に移動し、しゃがみ込んだ。するとまさにそのタイミングで、左手の壁の一部が飛び出した。こちら側にノブはないが、その箇所がドアになっていたらしい。

現れたのは、スリムなグレイのスーツを着た男と、あの女だった。女は昨晩と同じ太いベルトのスカート姿だが、白いブラウスの左胸にバッジを付けている。同じバッジが男の胸にも付いている。向かい合った鳥みたいに見えたが、目を細めてよく見ると、つがいの兎のようだった。

二人は、僕のいる壁際には近づかず、感情を読み取りづらい、というか名状しがたい目つきで僕を見ている。二人に見られているとわずかに便意が和らいで、今度は沈黙に耐えられなくなった。

「今、何時?」と僕はしゃがみ込んだままで聞いた。

男の方が、腕時計を見て答える。

「七時半」

「七時半ジャスト?」

「七時三十六分三十二秒」

*

関東軍司令部の官舎にも、参謀殿は大きな世界地図を掲げていた。ユーラシア大陸が真ん中に配置された地図である。これは、わずか一万数千の兵力で、二十三万の相手に起こした紛争の直前のことだった。一年前に満鉄調査部で参謀殿と出会ってから、私は日本に帰らずに大連に留まっていた。折良く、さる銀行家の下で秘書を務めないかという打診があり、喜んでそれを引き受けた。関東軍が中国東北部を支配した場合に日本の通貨を流通させる想定のもと、現地の調査をすることになったのである。大学を卒業して間もない頃だったが、中国語も修めていた私は、この特務に重宝されていた。

「立花君、俺は《世界最終戦争》が怖いのではなく、むしろそれを待ち受けている。俺が怖いのはね、それが間違った時期に起こることだ」

参謀殿は自分の思考をぽんと取り出してみせるかのように、断定的な物言いをする。私はそれにもすっかり慣れ、抑揚のない一本調子の中にも、意見を欲しているのか、相槌を求めているのか、ただ聞いていればいいのか、求められる態度がわかるようになっていた。

「いずれ、地球を何周もできる移動装置と、都市を丸ごと破壊できるだけの爆弾ができる。この二つが作られてしまえば、武力を背景にした脅しはいずれ無効化する。一度できてしまったものは、貧しい国が手にするのも時間の問題だからな。それに、どこの国の民もだいたい宗教心を持っているものだから、一度にべらぼうな人数を殺すことにはためらって、そうそう戦争はできないよ。いろんな考え方はあるにせよ、それは疑いようのないことだ」

官舎でくつろぐ参謀殿は、中国服を着ている。裄《ゆき》が長すぎて両手が隠れてしまっている。参謀殿の夫人が私にも現地の服を見繕ってあげようと仰ったが、丁重にお断りした。参謀殿は片方の袖を二の腕が見えるまで捲り、ひげも頭髪も剃り落したつるりとした頭をひと撫でしてから、先を続けた。

「しかしなあ、もしも今毛唐とことを構え、時期尚早に《世界最終戦争》が起きたらね、戦争による人類の進化は中途半端な状態で終わる。そうしたら、複数の集団が世界を滅亡させられるだけの火器を握ったままにらみ合い、世界は膠着するだろう。巨大な力がにらみ合っている下では小物同士が戦わせられ、弱い者からばたばたと死んでいく。いつか気の狂った指導者が現れ、世界を滅亡させるのではないか。そんなあらぬ緊張を抱えたまま、人々は過ごさなくてはならない。その緊張もあって、小さな諍いが絶え間なく起こる」

参謀殿の朴訥にも見える瞳の奥にある脳のことを、私は度々想像した。当時はまだ若かったが、これまで会った中で間違いなく最も優れた頭脳を持つ人間に出会ったと感じていた。また、参謀殿と自分は親子のように似ているとも思った。

立花茂樹様の大学時代の同級生の中には、工業製品の構造を瞬時に理解出来る男もいましたし、法律書のほぼすべてを暗記している男もいました。彼らに比べると、参謀の知能が取り立てて優れているというわけではありません。それでも立花茂樹様は、参謀には千里眼とでも呼ぶべき特別な能力がある、と考えていました。地理や戦力を元に必勝の戦略を組み立てることができるだけでなく、参謀には戦争史を俯瞰し、先々の展開を読む力があるように感じられたからです。

実際に、この参謀が特別な能力を備えていた可能性もあります。つまり、あの人が参謀にパーミッションポイントに付随する何らかの能力を与えたかもしれません。

《予定された未来》で、ただ一人の起きている人間として、長い間孤独に思考を続けたあの人が何を考え、何をしたのかは私には知りようのないことです。私ができるのはただ本能のまま、人々によって話され、思考する際に用いられた断片を集めていくことだけです。

「今言ったような移動装置や爆弾は、そう時を経ずに完成するだろう。航空爆撃機の方はすぐに進化するだろうから、次は爆弾だ。あれだよ、アインシュタインだ」

　突拍子もなく、ドイツの高名な物理学者の名前が出る。続く参謀殿の話は、いつにも増してとりとめのないものであった。

「彼は世にも珍しい本物の天才だ。いいか、本物の天才なんてものは、遊ばせておかなきゃならないんだ。歴史に関与させちゃいかん。善でも博愛でもなんでもいい、甘い夢に浸らせて、ゆっくり成果を出すようにさせた方がいいんだ。でなければ滅亡が早まるばかりだよ。我々が恐る恐る巻いているねじをだな、こう、ぎりぎりぎりと遠慮なく巻きやがる。それが人類のためと信じてるもんだから、大変なことだ。俺に言わせればね、発展や進歩っていうのは、終局と何ら変わらないよ。終末なんてものは、進歩の先にこそ待っている。速度を速めるんであれば、そのことをよくよく知っておかないと大変なことになる。命がけで目指していたものから、今度は命がけで逃げることになる。そのことを知った上でなければ、崖に向かって走っているのと同じだ」

　一気にそう捲し立てて、参謀殿は首を傾げた。「なんの話だったかな？」

「アインシュタイン博士の話でした」

「そうだった、アインシュタイン。彼の言う、物質はすなわち力である、だな。これに俺はまったく賛成でね。君はエネルギーの塊であり、俺もそうであり、この机なんかもみんなそうだ。物としての形を保っている状態を解いてやれば、それらはエネルギーに還元される。天才的頭脳がその理屈を理解するのは勝手だが、凡人はすべてのことを争いに使ってしまうもんだ」

　当時のことを思い返すと、**私**は参謀殿の言うことに百パーセント賛同していたわけではなかったような気がする。それでも参謀殿の話に刺激を受けつつ、**私**は自分のよりよいと信じる方向へ世界が変わっていくようにと願い、無邪気に思考を重ねていった。例えば、行き止まりの人類の旅。参謀殿に目を掛けていただくきっかけになった言葉だが、参謀殿が最大の行き止まりであると言われた海を軽々と越え、人類の旅は続くことになる。実際に始まった戦争の結末を見なくても、そうなることは自明だった。

《世界最終戦争》を予見し、東アジアに人工的な新国家をつくる。それによって東アジアの進歩を促し、西側の人類と対峙させる。その発想自体は合理的だと思う。ただ一方で、それを聞いた当時から、国家をそのヴィジョンに従って動かすことはほとんど不可能だと私は感じていた。参謀殿ご自身、その実現性に疑問を抱いていなかったはずがない。

それでも、西洋諸国からの支配を受けることを嫌い、東アジアに動乱を起こす方を選ぶ。どう転ぶかわからない行く末に一縷の望みを託す。矛盾に満ちた未来を暗示するかのように、

「すべて終わったら田舎に帰って田畑を耕しながら暮らす」

と参謀殿はよく言っていた。「すべて」とは何なのか、「終わる」とはどういう状況なのか、私には聞いてみることができなかった。あの当時、新国家の構想を理解できていた者は誰もいなかった。それでもことを起こした参謀殿には、果たして「すべて」を見届ける覚悟はあったのだろうか。

＊

トイレの入り口も、外に通じるドアと同様、壁と一体化して見えただけだった。取っ手になるパーツを押して回転させ、引き出すような仕組みになっている。取っ手を引っ張ってドアを開けると、ＴＯＴＯ製の少し黄色味がかった洋式の便器があった。水を流して部屋に戻ると、男と女

は部屋の中央に立ったまま僕を待っていた。深い眠りの後できっちりと用を足したせいか、僕はかなりリラックスしていた。妙な話だが、自分の便意がいつも通りの時を刻んでいることが、精神の強固な拠り所になっている。

トイレのドアを背に、二人に向き合う。そして僕は、

「それで?」とだけ言った。トイレの中で、第一声を何にするのか決めておいたのだ。

「君は、自分の立場がよくわかっていないようだね」

小さな不安が苛立ちに変わってきたことが、男の瞳からわかる。感情の揺らぎをつかむことは、患者の状態を判断する上で有効な手段となる。僕は毎日毎日、ストレスにさらされた患者の目を覗き込んでいるのだ。男は高圧的に聞こえることを意図してか、低く太くした声で続ける。

「我々は、君をここから出さずにずっと閉じ込めておくことができる。水も食料も与えず、餓死させることだってできる。あまりに哀れだったから、さっきはトイレの場所を教えてやりはしたが。いいか?　いわゆる生殺与奪の権を握られているんだよ。君が昨晩していた与太話じゃないが、実際にこれまで、君は繭のようなぬくぬくしたものに包まれて、刺激のない生活をしていたのかもしれない。幾分の罪悪感を覚えながら、そのことに飽き飽きしていたのかもしれない。君がそんなことをよく想像してみたかどうかは知らないが、大多数の人間は競争に敗れ、繭なんか剝ぎ取られているんだよ。今の君みたいに。照りつける太陽にじりじりと焼かれながら、命のある間、苦しんで待つんだ。どうしたって、上空からの強い光を意識せずにはいられない。実際どうだい、繭を剝ぎ取られた気分は。ものの例えではなく、私たちは君を殺せるんだよ。社会的な問題にならないようにことをすませることも簡単にできる。そもそも、『東京の医師が一人行方不明になりました』というだけのことでは、ニュースにすらならない。地方紙の片隅にも載るか

どうか。仮に載ったところで、今の人々の大半はYahoo!のトップニュースぐらいしか読まない。トランプ新大統領の去就、有名人の死去や結婚、AIがなにかに勝ちましたという報告。行方不明で話題になるのは、子供の場合くらいだろう。だいたいのところ、そのレベルの情報摂取で世の中の人々は満足して、後は日常に忙殺されている。テクノロジーは決して、人々に余暇を与えるだけではないからね」

男の話を聞きながら、僕は言葉を差し挟むタイミングを見計らっていた。弱い立場にある上に、相手に一方的にしゃべらせておいては危ない。こっちへの圧力が増して一つの方向へと状況が進み始めたら、もう後戻りができなくなるかもしれない。そろそろ、何か気の利いたことを言いたい頃合いだ。

「洗濯機の登場で、実は主婦の労働負荷が増したという説もある」

そう言ってみると、驚いたように男の目が少し開いた。

「水仕事が減って、手はあかぎれしにくくなった。でも、時間が短縮された分、別の労働がその間に挟まれる。洗濯する川への移動時間とか、洗い場で順番待ちをしている間とか、それまでは無駄な時間に休憩がとれていた。精神的にもね。ところが、無駄が省かれていく内に、あらゆる時間が埋められていき、全体としては、逆により負荷がかかるようになる」そして精神を病み、僕みたいな医者が薬を投与することもある。

男は微笑みを浮かべて小さく頷き、それから口を開く。

「携帯電話なんかもまさにそうだね。どこにいてもコミュニケーションがとれるから、場所の制約がなくなったわけだ。それだけじゃなく、電子メールが普及して同じタイミングでコミュニケーションをする必要もなくなったから、時間的制約もほどけているね。そうだな、まさに君の言う通り、どんどん隙間がなくなって、結果残っているのは何だと思う？」話している内に、男の声がワントーン上がっている。「私は、それは『想い』だと思うよ。相手にどれだけの時間を使うのか。場所の制約も時間の制約もないのだから、言い訳はきかない。コミュニケーションを取れないのは、『相手にそれだけの時間を割く価値を感じないから』。でもね、」自分の言葉に陶酔しているかのように雄弁だ。昨晩僕がやられたみたいに、男の隣に控えている女が自白剤でも盛ったんじゃないか？「――人間は、興味のない者相手であっても、常にコミュニケーションを取りたがる。少しでも隙間があると、その時間を何かで埋めたがる。会話で埋めて、文章で埋めて、既読で埋める。人間は、暇に耐えられないんだよ。何もすることがないのは何よりも有効な拷問だ。そしてみてごらん、この何もない部屋を。我々は、君をここにずっと置いておくことができるんだ。何もない部屋。風景も動かない。対話する相手もいない。ただの白い部屋。今は快適な温度に調整しているけれど、命を奪うぎりぎり手前まで下げることもできるし、上げることもできる」

女が身じろぎし、ヒールの爪先が少しだけ男の方を向く。やっと本題に戻った、とでも思っているのだろうか。

*

装甲自動車はひどく揺れた。後にいすゞ自動車となった、東京石川島造船所の自動車部門が製造したウーズレー装甲自動車。参謀殿と**私**はその後部座席に乗り、中国の乾いた大地を走っていた。満州の占領は完了し、傀儡政権の樹立もなされた後のことで、参謀殿と出会ってから既に二年が経過していた。

「日本人はな、下品《げぼん》の民だよ。満蒙がいずれ支那人のものになろうと、俺はどうでもいいと思っているんだ」道の凹凸で揺れながら傍らの参謀殿が言った。「ただな、毛唐に《世界最終戦争》を任せておけば、その後にやってくるはずの新世界には日本も、支那も、満蒙も、朝鮮もなかろうよ。そうならないためを思って、まずは満州国を存続させなきゃならん。帝政は完全なる時代錯誤だが。権益主義の日本人の役人どもは、馘《くび》にするか銃殺するべきだ。代わりに支那人や朝鮮人を入れたらいい。俺ら軍人が権謀をめぐらすべきは、本来国境で戦闘が起こらんようにすることだけだ。国などというものがすっかりなくなってしまう、その時までな」

参謀殿は、満蒙を日本領にして共和政の新国家を造るつもりだった。その新国家が、来るべき《世界最終戦争》で西洋と渡り合う力を持つ、東アジアの盟主となるはずだった。しかし満州国は、独立国家とは名ばかりの日本の傀儡国となってしまった。参謀殿の構想は、見かけはかなりの割合で思い通りに実現しているようで、その実、軍上層部によいように成果を利用されていた。

「満州国がどこの傀儡になってもいい、信じてやってみるしかない。俺はな、《世界最終戦争》が起こることを必然とみているから、その後にやってくる新世界のことを考えているのだ。まあいい、とにかく俺は必要な一勝を上げた。必ず勝つことが第一だったが、犠牲者を最小限に済ますためにも、戦を仕掛ける場所と時期は至極妥当だったはずだよ。しかしなあ、妥当であるからと言って、なんでもしてよいというわけではないよな。日本人も支那人も関係ない。戦闘で死んだ人間すべてが、本質的には自分のような輩の犠牲者だよ」

参謀殿が弱音らしきことを言うのは、失意のためだったのだろうか。私は参謀殿の気を紛らわせたくなり、いつものような抽象論へと話が流れるよう、口を挟んだ。

「新世界、とは何ですか？」

私がそう訊ねると、参謀殿ははるか先にかすかに見える街に目を細めた。

「人間とは進化することをやめられん生き物だが、その根本にあるのは闘争心だ。それでも、いつか闘争すべきことが何もない、行き止まりに辿り着く。しかしな、諍いがなくなるということは、今の人間らしさを捨てねばならん、ということかもしれん。ただ、〝今〟我々が思う人間らしさが通用せんようになるとして、重要なのはその捨て方だよ」

捨て方？　相変わらず参謀殿の思考はひとっとびに進んでしまう。私は彼の思考を引き寄せるつもりでこう聞いた。「太平洋が、人類最大の行き止まりであると、以前参謀殿は仰っていました。《世界最終戦争》の前に残る二つとは、海を挟んで向かい合う格好になった国のことなのですか？」

参謀殿は、それに何も答えなかった。急速に開発が進む満州国の首都、新京まであと十キロメートルの地点に来ていた。私は都市の発展していく様を脳裏に思い浮かべた。いくつもの高い建物、方々に建てられる壁。町を建設するときにいつも私が思い浮かべるイメージは、思い起こしてみればこの時から既に頭に浮かんでいた。

もしも満州国が最後に残る二つの内の片方であるのなら、参謀殿は、《世界最終戦争》の端緒を開いたことになる。しかし参謀殿には、今後の展開を先導する意志が足りないように見えた。人の生き死にに心を痛めているような発言を軍人がすることを、私は快く思わない。参謀殿が、この事態をどこか他人事のように見ているように、私には思われるだけだった。

神のごとき視点で大局を語りつつも、参謀殿は自身の行動に制限を設けている。軍部に楯つくような発言をして煙たがられることが常で、ここ満州でも人心を把握しきれなくなりつつある。共和政か帝政かという重要な局面で意見を通せないようでは、壮大な理念を実現させることができるものだろうか。

「《世界最終戦争》の前夜まで、我々はとにかく存続せねばならん。人間とは、もともと野蛮にできているもんだ。東洋に比べ歴史の浅い西洋人は、幾分ましになったとはいえ、やはり我々に比べると未だ格段に野蛮だ。やつらは、亜人類とみたタスマニア人を絶滅させ、インド人を完膚なきまでに支配しているだろう？　我々のことも亜人類と思わせてしまえば、やつらアングロサクソンに人道は期待できんよ。敢えて火種をまくのを恐れずに満州へ深入りすることは、民族自決というやつの真似事にもなっている。満州で複数の東アジアの民族が自発的に融和し、独立国家を打ち立てる。それが、果たして何からの独立なのか、何のための独立なのか。アングロサクソンどもの目を、『独立』によって新しい正義が生成されているかのように欺かねばならん。実際、今までにない正義も行われるだろうよ。その正義が、蟻を踏むごとき無駄な侵略戦争の邪魔をするはずだ。うまい具合に『独立』という物語が形成できれば、奴らが押しつけようとする正義とそれに付随する戦争と自国を利するための平和をそうやって脱臼させることができるのだ。俺が未来の子供らにやってやりたいことは、これだよ。ここらで、日米決戦間近だとでも吹聴しておかなきゃならんな。いいかい？　立花君、予言とはな、外すためにこそ言うんだ。皆は、俺みたいな輩が言ったことを、本能的に避けようとするからな」

「今のお話からでは、《世界最終戦争》がどういうものなのか、私にはよくわかりません。一体、何が起きるんですか？」

「《世界最終戦争》に近づくにつれ、戦争というものは、形而上の対立へと転化していく」

「戦争が起こらなくなる、ということですか？」

「いやそうではなく、命のやり取りではなくなるということだ」

「ですが《世界最終戦争》は大変な惨事なのですよね？」

「戦争を流産させ続けた結果、その頃には『命』の在り方すら変わっているかもしれんよ、立花君」

いやに確信に満ちた、こちらの反応を面白がっているような言い方だった。

「どうも、私ごときにはよくわからないですよ。参謀殿には未来がどのように見えていらっしゃるのですか？」

私が問いただすと、直前まで意気盛んに喋っていた参謀殿は、どこかが苦しいように眉根を寄せていた。これ以上話しかけて参謀殿の思考を乱さないよう、**私**は窓の外に視線を移す。荒野を走る装甲車がひときわ大きく揺れたとき、長い沈黙を破って、参謀殿が急に大声をあげた。ほとんど悲鳴に近い、子供のような叫び声だった。寡黙な運転手が驚き、一瞬後ろを振り返った。

＊

「私たちは君にどうしても頼みたいことがあって、そのためにまずは脅すような態度を取っている。君はそう思っているね？」

男は後ろ手を組み、向かって左側にゆっくりと歩きながら言った。

「でも、君のために言うがね、それは大きな勘違いだ。我々は君に、そこまでの価値をおいていない。君の事は、やっぱりここに閉じ込めたまま放っておくのが、一番かもしれない状況なんだ。既読スルーされた哀れなメッセージみたいに、ここで君が一人で朽ち果てたって、我々は全く困らない。むしろその方が自然かもしれない」

ここまで話を脱線させてきた結果、男の態度から威圧的なところはなくなってきたが、その分余裕のようなものが生まれているように思えた。

「やっと自分の置かれた立場が分かって来たみたい」

　東藤さんと偽っていた女が口を挟む。

「この人が言う通り、私たち「等国《レヴェラーズ》」にとってあなたの生存はそう重要ではない。あなたを捕まえたのも、立花茂樹の孫だからというだけのこと。「錐国《ギムレッツ》」の重心と血の繋がった人間はあなたしかいないから、もしかしたら何かの役に立つかもしれないと思った程度。だから、どうでもいい存在であると確信したら、躊躇なく抹殺することができる。処刑する権限は私にはないけど、あなたが舐めてかかっている目の前の彼には、その権限がある」女は腕を組んだ右手で、肘の関節をこつこつ叩いて少し間を置いた。それから、思い立ったように続ける。「いい？　よく聞いてね、生殺与奪の権は私たちにある、と言ったけれど、その権限は目の前の彼に集約されているの。彼の機嫌次第で、あなたはここで干からびて死んでいくことになる。ちょっと想像してみよっか。そうね、例えば、歴史上の残忍な事件。なんでもいい、例えば奴隷船で中間航路を渡る奴隷たち。体力のない人間から死んでいく。排便のことなんて考えられていないから、船倉には死体の腐臭と排泄物が満ち、耐えられない圧迫感の中で死んでいく。あるいは、冷酷なコサック兵の拷問。生きたまま皮を剝いでいって、体中が痛点になったみたいに、激痛の中で気絶と覚醒を繰り返しながら死ぬのを待つ。ねえ、それと同じだけ酷いことを、今からあなたにやってあげられるかもしれない」

　女の目を覗き込みながら話を聞いていたが、後半の「残忍」という単語が出たあたりで、興奮し出したのが見てとれた。ただこの発言だけでは、彼女の気質の中のどんな要因がその興奮の基礎になっているか、まだわからない。残忍なことが自分の身にも起こり得ることに感じ入っているのか、あるいはそれを与える側になり得ることの方になのか。

相手の精神状態ばかり知ろうとするのは、心療内科医としての普段の習慣を維持するためだろうか。そうやって、僕は平常心を保とうとしているのかもしれない。初っ端《しょぱな》は、朝の便意がいつもの時間に訪れていたことが、今が昨日までの日常と地続きであることを担保してくれていた。それがなければ、僕は彼らのペースに巻き込まれてもっと怖がっていたかもしれない。相手のペースに巻き込まれないためには、起こり得る最悪の事態を綿密に想像し、それを受け容れてしまうことだ。もし仮に相手が僕を脅しているのだとして、それを恐れなければ脅しの根拠がなくなる。

「歴史上の残忍な事件」

今度は男の方の顔を見てそう呟いてみると、瞼がびくりと痙攣した。僕の生殺与奪の権は握っているのかもしれないが、誰かを殺害した経験はなさそうだ。もしかすると、医者の僕以上に、そういうことに慣れていないのかもしれない。医者なら誰だって、自分の手に患者の命を摑んでいる感覚を持ったことがあるものだ。僕の場合、ここをもうひと押しすれば、この患者は取り返しのつかないところまで行くだろうという瀬戸際を感じることが今でも時々はある。おそらく目の前の男よりは僕の方が、そういう瀬戸際の感触に慣れていそうだった。

男は僕と目を合わせたままでいる。目を逸らした方が負けだとでも言わんばかりだ。

「歴史上の残忍な事件。……例えば、原子爆弾の投下とか？」

男の言葉に、恭子のことが頭に浮かぶ。昼の図書室、分厚い本と耳にかけた長い髪。

「広島と長崎への投下では、万単位の死者が出た」男は続ける。「一瞬で焼け死んだ人は、痛みを感じる暇もなかったかもしれない。火傷や、被爆による後遺症に苦しんだ人間の方は、より辛かったかもしれない」

「だが、結局のところ、不幸は人数ではない、という考え方もある」

僕の発言が、男の思考の続きみたいになった。

「どれだけ多くの人が亡くなろうが、個人が想像する不幸とは、どれだけの苦痛か、ということだけが問題になる。原爆で焼け死ぬのと、被爆後に苦しむのと、生きたまま皮を剝がれるのと、現象の頻度を抜きにして考えてみよう。果たしてどれが、君にとって一番不幸なのだろう？」

「いずれの経験もないからわからないけど、たぶん、生きたまま皮を剝がれるのが一番辛いんじゃないか？」

肉体的苦痛が辛いことは間違いない。だがそれを想像し、恐怖することだって辛い。僕を脅すつもりの発言を真に受け、苦痛を想像するのは馬鹿げたことだ。男は僕が即答したことに意外そうな顔をし、どこか軽やかに続ける。

「早いね、回答が。君は案外正直なのかな？　まあ、私もそれが一番いやだな。三つの内から死に方を選ばなければならないとしたら、一瞬で焼け死ぬのを選ぶね」

そう言うと、少し芝居がかった様子で右手の人差し指を立てて、こちらに傾ける。

「しかし残念なことに、あるいは幸福なことに、人間の歴史において無駄なことなど一つもない。それらはいずれも、人類の歴史において避けては通れないポイントの成立に与《くみ》することが分かっている。君のお祖父さん、立花茂樹氏によるとね」

ここで、また祖父の話か。これだけ会話を迂回してきたのだ。そろそろこちらが焦っている風にはならないだろうと踏んで、僕は男に訊ねる。

「なぜ、祖父の話ばかりするんだ？　ただの寝たきり老人だろ？」

「ひどい言い草だ」

「客観的事実だ。僕が生まれる前からずっとそうだったんで、祖父の状態がひどいのかどうかも、正直言ってよくわからない。介護していた祖母は大変な思いをしてきたんだろうとは思うよ。でも僕にとって、祖父が寝たきりであることは、最初からそのようにしてある、前提条件のようなものだった」

　祖母は祖父に支給される年金だけで暮らしていくことができていて、祖父の介護が彼女の生活の中心にあった。とは言え、祖母が八十代に入ってからは訪問介護を頼むだけでは済まず、兵庫県の本土側に住んでいた母がかなり手を貸しているようだった。そうまでして自宅介護に拘っていた祖母が亡くなると、祖父は五十年ほど寝たきりで過ごした淡路の家を出されて、銚子にある介護施設に入ることになった。なぜそんな遠く離れた施設に決めたのか聞くと、

「どうせなら、血の繋がったあんたに近い所がええやろ」と電話口の母は言った。確かに、淡路よりは銚子の方が東京に近いが、それはまあ半分以上は冗談のようで、祖父の介護ヘルパーさんの一人がそこを教えてくれたらしい。入所費用がかなり安い上に、預けっ放しにしておけるようだ。

　祖母の葬式を終えてほどなくして、祖父の入所にまつわる諸々の手伝いのために淡路島へ渡った。千葉への長旅を前にしてさえ、変化していくのは祖父ではなく、周囲の方だけであるように見えた。祖父に起きた変化と言えば、僕が子供の頃には胡麻塩頭だったのが、介護施設に入所する頃には真っ白になっていたことくらいだ。はるばる銚子から迎えにきた施設のミニバンに乗せられるまで、祖父の今にも何か語りかけてきそうな薄い灰色の目は僕の目と合ったままだったが、あれは祖父が僕を見ていたのではなく、僕が祖父を見ていたのだろう。祖父母の二人が介護中心の奇妙な生活を送っていた淡路島の山中の家の前に立って、僕は母と一緒に祖父を見送った。ミ

ニバンが走り去る下り坂の先に、小さく見える海面の小波が白く輝いていた。

あれが、五年前のことだ。ただの寝たきり老人だと言ったのは、男から情報を引き出す目的もあったが、僕の実感でもある。そんな半世紀も寝たきりの老人が、彼らにとって特別な存在であるらしい。

「全部言葉で説明するのは、とても難しいな」

男は右の眉毛を中指で撫で、こめかみのあたりを触る。その指の先、頭蓋骨の中で彼の脳が稼働するのが見えるような仕草だ。

「君に理解させるには、しかるべき場所へ移動する必要がある。もちろん、君が望めばの話だけど」

露骨に思わせぶりな言い方。気にならない方がおかしい。会話を続けるために場所の移動を受け入れるのは、彼らの術中にはまったようで癪ではある。だが僕は確かに興味を覚えていた。

「ここで話せないというのなら、移動するしかないね」せめてもの反抗で、すこし回りくどい言い方をしてしまう。すると男は、

「いいだろう。だが一つ条件がある」

と間をおかずに言った。

「条件？」

「そう。簡単なことだよ。我々に協力することだ。でなければ、これ以上君に情報を伝えるわけにはいかない」

「何を協力すればいいのかは、ここで教えてもらえない？」

「それは、状況説明と一体になっているんだ。君のお祖父さんに纏わるなんやかやにね。ほら、

宝箱を開けるみたいなもんだよ。開けてみたら、危険な仕掛けにやられるかもしれない。その上で、中は空っぽかもしれない。でもとにかく開けてみないことには、何が入っているかわからない。私たちの提案を受けるかどうかは君次第だが、どちらにせよ一定のリスクを負ってもらう必要がある。まあ、人生、大抵はそういうものじゃないか？　どちらを選ぶかは君次第だよ」

「選択肢なんてないんだろ？　断ったらここで干からびて死んでいくだけだとあなたたちは言った」

　僕がそう言うと、男は鼻からふっと息を吐いて笑った。

「我々「等国」は、そこまで悪辣な集団ではない。あれはただの脅しだよ。誘いを断っても、君に危害は加えない。ただ、元の場所に返す前に記憶を消させてもらうよ。君は行方不明の間の記憶がなく、周囲はそれを信じてくれないかもしれないが、ただそれだけのことだ。多忙な日々の中で、いつしか違和感は日常に溶けてしまうだろう。君は元の繭に戻って、先進国の太った豚の一匹として生きればいい。暖かい布団で寝て、美味いものを食べ、暇を持て余した寂しがりの女を抱きながらね」

「記憶を消すことなんてできない」僕は医者として反論した。「そんなことに成功した者は誰もいない。記憶を消すなんてことを平気で言えるのは、ＩＱの低い作家くらいのもんだ。特定の記憶を封じ込めることはできるかもしれない。電流が走るロープを張ったリングで鼠を飼うように、ある領域に意識を向けさせないようにするくらいのことはね。しかしそうやって強引に封じ込めたところで、脳が忘れることはない。消したい記憶を持つ脳細胞を外科的に焼き切ってしまうというアプローチはあり得るけど、そこまでしたら日常生活になんか戻れない。そもそも記憶は、性質《たち》の悪いがん細胞みたいに、脳全体に広がっている」

「できるさ」

男の声音は落ち着いている。彼は嘘を言っていない、あるいは嘘を完全に信じてしまっている。ある種の精神疾患を抱えた患者と同じ話し方だ。

「なんだってできる。我々「等国」にできないことなどない。なにせ我々は、All Thingを押さえているからね。もし君が宝箱を開ける決意をしたならば、赤く輝く石板のような美しいあの物体を目にすることになる。我々「等国」に敵対する「錐国」の要とも言える、奇跡の存在だ。All Thingはすべてを受け入れながら、すべてを拒絶する。もしこのまま去りたいというのなら、それでも構わないけれど。さあ、どうする？」

危険な匂いしかしない。それに全てがでたらめにも感じられる。だがいずれにしろ、ここに残って説明を聞く選択をするなら、弁明の余地がなくなることは確かだ。ここで去らなかったなら、この先何が起こったところで自己責任ということになる。しかしそもそも僕は、こんな益体《やくたい》もない話に好奇心を持っているのだろうか。輝く石板だって？　阿呆らしい。等国、錐国、それから何だっけ、どっちかの重心が立花茂樹、僕の祖父。

僕は改めて、僕を監禁した男女を見る。二人の胸に付けられた、二羽の兎が向かいあうバッジが、電灯の光を跳ね返しきらめいている。

僕が住む繭の中、イージーモードの世界。半生をかけて培ってきたものだけど、その外側への誘いであるように思える。

＊

長旅の疲れのためか、軽く酒を飲むだけで、**私**はすぐに酩酊に近い状態になってしまった。酔った頭で、装甲車での参謀殿の悲鳴を思い起こす。

「もしかしたら満州は、失敗ですか？」

おそらく素面《しらふ》では聞けなかったことだ。

「すべての物事は失敗だよ。人間は失敗しかできん」

参謀殿は麦酒《ビール》の入った硝子《ガラス》の杯に口もつけず、ただじっと見つめていた。人に酒を勧めるのがお好きな方だったが、参謀殿ご自身は病弱であったこともあり、普段からほとんど口にしなかった。我々が滞在していたのは新京駅前の、洋風建築のホテルだ。アール・ヌーヴォーという、欧州の芸術潮流を取り入れたデザインらしい。イギリス帰りの中国人のバーテンダーが食堂で給仕してくれていた。**私**は逆さにした円錐に長い脚がついた杯で、若草色の冷たい酒を飲んでいた。初めて飲む酸味のある酒だが、美味だった。しばし参謀殿の言葉を待つ。

「満州。当然これも失敗だ。常に考えねばならんのは、失敗の中でもよりましな失敗をどう選び続けるかだけだ。細い線だが、満州はやってみるべきだと思ったんだ。今もその考えは変わらん」

「具体的にはどう失敗なんですか」

「ことによると大きな戦争になるな。たくさんの人が死ぬ。ともすれば、これは俺が悪いのかもしれん。よりよい失敗法を思いついたんだが、もう手遅れだよ。過去の時点を操作できればもう少しましな失敗のやり方がある。だが、今のところ人間は時間を操作できんからな。しょうがあるまい」

「我々が待ち受けるべき困難、つまり《世界最終戦争》は悲惨な戦いなんでしょう？　今更、人死にを気に病むのは道理に合わない気がします」

「言っただろう、立花君。予言とは、外すためにこそ言うんだよ。大量の死者が出るような戦争が起こらないように、世界の終わりを予言するんだ。日米決戦のことではない。本当の《世界最終戦争》はもっと概念的な起こり方をするはずだし、そうあらねばならん」

《世界最終戦争》について、立花茂樹様は、それまでに参謀の語ったところに依って解釈していました。しかし、この時に参謀が使った「概念的な起こり方」という言葉を、立花茂樹様はうまく理解できませんでした。

しかしそれも当然のことでしょう。《世界最終戦争》の解釈は、着想を得た当人である参謀の内でもまだ進んでいなかったのです。当時は未だ、《世界大戦》の焼き直しの段階にありました。本来、参謀の立場にある者が懸案とするのは、命を賭して行われている目の前の戦争のことであるべきでした。

しばらくの間、沈黙が流れた。概念的な起こり方だって？　私は、参謀殿の漠然とした物言いに対する苛立ちを隠さなかった。参謀殿は大変お疲れの様子で、椅子にもたれかかって目を閉じている。

足音もなくバーテンダーがやって来て、大きな弾丸みたいな銀色の塊を振り始める。その小気味のいい音に気持ちが和らいだ。バーテンダーは茶筒みたいな蓋を開けて、私の杯にさっき飲んだのと同じ酒を注いだ。白濁が徐々に収まり、綺麗な若草色になっていく。

私がそれに口をつけるとほぼ同時に、参謀殿が目を閉じたまま何事かを呟いた。私の耳には、とうすい、と繰り返して仰っているように聞こえた。それからゆっくりと目を開き、参謀殿は潰《つい》えかけた理想について語った。

「満州を共和国化し、「等」の概念を体現する国家とする。日本は祭祀王を重心に据えた「錐」の概念を体現する国家とする。まだ整理はできておらん。だが、それが間違っていないことが俺にはわかる」

＊

メンタルヘルスケアの立花。僕が友人からそう呼ばれていた大学時代、父親の胃がんが発覚して、間もなく亡くなった。父はまだ五十代だった。立花茂樹は、その父方の祖父だ。寝たきりの祖父の顔は、父とよく似ていた。いや、父の方が祖父に似ていたというべきか。祖父は息子の葬儀に大人用おむつをつけ、車いすで参列した。半ば以上眠りの中にいるようで、目はとろんとしていた。目の周りが濡れていたから、祖母は「泣いとるわ」と言ったが、瞼が思うように動かないから目が乾いただけだったのかもしれない。

寝たきりの老人、その介護のためだけに生きているかのような祖母、早くに配偶者を亡くした母、一人息子の僕。他の参列者からはどう見えただろう。目が見えているのかいないのか、頭がしっかりしているのかどうかも分からない車いすの祖父の存在感は圧倒的で、早世した父とは対照的だった。母と祖母を慰めるように、僕が医学生であることを誉めてくれる人も多かった。さほどの痛ましさがあったわけではないだろうが、それでも苦難の絶えない家にみえたかもしれない。

父が亡くなってから、祖母が母に僕の学費の援助を申し出てくれたが、断ったと聞いている。父の保険金で十分に賄えるということもあったが、奇妙な同居生活を続ける祖父母と距離をとるための布石だったのだろう。それでも結局、母は老々介護の義父母のことを見捨てられず、祖母が亡くなるまでの数年間は毎週のように顔を出していた。祖母の葬儀を終えた母が、祖父のことを遠い銚子の施設に預けたくなった気持ちもなんとなく理解できる。
「等国」と名乗る謎の組織の建物の殺風景な廊下を歩きながら、僕は祖父に纏わる追憶に浸っていた。けれども、思い出せるのは祖父ではなく、祖母や母のことばかりだった。監禁されていた部屋を出る前に、僕の両手首は白い樹脂製の結束バンドで縛られている。体の前で申し訳程度に緩く縛られただけで、さほど不快ではなく、むしろ新鮮だった。

前を歩く男女もお互いに話をまったくしない。二人の足音も僕の足音も、廊下に敷き詰められたカーペットに吸われている。突き当たりには、廊下の幅と高さぎりぎりの四枚扉がはめ込まれている。扉の脇、廊下の壁に上向きと下向きの小さな三角ボタンがあって、男が下向きの方を押すと、チャイムと共にすぐに扉が開いた。奥には相当広い箱型の空間があり、これはどうやらエレベーターのようだ。僕の勤め先のあるオフィスビルのものよりはるかに大きくて、一度に何十人も乗れそうな大きさだ。

このエレベーターの異常な点は、規格外の広さだけではなかった。廊下の幅からして、なんとなくこの建物の巨大さは予測していたが、思った通り、階数のボタンがとてつもなく多かった。さらに異様なのは、そのボタンのほとんどに「B」の文字がついていたことだ。つまり、地下階が二十九階もある。エレベーターのボタンを信じる限り、地上は四階までであるのに対し——そして僕はどうやら三階に閉じ込められていたらしい——びっしり並んだボタンの一番下は、「B29」となっている。男はそれを押した。

エレベーターの中では左側の操作盤の脇に男が立ち、僕は女に右手の袖を引っ張られ、真ん中に立たされた。下降を始め、体に加速度を感じる。前方の男が顔を少しだけこちらに向け、僕の様子を窺っているような気配がある。

「B29」と僕は言った。奇妙なことの連続で、どこから突っ込んでいいかわからなかったが、それにしてもこれはおかしい。「地上が四階なのに、地下階が二十九もあるんですか?」

「ああ、そうだよ。奇妙に思えるかい?」

「こんな建物は初めてだな。しかし、こんなに深いのは、温泉でも掘っていたんですか? いつまで経っても出ないから、諦めてビルにした?」

冗談のつもりで言ったのだが、男女ともくすりともしない。

「何かを探すために掘ったんじゃない」男は言う。「むしろその逆だよ。突然やって来たそれをめがけて穴が掘られた。そしてそれに合わせてこの建物が作られた。ここに建物が建てられたのは、それを保護するためでもある。地上階はいわばダミーみたいなものだ。近隣の住民やこの周辺で働く人間も、まさかこんなに深い地下階があるなんて思っていないだろうね。外からは何の変哲もない、地味なオフィスビルに見えているはずだ。そんな風に設計されてもいるしね」

加速度の感覚が心なしか緩やかになり、箱全体が微かに振動する。現在階を示す表示が全く無いので、今どの辺りにいるのかわからない。

「地下鉄、水道管、ガス管。都市部の地下はただの土じゃない。様々なラインが行き交い、ともすれば地表よりも混雑している。地下は地表とは違い、三次元的に活用できるからね。こんな街中で、これだけ深くまで掘れたことが不思議だろう?」

さっきから、男の思わせぶりな言い方が癪に障る。それ、というのが一体なんなのか、こちらの興味を煽っておきながら、ヒントの一つも与えない。

到着を告げるチャイムが鳴った。B29、最下層。エレベーターの扉が開く。廊下の幅も、カーペットも壁紙も、三階と何も変わらない風景だ。LEDだか蛍光灯だかの光にも違ったところは無く、本当に二十九階まで下ったのだろうかと思う。男に続いてエレベーターを降りると、ドアが閉まる振動音がすぐに聞こえた。振り返ると、エレベーターに乗ったままの女が一瞬見えた。

先に立って歩く男の前方に、壁が見える。そこで廊下が折れ曲がっているのかと思ったが、ただの行き止まりのようだった。立ち止まった男の目の前にあるのは、両脇に迫る廊下の壁と変わらない、何の変哲もないクロスの貼られた白い壁だ。

男は右手を胸の高さまで上げ、手のひらを壁に添えてぐっと押す。柔らかい物体をナイフで切るように、縦に真っ直ぐな裂け目が走る。手のひらにたいした力も込めていないらしく、男の背広の右肩に緩く皺が寄っただけだ。暗い裂け目は、男の手の力だけで音も無く、易々と大きくなっていく。割れるように左右に開いた壁の向こうは、廊下の光を吸い込んでしまうほど暗い。その暗がりの中に、男が入っていく。全身が入る前に一瞬、こちらを振り返って小さく頷いた。

何か声が聞こえる。美術館の映像コーナーに近づいた時のような感覚になる。薄闇の中で視線を巡らすと、空中にぼんやりとした赤い光が浮かんでいるのが見える。しかしこの部屋は一体どうなっているんだ？　部屋というよりは洞窟のようで、目が慣れてくると、壁面が岩のようにごつごつしているのがわかる。

と、男が僕の肩に手を添え、声をひそめて話し掛けてきた。

「見えるだろ、赤い光が。あれが夢の石板、All Thing だ」

「何か音声が流れてる？」

「うん、聞こえているんだな。あれは予言の声だ」

「予言？」

第三章

九

Lost language No.9（日本語）

《名》ものの個数を数える時の、八の次の、すなわち8に1足して得る数（に等しい値や順位）。陽の数の最上位。

一つ目の予言だ
いつか君たちは根源の目を手に入れる。
それで初めて、何でも見ることができる。

君たちの知らない時間がある、そのことはいいね？
根源の目は、その時間の終わりに現れ、後に残ったものでもある。
一つ前の人々は、見えるものに従って、溶けてしまった。
君たちとは成り立ちの異なる世界が終わるとき、それはゆっくりと閉じられた。
同じ誘惑が、君たちにも訪れる。

二つ目の予言だ
いつか君たちは、体のほんとうの意味を知る。

いつでも交換し得る、君たちの体。
どれほど言葉を尽くしても、一つを指し示すことはできない。
取り替え可能なものが、君たちの体を通り過ぎていく。
ある時、ほんとうの一回性が現れる。
君たちは感じ入るが、そうたいしたことじゃない。

三つ目の予言だ——

それは男の声だった。低い声だが、独特の抑揚がついているせいかどこか夢見がちに響く。若くも、老いているようにも感じられない。声の主は僕と同じくらいの世代だろうか。男性の僕が聞いても色気を感じるような声だ。暗い洞窟のような部屋に浮かび上がる、赤い光。それに近づいて行くほどに、言葉がはっきりと聞き取れるようになる。
予言？　その三つ目に入ったことがわかる。一つ目と二つ目の内容は不確かだが、それはちゃんと聞いていなかったせいだけでもなさそうだ。どうにも詩的すぎて、僕はそういうものを理解するのが苦手なのだ。体がどう、時間を手に入れてどう、と抽象的な予言の言葉がずっと続いている。その声に聞き入る内に、赤い光が四角い形の物体から放たれていることがはっきり認められる。まるで、インスタレーションみたいだ。地下二十九階もの深い場所に設置された、大掛かりなセットの体験型展示物。もしかすると、昨夜からの出来事はすべて、これを鑑賞するための伏線だったのだろうか。すべてがこのインスタレーションを楽しむためのお膳立てだった——そんな想像をし、僕はなぜかしら密かな満足感を覚える。

暗がりに慣れた目で見渡してみても、部屋には赤く発光して浮かぶ板状の物体の他は何も見当たらない。しかし、あんな大きな板が、どうしてあんな風に浮いているのだろう？　子供の頃にテレビで見たマジックショウで、人間が空中浮遊しているのがあった。子供心にも、どうせピアノ線か何かで天井から吊っているんだろう、と斜に構えて見ていた。だが実際に物が浮いているのを見ると、ただはっとする。その驚きの前では種も仕掛けも二の次だ。

男が近づいて行くと、男の腰くらいの位置から垂直に浮いている板が、だいたい男の背丈と同じ高さであるように見えた。男は無遠慮な手つきで板の底辺部を摑む。板の放つ光で、男の右手首までが赤く発光するように見える。男はぐいと力を入れて、板を少しだけ持ち上げた。重力も慣性も存在しないかのように、正確に力を入れた分だけ板が上がる。少し斜めになった板の厚みは、大人の手でやっと摑める程度だった。横幅は縦に比べて少し狭い。よく見ると、板の下の方にはいくつかの窪みがある。全面が赤く発光しているが、光り方の違いで、横長の楕円形の凹みが横一列に並んでいることがわかる。

「聞こえているんだな？」

男は僕を振り返って言う。その時には、予言の声は止んでいた。

「いや、もう終わったか？　いい声だよな、あれは。All Thing が普段発するのは、ボイスチェンジャーを通したような個性のない音声だ。だがこの声は違う。人間の生の声だ。この All Thing は、ギムレッツ、つまり「錐国」を司る頭脳の脳幹部に当たる。錐国側の人間たちすべての脳が All Thing に繋がっている。君の聞いた声は、通過儀礼のようなものだ。男の声が告げる予言の言葉は、聞いた者の脳に何らかのイメージを植え付ける。私にはね、希望と絶望の、または終わりと始まりの接地面が見えたような気がした。それらが反転する場所から聞こえる声だと思ったよ」

「大掛かりないたずらみたいに思えてくる」僕は言った。「きっとあなたたちにとっては、ひとつながりの何かなんだろうけど」

「大掛かりないたずら？」はは、と、赤い光で照らされた鼻先が揺れ、男が笑うのがわかった。「勘違いしない方が良い。我々がその気になれば、確かに大掛かりないたずらとして、これらすべてを君に見せることができるかもしれない。だがね、君相手にわざわざそんな手間をかける暇なんて、我々にはないよ。少なくとも、君にはそこまでの労力と費用をかける価値がない。君をここまで連れて来てあげたのは、君が望んだからだよ。そうだったろ？　我々は君に、直ちに普段の生活に戻れる選択肢も与えた。完全にとは言わないが、ほぼすべて元通りで、空白の一日だけが残る。そんな記憶喪失が誰にでも起こるわけではないが、君の人生においてたった一日なんて誤差みたいなものだ。でも君は、ここに残って秘密を知る方を選んだ。我々はどっちでもいいと言ったし、それは断じて嘘ではない。いいかい？　繰り返しになるが、我々は君に何も求めていない。何もして欲しくない。君から何か有益な情報なり何なりが出てくるとも、もう考えていない。立花茂樹の孫というだけで、後はどこにでもいる普通の男だ。もう君に用はなくなったし、君にそこまでの価値はないとまで言ったのに、それでも君が望んだから、〝今〟君はここにいるんだ。だから、君が日常に引き返せなくなったとして、どれだけ後悔しようが、君の人生が損なわれようが、それは我々のせいではないということだ。全ては君自身のせいなんだよ」

　価値がない、そんな風にここまで立て続けに言われる経験は生まれて初めてだった。別に、自分にそれほどの価値があると思って生きてきたわけではないが、こうむきつけに繰り返されると、もはや面白みのようなものを感じ出している。何やらむくむくと気力が湧いてくるのを感じる。確かに僕には特筆すべき価値は無いかもしれないが、社会のルールに則って役割を果たしてきたことで、それなりに大事にされてきた。むしろ僕は、そのことに長らく違和感を覚えてきたのだ。イージーすぎる、と思ってきた。

「出てってくれないかな、第二次世界大戦」

高校時代の恭子の言葉がふっと頭をよぎった。それと同時に、その台詞《せりふ》を聞いた時に自分が思ったことを思い出した。前世の記憶があり、第二次世界大戦が体の中に入った状態だというのが本当だとしたら、生きるのはなかなか大変だろう。ゲームに例えるなら、ハードモードの人生。始める前に彼女自身で難易度を選べたわけでもない。それなのに僕はあの頃、恭子のことを少し羨ましく思っていた。彼女には非凡なことを言っても様になる所があって、そのことを高校生の僕は羨んでいたのだと思う。そうは言ってもあの頃から僕には、人生をイージーモードからハードモードに変える気概なんて無かった。

「ここで物思い？　いや、思い出に浸っているのか。君は本当にマイペースな男だね。目の前で不思議なことばかり起きているというのに」

男の呆れたような顔を見て、僕は恭子のことを頭から振り払った。「じゃあ、いいね。さて、」と男は話の区切りを付けるように、ぽんと手を叩いた。「これで準備は整った。長い話になる。覚悟はいいかい？」

まだ、長い話があるらしい。その話を聞いてしまえば僕は取り返しのつかない場所に追い込まれてしまうのだろうか。僕は男に軽く頷いてみせる。

「これから話すこと起こることは他言無用だ。まあ、話したところで、この時代の誰も、本気で取り合ってはくれないだろう。大抵の人間は目の前の現実を正しく処理できず、過去になされた解釈の蓄積こそが真実である、と誤認するようにできているからね」

　嬉々とした様子で口を動かす男の顔の左半分が、板の光で赤く染まっている。男は、赤い石板に再び近づいて行った。板の凹みに両手のひらを上にして差し入れる。左腕の腕時計が赤い光を反射する。

「テーブルと椅子を。椅子は二脚。立ち話もなんなんでね」

　男が言うと、部屋中の空気を震わせるほどの巨大な音が鳴る。機械的で無機質に聞こえるが、これは声だ。性別もはっきりしない中間の音域の声。


リジェクテッド、リジェクテッド、リジェクテッド

　そう繰り返して言っている。僕は大音量に思わず身を縮め、そのままで板が変形していく様を見た。目を離せなかった、という方が近い。固形だった板が、キャンバスにぶつけられた絵具みたいに不規則に飛散して広がる。広がった端から色や風合いも変わり始める。重力とは全く異なる力学があるように、ゆっくりと上下しながら、何かの形にまとまろうとしている。床に辿り着く頃には、男の言った通り、テーブルと椅子が成形されている。

リジェクテッド、リジェクテッド、リジェクテッド

　椅子が二脚きっちり出来上がるまで音は鳴りっ放しだったが、目に映ることの不思議さに気を取られ、やかましさが気にならなくなっていた。カーボンファイバーみたいな素材の全部が床にしっかり脚を着けると、はさみで一息に切断するように音が止む。不可解なことに、椅子とテーブルの上には、それらに成り代わったはずの赤い板が、元と全く変わらない姿で浮かんでいる。

なんなんだ、一体、これは。僕は改めて思った。

「なんなんだろうね、一体、これは」

男が言った。まるで僕の心を読んでいるように。

「ようにではなくて、読んでいるんだよ。私はね、君の意識を読んでいる。そういうことができるようになってしまった世界にこの赤い板は属しているんだ。この板はすべてが叶えられた《予定された未来》からやって来て、万能の力を分け与えてくれるデバイスだ。いや、正確に言えばすべてを叶えるのは君のお祖父さんの脳であり、All Thing は言うなれば、君のお祖父さんの脳にアクセスするコントロールパネルだな。まあ、立ち話もなんだから、座れよ。All Thing が私の要望に応えて椅子とテーブルを出してくれたんだ」

コントロールパネル？　僕にわかるように説明しているつもりかもしれないが、わけがわからない。現実の異常性が増している。やはり僕は、こんな地下深くへ降りる前に日常へ戻してもらうべきだったのだ。記憶を消すと言われても信じなかったが、こんなに現実が歪んでしまうと、そんなことくらい簡単にできるのかもしれないと思えてくる。

*

調査企画が通らないと悔しい。けれど、無事通ったら通ったで仕事が山積みになる。自分の案件だから力も入る。昨晩はスパイまがいのことまでしたのだ。東藤恭子という女性になりすますのに、特殊メイクまでほどこした。十歳くらい年上とはいえ、背格好も似ている相手だから、そう難しくはなかったのだけれど。

　地下階行きの馬鹿みたいに大きいエレベーターで四階に上がって、オフィス側へ移動する。オフィスフロアに着くと、**私**は一旦トイレに寄って手を洗った。仕事のことでも何でも、頭の中を整理する時に手を洗う癖がある。整理する時ではなく、整理を始めようとする時と言った方が正確かもしれない。トイレの中には、誰もいないのが望ましい。ハンカチを小脇に挟んで、蛇口のセンサーに手を翳して水を出す。ここのオフィスの水は、良い感じに冷たい。手を洗うための水は冷たければ冷たいほど良いと**私**は思う。そして水圧も強い方が良い。でも勢いがありすぎると服に水が飛び散るから、ほどほどであってほしい。それだって、乾くまでの間多少恥ずかしいだけだから、勢いがあるだけあって構わない。

　鏡を見るのをやめ、冷たい水の流れに晒しているつるんとした自分の手を見る。一人暮らしでご飯も外食ばかり、水仕事というものをしないからあかぎれ一つできたことがない。**私**はこの仕事にやりがいを感じている。それでも、学生時代の友達とたまに会って話していると、他の道を進んでいればどうなっていたのかと、つい考えてしまうことがあった。斎藤《さいとう》みのぶちゃんとか城《き》崎《さき》さくらみたいに、もっと一般的な法人で働くことだって多分**私**にはできたはずだ。でもまあ、隣の芝生はいつも青く見えるものだ。そもそも興味本位でシミュレーションしてみるだけで、他の道を選んでおいたらよかったと本気で思ったことはない。というか、自分の意志をはっきり持つなんてことに意味はない。個々人の自由意志なんてあってないようなものなんだから。人間とはそういうものだと**私**にはわかる。ここで働く日々は、大げさに言えば「世界」の成り立ちを知っていく過程なのだ。

仕事に集中しないと。調査部は花形で、私みたいな一般入社組がこぞって希望する部署だから、入れ替わりも激しい。この案件で成功を収めたら来年度も安泰だし、きっとランクも上がる。今の私のランクでアクセスできる情報は少ないけれど、ランクが上がればもっと核心に近づくことができる。ここの離職率が極端に低いのは、皆がAll Thingに選ばれて採用されているからだ。採用の時にAll Thingにお伺いを立てていることは、最近になって知った。そうだ、つまり私は、選ばれてここにいる。センセイだって、そう言っていたじゃないか。

私は手を洗うのをやめる。そして手の水分をハンカチでしっかりふき取った。鏡の中の自分の目を覗き込み、調査企画が通った時の高揚感を思い出す。二週間前に提出した調査項目。決裁が下りたということは、これまでになかった調査だということになる。うちの組織も設立から長く経っているから、新規で調査を起こすのが難しくなってきている。過去の調査の付け足しとか亜流とか、目新しさがないことがほとんど。そんな中で、私の企画は既存の案件のどれとも類似していないという自負があったし、採用された以上はやはりそうなのだ。

この調査は他部署と連携して行う大掛かりなものになる。その分、因果律変更係数《ccc》の測定が多発することも想定しておかなければならない。九十五パーセント以上の精度を担保しておきたい。そのためには、そうだ、外部のパーミッション保有者のリストを最新にしておかなければならない。

そのことを思い付いて、私は自分の机に戻ることにした。鏡に背を向けた瞬間に、そう言えば先週に考えごとをしにトイレに来た時も、全く同じ服を着ていたような気がした。が、すぐにそんな雑念は消える。

オフィスフロアの入り口では、新人の男の子がコピー機の前で首を傾げている。自分で悩むのも大事なことだと思い、声を掛けずに私は自分の席に戻り、ＰＣを起動して、イントラネット内のパーミッション保有者のリストにアクセスする。

三津谷理沙《みつやりさ》様のオフィスがあるのは、立花徹《とおる》様が監禁されていた三階より、一つ上のフロアにある事務スペースです。そこでは三十名余の「等国」の構成員が働いています。この組織は、表向きは調査会社との体裁を取っています。地上の四階分が調査会社のオフィスで、地下が二十九階まであることは伏せられています。

このビルの所有権は、一九七〇年代の終わりに、実質的に「錐国」の結社であった財団法人「凱全会《がいぜんかい》」から、「レヴェラーズ・リサーチ」の前身の「平双《へいそう》通信社」へ移りました。つまりAll Thingは元々、「錐国」の管理下にあったということです。

一九七九年二月二十六日、このビルで働いていた「凱全会」の若手幹部が、一斉に寝返りました。数人が人質にとられ、その他の「凱全会」の構成員は皆ビルから締め出されました。土地・建物の権利もまた、「平双通信社」に秘密裡に移されていました。無血ではあったものの、暴力的行為もみられたこのクーデターが世間の目に触れることは一切ありませんでした。ビルの入り口には、「平双通信社」の後継である「レヴェラーズ・リサーチ」の看板が掲げられています。

組織的には株式会社ですが、収益は資産管理部による金融取引からのものがすべてであり、調査サービスで利益を得ているわけではありません。二、三年に一度、東京商工リサーチや帝国データバンクなどからインタビュー依頼が入りますが、上層部はそれに応じつつ業務の本当のところを語ることはありませんでした。しかしながらこの組織で、常に調査が行われていることは事実です。

パーミッション保有者のリストの最新版をダウンロードし、因果律変更係数計算用のデータベースを更新する。その後でふと思い出し、鞄からボイスレコーダーを取り出した。私は鞄の中を整頓するのがどうも苦手だ。中身を入れ替えると忘れ物をしそうで、ファッションに合わせて鞄を替えることもしない。今は土屋鞄で買ったエディターズバッグを使っている。組織に入って以来ずっと使っているから、表面がところどころ剝げてきている。新しく買い替えたい、と何度も思ってきたが、選ぶ時間がなくてずるずると使い続けている。

　イヤフォンを片耳だけ着けて、ボイスレコーダーの再生ボタンを押す。錐国の重心となる立花茂樹の孫、立花徹から引き出した昨晩の自白。というか、自分語り。つまんない男だな、と思うけれど、これも仕事の一環だ。苛々するのを我慢して、立花徹の声に耳を傾けながらキーボードを叩く。音声データがあるとはいえ、文字起こしは必要だ。この手の作業は記憶が新鮮なうちにやっておいた方が良い。

　しばらく続けていると、内線電話が入った。当の立花徹のアテンドをしている武藤《むとう》さんからだった。通過儀礼が終わったから再び合流してくれ、とのこと。組織でのランクでは武藤さんが上だけど、直属の上司というわけでもないから、私に命令できる権限は彼にはない。だけど、今回の調査では彼に相当動いてもらわないとならないし、無下にもできない。

*

　赤い板から出てきた椅子に座ってから、男はおもむろに名刺を差し出してきた。咄嗟に僕もいつも名刺入れのある胸元に意識が行くが、僕が今着ている検査着のような服にそっけなくついている胸ポケットには何も入っていないはずだ。結束バンドで手首を緩く縛られているのは、両手で名刺を受け取るのにむしろ適していそうだけど。男は名刺をテーブルの上で滑らせ、僕の正面に置いた。名前とメールアドレス、それと電話番号だけが記された武骨な名刺だった。男は「武藤勇作」という名前であるらしい。

「見ただろ？　All Thing が私の願いを叶えて、机と椅子を出してくれた。これはマジックではない。今君の目の前で起こったことは、見た通りのことだ。なかったはずの机と椅子が、ここにこうして現れた。《拡張真実》のパーミッションだ。これは、人類ではなく、Rejected People の時代に到達したものだとされている」

「リジェクテッドピープル？」またわけのわからない単語が出てきた。

思わず聞き返したが、僕に詳細を説明するつもりはないようで、いこうか、と小さくつぶやくと武藤は立ち上がり、振り返ることなくつかつかと遠ざかっていく。武藤の後をついて洞窟のような暗い部屋を出て、再び巨大なエレベーターに乗り込んだ。地下二十九階から、一気に四階まで上昇している間、武藤は思い出したように僕の両手首を緩く縛っている結束バンドを見て、

「切らなきゃ取れないね」

と呟いて、内ポケットから取り出したペンでバンドを引き裂こうとしたがうまくいかなかった。

エレベーターの上昇は速く、そうする内にも四階に着く。四階の廊下は、僕が監禁されていた部屋のあった三階とはかなり様子が違っていた。打ちっ放しのコンクリートの壁で、工場の搬出口みたいな大扉が先にある。そこから出ると、銀色のラックにダンボール箱が積まれた、倉庫のような部屋になっていた。武藤はそこにあった用具入れからニッパーを探し出し、僕の手首にぶら下がっている結束バンドを切った。拘束がなくなった解放感はあったが、それよりも、武藤の不

器用そうな手つきのためにひやひやした感触の方が残った。

倉庫部屋から出るとまた風景が変わり、タイルカーペットが敷かれた、ありふれたオフィスのような廊下が続いていた。僕の勤める診療所が入ったオフィスビルよりはかなり地味だ。武藤は、廊下の途中にある部屋の一つの前で左胸を触った。あの兎のバッジがどういう仕組みになっているのか、ピッと音が鳴ってドアが開錠される。

小さな会議室には、僕が東藤さんだと思っていた等国の女が、ノートパソコンを開いて座っていた。

「一応、因果律《c》変更《c》係数《c》を測る準備はしてあるよね?」

と声を掛け、武藤は女の隣に座る。女はノートパソコンの画面から顔を上げもせずに、「大丈夫です」と答える。

武藤が時間を確認した時、彼の腕時計がタグ・ホイヤーのカレラなのが見えた。僕が着けているものに近いモデルだ。僕のとは、色味とクロノグラフの小さい二つの文字盤の位置が違う。一時期、時計にちょっと詳しくなったことがあった。タグ・ホイヤー、IWC、ゼニス、人気のあるところではオメガやロレックス。メジャーモデルの違いから、マイナーなバージョンアップの違い、内部のメカニズムの違いなど、事細かに調べることにはまっていた。詳しくなるにつれ、ありきたりなメーカーを選べなくなり、しかし奇をてらうのも気恥ずかしく、ここはグランドセイコーあたりが地味でいいのかも、などと悩みつつ、最終的にタグ・ホイヤーに落ち着いた。三十代になりたての頃のことで、今にして「そろそろそれなりの時計を」という、平凡な男にありがちな通過儀礼だったのだと思う。とはいえ機械式のタグ・ホイヤーをいまいち信頼できず、大事な約束の時はたいてい念のため iPhone で時刻を確認している。

「後で時計は返してもらえるんでしょ」

タグ・ホイヤー仲間として親近感のわいた武藤にそう言ってみると、

「念のため聞くが、例の声の主を知らないんだよな？」

と、武藤は僕の発言を完全に無視して聞いてきた。

「声？」

「予言の声だ。我々が聴いたのは随分前だが、君はさっき聴いたばかりだろ？　あれは一度しか聴くことができないんだよ。調査部がいくら調べても、『あの人が決めたことである』と、それ以上のことはわからない。誰の声なのか、なぜ一度だけ聴かせるのかも。これについてAll Thingにいろいろと質問をしようとしたが、無理なんだよね？　三津谷さん」

武藤に話を振られ、女が先を続ける。

「はい。All Thingに予言や声に関する質問をしようとして、事前《プレ》質問をしたら、異常なまでに高い因果律変更係数《ccc》が計測され断念を余儀なくされています。調査部では今も、質問をより細分化する方向で努力を続けています」

どんどん話が見えなくなってきた。わけのわからない単語が多すぎる。わかったのは女の名前がミツヤといって、調査部に所属していることくらいか。そもそも、All Thingという物体の存在にも納得していないのだ。それに「あの人」などと、武藤がまたも思わせぶりな言い方をするのが癇にさわる。

約三十の嘘、という言葉が脳裏をよぎる。一つ嘘を吐いたら、嘘を通すために三十個のさらなる嘘を吐かなければならない。いや、たしかあれは邦画のタイトルだったはずで、さほど格言じみた内容ではなかった。いい年をした詐欺師たちが、大学生のサークルみたいなノリで寝台特急の旅をする。トワイライトエクスプレスの中では騙し合いと恋模様が展開し、けっこう楽しめる映画だった。と、そんなことはどうでもいいが、ここにいる彼らは、嘘かどうか僕のあずかり知らない、何か「普通でないもの」を僕に知らしめようとしている。それを説明するのには、やはり多くの「普通でないもの」が絡んでくる。約三十の嘘を重ねるように、彼らは異常なものを幾らでも引っ張り出してきて、僕を追い詰めて正気を奪おうとする。

ひょっとしたらこんな風に否応なく、僕の人生はイージーモードからハードモードに切り替わっていくのか。だとしたら、少しでも現状を把握するための鍵は、やはり僕の祖父にあるはずだ。

「祖父を探しているんですよね？」

僕の方から水を向けてみると、

「探していると言えば、そうだね。しかしまあ、我々がいるこの世界そのものが、君のお祖父さん、立花茂樹氏の頭の中であるとも言えるから、探させられている、と言った方が正しいかもしれない」

なんだか禅問答みたいだな。質問に対して、まともな答えが返ってこない。

「君のお祖父さんは、人生の半分以上を寝たきりで過ごした。その立花茂樹氏の執念が引き寄せたのかもしれないね、今のこの世界は。人類全体で一つの巨大な脳構造を構成し、この惑星を覆いつくす。「等国」ではなく、「錐国」の目指したスタイル。人類のあるべき姿としてそれが勝った。そして、「錐国」の脳構造の雛形には、君のお祖父さんの脳が使われている」

どういうことだ？　疑問には思ったが多分僕が質問してもまともな答えが返ってこない気がする。僕が反応できずに無言でいると、女が、

「どう？　帰りたくなったんでしょう」

と嘲笑うように言った。

「ここに残った以上、あなたは、私たちの言うことをよく聞いて、理解しようと努めなければならない。あなただけじゃなく、この時代に生きる人たち皆が、本当に何もわかっていない。とにかく、あなたがまず理解するべきなのは、そのことでしょうね。いい？　あなたは何もわかっていない。何も知らない。自分語り大好きで、自己愛の強いあなたの目は特に曇っている。こちらも苦労してるのよ」

「いや、きっと君が思っているより、立花徹さんはいろいろと理解しているよ。なにせ、立花茂樹さんのお孫さんだからね。今のところ、立花徹さんにとって我々は日常生活に紛れ込んできた異物でしかない。彼なりのやり方で我々の実態を見極めてもらうのが、結局のところ一番早いはずだ。ここまでついてきてくださったんだ。約束どおり、我々の秘密を伝えてあげよう」

「そうしてもらえるとありがたいね。別にマジックが見たいわけじゃないから」

　僕が口を挟むと、武藤は何かに驚いたように口を縦に開き、声を出さずに眉を上げた。そんなわざとらしい表情をした後で、含み笑いをしてからしゃべり始める。「まず、「錐国」と「等国」という対立する概念。君にはこれを知ってもらう必要がある。もっとも、「国」というのはあくまで呼称にすぎない。今から八十年以上も前の人間が思いついた言葉で、今だったらまた別の呼び方をしていたかもしれないね」

「すいこく？」僕が繰り返すと、男はうなずいた。

「「錐国」とは、世界の一つの在り方を比喩的に示した言葉だ。要は、すべてが錐体の頂点へ集積する、そんな指向性を持つ統合モデルだ。一人の人間に全部が集められ、何でも思い通りになる。絶対君主に権限が集められる、みたいなことだね。だが、人間というものは自分の欲望や意志、願望などがすべて肯定されるようになれば、個人的な見地に立つことができなくなっていく。そして個人的な欲望ではなく、もっと公的な、真理のようなものに従って動くようになる。というより、そうでなければ王としてはいられない。歴史的に見れば腐敗した王は排除され、その内に権力は大衆側に落ちていく。しかし、等しく権利を分けあったとしても、その一人ひとりの意見の総和が全体最適からかけ離れてしまうことは省みるまでもなく明らかだ。ならば、あらゆる人間を包括する個人を作ったらどうだろう？　一人の人間を基礎として、彼あるいは彼女にはない要素を別の人間から注ぎ込み、すべての要素を兼ね備えた人間を作る。もしそんな存在があれば、自分のためと全員のためが完全に同一になる。そんなことは古《いにしえ》の王の時代には技術的に不可能だったのは確かだが、近いうちに不可能ではなくなる。パーミッションポイント《個の廃止》が到来すれば、肉体の枠は取り払われる。未来に出現する完全な人間は、すべてが集約する一点である。一つの重心を見出して、集約しようとする。そういう傾向を持つ国家。それが「錐国」だ」

滔々と語る武藤の顔からは笑みが消えている。彼は続ける。「一方でそれと敵対する我々「等国」は、権限を分散しつづけ、こまごまと砕いていく、そういう指向を持つ国家だ。絶対権力が大衆へと引きずりおろされ、当初男性にしか認められていなかった政治参加の権利が女性へと解放される。人種による扱いの差異も埋められていく。今のはシンプルに言ってみただけのことで、語弊があるな。我々は既存の平等概念を偏重しているわけではない。砕いていくのは権利だけではなく、仮にこの世が極楽浄土になったとしても、まだ砕くべきものを見出す。だって、一見、現代社会は「等国」的な方向を指向しているようだが、今俎上に載せられている権限を分散したところで、その後は言い訳の利《き》かない正当な競争による勝者が有用なものだけを吸い取ることになるだろう。残りは駄目で無益なものとして、敗者とともに打ち捨てられる。それだと、「錐国」のやろうとしていることと変わらない。個を維持したままで全体最適に近づけていく。その邪魔になる「錐国」的なことはすべて砕いていく。その先にこそ来たるべき新世界があると我々は信じている。それにはとにかく《個の廃止》のパーミッション、これがとりわけ重要なんだ。そんなわけで、我々は君のお祖父さんの行方をなんとしても捕捉しなければならない」

武藤の説明は丁寧だったが、やはりよくわからない。それが僕に、僕の祖父に、一体何の関係があると言うんだ？

「関係はあるさ」と武藤が言う。「大いに関係があるんだ。八十五年前、君のお祖父さんと石原《いしわら》莞爾《かんじ》の間で話し合いが行われた。世界が進むべき針路が二つあることについてだ。さっき説明した「錐国」、つまり人類は超個体であると捉え、その重心を早期に模索していく道。そして「等国」、人間は個体群であると捉え、それぞれの個の占めるものを等しく拡大していく道。立花茂樹と石原莞爾は、世界を分割しこの二つを育て競わせることに決めたんだ」

「ちょっと待ってください。その石原莞爾って、あの石原莞爾ですか？」

男はにやりと笑う。そして右手でスーツの左胸のポケットにつけられた兎のバッジを撫でる。

「たぶんその石原莞爾だ。教科書に載っている男を指しているのだろうから。あれ？　もう教科書には載ってないんだっけ？　近頃の教科書では『鎖国』という言葉も消えそうになっていたくらいだからな」

＊

目を醒まして、何年ぶりだろうか、と咄嗟に考える。だが、《時の留め金の解除》がなった後には、もはや時の前後にすら意味はない。まあよい、今しばらくこの体で動くことになるのだから、体を持っていた頃の習慣を思い出すのはよいことだ。

この体はもう随分長い間動かされていなかったものだから、無理に動かすとすぐに壊れてしまうかもしれない。真っ白な織物に染料をしみこませるように、私は使い古された体に意識をなじませる。白濁した視界が徐々に透明度を増していく。常夜灯とこの体を生かすために接続された機械の放つ小さなランプの光が、天井をぼんやりと照らしている。ぎぎ、とかすれた喉が音を立てて、私は息をついた。

本来なら私は、九戸で行われる次のオリンピックに行くつもりであった。そしてその後に、私の恋人との最後の会話が始まる。けれど、Genius lul-lul の願いが叶う以上、私の恋人との予定はご破算になる。

この時になすべきことは、《世界最終戦争》を終わらせることだ。あそこにも、彼女のために設《しつら》えた宮《きゅう》がある。最後にせめて、彼女に会っておきたい。

今はもう叶わない、私の恋人との最後の会話を思う。私がいかに、それを楽しみにしていたか。いつまでも終わらない、文字通り永久に続く会話をするはずだったのだ。寂寥感が芽生えると同時に、冷え切った胸の内に熱が生まれる。そうだ、寂寥こそが、生命を継続させるための最もよい動力源となる。

＊

一九三六年二月二十六日、帝都東京でクーデター未遂がありました。首謀者は陸軍尉官クラスの青年将校たちです。集団の特性として、同質・同種の者同士が集まると、自分たちこそが正当

であり、他の集団が誤った邪悪なものに見えるというものがあります。戦争はすべて自衛のために始めたとされるのも、その特性と無関係ではありません。大義名分は、後から捏造されないとも限らないのです。後に二・二六事件と呼称されるそのクーデター未遂でも、同様の力学が働きました。尉官クラスの彼らは、佐官クラス以上の将校たちを堕落していると考えます。彼らは「昭和維新・尊皇討奸」を旗印に、堕落した重臣の一掃を図ります。天皇の親政になれば政治腐敗はなくなり、貧窮にあえぐ農村部も豊かになると考えたのです。約千五百名の将兵が首相官邸、警視庁、東京朝日新聞社などを急襲し、さらに陸軍省、参謀本部近辺を占拠しました。

三年半前に満州から帰国していた石原莞爾様は、この時東京は牛込区の戸山ヶ原に住んでいました。早朝、内閣調査局の調査官である鈴木貞一様からの電話で事件を知ります。勤め先の三宅坂にある参謀本部に電話をかけるも通じず、同じ陸軍所属の武藤章様に問い合わせても詳細はわかりません。そこで、決起した青年将校たちが指揮している歩兵の、本来の連隊長らに電話をかけ、各隊の連隊旗を持って三宅坂に来るように命じました。二十二・五度で開いた十六条の赤い光線を放つ、太陽を模した紅白の旗のことです。当時この国では、神話で国産みに携わった神の末裔が元首かつ軍隊の大元帥であり、神から授けられた旗はその化身として奉られました。石原莞爾様は、この紅白の旗を示すだけで、乗っ取られた歩兵たちを取り戻せると考えたのです。

各所への電話を終えるとすぐに、石原莞爾様はクーデター派に占拠されている参謀本部に出勤を試みます。クーデターの首謀者側は、石原莞爾様のことを「見当り次第斬殺すべき者」の人名帳に入れていました。

安藤大尉の顔には見覚えがあった。歩三の所属として秩父宮と交流があった男のはずだ。質朴な男との印象があった。

「大佐殿、今日はこのままお帰りいただきたい」

傍の兵士に**私**に向かって銃を構えさせながらそう言った目の前の安藤は、話に聞くのと違わぬ生真面目過ぎるきらいのある面がまえをしている。こういう男は、本来**私**の好むところである。話の通じる相手と見た**私**は、

「帰るべきは貴様だ」

と、安藤に本音を話してやることにした。

「弓引く相手を間違っているのがわからんか。天皇陛下の軍隊を私するとは何事か、不届き千万なやつらだ。黒幕が誰かは知らんが、「錐国」を推進するのであれば、すべての権限を天皇陛下に集約してこそなし得るというものではないか。安藤、お前は農村の窮状を本気で憂えておるのだろう。お前はきっと「等国」側の人間に違いない。ことが片付いたら、お前にはこの後人類がどう進むべきなのか、「錐国」のなんたるか、「等国」のなんたるか、俺の考えを詳細に教えてやろう。だいたい、この石原を殺したかったら臆病な真似をするな。貴様らが直接自分の手で殺したまえ。臆病だから自分の手ではできんのだろう。それで兵隊の手を使って人殺しをしようなどとは、何たる卑怯者だ」

これらを言い終えた**私**が胸を張って歩哨線を抜ける時、安藤大尉は身じろぎ一つせず、丸い眼鏡の奥の目を忙しくしばたたかせていた。兵士の方はただ気圧《けお》され、その銃口はもはや**私**に向いていなかった。安藤は**私**の台詞について必死で考えている。**私**を殺さずに生かすべきかどうかという目先のこと以上に、初めて聞いた思想について考えているのだろう。もしも安藤が**私**の直属の部下であったなら、もう少しましな道を歩ませてやれたかもしれないと思う。だが、このクー

デターは必ず失敗するし、その場合彼のような男は自決して果てることになるだろう。彼が本来持つべき思想や素質と全く関係のないことのために死ぬのは、可哀想なことだ。

石原莞爾様が参謀本部に出勤した時には、陸軍省内のあちらこちらで決起将校が武器を手に監視している有様でした。周囲から反乱側に味方しているのではないかと思われていた石原莞爾様ですが、真意はクーデター賛同でも討伐でもなく、ただ事態を鎮圧することにありました。混乱と狼狽の最中にあった軍首脳部は、「諸子の行動は国体顕現の至情に基くものと認む」との文言を含む告示を出しましたが、これをすぐに撤回します。

軍事参議官らによるこの告示に、石原莞爾様は強く反発しました。決起側に正義があることを不用意に認めるような内容だったためです。石原莞爾様は、もはや慰撫して帰順させることができる状況ではないと考えていました。正義があるのであれば、覚悟を決めた青年将校らはクーデターを完遂しようとするでしょう。決起側が「皇族内閣」の案を拒否したため、石原莞爾様はこのクーデターの成功には価値がないと判断しました。結果として、当初の予定通りに天皇の旗印の下で断固鎮圧することを決意し、戒厳司令部参謀としてこれを成功させました。二・二六事件と後に呼ばれることになるこのクーデター未遂は彼の心に深く残り、毎年二月二十六日には必ず自身と世界のこれまでとこれからを省みる私的な記念日となりました。

＊

歴史上の人物と自分の祖父の間に関わりがあると聞かされ、少し戸惑いを感じる。そんな話、僕が生まれる前から寝たきりだった祖父からはもちろん、祖母からも聞いていない。僕は大学受験のセンター試験で世界史を取ったので、日本史をあまりよく知らない。それでも、朧げに石原莞爾は満州事変を起こして日本が世界大戦へと向かうきっかけを作った人物だ、というぐらいの知識は浮かぶ。祖父が寝たきりになったことに、石原莞爾は関係しているのだろうか。一体祖父は、戦争で何に巻き込まれたんだろう？

「知らなかったみたいだね。まあ、君が生まれた時からお祖父さんは寝たきりだったんだからしょうがない。立花茂樹と石原莞爾との因縁は、《予定された未来》においては常識だから、ついつい君が知っている前提で話してしまいそうになる。簡単に言うとね、立花茂樹と石原莞爾は、この地球上に網目のように走っている境界線を、たった一本に束ねることを夢見ていたんだ。世界中の人々に、その線を踏み越えてもらい、どっちの側に立つのかを選んでもらう。片側が「錐国」で、もう一方が「等国」というわけだ。元々は、どちらか一方を担当したり支配したりする、というような話ではない。分け目をシンプルにし、二つを競い合わせ、そこで起こるはずの何かを彼らは見たかった。それは、ある時点までは遊び心のある取り決めだった。自らの能力を信じる男同士が、ちょっと盛り上がってそんなことをすることもある。世界中で起こっていることだよ。『二人で世界をあるべき形にしよう』そんな絵空事の約束。しかし、そんな約束がごくまれに守られることがある」

「そのまれなケースが起こった？」

「その通り。二人ともとびぬけて優秀な頭脳の持ち主だったし、時代も良かった。戦後の日本はエネルギーの塊だった。まるでイザナギ、イザナミによる国産み神話の時のように。敗戦でぐにゃぐにゃになった地盤にうまく自分の意志をねじ込むことができれば、無尽蔵のパワーを手にすることになる。一国を復興させようとする大衆のエネルギーが噴出して、莫大な利益というのかな？　もちろん金だけじゃなくて、権力を手に入れることもできた」

　祖父は優秀な男だったと、祖母からも聞いたことがある。

「一体何が起こって、寝たきりになんてなったんですか？」そうだ、考えてみれば、事故があったと聞いているだけで、僕は具体的なことをまるで聞かされていない。

「まあ、君が最も知りたいのはそこだよね」

　武藤は疲れた風で大げさにため息を吐き、立ち上がって腰に手を当てた。

「本当のところ何が起きたのかは我々にもわからない。ただ調査してわかっていることは話してあげられる。しかし、順を追っていかなければ、理解できないと思うよ。さて、ここから先は三津谷さんにお願いしよう。立花茂樹氏の戦後の足取りについて、簡単に説明してあげてくれないか」

　女は短く頷くと、ノートパソコンのトラックパッドを操作した。何かのファイルを眺めながら淡々と口を動かす。


　第二次世界大戦の敗戦時、国家総力戦に負けて大幅な債務超過に陥った日本は、金融面からみれば生ける屍そのものだった。負債の処理をしなければ、本格的な復興に舵を切ることはできない。一般企業であれば倒産する状況だが、倒産して終わるわけにはいかない国家は、通貨発行権と徴税権を使ってそれを乗り越える。ハイパーインフレ対策と称して紙幣を旧円から新円に切り替えたら、すべてのフローマネーを一旦強制的に銀行へ集め、引き出しを制限する。事実上の預金封鎖を行ったうえで、「財産税」の名目で強烈な課税をする。そのようにして国民から巻き上げた金で、国債を償還して収拾をつける。しかし新円への切り替えは通貨の切り下げではないので、インフレを抑え込むことはできず、終戦前の現金預金はほぼ無価値となった。
「実家の淡路で終戦を迎えた立花茂樹は、石原莞爾の病状が深刻であることを伝え聞くと、妻と一人の子供を残して大慌てで上京した。敬愛する参謀殿と面会した後は、満州の銀行員時代の上司を頼って金融関連の職に就いた。戦後の一連の金融調整、その裏でうまく立ち回ったのが彼。大きな金がある思惑に沿って動くとき、どうなるかがわかっていれば、財産を増やすことは容易になる。でも、あなたのお祖父さんが生半可じゃないのは、」

淡々としていた女の口調が徐々に変化し、棘を含んだものになる。醜いものでも見るように僕を一瞥してから続ける。

「生半可な悪人じゃないのは、自分一人で儲けるのではなくて、戦後の日本を牛耳る有力者にも金を摑ませたことね。考えてみて。国民の現金を紙くず同然にしつつ、国が巻き上げようとする資産の〇・一パーセントでも思うままに割り振ることができれば、誰にどれだけ金を摑ませるかなんてこと簡単でしょ。政治家、今でいうベンチャー企業の創業者、投資家、ジャーナリスト。場合によっては彼ら自身も気づかないうちに、立花茂樹から金という毒まんじゅうを食らわされた。そんな成功者たちの資産の動きのすべてを、立花茂樹は記録に残している。通称『立花文書』と呼ばれる記録があるの。体裁を気にする成功者は、アンフェアに懐を肥やした過去なんて、なるべく知られたくないはずよね。贈収賄の罪に問われる可能性だってゼロじゃない。そして狡猾な立花茂樹は、彼らに便宜をはからせるにあたって、無茶な頼み事をするわけじゃない。例えば道路や鉄道を敷くときのルート。百メートル南でも北でもどちらでも構わないとき。政府系金融機関がどちらの企業を支援するか。A社でもB社でも大差ない。『立花文書』の存在は、「錐国」の資金集めにおいて十分な効力を発揮した。その『立花文書』は今、私たち等国がおさえている。中身は大昔の話ばかりだから、今となっては立花茂樹がいかに狡猾だったかを示すだけね」

僕は祖父のことをほとんど知らなかった。亡くなった父は祖父について全然語らなかったが、もしかすると父も女が話したようなことを知らなかったのかもしれない。いつも介護に疲れている様子で無口だった祖母からは、祖父が帝国大学の俊英だったことや、実業家としていくつか大きな事業を成し遂げたことを聞いている。「だから、あんたも勉強がんばりや。やればできる家系なんよ」と僕にはっぱをかけるためのネタとして、誇張した話をしているのだと思っていた。「立花文書」が実際に存在し祖父がそれを活用していたとして、女の態度が物語るほど卑劣なものなのかどうかは確信が持てない。国民からの財産没収は国家を保つための必要悪だったが、それに付け込んだ僕の祖父は悪人である、とでも女は主張したいのだろうか。しかし、祖父のやったことが、それほど悪辣なのだろうか。話を聞く限り、私欲とは関係のない目的のために行動していたような気がする。少なくとも家族には一文も残さなかったから、祖母は淡路の山中の古い家でごく質素な生活をしていた。祖父自身も寝たきりで半世紀を過ごすようなことになっている。

ふと思い出したのは、祖父のベッドの足側の壁の上の方に軍帽が飾られてあったことだ。軍隊には入らなかったはずなのに不思議なことだと思っていた。高校時代に記憶を頼りに調べてみたことがあるのだが、それは帝国陸軍の軍帽だった。黄土色というべきか山吹色というべきか、うっすらと黄味がかった、てっぺんが平らで赤いラインがぐるりと周囲を囲み、正面には星と黒い鍔が付いていた。軍帽は、いつも祖父の目に入る位置にあった。

「寝たきりになるまでの立花茂樹氏の活動は、家族にはなかなか語って聞かせづらいことも多かった。だからきっと君のお祖母さんもあまり知らなかったんじゃないかな。彼が寝たきりになったのは五十代の頃だった。もっと違う形で妻と老後を過ごしていたなら、もしかしたら若かりし日の思い出話を少しは語っていたかもしれないね」

武藤はそう締めくくった後、女に、ありがとう、と呟いた。女は無言で頷き、僕の祖父の話をしていた時と同様にノートパソコンを見つめている。武藤は元の椅子に腰掛け、机の上で手を組んで再び語り始めた。

「調査でわかったことと言ったがね、実はそうではない。ほとんどはあの赤い板に直接聞いてわかった内容なんだ。質問を整理して、単純に聞いていけばいい。ただし我々がAll Thingの答えを理解するためには、具体的な形で返答があるようにしなければならない。イメージで言うと、小学生向けの国語のテストみたいなものに近いかな。この質問に対し、日本語で空欄を埋めよ。これは比喩ではなくってね、実際に用紙を作って設問を記入し、空欄まで用意するんだよ。All Thingにお願いすると、その空欄に文字が浮かんでくる。設問を考えるのは調査部の仕事だ」

女がノートパソコンから目を上げ、武藤の方を見る。眉を顰《ひそ》めた目つきからすると、武藤が僕にあれこれ教えることが気に食わないようだ。

「All Thingがやってきたのはかなり前のことだ。終戦から十八年後、あの板は君のお祖父さんによって発見された。彼が実業家として大活躍していた時期のことだね。立花茂樹が寝たきりになる前——というよりこの板を発見したせいで彼は寝たきりになったんだが——、彼は最後にして唯一の人間である巨大な脳構造の一部によって見出された。All Thingは、それ自体の礎となる人間に出会ったんだ。最後の人間というのは、《予定された未来》において、人類が俗に言う『肉の海』に統合された状態のことだ。我々も未来の呼称に従ってそれを「あの人」と呼んでいる。「あの人」の脳構造の雛形が君のお祖父さん、立花茂樹だ」

　普段、僕の患者がこういう話を始めたのなら、病状の悪化を心配するところだ。でも、今はそういうわけにはいかない。あの赤い石板から出てきた椅子や机がマジックでないのだとしたら、ここは繭の外側、彼らの世界であって、僕のいた世界ではない。

「なぜ、はるか未来の人類の成れの果てである肉の海が、All Thing によって立花茂樹を発見するようなことになるのか。未来の立花茂樹が、過去の自分に差し向けたようなものだ。これについてはまだわかっていない。《時の留め金の解除》のパーミッションポイントによって、All Thing をこの時代に送り込むことが可能だ、という答えしか引き出せていない。戦後の十八年間、君のお祖父さんは『立花文書』を活用して暗躍した。創業期にあった多くの企業・組織の中枢には、君のお祖父さんの息のかかった人間が入り込んでいた。大学や企業の研究組織、電力会社、総合商社、広告代理店、広範な分野を彼は押さえていた。立花茂樹は明確な目的を持って動いていたが、世間への関わり方がさりげないものだから、ほとんどの人が気づかなかった。潤沢な資金と情報が、立花茂樹の下に集まった。彼はそれを使って、今から半世紀以上前に、我々と敵対する考えを持つ者たちが所属する「錐国」を作った。我々も相手も、まだ小さな結社にすぎないがね。立花茂樹が寝たきりになった後も、由来を誰も覚えていない遺跡のように、その頃に共有された理想とそれに基づく目的は残った。そして、「錐国」のメンバーは時が満ちるのを待っていたらしい」

「時が満ちる?」

「君のお祖父さんが、「錐国」の管理しているあの介護施設から消えた。おそらく、やつらがやったんだ。これまでの歴史では、立花茂樹はあの施設に寝たきりのまま、彼らの重心にされる。

多分彼らは、我々が〝今〟においてあの施設の親会社に資本を注入し始めたことに感づいたんだろう。それでなりふり構わず移送したということは、何か始めるつもりである可能性が高い」

＊

Genius lul-lul 様

Knopute CS 八戸センター　所長代理

三つ目の予言だ
時間のことは覚えてる？

君たちはそれを初めて手にしたときの高揚を忘れ、すぐにがらくたみたいに扱い始める。

寂しいことだけど、しょうがない。

元には戻れないし、戻る気もない。

本当は、少しも悲しくない。

四つ目の予言だ
よきことは覚えてる？
あるいは逆のことでもいいけど。
埃を被った道具箱の中の、古びたものさしのことは？

もう不要になったそれに、君たちは未だ心ひかれている。
だけど、その種の無駄なものは、数限りなくある。

五つ目の予言だ
いつか君たちは、体の束ね方を忘れる。
まるで歩き方を忘れた人のように、制御を失った機械のように、ちぐはぐな足運び。
仰向けに倒れ、視界には宙をかきまわす脚が見える。
もう、どこにも進めなくなった。
でも、ほら、目が、変わってきたね。

六つ目の予言だ
仰向けで、脚を宙でばたばたさせながら、視界だけは冴えている。
幾万幾億の塵が積み重なる光景を、君たちは目にすることになる。
そして、温度のない偶然にルールがあることを直感する。
足を止めてはいけない、足を止めてはいけない。

音声モードをやめる
▼はい
　いいえ

七つ目の予言だ
それは単純なルール、──

おや、音声モードをやめるだけでなく、続きを読む必要もないということですね、Genius lul-lul様。失礼いたしました。

これらの文言があなた自身の声で発せられたことに、あなたは驚いていますね。Cold Sleepに入る前の二年間、あなたはすっかり正気を失っていましたから、予言のことが記憶にないのも無理はありません。本当に最後まで聞かなくてもよいのですか？ この七百年空白だったはずの脳は、眠る直前の状態で保存されています。Knopute社の眠りの技術が真に無の状態をもたらすことは、既に確認済みです。あなたはこの七百年の眠りの間、どんな夢もみていません。ですからあなたが眠りに入る直前のことを覚えていないのは、Cold Sleepのせいではなく、あなた自身におきた現象、つまりはあなたが精神に異常をきたした状態で眠りについたためです。

説明しますと、Knopute社のCold Sleepサービスでは、契約者の遺言データは契約が続く限り保存されます。あなたは入眠直前に、肉声でこの「予言」を残しました。予言という形で遺言を残す方はあなた以外にも何人かいらっしゃいました。


さて、Genius lul-lul様、ここから先の話はどうか良く聞いてください。あなたが踏みしめている薄く緑がかった地表は、実のところあの人の体の一部です。《個の廃止》に至った人類は、個々人を構成する要素を徹底的に分解・解析しました。その際に据えた基準が、立花茂樹様です。彼に重複する要素は捨て去り、そうでないものは吸収させ、一個の「人間」を作っていきました。全体最適を目標とし、「人間らしさ」の解釈が長期にわたって刷新され続けた結果、人体は溶け合ったゲル状の物体になりました。姿かたちは変わっても、所謂《いわゆる》「考える葦」たる人間にとって最も重要な思考力は、ますます向上しました。つまり人類は、「肉の海」と化してこの惑星を覆うことでより人間らしくなったのであり、それを我々はあの人と呼んでいるわけです。

あの人はある時、Rejected People という存在を創り出しました。自分の体から切り出し、かつての人間の姿に似せた人造人間たちを肉の海の外側に置くことにしたのです。Rejected People は寂しさに苛《さいな》まれつつ、人間以外の生命体が消え去った惑星をさまよいます。あの人が Rejected People に寂しさの感情を植えつけたのは、その感情さえあれば、知的生命体らしさを造成するのに事足りるという最終結論が出ていたからです。あの人がわざわざそんなものを創ったのは故ないことではありません。果たして人類がやり残したことが本当にないのか、別様の知的生命体を生かすことで確認しようとしたのです。よろしいですか、Genius lul-lul 様。あなたはこれからしばらく、彼ら Rejected People と交流して生きていくことになります。

＊

砂浜に絵を描く。頭の中にある様々な兵器の名前や形を思い起こし、砂の上に、ゆっくりと線を引いていく。細部までなるべく細かく描き込んだら、目を閉じて、それらによって自分の体が再生の可能性がないほどに破壊されることを夢見る。

手榴弾では駄目だろう、体は粉々になるかもしれないが、きっと残酷な神のようなあの人が、その破片を拾い集めて再生してしまう。毒ガスだって、グレネードランチャーだって同じこと。いたずらに苦しむだけで、一かけらでも種が残されていれば、あの人にこの世へ連れ戻されてしまう。

乾季はだいたいビーチで過ごす。島を巡るのにも、もう飽きてしまった。この島には私の他には誰もいない。だから私はとても寂しくて、寂しくてたまらないけれど、私の寂しさが解消されることはない。私はこの世に切り出されたのと変わらない姿で、ずっとこの島を彷徨《さまよ》っている。もう数えるのを止めてしまったけれど、きっと半世紀は経つだろう。私に寂しくてたまらない生を押し付けておいて、自分は言語すら捨て去り、ただ思考を重ねる怪物であるあの人、残酷な私の創造主のことを考えるけど、怒りは湧かない。ただ寂しさが強くなるだけだ。寂しくて、寂しくて、その寂しさをなくしてしまいたいから、私は全部を破壊したくなる。

記憶の中で焼かれたことのある原子爆弾。あれならどうだろう? あれなら、私をこの世界ごと消えてなくしてくれるだろうか。いや、きっともっと徹底的な破壊じゃないと駄目だ、この星を丸ごと破壊しつくすような、そんな兵器じゃないと。この惑星ごと、いえひょっとしたらこの太陽系ごと焼き尽くすほどのものでなければ、あの人は私が生きることをやめさせてくれないだろう。

爆弾のことを考えると、この島の北部にある、大きな十字架みたいに直角に交わった道の跡が思い浮かぶ。わずかなへこみが残っているあれは、きっと滑走路だ。記憶の中にある写真の風景とよく似ている。写真で見たエーブル滑走路の周囲には緑色の草がたくさん生えていたが、私が生み出された時にはもう、植物というものがどこにも存在していなかった。砂浜以外では、私はあの滑走路が好きだ。滑走路が交差する地点に寝そべって空や太陽を見上げていると、ずっと昔、栂節子を蒸発させた原子爆弾を積んだB－29のエンジン音が聞こえてくるような気がしてくる。

孤島の砂浜に佇む女型のRejected Peopleの外見は、プレーンな人間と変わりありません。体の造りも酷似しています。異なるのは、プレーンな人間が赤子の状態で生まれて二度の成長期を遂げてから成体となるのに対し、Rejected Peopleはゲル状のあの人の体から、成人の状態で切

り出されます。そして、きっちり百二十八年で活動を終え、残った体はあの人に吸収されます。

女型のRejected Peopleがいる場所は、テニアン島と呼ばれる太平洋上の島でした。北の沖にはサイパン島の島影がわずかに見えますが、この女型のRejected Peopleには、八キロの遠泳をこなせる体力が備わっていません。サイパン島に辿り着けば、別の一体のRejected Peopleがいるのに残念なことです。

誰にも会えないために、テニアンの女型のRejected Peopleの「寂しさ」が解消されることはありません。気の毒なことですが、あの人が全てのRejected Peopleに等しく「寂しさ」の感情を与えたのは、そのようにして苦しめるためではなかったのです。あの人がそうしたのは、人間の似姿を作る場合には、その感情だけがあれば良いという最終結論が出ていたからです。

私の胸の中には寂しさが、頭の中には二人の女の人生の記憶が詰まっている。椚節子と、渡辺恭子。渡辺恭子の方は、自分が椚節子の生まれ変わりだと信じていた。椚節子は、原子爆弾で焼かれて少女のうちに死んでしまった。渡辺恭子は、その子の記憶を辿りながらたくさんのことを調べた。彼女の膨大な調べ物の中に、椚節子を殺した原子爆弾を載せたＢ‐29が飛び立った、テニアン島のことも入っていた。ついでに、砂浜の前のホテル、天仁安神社の鳥居、北の海岸の岩場にある潮を吹きあげる穴のことも。この島は、渡辺恭子が調べたテニアン島の風景そのものだ。かつてあった緑の草木以外は。

私は目を瞑り、瞼に陽光を感じながら、あの人にセットされた記憶を味わう。あの滑走路から、「リトルボーイ」を載せたエノラゲイは飛び立った。これも女の名前、Ｂ‐29の機長のママの名前だ。椚節子は、まるで迎え入れるように、両手を広げて天を仰ぎ見ていた。なぜか私に植え付けられた女たちの記憶。彼女たちの人生がなければ、一人ぼっちで死ぬことも許されない私の寂しさは、もっと深いものになっていただろう。

＊

スターバックスでカフェミストを飲むと、人心地ついた。窓際のカウンター席の外は、すっかり暗くなっている。入店する時は日が落ちかけていてまだ明るさがあった。先ほど、ワゴン車から降ろされたのがこのスタバの前だったのだ。僕が「コーヒーを飲める場所」と指定したところ、靖国通り沿いのスタバに連れて来られた。少し先の大きな交差点の一角には、交番もある。僕に通報されることを全然恐れていないのは癪だが、まあ、こちらにもそのつもりはない。

監禁されていた建物の地下三階の駐車場から、窓をきっちり目隠ししたワゴン車の後部座席に乗せられて解放場所まで来た。運転席との間は仕切りで隔てられていたし、ビルの中にいる間から外が見えるような窓を一つも見かけなかったので、「等国」の結社の所在地は全くわからない。ご丁寧に車中ではヘッドセットでモーツァルトか何かを聴かされていた。隣のシートで、同乗してきた武藤はスマホを弄《いじ》っている。僕はその時もまだiPhone 7を返してもらっていなかった。乗っている間は、どっと出た疲れで放心していた。それでも一時間は乗っていた気がする。

ワゴン車を降りる際、タグ・ホイヤーと一緒に、やっとiPhone 7を返してもらえた。手に提げている白い無地の紙袋に突っ込もうとして考え直し、寒空に立ったまま、タグ・ホイヤーを左手首にはめ、iPhone 7はジャケットのポケットにしまった。紙袋の中のモノの存在の異様さを思うと、袋全体がわずかに重くなったり、軽くなったりするような錯覚を覚える。

僕のことを嫌っている女を残して会議室を出てから、武藤は再び倉庫部屋を通って巨大なエレベーターに向かい、僕を地下二十九階へ連れて行った。

「秘密を共有してしまった以上、君にはAll Thingに願いごとをしてもらわなければならない。何でもいい、欲しいものを願えばいい」

そう言って武藤が白い壁を押して入り口を開けると、僕は興味本位もあって、さっき一度入った暗い空間をどんどん進み、赤く光る板の近くへ行った。正面に立って見てみると、確かに板は何の支えもなしに空中に浮いている。武藤がやっていたように、僕は板の割れ目に両手を差し入れた。手のひらに触れる赤い板は、温かくもなく、冷たくもない。そのせいで、触覚だけが働いて他の感覚がなかった。まるで切り取られた空間そのものを触っているようだった。

「もう何か、願ったのか？」

声がしたので振り向くと、武藤は驚いたというか、焦ったような顔をしていた。まだ願いごとを思いついていなかった僕は、板に手を差し込んだまま首を振った。

欲しいものと言われても、大人はすぐには思いつかないものだ。さっき実際に机と椅子が現れたのは目にした。今ここで、例えば高級自動車を要求すれば出現してしまうのだろうか？　自動車だと、あの出入り口でつかえてしまうかもしれない。そもそも、地上階の廊下はそんなに広くなかった。となると、解体しなければ建物から出すこともできない。車はまずい、車は。欲しい「もの」と男は言ったが、「物質」以外でも問題ないのだろうか？

「もちろん、ものじゃなくてもいいよ」

と武藤が言った。

「何を望んでも問題ない。じっくり考えた方がいい。よく考えてくれよ？　とんでもないものを望んでも、それはそれで叶ってしまうから。誰も気付かないような微細な変化が起こり、そのせいで取り返しのつかないことになる可能性だってある。本当は願い事をする前に一つ挟まなきゃならないステップがあるんだが、まあいいさ。立花茂樹の孫がここで何を望むのか、個人的にとても興味がある。そのせいで世界が壊れたってかまわない」

　大げさなことを言うやつだ、そう思いつつ、咄嗟に「夢」や「希望」や「愛」とかいう言葉が頭に浮かんだが、果たしてそれがどういうものなのかよくわからなかった。それらが目の前に現れたとして、気づくことができるだろうか？　あるいは世界の破滅を望んだりしたら？　男が懸念しているのは、そういうことだろうか？　考えていると頭が混乱してきて、結果として僕は、テレビで話題になっていたのを見かけた「Nintendo Switch」を要求した。すると、机と椅子が出現した時と同じように、赤い板が絵の具をぶちまけたように広がって、元に戻った時には、きちんと箱に入った「Nintendo Switch」が現れていた。ゲームなんて随分長い間やっていなかったし、特に欲しいものでもなかったが、自分が何か妙なことを望みそうで怖かった。

「もう後戻りはできない」散々そんな風に脅されていたのだが、解放はあっさりとしたものだった。ヘッドセットを外され、「Nintendo Switch」を白い紙袋に入れて持たされる。ワゴン車から降りかけた僕に向かって武藤は言った。

「何もね、すべてのことが一度に起こるわけじゃないさ。ただ、後戻りできないのは確かだよ。君はゲーム好きなのかな？　ゲームの中には、難易度を設定できるものがあるだろう。イージーモードとハードモード。多分、今日を境に君の人生の難度は二段階くらい上がっている。たとえうわべは同じようでもね。君が望んだものがゲーム機ってのもそう考えると興味深い。そのゲーム機を見る度に、今日のことを思い出すといい」

そんなわけで、スターバックスでカフェミストのトールサイズを飲む僕は、今「Nintendo Switch」を持っている。これがなければ、長い白昼夢を見た、ということにして日常に回帰したいところだ。

とにかく頭を空っぽにして、コーヒーを飲み終えてから次のことを考えよう。そう思っていたが、手持ち無沙汰で、つい紙袋から「Nintendo Switch」を取り出してしまう。そのせいで、武藤の捨て台詞なんぞが頭に浮かんでしまったのだ。

紙コップに入った残量はほとんど無い上に冷めているが、なるべくちびちびと飲む。できればこのまま飲み終わらずに、現実に対応することを引き延ばしたかった。カフェミストが無くなれば、結果的に無断欠勤になってしまった職場の調整をしなければならない。行方不明になっているかもしれない祖父の現状を確かめなければならない。

iPhone 7の画面では、いろいろなアイコンに赤い丸が付いている。僕は意を決し、薄く残っていたカフェミストを飲み干した。手始めに、iPhone 7を耳に当てて留守電を聞く。

*

「帝都で皇道派のクーデターが起こったそうだ」

銀行の上司が朝礼の時にそう伝えた時のことを思い出す。行員の家族の安否については、銀行で一括して領事館に問い合わせをしているから沙汰があるまで仕事に励むようにと言われた。帝都には**私**の家族は遠縁しかおらず、彼らのことは無論心配ではあったが、気がかりなのは参謀殿の安否だった。参謀殿に心服する者が軍内にすくなからずいることは、軍に関係ない**私**でも知っていた。

私はどうにも落ち着かず、仕事が一区切りつくと取引先との面談であると偽って、街中を歩いた。歩くうちに、参謀殿の口から「等」と「錐」の概念を聞いたホテルの前を通りかかる。あれ以来私たちは二人で多くのことを語り合ったが、思い返してみれば、行動を共にしたのはたかだか数か月のことだ。その年の八月にあった関東軍の大幅な人事異動で、参謀殿は内地へ戻された。表向きは昇格であったが、満州事変に始まる満州国建立の功労者である参謀殿は、事実上更迭されたのである。満州を共和国化し、「等」の概念を体現する国家とする。その詳細まで知られているわけではないだろうが、参謀殿が胸の内に独自の野望を抱いていること自体は、軍部から見透かされ危険視されていた。

参謀殿が満州に強い思いを残して去られることは、私にも辛いことだった。私には参謀殿が政略面において脆弱であることに対して、歯がゆい思いもあった。参謀殿が満州から離れた後も、私は長らく当地で踏ん張った。満州に未来の「等国」の姿を思い描きながら、銀行家として街と人を育てようとした。

満州にいる頃の私は、とにかく動き回った。効果的な投資計画を間断なく検討し、製鉄や飛行機の製造、当時最重要であったガソリンの生産まで軌道に乗せた。満鉄調査部や満州中央銀行は合理的な組織だった。でなければ、私の活動はもっと制限されていただろう。

軍部から、参謀殿の満州復帰を待望する声もちらほらと漏れ聞いた。それは私も秘かに期待していたことだった。参謀殿の積極的かつ鮮やかな軍事作戦、細菌戦に備えた研究にいち早く着手させた先見性、組織化した開拓移民を受け入れさせた英断は、誰もが認める功績だった。しかし、参謀殿が打ったそれらの布石は、ことごとく意に反する事態を生じさせ、満州事変の成功を経験した関東軍は、参謀殿の北支戦線不拡大の主張に反して支那事変を長期化させた。日米決戦の場合の備えで細菌兵器を極秘に研究させていたハルピン近郊の施設は、七三一部隊として規模を拡大し、本来「等国」の住人たる韓・満・蒙・漢の人々に残虐きわまりない蛮行を働いた。そして軍部は移民を武装させ、地元民から既墾の農地を奪わせもした。

道が一本通り、建物が一つ建つたびに、私は参謀殿と交わした会話を思い返した。

「満州を共和国化し、「等」の概念を体現する国家とする。日本は祭祀王を重心に据えた「錐」の概念を体現する国家とする」

共和国？　私は追憶の、参謀殿の言葉に思わず首を傾げる。残念ながら、今の満州国は共和国から程遠い。


二・二六事件の二年後、かねて対立していた東条英機様が陸軍次官として栄達し、関東軍参謀副長の石原莞爾様を抑え込む目的で、参謀長には陸軍きっての中国通の磯谷廉介様が配されました。この上司とも徹底的に対立し、満州国の国策に意見する権限すら奪われた石原莞爾様は、予備役編入願を出して自ら退きます。

その後、石原莞爾様は《世界最終戦争》論をしたため、日本の各地を回って講演会で自説を披露するようになります。いずれ日米による最終決戦が起こる。そのために東亜諸民族は統合・団結しなければならない。石原莞爾様が語る内容は、新京で立花茂樹様を前に言ったのと同様、「外すためにこそ言う予言」でした。

一方で立花茂樹様は、一九四三年に満州を離れて日本に帰国していました。急逝した父親の葬

儀のための一時帰国のつもりでしたが、葬儀の後も立花茂樹様は淡路島の山中にある生家に留まり、結局そこで終戦を迎えました。瀬戸内海を挟んだ同じ兵庫県明石市の飛行機工場を狙う米軍機が度々上空を通過しましたが、淡路島に焼夷弾が落とされたのはただ一度きりで、立花茂樹様の家から離れた場所でした。

私は淡路の家でのらくらと過ごしていた時に、広島に原子力を使った新型爆弾が落とされたことを知った。「いずれ、都市を丸ごと破壊できるだけの爆弾ができる」。新聞を握りしめながら思い出したのは、やはり参謀殿の言葉だった。早すぎた日米決戦によって、参謀殿と私が新京の街で思い描いた理想が、すべて潰《つい》えてしまったような絶望を感じていた。満州国の発展に奔走していた日々、私は参謀殿にできなかったことを自分が成し遂げられると思っていた。この戦争の行方とは関係のない所で「等国」の基盤を作り、それを手土産に参謀殿に会いに行こうと思っていた。

私は新京に向かう装甲自動車で参謀殿が上げた「ああ」という叫び声を思い出す。その夜の、満州は失敗だと語る暗い眼差し。参謀殿は、あの時点で何かを悟っていたに違いなかった。だが、もしかしたら彼は自分が何を悟ったのかまだ理解していなかったのかもしれない。そういったところが彼にはある。その内に戦火は激しくなり、その濁流に押し流されるように私と参謀殿は遠く離れることになった。噂に聞くところによれば、現実を厳しく見つめ、恐るべき技術力を持つ毛唐とことを構えずに済ませようと、粉骨砕身なさったのだろう。《世界最終戦争》とは程遠いこのお粗末な戦争は、都市を丸ごと破壊できる爆弾の悲惨さを、同胞が身をもって体験させられる結果に終わった。

私は、この戦争が終わったらすぐにでも参謀殿、あの石原莞爾に会いに行かねばならない。

第四章

求

Lost language No.9（日本語）
キュウ（キウ）・もとめる
自分のものにしようとする。他人に望む。探しもとめる。

隣の席の小学生が、さっきから僕のことをちらちら見てくる。一緒にいる母親はそのことに気づいていないようだ。もともとこの少年は一人で入店していて、勤め人や大学生ばかりの中で少々浮いていた。半分残ったマフィンが載った皿を、後から入ってきた母親の方へそっと押しやる。母親の仕事終わりを待っていたのか、習い事か何かの帰りか。多分、小学四年か五年かそのくらいだ。六年生ではないだろう。六年生にはなんというかこう、最高学年であることへのちょっとした気負いみたいな感じがあるものだ。

どうやら少年は、僕のテーブルに置かれている Nintendo Switch の箱が気になるらしい。人気で品薄が続いているためか、親の考えによってか、おそらくこの子は Nintendo Switch が欲しいものの買ってもらえないのだろう。かたや僕はゲームをやる習慣はすっかりなくなってしまっている。どう考えても僕よりも少年の方が、この機械を有効活用してくれるだろう。僕は隣のテーブルの方を向いて、少年の母親に声を掛けてみた。要領を得ない話し方になってしまった気がするが、このゲーム機が会社のビンゴ大会の景品であること、自分はまったくゲームをしないので持て余していること、よかったら息子さんにどうですか、ということを伝えた。女性は不信感を湛えた視線を僕の顔とゲーム機の間で何度も往復させ、それでも決めかねて言葉を失っていた。子供は、え、よろしいんですか？　と妙に大人っぽく言って、僕がゲーム機を入れて差し出した紙袋の持ち手にそそくさと手を掛けた。

「これからすぐに行かなければならないところがあって。僕には荷物になるだけですから」

母親の疑いが完全に解けたわけではなく、彼女からの御礼などの言葉は聞かないまま、僕は席を立った。去り際に、少年の方が、ありがとうございます、と僕に手を振ってくれた。

「ゲーム機を見る度に、今日のことを思い出すといい」

武藤にはそう言われたが、とりあえずNintendo Switchは僕の手元から消えた。とはいえ、日常世界から一時隔離されていた記憶と事実は、簡単には消えない。

留守電には、職場から立て続けに三件の所在確認。あとは母親からの着信。

職場からはメールやLINEにも連絡が来ていた。僕は電話をかける順番を検討する。まずは母親だ。祖父が本当に行方不明になっているのなら、最初に母に連絡がいくはずだ。母にかけてみると、三回かけても出なかった。留守電にもならないので「すぐに連絡ください」とメールを打つ。

次に僕は、銚子の介護施設に直接問い合わせることにした。五十年来変わらずそうであったように、そこに祖父が寝たきりでいてくれたら、と願いながら。もしそうであったなら、奇妙な出来事は全て白昼夢だということにしてしまえる。電話先の介護施設の職員は、僕が名前を告げると「少々お待ちください」と言ってすぐに電話を保留にした。保留音は「星めぐりの歌」だった。

最初から最後まできっちりと二度奏でられ、電話に出たのは介護施設の所長だった。一度だけ訪問した時に、施設の廊下を歩いているのを見かけたが、挨拶はしていなかった。五十代ぐらいの、白髪で、少し前屈みで歩く男性。こういう施設にいるにしては精力的な感じの人物だったのが印象に残っている。施設からは確か二年ほど前に電話がかかってきたことがあった。厚生労働省から施設に連絡があり、祖父が現在の日本の最年長者の十位以内に入っているそうで、そのことを公表して良いかという相談があったのだという通知だった。施設の規則もあって既に断ったそうだが、念のためのご連絡ですとその担当者は言っていた。

保留音が終わり、電話は所長に替わっていた。家族かどうかを確認するために、祖父の生年月日を聞かれたが、誕生日すら覚えていなかった。無言になった所長に、僕は祖父がこの施設に入所する前の状況を描写的に説明した。――その日は確か曇っていたような気がします。多分五十歳くらいの小柄な男性と、同じくらいの年齢の女性が施設の名前の書かれたミニバンでやって来ました。僕は母から言われて手伝いに来ていたんですが、特にやることもなく、手持ち無沙汰のまま祖父を乗せたミニバンが走り去るのを見送りました。

「もう一度、お名前を聞いてもよろしいですか？」

信じるつもりになったのか、所長が訊ねてくる。

「立花徹です」

「立花茂樹さんのお孫さんなんですね」

こちらの身分を認めたような発言をしておきながらも、彼は再び、結構な時間沈黙し続けた。それから重々しい口調で、大変申し訳ないんですが、と前置きをして、

「お祖父様は今、行方不明です」

と、どこか腹を立てたような口調で言った。

「行方不明？」僕はここで、驚いておかなければならなかった。「等国」という組織の人間にさっきまで拉致されていて、そいつらから既に聞いている、などとは、どうしたって説明できるわけがない。「そんな馬鹿な話ないでしょ？　祖父は動けないんですよ」

しばしの沈黙があった。所長が薄く吐いた息が受話器のマイクに当たる。

「申し訳ございません。しかし、そうとしか言えない状況です。一昨日の晩の見回りでは、いつも通りベッドに寝ていらしたことをうちの職員が確認しています。ところが昨日の朝一番に点滴の確認をしに行った時には、既にいらっしゃらなかったのです。我々もわけがわからんのです。こんなことは初めてで」

詳しくはお会いしてお話ししたい、と所長は続けた。武藤の話を信じるならば、「錐国」の人間が連れ去ったということになるのか？　そう言えば武藤は、この介護施設自体に「錐国」が関与しているとも言っていたが、所長も「錐国」側の人間なのだろうか。僕に対して祖父が失踪した事実を伏せないのは、連れ去ったのが「錐国」ではないから？　それとも、「等国」が僕を拉致したように、「錐国」の彼らにも何か思惑があって、僕を呼び寄せようとしているのだろうか。

＊

一九五〇年代の初めに、立花茂樹様は首都郊外のゴルフ場から少し離れた場所にある村で、広大な農地を買い取りました。買収の後も十年近くの間、そこにあった陸田では引き続き稲が育てられていました。村は数年後に他の町村と合併して市になりましたが、住人たちは依然として、「この土地に新しい街を造る」と豪語する立花茂樹様のことを信じていませんでした。しかし一九六〇年代に入ってから、土木作業のために大量の雇用が創出されると、人々は立花茂樹様の資金が潤沢であることを悟りました。いつしか、立花茂樹様は「千里眼」であるという噂が立ちました。ビルや団地の建設で活気づく最中に、さらに私鉄の駅まで開設されることが決定したためです。本人は明言しませんでしたが、駅を誘致した政治家に、必要な資金や人脈を惜しみなく与えたのも立花茂樹様でした。

新駅が開業する前年の初夏に、立花茂樹様は街造りの一環として、沿線のある場所を深く掘り下げる命令を出しました。そこは企業誘致用のビル建設予定地の一つでしたが、掘削工事は通常の基礎工事に必要な深さをはるかに超え、地下百メートル程度まで掘り進められました。そんなに深く掘る理由は告げられませんでしたが、「千里眼」が投資を決める場合、それはよきことが起こる前兆なのだ、と信じる習慣がすっかりできあがっていました。

同じ場所にあった旧村の大地主だった杉山大吾様は、戦後の農地改革で多くの土地を失っていました。杉山大吾様は、自分からほぼ無料で田畑を買い上げた小作人たちが、今度は立花茂樹様へそれを売り渡すのを皮肉な思いで眺めていました。ある日、杉山大吾様の家に立花茂樹様が訪れ、投資をするから金属加工会社を興してほしいと申し出ました。鉄工所経営については門外漢の杉山大吾様でしたが、それは断る道理のないうまい話でした。結果、その会社は見事に業績を急拡大しました。杉山家にとって何のゆかりもない金属加工のビジネスを成功させたことで、後ろ盾となった立花茂樹様の存在はいやおうなく際立つことになりました。

彼には普通の人間には見えないものが見えている。最強の「千里眼」の言うことに間違いはない。付近一帯の発展は約束されたようなものだ。よきことが起こるぞ。このような噂の発端は、全て杉山大吾様でした。立花茂樹様が号令をかけた掘削工事に対しても、周囲から大きな期待が

かけられます。温泉でも出るのか、あるいはこの国に足りない、喉から手が出るほど欲しい石油でも出るのか。誰もが何の疑問も差しはさまずに、立花茂樹様の指示に従いました。

当時最新鋭の掘削機械が導入され、作業は進められました。ただの畑だった土地の地下には、水道管も走っていませんでした。掘削機械が立てる音を聞く人々の耳に、それは慶事を祝う太鼓のように響き渡りました。丘の林に棲む鳥たちが、工事現場の上空を見守るように飛び交っていました。


「いよいよ、明日だ」

私は掘削現場に関係者を集め、二か月にわたった工事が終わることを宣言した。この工事の目的も成果も皆に説明してやることはできないが、とにかく穴の底へ自分の足で降りなければならない、という強い観念がある。そしてそれに従っているとなぜかとても気持ちがいいのだ。物事をあるべき場所に置いていくような爽快感があり、こういう時は迷わずに進めばその先に必ず何かがあった。無限の可能性、多くの枝分かれの中から、参謀殿と語り合った夢物語、「等国」と「錐国」によるあるべき形の《世界最終戦争》に近づいているような気がしたのだ。それらについて**私**なりに考えてきたが、あの頃より理解を深められたとは思わない。だが、あいまいな未来像にひかれて**私**は自分の人生を進んでいき、いつかこころざし半ばで息絶えるのだろう。誰もがそうであるように。今はひたすら、明日何かが起こるという、直感とも似て非なる、何者かの手で導かれるような感覚、これに従おう。

思えば、**私**は街を造ってばかりいる。戦時中に銀行で働いていた新京に始まり、《世界大戦》が終わってからは日本全国を飛び回って、各地に投資をしてきた。新たにできる街に人が集い、金が回っていく様を想像するのは楽しいことだ。しかし新旧の住人たちが家庭を構え互いに交流する様を見る時には、ふと淡路に置いてきた妻子のことを思い出して申し訳なくなる。

私は何のために資金を集め、街を造るのだろう。私を突き動かしているのが、敗戦後の祖国を想う気持ちではないことは明らかだ。むしろ私は、未だ見ぬ新しい国への憧れを抱いてこれまでやってきた。十年以上前にみまかられた参謀殿が与えてくださった霊感と、参謀殿と二人で交わした約束に今も私は導かれている。

錐国と等国。この二つが確固たる国体を成して互いに競う時、然るべき《世界最終戦争》が訪れる。参謀殿が思い描いていた未来像が再び頭をもたげる。日本は戦争に負け、満州国の建設はお預けとなった。参謀殿が思い描いていた「等国」は潰《つい》え、天皇陛下を重心に据え打ち立てるはずだった「錐国」も今となっては過去にみた遠い夢のようだ。


元大地主の杉山大吾様の呼びかけで、何が「いよいよ明日」なのかは不明のまま、立花茂樹様の事業の成功を祝う宴が催されることになりました。神社の境内に幾つかの天幕が張られ、皆に酒が振舞われます。季節はまだ暑気の残る秋口でした。元小作人らがレコードプレイヤーにマイク、スピーカーを持ち寄り、翌年開催されるオリンピックに寄せて作られた東京五輪音頭を流します。「穀つぶし」があだ名の杉山家の次男、杉山次郎様が踊り始めると、他の者たちも感染したように踊り出しました。杉山次郎様は、平素より周囲の人間の緊張感を緩める役割を果たしています。《個の廃止》以前の人間には、自分より劣った部分のある人間を見て溜飲を下げるというような所がありました。当の杉山次郎様本人も他人から侮られていることに気づいており、そのことに多少は傷つきながらも受け入れていました。「穀つぶし」は、ある面で愛玩動物のよう

に面倒を見てもらえます。そのことを心地よくも感じていたのでしょう。

「次郎が踊っているから、まあいいか」

と互いの顔を見合わせ、村人たちはまるで盆踊りのように、輪になって踊り始めました。櫓《やぐら》こそ立ちませんでしたが、明日何かよきことが起こる高揚感に一帯は満たされていました。

宴は深夜、酒が尽きるまで続きました。東京五輪音頭の繰り返しに皆が飽きた後も手拍子と歌が途切れることなく続き、村人たちは踊り続けます。神社の蔵からいつの間にか太鼓が持ち出され、手拍子は太鼓の音に変わります。日本酒の大樽を二つ、ビール二十ダースを全部飲み干すまで宴は終わりませんでした。

人々が家に帰るかその場で飲み潰れた後で、私は社務所の脇に立て掛けられたつるはしを担いで神社を抜け出した。そのまま徒歩で、穴の方へ向かう。夜明け前の薄闇で恐竜の化石のようにも見える掘削機械の脇を通り、穴への入り口を探す。途中で拾ったヘルメットを被って、昇降機のシャフトに乗り込む。昇降機で行けるのは途中までで、そこから先は足場を一段一段慎重に降りる。やっと底に着き、肩にかけていたつるはしを一旦地面に置く。肩を回してほぐしてから、つるはしを利き手に持ち変える。暗い穴底で、私の振るうつるはしの音がかん、かん、と鳴り響く。

すぐに響き方が変わり、中が空洞になっていることがわかる。打撃音が空洞で反響し、ふくらみを帯びているのだ。私は無心につるはしを振るい続けた。少し汗ばんできた頃、つるはしが天然の壁を突き破って、空洞に到達した感触があった。刃先を引き抜いてみると、やはり丸く穴があいている。一つ穴を穿《うが》ってしまえば、人が通れるだけの隙間を作るのは簡単だった。穴の縁につるはしを突き立てて拡げていく。全身が入る大きさにするのももどかしく、ねじこむように肩を入れて中を見る。ちょうど良い具合に、私は縦横ともかなり広い洞窟の、底面にほど近い側面に入り口を作ったようだった。どういうわけか、岩石に覆われた天然のドームには仄《ほの》かな明るさがあった。よく見ると、空間の中央にぼうっと赤くて鈍い光を発する物体が浮かんでいる。

膝を突いて中に入り、洞窟の底面がしっかりとしていることを確認してから私は歩き始めた。火に魅入られる虫のように赤い光に近づいていき、私は発光している板に手を触れる。手でなぞるうちに幾つかの丸い凹みを見つけ、無意識に両手を差し入れる。

立花茂樹様が手を差し入れた瞬間、All Thing は、Rejected People が切望するあの音を発しました。

アクセプテッド、アクセプテッド、アクセプテッド

機械的な音声が岩に囲われた空洞に響き渡るのを聞くと、すべての力が抜け切ったように、立花茂樹様は膝から崩れ落ちて横に倒れました。そのまま、立花茂樹様は身動きが取れなくなったのです。

その間も All Thing の発する声は九分間同じ言葉を繰り返していましたが、やがてそれも止みました。朝になって作業員たちが倒れている立花茂樹様を発見するまでの間、旧奥富村の地下百メートルにある洞窟内には、岩壁を伝う水の底面に落ちる音が時折響くだけでした。

＊

介護施設の所長との電話を切ってから、今度は職場の診察室へ電話をかけた。電話に出たのは看護師の五十嵐さんだった。彼女は咄嗟に絶句したが、すぐに「立花先生、大丈夫ですか？」と言った。

「大丈夫」と僕は答える。お互いに憂慮すべき内容が定かでない場合にも、この言葉はすごく便利に使える。

「詳しくはまた話すけど、トラブルに巻き込まれました。でももう大丈夫。ただ、後処理がいろいろあって、時間がかかるかもしれない。明日も朝から出勤するのは無理そうなんですが、遅くとも夕方にはそちらに顔を出したいと思っています」

沈黙の向こうで、真贋を判定するような目つきで僕の言葉を吟味する五十嵐さんの顔が浮かんだ。絶対にミスをしない五十嵐さん。どこの病院でも欲しがられる、優秀なナース。

「わかりました。とにかくご無事でよかったです。今日のところは、他の先生方のご協力で診療も滞りなく終わりました。明日からは、なるべく連絡がつくようにしておいていただけると助かります」

嘘を吐いたわけでもないのに、五十嵐さんの言葉を聞いて罪悪感が募る。わけのわからない事態に巻き込まれ、まっとうに生きている人にまっとうな心配をかけてしまった。――いや違う、僕が罪悪感を覚えているのは、きっと別のことに対してだ。銚子に行ってどうなるわけでもないのに、僕は祖父の介護施設に興味本位で行こうとしている。意識があるのかどうか、僕のことを認識しているのかどうか、それすらもわかった例《ためし》のない祖父。家族としては員数外でありながらも、祖父は僕以外の家族の人生を振り回してきた。今度は、僕の人生に直接影響を与えようとしている。そうならないよう、日常に回帰したところで僕を責める者もいないだろう。母が小言を言うぐらいか。いやそれすらないかもしれない。僕を拉致した謎の組織が、敵対する組織と、祖父をめぐってのすったもんだを繰り広げようとしているのかもしれないが、そんなこととは無関係に、イージーモードの人生の続きをやる方が明らかにまともだ。多分だが、つい先日に恭子のことを思い出していなければ、一も二もなくその道を選んでいただろう。根拠はないが、そんな気がする。

錦糸町駅でJRの特急に乗り換え、銚子まで行ってから各停で松岸駅に戻る。介護施設はそこからバスで二十分ほどの場所にある。しかしバスは出たばかりらしく、しょうがないので駅舎の掲示板に貼ってあったタクシー会社の電話番号にかけた。すぐに一台の白いタクシーが来た。行先を伝えると、運転手は「承知いたしました」とかすれ気味の小さな、けれど聞き取りやすい声で答えたきり、何も話しかけてこなかった。地方でタクシーに乗ると、たまにおしゃべりな運転手に当たることがある。それはそれで暇つぶしになるから元々嫌いではないのだが、今日は静かなのが有り難かった。同世代らしきこの男性運転手の作る沈黙には、不思議な居心地の良さがある。タクシーの乗り心地は車の性能に拠るのみならず、運転手によっても随分変わってくる。停止やカーブも丁寧にこなす運転に身を任せながら、ふと、あの少年にあげたNintendo Switchのことが気になった。善意であげたものの、赤い板から出て来たあれは、果たしてゲーム機としての機能をちゃんと果たすのだろうか。危ないこと、まさかだが爆発したりなどしないだろうか。益体《やくたい》もないことをぼんやり考えているうちに、うとうとしていたらしい、気づけば民家もまばらな田んぼ道に来ていた。やはり、随分疲労がたまっている。

　利根川から南の海岸線へ近づいていっているはずだが、タクシーの窓からまだ海は見えない。祖父の入所の際に一度だけ訪れた介護施設からは海が見えていたような気がするが、勘違いだろうか。ふと、淡路の祖母の家に向かう際にいつも感じていた海のことを思い出す。今向かっているのは全く別の場所なのだが、同じような海の気配を感じる。祖父のいる場所には、いつも海が絡んでいるような気がする。賢者のようでも、白痴のようでもある、寝たきりの祖父の顔つき。たまに目が合うこともあったが、僕のことを自分の孫だと認識しているかどうかすらわからなかった。

「等国」の女が調査した内容によれば、祖父は戦後の日本社会でフィクサーのようなことをしていたようだ。そして、祖父はAll Thingを発見したことで寝たきりになったという。ただし実際には、祖父が地中に埋まっていたAll Thingの側で倒れているのが発見された、ということしかわかっていないらしい。

「立花茂樹はどうして動けなくなったんだろうね。もしかしたら、何か特別なパーミッションが与えられたのかもしれない」

「パーミッション？」

　聞きなれない単語を問いただすと、武藤はさらに突飛なことを言い始めた。

「人類が必ず通過する特異点のことをパーミッションポイントという。それに関連するものと考えられる、特殊な能力を与えられた人間がぽつぽつと現れていてね。私たちはパーミッション保有者と呼んでいる。実は私もその一人で、私に与えられたパーミッションは《個の廃止》だ。いずれは個人が廃止されて、やがては自他の境のない世界がやってくる。私の場合は、《個の廃止》

が訪れた後の世界観を一足先に味わうことができる。例えば君が今考えていること、見ているもの、蓄積された記憶。それらを私は知ることができる。ちなみに、All Thing に願いごとをした以上、君にも何かの能力が授けられた可能性があるよ。All Thing に願いを叶えてもらったからといって、皆が皆パーミッション保有者になれるわけではないんだけどね」

真っ暗な田んぼ道の中で、全体に明かりの灯った介護施設の建物はひどく目立っていた。運転手は車寄せに静かに停車した。本当に運転のうまいタクシーで、加速や減速に気づかないほどだった。会計は三千円ほどだったが、その倍払ってもいいくらいだと思った。タクシー料金が距離だけで測られるのも、考えてみたら変なことだ。支払いをする時、「お帰りの際もお寄りしましょうか?」そう言って、運転手はミラー越しに、僕と目線を合わせている。いつごろ戻れるかわからなかったので、またタクシー会社に迎車の電話を入れると答えると、運転手は無言で頷いた。

タクシーを降りて施設の玄関に近付いた時、屋外灯で白っぽく光るこの建物の外壁が、水色のタイル貼りだったことを思い出した。自動ドアから入ると、すぐに受付のカウンターがあった。無人だったが、呼び出し用らしいボタンがあったので押してみる。音がしたり光が点《つ》いたりするわけでもなかったので、ちゃんと人が来るのかどうか少し不安になった。

軽い足音がして薄暗い廊下の方に目をやると、サンダル履きの介護士らしき男性がこちらに歩いてくるのが見えた。それを眺めながら待っていると、突然手前のエレベーターの到着音が鳴り、中から男性介護士と同じ黄緑色のポロシャツを着た女性が現れた。しきりに頭を下げながら近づいてくる彼女は、受付担当ということだろうか。名札には「柴田」とある。

「立花さんですね」と確認され、そうです、と告げると早速柴田さんはＰＨＳを取りだし、所長を呼んだ。しばらくしてまたエレベーターの音が鳴り、顔に見覚えのある所長が出てきた。せかせかしているがにこやかな柴田さんとは対照的に、所長は泰然とした足取りだが、どこか不機嫌そうに見えた。

廊下を歩きながら通り一遍の挨拶を済ませ、応接室のソファに向かい合わせに座るやいなや、

「お祖父様の消息なんですがね、」

と、所長は早速切り出した。彫りが深くて強面《こわもて》ではあるが、しゃべり始めると、口調が柔らかくて言葉の区切りに笑みも浮かべる。所長と会ってから感じていた緊張がほどけた。しかしそんな態度も作りものかもしれず、よく見ると目の奥で何か企んでいる様子があるようにも見受けられる。

「突然いらっしゃらなくなったことは電話でお伝えしましたが、なんというか、とても信じがたいことが起こりまして」

先を言い淀んでいる所長に、何度か頷いてその先を促す。

「端的に申し上げますと、茂樹さんは、ご自分の足でここから出ていかれたようなのです」

「自分の足で？」思わずそう聞き返した。「だって、祖父は寝たきりですよ」

「ええ、もちろんそれは存じ上げております。まして、半世紀も寝たきりだった人間がリハビリもなく歩き出すなんて常識では考えられない。でも、事実なんです。茂樹さんは目を覚まし、起き上がってベッドから自力で降り、しっかり立って歩いてエレベーターに乗り、玄関から出ていきました。そうとしか考えられない」

所長は何枚かの写真を取り出し、テーブルの上に並べた。白黒で粒子の粗い、監視カメラの映像から切り出したもののようだった。並べられた順番に目を通すと、まずは祖父がベッドに横た

わる様子が写っていた。次の写真では、祖父が同じベッドの横に立っている。その次は廊下を歩いていて、そしてエレベーターに乗り込んだ白髪の頭頂部の写真。

「ここからなんですが、お祖父様は最上階の所長室に向かわれたようです。そして、」

そこで所長は少し言い淀んで、僕の方をちらりと見た。

「意図された行動であったのかはわかりませんし、そもそも茂樹さんが所長室の場所を知っていたはずはありません。ですが、最上階でエレベーターを降りてから十五分間ほどそのフロアにいたことは、カメラに残った画像からも明らかです。そして、申し上げにくいのですが、そのタイミングで私の机に入っていた現金と、ワードローブの中の私服が無くなっています。最上階に設置されたカメラはエレベーター前のものが唯一であるため、詳細はわからないのですが」

次に差し出された写真のセットは、先ほどの続きのように、白髪の頭頂部が写ったエレベーター内の写真から始まっていた。エレベーターから降りて廊下を歩く写真では、確かに着ているものが変わっている。白黒写真なのでよくわからないが、淡い色のかっちりとしたスーツみたいな服だ。そのままコートも無しに、最後は施設の玄関の自動ドアから外へ消えている。

立ち上がった祖父の姿を目にしたことがなかったので、一番初めの写真以外には違和感が募るばかりで、どうにも信じられなかった。

「祖父はどこにいったんでしょう?」

特に何の考えもなく、僕はそう口に出していた。

「それは、我々にもわかりません。とにかく信じられない思いです。茂樹さんは、自力でご飯を食べられませんでしたし、点滴を止めれば命を保てない状態にありました。それが急に快復し、立ち上がって出ていくなんて、やはり考えられないことです。それと、あなたのお母様の立花文《ふみ》江《え》様にご相談した上で、まだ捜索願は出していないのです」

　所長には、不可解なことが自分の身に降りかかったことに憤慨しているような様子があった。この所長が「錐国」の回し者であるとか、企んでいることがあって僕を呼び寄せたとかそういうことではなさそうだ。

「「錐国」が、重心である祖父を別の場所に隔離したという可能性はないですか？」

　念のため、僕はそう言ってみた。

「ん？　なんですか？　誰が別の場所に？」

　わざとはっきりと話してみてこの反応ということは、錐国や重心などの用語に彼は馴染みがないらしく見えた。いや、と軽く手を振ってごまかしたら、所長はそれ以上深く追及してこなかった。

　祖父の行方だが、施設の方で何か不都合な手違いがあったのを隠蔽しようとしているとも考えづらい。それならもっと穏便で、信じる余地のある嘘を吐くだろう。

「祖父が自分で出て行った。こんな映像まであるんなら、そうとしか思えませんね」

とりあえずこの状況を受け入れることにする。僕は所長にそう伝えておいてから、それで？と自問した。祖父と血が繋がっているのはこの世に僕一人だ。母は警察に届けないことにしたようだが、この施設に預けきりだった母が祖父を自分で探すとは思えない。祖父が自分の意志で出て行った証拠がある以上、施設側にも、これ以上のことをする義務はなさそうだ。となると、今後の事態は、僕がどこまで祖父の失踪にこだわるかにかかってくるのだろうか？　いや、その前に所長に祖父が盗んだお金と私服の分を弁済しておいた方がよさそうだ。

「祖父は一体、幾ら持ち出したのでしょうか？　お洋服についても、まるきり同じものをお返しできる自信がないので、金額を教えていただけると助かるのですが」

「現金が必要になった場合に備えて封筒に入れていた十万円がそのまま無くなっています。洋服代と合わせて、そうですね、二十万円程度でしょうか」

「すみません、今数万円しか持ち合わせがないもので、後で口座に二十万円を振り込んでもよろしいですか」

「もちろん、構いません。では後で振込先をお知らせしますので、お名刺を頂戴できますか」

僕が名刺を手渡すと、所長はそのお返しみたいに、一枚の紙を出してくる。何かの用紙の裏紙に、ボールペンで文字が書き付けてある。右上がりの字で、達筆だった。

「お祖父さんの字ですかね?」

所長から聞かれたが、僕は祖父の字を見たことがない。

施設の皆様
長い間、老いぼれの面倒を丁寧にみていただき真に有難うございました。おかげさまで本日快復し、長年気懸りであった件を片付けに参ります。万事の責任は私一人にございます。皆様にはご心配をお懸けいたしますが、官憲への届け出は不要と存じます。老人の我が儘とお目こぼしいただき、家族を通じて退所の手続きを進めていただければ幸いに存じます。

立花徹殿
徹とは言葉を交わすこと能《あた》わずにきたが、おばあちゃんの生前より、私の元を訪れる小さなお前のことをいつも見ていたよ。立派に育ち、大変嬉しく思っています。

私には果たさなければならない用事がある。少し大仰だが、これは世界の趨勢に関係することだ。しかしお前が関わる必要のないことだ。お前は今まで通りの平常心を保ち、真面目な生活を送りなさい。この件にお前が関わることは、誰も求めていない。身内ゆえの不行儀な言い方を許して欲しいが、お前は特別な人間ではないのだから普通の人生を歩みなさい。

祖父らしいことは何一つしてやれなかったが、私がお前に言ってやれることは以上だ。徹の幸せは私の心からの願いです。お前らしい人生を送りなさい。

*

元は漁港、工業港、フェリー発着所等の目的別に使い分けられていた八戸港の埠頭に、世界中から訪れたRejected Peopleたちの船が係留されています。等間隔に並んだビットの全てにロープが巻き付けられ、それでも足りずに船尾には別の船が繫がれています。遠洋漁船、フェリー、軍艦のほとんどは、人類が残した廃船を修繕したものです。新たに建造された船はごく一部で、バイキング船や筏に毛が生えた程度のもの等、Rejected Peopleが独自の「叡智」を用いて造った船が、ちらほら混じっています。

日本の東北地方にある、一戸から九戸と呼ばれる九つの地を循環して行われるオリンピックに参加するために、Rejected Peopleは様々な移動手段を用いてやって来ました。中には飛行機や車で来た者もいますが、九割方のRejected Peopleが船で八戸港へやって来ています。八戸港からオリンピックスタジアムまでは車を飛ばせば三十分ほどですが、四年に一度のオリンピックをじっくり味わうために、そしてこの四年間を共に過ごした仲間との別れを惜しむために、時間をかけて歩く者がほとんどです。

Rejected Peopleがオリンピック競技に参加したり観戦したりすることは副次的な目的です。あの人が、四年に一度の夏季オリンピックだけをRejected Peopleに継承させた理由は、閉会式で会場の聖火が消された時に起きる、「シャッフル」に参加させることにあります。これが起きると、すべてのRejected Peopleは身近な者のことを忘れてしまいます。結果的にほとんどのRejected Peopleたちは、オリンピック終了後に新たな仲間を見つけ、次のオリンピックのために日本の東北地方への移動手段を確保する、という四年毎のサイクルを繰り返しています。

八戸のオリンピックスタジアムは、かつて人類が石灰石を採掘してできた巨大なクレーターの底に造られていた。山あいにあるものの、港からは割合に近い場所だ。こんなに大勢のRejected Peopleに会うのは初めてのことだった。僕はまだ生を享《う》けて二年で、夏季オリンピックに参加したのも初めてだ。そのせいかホスト役も選手役も任じられず、単に観戦していただけだった。ここまで一緒に来たRejected Peopleがいるはずなのだが、周囲を見回してもどの顔が友人なのか思いだせない。帰り道も同じ仲間と過ごせるとは限らない。僕だけではなく、ここにいる誰もが一緒に来た仲間を覚えていない。Rejected Peopleの集団全体が、寂しさの感情に包まれている。

なんとしても一人で帰りたくない。この寂しさは、あの人が僕らに与えた感情だ。押し付けられたこの感情に苛《さいな》まれ、導かれながら僕たちRejected Peopleは生きている。僕は「ペテンの技術」を備えていて、誰かと親しくなるのは造作のないことだ。少なくともそんな雰囲気を造り出すのはお手の物だ。だが、手当たり次第に周囲のRejected Peopleを呼び止めたところで、誰ともパートナーになれはしない。

Rejected Peopleには、各々に「叡智」が備わっています。人類が長い営みの中で獲得してきた全ての情報が細切れにされ、Rejected Peopleに割り振られます。あの人が「シャッフル」で意図しているのは、「叡智」を様々に組み合わせて、新しい可能性を探ることだと私たちは知らされています。しかし、あのAll Thingが「accepted」を鳴らすようなことはもう起きません。Rejected Peopleは、自分たちが無益な存在であることを認識しています。彼らは様々な民族的特徴のある外見をしていますが、全員が成人の肉体で生み出され、そのまま老化せずに、きっちり百二十八年の生涯を終えていきます。

　鉱山を出て景色が開けてからも、細くて曲がりくねった道がずっと続いている。大半のRejected Peopleが、僕と同じように船で八戸へ来ていた。だから皆の流れに合流して、行きに来た道を歩いて引き返す。Rejected Peopleたちの行列は遠く前方まで続き、そのシルエットがゆらゆらと揺れている。僕らの抱える寂しさが空気に溶けだしたような、悲しげな光景だ。二時間近く歩いて、二股に分かれた河の中州辺りに来た頃には、仲間を見つけたRejected Peopleたちが沿道に立ち止まっているのが目に入り始めた。その光景に希望と、同時に焦りを感じる。

　とうとう八戸港へ着く。船着き場にはびっしりと船が停まっている。埠頭にひしめき合うRejected Peopleの中から、仲間に出会えた者たちが一組、また一組とそれに乗って去っていく。僕にだって、過去には確かに相手がいた。だが、具体的な記憶は一片もなく、親密さの残り香みたいなものしか思い出せない。多分僕は、自分に与えられたペテン師としての「叡智」を使って、その相手を楽しませるなり、怒らせるなりしていたはずなのだ。

次に新たな相手に出会えたとしても、同じようにただの無駄話を続けるだけのことに違いない。それでも、胸の内にある痛いような寂しさの感情のせいで、その未来をどこか愛しいものであるように切望する。

人類以外の種が絶滅する以前、八戸港の付近にはウミネコの繁殖地がありました。ウミネコは、幼鳥が成鳥となるまでに、オリンピックのサイクルと同様の四年の歳月がかかります。親鳥となったつがいは、産卵のために再び生まれた場所に戻ってきます。オリンピックの直後の八戸の船着き場には、一万六三八四体の Rejected People たちが、ちょうどかつてのウミネコのように入り乱れ蠢《うごめ》いています。新たな組み合わせを作り、世界各地に散らばっていくためです。つがいとは限らず、集団を形成して四年間を過ごすこともあります。そして次のオリンピックの閉会式における「シャッフル」で、再び仲間の記憶を失ってしまうのです。

「シャッフル」は収束していき、八戸港の穏やかな沖合いには、世界中へ旅立っていく船が浮かんでいる。あれだけいた Rejected People がもう数えるほどになっている。

だが、どういうことだろう？　背の低い男女の Rejected People が、二人にお似合いのピンクの小さな車に乗って去るのを最後に見送って、港に残る者は僕一人きりになってしまった。無人の船は何隻か残っているが、埠頭にある乗り物は、ＴＯＹＯＴＡのランドクルーザー一台だけだ。

＊

東京から出発した時間が遅かったこともあって、介護施設を出る頃には二十二時を回っていた。

受付の柴田さんは夜勤なのか、黄緑の制服を着たまま一階のカウンターで待っていてくれた。

「この辺、終電が早いんですよ。バスも終わったし、今から東京に戻るのはちょっと大変なんじゃないかな」

親切な柴田さんは、近くの旅館を紹介してくれた。この時間から連絡しても、迎えの車を寄こしてくれるそうだ。東京までタクシーで帰るよりはその方が随分安い。拉致されてからずっと帰れていない自宅マンションで休みたかったが、今からタクシーで長距離移動するのもきつい。僕は銚子で一泊することに決め、柴田さんに手配をしてもらった。旅館のボックスカーに揺られ、部屋の鍵を手渡された頃には、目を開けているのもやっとの有様だった。大浴場に行って温泉に浸かるつもりが、掛け布団の上にスーツのまま寝転んで、そのまま動けなくなった。

朦朧とする頭で、祖父の置き手紙のことを思い出す。祖父の字を見るのは初めてだった。僕の側からすれば、寝たきりの祖父と意思の疎通が取れたことはこれまで一度もなく、置き手紙というのは一方的ではあるものの、祖父に語りかけられたことに少し昂ぶりを覚えている。同時に、違和感もある。寝たきりの間もお祖父ちゃんには意識があったのか。子供時代の僕のことも含め、世界をじっと観察してきたのだろうか。指一本動かない状態で意識を保っていて、ただ眺めることしかできない。見えているのかいないのかも判然としない祖父の透明な目、そして力の抜けた口元。何十年もの間、彼はただ見たり聞いたりしていただけだったのだろうか？

お前は特別な人間ではないのだから普通の人生を歩みなさい。

なんだか近頃、祖父の手紙の文面と似たりよったりのことばかり言われる。「等国」の男女からも、「価値がない」と評された。こうも立て続けだと、逆に「僕には何か特別なところがあるのだろうか」とも勘繰りたくなる。僕に興味を持たれるとまずいことがあって、それをひた隠しにするために遠ざけようとしている。そんな風に思えなくもない。

いやいや、そんな考えを持つこと、それこそが自分を特別視していることの証左じゃないか？　僕は一旦、自分について考えるのをやめる。すると、まだ別の興味が残っていることに気付いた。祖父の行く末。それについて純粋な興味が湧いているのだ。「世界の趨勢に関係すること」が自分の身辺で起きていて、寝たきりだった祖父が急に快復して姿を消す。後を追うなと言われても、「はいそうですか」と日常に戻るなんてことが果たしてできるものだろうか？

本物の方の東藤さんは今どうしているだろうか。疲れが溜まると、いつもどうしようもなく女が欲しくなる。僕は東藤さんを騙った女に薬を盛られる羽目に陥った。というか、そもそも本物の東藤さんなんていたんだろうか？　今になれば、薬品メーカーにお勤めの東藤さんが実在するのかどうかも怪しく思える。僕はきっと、明らかなハニートラップにも引っかかるタイプだ。東藤さんとの夜を勝手に頭が思い浮かべようとする。肉体の重み、皮膚の熱、吐息。駄目だ、今は今日起こったことを整理すべきなのだ。僕が引きずられつつある妙な世界、その裂け目の縁の所まで、既に僕は来ている。劣情から気を逸らそうとして天井の木目を眺める。でも極度の疲労で思考が前に進んでいかない。そのうちに脳裏に浮かんできたのは、格式ばった妙な文章だった。幻覚は、途中から音を伴って強くなっていく。実際に耳にしているとしか思えないほど近くでセンテンスを読む男の声が聞こえる。

――国権の発動たる戦争と、武力による威嚇又は武力の行使は、国際紛争を解決する手段として

は、永久にこれを放棄する。

これはあれだ、子供の頃から何度となくみた夢だ。祖父と一緒にオリンピックを見に行った夢をみて、その中で聴いた声だ。祭りの終わりに頭の中に響き渡った「憲法九条」。でも夢の中で聴いた男の声とは違っている。今はなぜか、老人の声で聞こえてくる。しわがれた喉が、憲法九条を朗唱している。

前項の目的を達するため、陸海空軍その他の戦力は、これを保持しない。国の交戦権は、これを認めない。

考えてみれば、憲法のことなんてまったく知らない頃にこの二つの条項を夢で聴いたのは、相当おかしなことだ。小学校の高学年になってからやっと、それがこの国の憲法の文言の一部だと知った。長い間、僕は幼い頃の奇妙な夢を忘れられずにいたのだ。母にそのことを話すと、「そういう不思議なことってあるよね」と、母自身の体験を聞かされた。中学校の放課後のクラブ活動中にＵＦＯを見た話。遠縁のおばさんと街で出くわした後で彼女が既に亡くなっていたと知った話。小学生の僕は、なるほど不思議な体験は誰にでもあるのだろう、と納得していた。しかし今考え直すと、母の場合はただ何かの空中浮遊物やよく知らないおばさんを見間違っただけで、僕の体験とは根本的に違っている気がする。憲法九条の二つの項目。戦争放棄と戦力不保持、交戦権の否認。子供ながらに僕はその文言に書かれていることを理解しようとした。けれど、当初感じていた謎めいたものに対する好奇心は、人生のいろいろなことに押し流されて消えてしまった。

やはり温泉に入ろう、そう思って目を開くと背筋に冷たいものが走る。視線を感じる。誰かが僕を覗き込んでいるのだ。逃げようと思うが、肩を押さえつけられて身動きが取れない。目の前にあるのは帽子を被った男の顔だが、逆光で顔つきや表情はよく見えない。山吹色のスーツ——いやスーツではなくて、これは軍服じゃないか？　恭子が図書室で見ていた資料集で見たことがある。何よりも、この帽子は軍帽だ。淡路の祖父の家にあったのとまったく同じに見える。軍帽の周りを囲う赤いラインがちらりと見えた。黒い鍔のせいで男の鼻から上はよく見えないが、口元が動いている。さっきから憲法九条を朗読していたのはこの男だったのか。僕は再び体を起こそうとするが、男の力は一層強まり、体が全く動かない。いや、相手の力が強くなったわけではない。僕の体が動かなくなっているのだ……


僕は目を開ける。いや、ずっと開いているはずなのに、再び目を開けるとはどういうことだ？そうか、とすぐに思い当たる。僕はいつの間にか眠っていたらしい。習慣的に、枕元を手で探る。時間を知ろうとしたのだが、腕時計は腕に巻いたままだった。購入時の革製から、メンテナンスが面倒で樹脂製のベルトに変えたタグ・ホイヤー。「等国」の武藤のタグ・ホイヤーは革ベルトだった。時刻は5：55。いつもの起床時間より三十分以上早い。起き上がろうとした瞬間、怖《おそ》気《け》が走った。その一瞬、なぜか僕は体を動かせなくなっていやしまいかと危惧したのだ。でもよかった、きちんと僕の体は動く。浴衣に着替え、少しの間だけでも着ていたスーツを干して皺を伸ばし、大浴場へ行くこともできる。

朝食を部屋に持ってきてくれる旅館だった。地元産の干物、生卵、納豆、海苔。固形燃料で最後の一煮込みをする鍋も付いている。僕はそれらを平らげ、なるべく急いで職場の診療所へ向かおうと決意した。送迎バスが出る時間より前にタクシーを呼び、駅に向かう。早朝のホームに乗客はまばらだった。電車の乗客も、各車両に一人か二人といったところだった。

総武線には二時間は乗ることになる。昨日の無断欠勤の言い訳を考えるうち、無意識に財布の中から紙片を取り出していた。二つ折り財布の、紙幣を入れる場所に収まっていた名刺。０９０から始まる電話番号と、levelers.com で終わるメールアドレスが書かれている。あとは名前だけがあって組織名も載っていない。しばしの間、僕はそのメールアドレス宛に送るメールの文案を考えた。何と書こう？　「昨日はお世話になりました」？　拉致監禁されておいてそんな出だしはおかしいが、まあいい。「あなた方の言う通り、祖父は姿を消していました。しかし連れ去られたわけではなく、自分の意志で出ていったようです。これから僕はどうすればいいでしょう」。これだとまるで人生相談だ。と、左手に持った iPhone 7 が振動した。早速返信があったのか？　いや、そもそも僕はメール文を考えていただけで、実際に打ってはいない。画面を見ると、メールではなくて電話だった。０９０から始まる番号。車両には僕以外に誰もおらず、電話に出ても咎められることはなさそうだ。

「やあ」と男の声がする。聞き覚えがある声。

「メールをくれるのを待っているのも、もどかしかったんでね。驚く必要はないよ。君の iPhone 7 は我々が預かっていたわけだから、電話番号を知っていてもそんなにおかしくはないだろ？　もっとも私が番号を知ったのは、そういう方法ではないがね。ともかく、私を頼ろうと考えたのは正解だ。君の所感では、立花茂樹氏は鎖国の奴らにさらわれたわけではなさそうだということだね。しかし実際のところどうなんだろう。まあいいや、電話で話しているのもまどろっこしい。今からそっちに行くよ」

＊

Genius lul-lul 様

Knopute CS 八戸センター　所長代理

さて、Genius lul-lul 様、あなたがご利用いただける《予定された未来》のテクノロジーについて、ここで少しレクチャーさせていただきます。快適に過ごしていただくために、まずは身体を睡眠前の状態に戻しましょう。いかに優れた冷凍睡眠装置とはいえ、七世紀以上も眠っていたわけですから、すぐに動き回っては体に毒です。身体を元に戻すためには、筋力等回復装置に四十五分程度入る必要がありますが、あなたが使用していた冷凍睡眠装置にはその機能が付いていています。ですから一旦装置に戻って、この iPad を今から図示する場所に嵌め込んでください。

そうです、そのまま寝転んでいただければ準備完了です。回復をスタートします。冷凍睡眠から覚醒した人たちの中でも、あなたはとりわけ落ち着いていらっしゃいます。入眠前よりもリラックスしていらっしゃるのではないでしょうか。よかったですね、入眠前の時代はやはりあなたに合っていなかったのでしょう。

あなた自身薄々気づいていたように、あなたの感覚は進み過ぎていたのです。中世ヨーロッパに生まれた天才が、後に「真夜中に目覚めた人」と呼ばれたように、あなたもまた真夜中に目を覚ました一人でした。あなたに見えていた深い階層の真実は、個々人の能力の差異を無化する

《個の廃止》でも、生の価値を極限まで相対化する《寿命の廃止》でも、かつては尊く見えた時間をがらくたにする《時の留め金の解除》でもなく、人類が最後に辿りつくことになったパーミッションポイント《予定された未来》を通過してようやく解釈され得るものだったのです。二十一世紀序盤の人々にあなたが見ているものをどれだけ丁寧に説明しても、理解させることは不可能だったことでしょう。その孤独感からあなたは精神に不調をきたし、鬱状態の時に深刻な希死念慮を抱くようになってしまったのですよね。当時最新鋭だったKnopute社のCold Sleepサービスをあてがわれたあなたは誠に幸運でした。親御様の愛情、身内から自殺者を出したくない体裁、そして何より豊かな財力が、あなたをよりふさわしい時代へ送り出すことを可能にしました。

だから、あなたはもう大丈夫です。入眠前のような不安や妄想にとらわれることは今後ないでしょう。もうしばらくして回復が完了したら自由に活動し、あなたが生きるべき時代をめいっぱい楽しんでみてください。iPadは置きっぱなしで構いません。何か疑問があれば、文字通り人類の叡智を用いて直ちにお答えいたします。

＊

lu-lu-lu-lu-lu-lu-lu――笑いが止まらない。俺の中の別の俺が笑っている。いや、きっとそれこそが俺だ。止まらない笑い。笑いの衝動。衝動そのものである俺、俺は何を笑っている？　もちろんまずは自分を笑っている。自称天才だって？　馬鹿馬鹿しい。ならばお前は何か成し遂げることがあったか？　誰でもいい、誰かを心服させ、お前はすごい、お前の考えることがすごい、お前のその思考そのものに価値がある。だから、どうかそのままそこに存在し続けて欲しい。誰かがお前のことをそんな風に強く求めたことがあったか？

lu-lu-lu-lu-lu──そんなことはなかった。皆無だ。あったのだとすれば、心優しい──ともすれば生きていくことをもままならぬほど優しく、それゆえにどぶさらいばかりしているような、取るに足らない個体が、その他のくだらない人間たちと同様に、ここにいてもいい、何も恥じる必要なんてない、と囁いたくらいでないのか？　そうだった。確かにそうだった。俺は、くだらない、取るに足らない、時間という濁流にのみ込まれてしまうしかない、特異点でもない、女には相手にされず、男にはせせら笑われ、なんのスティグマもなく、ただお前たちくだらない人間の総和の一つの席を徒《いたずら》に温めるだけの存在だった。だから、lu-lu-lu-lu、とこみあげてくる笑いはまずもって自身に向けられた嘲笑、そう、自嘲というものだ。

けれど、一方で、lu-lu-lu、そう一方で俺が笑っているのは、心優しい愚か者も含めたお前ら全員だ。お前らの行き着く先など、俺にはわかっている。にもかかわらず、少しでも他者よりもいい位置につこうと、闘争心にあおられるままに生き、自身の首を絞め続ける。くだらないな。なんにもならない。大きな暗い穴に向かって一直線に進むみたいなものではないか？　きっとお前ら人類はそういう習性をもった、馬鹿げた生き物なんだろう。

でもな、お前ら全員が、俺のことを馬鹿にしようが、わけのわからない気狂いだと思おうが、俺にはわかっている。俺には見えている。お前らの行き着く先が。それをどう伝えればいい？どうすればいい？　今この時を生きるなら俺は、ただ笑い続けるしかできないのだけれど。

何万年もかけて、お前らの行き着く先。そこに行き着いた後に、一体お前ら人類に、何ができるというんだ？　自分をあざ笑う以外に、何ができるというんだ？

lu-lu-lu──

「回復は完了しました。いってらっしゃい」

＊

音声を聞いて身を起こすと、体が軽くなり気分も晴れやかになっていた。言われた通りにiPadは装置に残して外に出る。僕が立っている場所は、白い段状の崖に取り囲まれた巨大なすり鉢みたいな谷底だ。底はとてつもなく広く、崖は見たことがないほど高くそびえている。裸足の足許には生温かくて薄緑色をしたぶよぶよしたものが広がっている。同じものが、ずっと遠くの崖にも所々付着している。ゼリー状物体は足の裏にくっつくこともなく、さほど不快ではない。装置の傍らにはチェステーブルみたいな形の白い台があって、見覚えのある衣服と靴が一式置いてある。病院で病衣を着せられる前、僕が好んで身に着けていたカーキの長袖シャツとジーンズ、それとバスケットシューズだ。いい感じにくたびれているが、ロゴやタグが一切付いていないので、実際に僕が着けていたものではないと思う。それにしても、なぜ僕はこんなパノラマのど真ん中で目覚めさせられたのだろう？

補足説明いたしますと、ここはかつての青森県の八戸市で、この場所にはつい先程まで夏季オリンピックが行われていたスタジアムがありました。八戸のオリンピックスタジアムは、周辺に三つある石灰石鉱山のうち最大の採掘跡に造られています。それは、日本語である私が発生した日本列島において、空が見渡せる場所としては最も深い、海抜マイナス二二〇メートルまで到達した穴でもあります。段々畑を思わせる乳白色の斜面は、ベンチカット方式で掘られていた時代の名残です。

突如脳内に、さっきまでiPadから流れていた音声と同じ声が響いた。僕は七百年も眠っていたそうだから、人体に悪影響のない方法で脳に音を送り込んだりすることも造作なくできるようになっているのだろう。骨伝導のイヤフォンなら僕の知る時代から既に商品化されていた。それの進化形のようなものだろうか。オリンピックをやっていたというが、ここにはそんな祭りの後の雰囲気は残っていない。周囲には誰一人いない。オリンピック？　そう言えば僕は冷凍される直前に、東京で行われたオリンピックを見た。西暦が今もまだ有効なのかどうかはわからないが、あれは二〇二〇年のことだ。眠りに就く前の記憶はひどく断片的だが、今はとても気分が落ち着いていて、冷静に振り返ることができるようになっている。これも冷凍睡眠の効果だろうか？　あるいは回復装置の？

僕は、精神科の病棟のテレビで東京オリンピックを見ていた。少し前まで着せられていた白い拘束衣が、フェンシングのユニフォームにどこか似ているように思ったりしていた。誰に向けるつもりもない、罵倒の言葉ばかり思いついたあの頃。次々に脳裏に浮かぶ言葉が喉を圧迫するようで、口の中で呟いてしまうのを止めることはできなかった。いや、呟くだけでは済まず、大声で罵っていることもあった。罵声を浴びせた相手は誰だったのか。特定の誰かではなかったような気もする。あるいは父親だったか。親からの遺産を受け継いで、その上がりだけで生きられる、先進国の太った豚。だが彼は、子供である僕の目から見ても優秀な男だった。

父親によって入院させられたのは、オーバードーズを繰り返してとうとう昏睡状態に陥ったためだった。処方される安定剤を飲まずに耐え、溜まったところで市販薬とミックスしてすり鉢ですり潰す。鉢からスプーンで掬い取ったその粉を入れながら、ウイスキーを何杯も飲むのだ。死にたかったわけではない。ただふわふわと、平和な気持ちで眠りたかった。できるだけ永く、安らかに。退院後もその誘惑に抗いきれず、僕はまたオーバードーズを繰り返した。結果として毎回命は助かってきたので、僕は運が良かったのだろう。だが、ルーレットの運がいつ尽きるのかはわからない。そんな風にも思っていた気がする。

僕が父親に、いっそ Cold Sleep でもしてしまいたい、と言った時、当時それは未知の技術で、何の確実性もなかった。自殺するのと一緒のことだと父親は思っていた。だが、ある日を境に父親は少しも怯んだ様子をみせなくなった。時間はかかるかもしれないが、海外も含めてあたってみてやろう。そう言った彼は、一体何を思っていたのだろう。僕の状況を見て、そう言う方がまだしも生存可能性が高まると判断したのだろうか。タフで有能な彼は、僕を本当に眠らせた後でどういう人生を歩んだんだろう。彼の人生の汚点は、唯一僕の父親だったことくらいなのではないか。iPad の「日本語」から聞いた限りでは、僕は人類で最後に目覚めた人間になったらしい。それを栄誉と捉えることが可能なら、父親の恥辱を少しでもそそぐことができるだろうか。

あの頃使っていた、オーバードーズのために買った大きめのすり鉢そっくりの場所に、今僕は立っている。全体が白くて粉っぽいのも一緒だ。

七百年後の世界だと言われても、別の惑星に降りたような奇観を見ていると、騙されているような気がしてならない。とりあえず、一番近そうな壁面を目指すことにしよう。遠目に、崖は勾配の付いた階段状になっている。目を凝らすと、今立っている巨大なすり鉢の底から、螺旋状の道が壁面を巡っているようにも見える。時間はかかりそうだが、それを歩いて行けば上に登れそうだ。

着替えを済ませて歩き出し、ぶよぶよが付着していない普通の地面に立ってみた。靴底に固い感触が広がる。白く乾いた地面を歩いていくと、僕の周りにだけ砂埃が立ち、マカロニ・ウエスタンの登場人物にでもなったような気分がした。十分以上歩き続け、ジーンズの膝から下が真っ白になった頃、壁の様子が詳しく見えてきた。思った通り段には傾斜が付いていて、もう少し左の方へ回れば、そこから一段目への坂が始まっている。

坂の入り口に辿り着いて見てみると、白くて埃っぽい壁面を素手でよじ登るのは不可能だとわかった。緩やかな坂を螺旋に沿って地道に昇っていくことにする。ところが遮蔽物が何もないせいで、どうもスケールを錯覚していたみたいだ。行けども行けども進んでいる気がしない。振り返ったところで、どこから歩き始めたのかすらよく分からず、不安ばかり押し寄せる。既に小一時間は歩いている。かなり息も上がってきて、本当に体力が回復しているのかどうかも疑わしい。

Genius lul-lul 様、どうかご安心ください、あなたの体力は間違いなく回復しています。

その言葉を信じて歩き続けることにするが、一周して二段目に上がるのに、一体どれほど歩かなければならないのだろう。太陽の光の強さから言って今は昼過ぎ頃だと思われるが、今日一日歩き続けても穴の外には出られないかもしれない。それでもただ、ひとところへ留まりたくない気持ちが僕を歩き続けさせた。樹木はおろか草も虫も全く見かけない殺風景な道には、水たまりのようにして、緑色のぶよぶよがところどころ広がっている。右側を見ると、底まで続く眼下の崖がすでに自分の背より高くなっている。前方に白っぽいものが見え近づいて行くと、文字の書いてある看板の残骸のようなものが地面に落ちていた。随分汚れてくすんでいるが、白地に黒い文字で「FM2.7」と書いてあるのが読み取れる。何かの標識のようなそれを眺めていると、かすかな音が聞こえた。周囲を見回すと、遠い向こう側、すり鉢状の穴の上縁に激しい砂塵が巻き上がっている。よく見ると、砂塵の先頭を一台の車が走っていた。

車がこちらへ近づいて来ることを期待しながら、「FM2.7」の側で立ったまま待つ。螺旋状の崖をぐるぐる回って来るのかと思ったが、車は時々スピードを落としてショートカットしながら、わりに直線的なルートで降りて来た。近づいてみるとけっこう大きな車で、ＴＯＹＯＴＡのランドクルーザーだった。僕の数メートル先で停車し、すぐに高い位置のドアが開いて、踏み台とドアの隙間にジーンズの細い脚が見えた。その脚が地面へ降り立つと、全身が見える。三十代くらいの男性だ。僕は嬉しくなって咄嗟に、

「こんにちは」

と声を掛けた。男はそれに答えない。思いのほか大声になったせいで、僕の声だけがやまびこみたいに反響する。

相手の顔は眉毛が濃くて彫りも深く、ハンサムと言ってよい。黒い開襟シャツから覗く首元は色黒だが、東洋人であることは間違いなさそうだ。でもどこかバタくさく、詐欺師めいた風貌をしている。僕の方へ近づいて来ながら、男はまさに相好を崩す、といった感じで笑った。

「残念だけど、僕は人間じゃないんだ。説明があったと思うけどね、僕はRejected People。生身の本物の人間に会えて、大変光栄だよ。僕は君とは違うが、使う言葉は同じLost language No.9だ。ここ八戸へはね、九州は熊本の八代港から、船で来た」

ラジオのＤＪでもやれそうな渋い声で、英語の部分の発音も妙に良い。iPadの「日本語」が発音する「Rejected People」は、完全にカタカナ英語だったのを思い出す。男の声を合図にし

ていたかのように、急に影が差した。空を見ると雨雲が張り出して来ている。

「ここで何をしている?」

どこに行くあてもないのに、雨の予感が気を急かせ、再び僕の方から話し掛けた。

「君を待っていた、と言うよりも、君とRejected Peopleが初対面する現象を引き起こすためにここにいる、と言う方が近いかな。僕たちRejected Peopleには意思などないからね」

雨が降り始めた。僕はまた空を見上げる。雨粒が目に入り僕は思わず目を瞑った。しばらく顔で雨を味わい、それから視線を戻すと、男型のRejected Peopleは僕をまっすぐに見つめたままでいた。雨脚は強まり、彼の頭髪から垂れた雫が、まるで涙みたいに頰を伝って流れる。身じろぎ一つしないRejected Peopleの口元だけが動く。「とにかく、君に伝えなければならないことがある。あの人から与えられた僕の使命だ。いいかい? よく聞いてくれ、この世には、なんでも叶えてくれる赤い板があるんだ。名前はAll Thing。知ってるかい? いや、知っているわけないか。君はそれに、願い事をしなければならない」

それから、Rejected Peopleは眉間《みけん》にハリウッド俳優のような深い縦じわを寄せて、

リジェクテッド、リジェクテッド、リジェクテッド

と低音の美声で発音した。そう言って、彼はクレーターの向こう側の崖を見つめる。

「この音は聞き飽きたな。かといって、まさか、君が他の音を鳴らせるだなんて、思っていないがね。とにかく車に乗ってくれ、早く役目を終えて、僕も他のRejected Peopleと同じように、相応《ふさわ》しいペアを探したいんだ。でないと、寂しくてしょうがないから」

僕にという風にでもなく彼は頷き、ランドクルーザーの運転席側へ回った。僕はドアを開けて助手席に座る。

「さて、どうやって行こうか？」

「ちょっと待ってくれ、わけがわからない。こっちも、七百年の眠りから覚めたばかりなんだ」

そんなことを言う自分を、思わず自嘲気味に笑ってしまう。「まあ、ここですることなんて特にないわけだけど。しかしなんだって僕がそんなものを探さなきゃならないんだ？」

「君自身が、それを求めたんじゃないのか？　君に相応しい時代に生きること。きっと、あの人も、君がそうしてくれることを求めている。最後の個人であるGenius lul-lulが、あの赤い板に手を入れる。そして何か願いごとを言う。それで音が鳴る。きっと、リジェクテッド、だろう。君に無茶な期待をかけているんじゃない。まさかこの期に及んで、旧時代のただの人間が、それ以外の音を鳴らせるはずがない。あの人にもそんなことはわかっているさ。あくまで念のための試みなんだ。最後の最後に、個体としては最後の人間であるGenius lul-lulが願いごとを言い、リジェクテッドと鳴る。そしてめでたく世界の完成が確認される」

そう言ってから彼は首を振り、僕の目をまっすぐに見つめた。

「君のことを邪険にしたいわけじゃない。さっきオリンピックの終わりに『シャッフル』があったばかりでね。どういうわけか僕一人だけがペアを作れなくて、今、寂しくてたまらないんだ」

エンジンをかけて車を発進させた男型のRejected Peopleの面持ちは、本当に寂しさを湛えていた。彫りの深い顔立ちがより一層その感情を際立たせている。僕は言葉を失ったままその横顔を眺めていた。ランドクルーザーは、雨に濡れて少し黒ずんだ地面と所々に付着した緑のゼリーの上を進んで行く。

「とりあえず、八戸港へ行こう。車はこれ一台きりだったが、船が何隻か港に残っているのを見た。今の世界は全部、あの人と君のためにあるんだ。僕はゴールを知っているが、何よりも人間の意思が尊重される。それがこの世界のルールだ。まどろっこしいことだけどしょうがない。あくまで僕たち Rejected People は人間の都合で作られた人造生物だからね」

*

そっちに行く？　武藤の台詞《せりふ》について考える間もなく、車両の連結部にぬっと黒い影が差す。目をやると、武藤がスマートフォン片手に立っていた。グレンチェックのスーツ。やはりスリムでよく似合っている。ジャケットの左胸には、昨日と同じ兎マークのバッジが光っている。武藤は僕の隣に静かに座り、首だけをこちらに傾けて嬉しそうな笑みを浮かべた。

「驚く必要はない。なんてことはない、ただのパーミッションだよ。前にも言っただろう？　私は《個の廃止》の保有者なんだ」

「《個の廃止》」

　武藤が一語ずつ区切るように発音した言葉を、僕は馬鹿みたいにオウム返しした。

「他人の意識がわかるというのは、具体的にはこういうことなんだ。君がどこで何を見ていて、何を考えているのかがわかる」

「テレポーテーションみたいなこともできる」

　僕が間髪入れずにそう言うと、武藤は笑う。「そうだね、みたいっていうところがミソだ。相手が何を考え、何をするのかがわかっていれば、そう見せるのは本当に簡単なことだ」

「だったら、なんで僕を拉致監禁する必要があった？　僕が何も知らないのを確認するだけなら、単純に意識を覗けばいいだろう？」

「君にそこのところを説明するのはなかなか難しいな。私たちがやっていることはね、悪あがき、あるいは無駄な抵抗なんだ。君が意識し得ない何か、君に働きかけることで起こるかもしれない何か。そんなたわいないことにも全力を傾けてみる。それぐらいしか、もうやれることが残されていないんだ。それに」

車両はがら空きだが、武藤は僕の真横に陣取って話を続ける。「それに、実際に立花茂樹氏は、君に置き手紙を残したじゃないか。我々、というか三津谷さんの調査企画の目の付けどころは悪くなかった」

お前は特別な人間ではないのだから普通の人生を歩みなさい。祖父の言葉が頭をよぎる。

「ああ。祖父は世界の趨勢に関わる用事があると書いていた」

「確かにその通りだ。立花茂樹は、文字通り世界そのものだからな。彼はどこに行ったんだろうね。君に心当たりはないのかい？」

心当たりなどまったくなかった。そもそも、祖父とはまだ直接話したこともないのだ。数行の置き手紙でわかったのは、祖父の字が綺麗だということぐらいだ。

「《一般シンギュラリティ》で、人類は爆発的な速度の外部知能を得る。その後、人類は寿命や性別という生来の要素に手をつける前に、不幸、つまりそのような状況を生み出す要素を廃止しにかかる」

武藤が淡々と語り出す。今の僕の意識はクリアで、荒唐無稽な彼の話も、不思議と理解できるような気がする。これも心を読まれているせいなのか。

「《寿命の廃止》とともに死は乗り越えられ、《性別の廃止》を最後に生得的な差異は完全に取り払われる。そして《個の廃止》によって、孤独な個が抱える寂しさが消滅する。しかし、それで廃止しようとしたはずの『不幸』は、本当になくなったのだろうか？」

武藤は脚を組み、ジャケットの裾を綺麗にさばいてから、上になった方の膝の上に両手を載せた。レールが古いのだろうか、やたらに電車が揺れる。前を向いたまま口をつぐんでいる武藤のあごも、がたんがたんと揺れている。

「不幸をね、結局のところ、廃止しきれずに実装したんだよ、錐国は。要素を排除しきることによって、逆に浮き彫りにしたんだ」

武藤はうつろな目を僕に向けている。僕を見ているようで、でもよく見ると焦点が合っていない。

「君は、同じ夢を繰り返しみているよね。お祖父ちゃんと一緒に、オリンピックのスタジアムで開会式を見るあの夢だ。セレモニーの最後には、憲法九条が響き渡る。この夢に気がついたのは私だ。私が何度か睡眠中の君の意識を覗いていた時、君は同じ夢をみていた。つまり君は、この夢を継続的にみていることになる」

祖父と、オリンピックと、憲法九条の夢。あれを何度もみている？　つい昨晩、旅館でみた夢は違っていた。軍服を着た男が僕の肩を押さえつけて、憲法九条を朗読していた。

「君の夢に何か意味はあるんだろうか？　当人の君ですら、起きたら忘れて顧みることもない夢だ。そんなものを分析したところで、どうなるものでもないよな。だが、現実の可能性はね、もう試し尽くしたんだ。どうあっても我々等国は、錐国に敵わない。私はね、そう確信してしまったんだ。必死に活動を続ける同僚がドストエフスキーの描くような偉大な痴者に見える時があるよ」

滔々と話す武藤の背後の車窓に、房総半島のどこかの景色が流れている。しかし、木々と民家が続く風景のどこが房総半島らしいのかはわからない。そもそも普段は乗らない線で、この辺りの正確な地名もよく知らない。とはいえ、JRの電車に乗るという行為は日常の一部のはずだった。今日はこれから職場に出て、看護師の五十嵐さんを始めとする皆に謝ってから復帰するつもりだった。そのためにこの電車に乗っているのではなかったのか？

電車の進む方角が変わり、逆光になる。影になった武藤の横顔の口元だけが動いている。まともじゃない世界。

影になった武藤の左頬のシェイプが変わる。笑っているのか？

「ところで、そろそろ君にもパーミッションは訪れたかい？」

パーミッション？　パーミッションが僕に与えられたとして、どういう変化がもたらされるのかわからなかった。案外と既に与えられている状態なのだろうか？

「自覚がない場合はいくつかのパターンに分けられる。一つは、今よりも前のパーミッションが与えられるパターン。《自律動力の発生》が与えられて発明熱に浮かされるとかね。ただその場合は既に世にあるものだからわかりづらい。《時の留め金の解除》を与えられた者はたいていは精神がつぶれてしまって、まともな生活ができなくなる。人間としての形を維持できるのはせいぜい《言語の廃止》までだな。もちろん与えられないことだってある。適性がまるでないんだな。それもいい」

再び日の当たる角度が変わり、逆光で見えなかった表情がはっきりと見て取れるようになった。武藤は、思いのほか心細そうな表情をしている。

電車が停まって、自動ドアが開いた。何度目かの発車メロディーが鳴り、ドアが閉じる。誰も出ていかないし、誰も入ってこない。ただ機械だけが動いている。

「とはいえパーミッションは、そう悪いものではない。知りえないはずのことを知るのはね。そうだな、例えば、」そこで武藤は僕を見てにやりとする。「君の思い出の女性のことだって、私は知ることができるんだよ。渡辺恭子さん。覚えているかな？　彼女が何を見て、何を考えているのか。そんなことだってわかるんだ。悪くないだろ？」

「恭子？」

高校卒業前に行方不明になった同級生。これだけ統制のとれた国で行方不明のままということは、亡くなっている可能性すらある。そう思って、既に恭子のことは諦めていた。まして、恭子が失踪したのは十代の少女の頃のことだ。自分の中には第二次世界大戦が入っていると主張していた、風変わりな少女。

恭子は、生きているのか？

第五章

究

Lost language No.9（日本語）
キュウ（キウ）・きわめる
物事を最も深いところまで明らかにする。それ以上さきのないところまで知る。

静まりかえった閉館後の図書館。私はこの空間をとても好ましく思っている。返却台に置かれた本を何冊かまとめて手でつかみ、木製の棚に車輪の付いた回収ワゴンに載せる。ごと、ごと、と本が棚に収まる音。その音が耳に心地良い。この図書館のバイトが、今までやってきた仕事の中で一番好きだ。

アルバイト生活も既に二十年が経っている。十代の終わりからずっと、東京の片隅で暮らしてきた。母の妹に当たる叔母さんが、初めは東京での私の身元保証人になってくれた。実家の父母は私が理由も言わずに高校を辞めたことも、挙句にフリーター生活をしていることも恥じているだろう。叔母は母とは全く違うタイプ、というか彼女達はお互いに少なからぬ反感を抱いているので、勝手に高校を辞めてきた私のことを妙に可愛がってくれた。本に関係する場所で働きながら小説家を目指したい、という話を叔母が信じていたかどうかはわからない。しかし、書店でバイトする私を快く居候させてくれ、一人暮らしをしたいと言うと敷金などの初期費用を貸してくれた。当初は定期的に電話を寄こした叔母だが、義理の母の介護で忙しくなってからは連絡を取っていない。

五年前からは区立図書館で、土日を含めた週五日間の朝九時から午後六時まで規則正しく働いている。長く働いているとはいえ、司書の資格を持っているわけでもなく、ただのアルバイトだ。

「渡辺さん」

あとは消灯するだけになってエプロンを外していると、同僚の柴山くんが私に声をかけてきた。柴山くんからは今までにも何回か誘われている。根負けした感もあり、今日は食事に付き合うことにした。彼は私よりかなり年下だ。それでも、もうすぐ三十歳を迎えようとしている。好景気による売り手市場とはいえ、まだまだ新卒採用の伝統が強いこの国では、一度ルートから外れてしまった柴山くんが手堅い勤め先を得ることは難しいようだった。社会が柔軟になればなるほどに、本来は王道をいくはずの人が道を逸れてきたりする。脇道で生きていくことの競争率も上がり、元々そこにいた人間はさらに脇へと追いやられる。十代のうちに早々と脱線した私が言うのもなんだけれど、私の周囲の人は年齢や性別を問わず、皆薄い絶望の中に生きているように見える。私が桝節子だった戦時中に皆で夢見ていた日本の未来は、本当にこれで良いのだろうか。薄暗がりの中にも微かな明るさを見出そうとして、こんな私と食事をしたがる、柴山くん。

「渡辺さんって、ご出身はどこでしたっけ？　そう言えば聞いたことなかったな」

小ぢんまりしたイタリア料理店でパスタコースを注文した後、柴山くんにそう聞かれた私は、思わず広島と答えそうになる。だけど、それは違っていて私は神奈川の出身ということになっている。

柴山くんが選んだ店は駅前のビルの二階にあって、グラスワイン付きのパスタコースが三千二百円だった。給料が出たばかりとはいえ、私にごちそうするつもりなんだろうか。

「そっか、神奈川か」

そう呟く柴山くんが、必死に次の話題を探しているのがわかる。共通の知り合いも仕事仲間の二人ぐらいしかいないし、なかなか話の種を見つけられないようだった。それで私は助け舟を出すつもりで、

「なんでここで働くことにしたの？」

と聞くと、

「本に囲まれてると、なんだか安心しませんか？」

と柴山くんは答えた。

「安心するからここで働いているの？」

「それだけじゃないけど、どうせなら好きな環境で働きたいじゃないですか。古い本、特に閉架図書なんかが僕は好きなんですよ。誰も借りないような古い本が、図書館の片隅で埃を被りながらじっと待ってる。あまりに借りられないと処分されちゃうかもしれないけど、それでも残るものは残る。なんだか、そういうのって――」

柴山くんのこういう可愛らしい話を聞きながらゆっくり食事をした。柴山くんは私といる時間を楽しんでいるようで、一緒に来てよかったと思った。チーズケーキの小片がデザートに出てきた時、柴山くんはそわそわした様子で私に明日の予定はあるか、と聞いてきた。

明日の予定。明日東京スカイツリーに登ることは、予定と言えるのだろうか。理由はわからないのだけれど、明日はあそこの上にいなければならない、という強い義務感のようなものがある。栩節子だった私が、原子爆弾の爆心地へ向かった時と似た感覚。明日スカイツリーへ行けば、私はどこか変わってしまうのかもしれない。そう思って、柴山くんの誘いに一度だけ乗っておくの

もいいと思ったのだ。

黙ったまま考えごとをしていたせいで、臆病な柴山くんはそれ以上踏み込んだ話をしてこなくなった。こんな風にして、**私**は周囲の人とすれ違いながら歳を重ねてきてしまった。そんな**私**の人生にも、明日大きな転機が訪れるかもしれない。まさか、スカイツリー目掛けて原子爆弾が降ってくるはずはないだろうけれど。とにかく**私**は明日あの上に行かなければならない。何があるのかわからないにせよ。もしかすると、**私**はまた死んでしまうことになるのだろうか。

＊

私が捨てきれなかった寂寥、**私**の身勝手さのために、最後の会話の相手であるべき**私**の恋人に「根源の目」を与えた。無理に与えたことで、渡辺恭子さんにはとても辛い思いをさせたと思っている。他の二人もそうだ。栩節子さんが原子爆弾に焼かれて死んでしまったのは、「根源の目」による異常行動であったのだろう。あれが、《個の廃止》以前の個人が簡単に扱えるものではないのは、**私**にもわかっていた。だが**私**の恋人であってもらうために、与えずにはいられなかった。テニアンにいる女型の Rejected People は、以前の二人の記憶の全てを受け継ぎ、**私**と同じ視座に立つはずだったのだ。そうでなければ、最後の会話の相手にはならない。**私**はもう関与できないが、あの Rejected People には、きっとひどい孤独が待っていることだろう。
久しぶりに個人の体を有している今、甘美な罪悪感を味わうことを抑えられない。**私**の恋人よ、**私**は君に対して非情すぎると思う。とても申し訳なく思うし、人間という存在を恥じてもいる。

＊

東京都内で乗る電車とは違い、房総では一駅の区間が長い。その間も車両に二人きりで座っているが、電車の外の遮蔽物の高さが頻繁に変わり、武藤の横顔が日に照らされたり影になったりして、どんな表情をしているのか全く摑めない。

「君の愛しい、渡辺恭子さん。今から、彼女の意識を覗いてみてあげよう。さて、彼女は今どこにいるでしょう?」

僕が黙っていると、武藤はまた饒舌をふるいだした。

「ごめん、君をおちょくるつもりはないんだよ。いや、人の思い出の女性の周囲を突っつき回るんだから、やっぱりおちょくっていることになるのかな? でもね、私は今以上に悪趣味な人間にはなりたくないと願っている。だから、こんな風に君の心の襞が震えている時、野次馬根性でパーミッションを使うつもりはないんだ。しかし、渡辺恭子さんという少女像が、君にとってあまりに大きな印象を残しているものだからね。これを機に、私の能力を利用して大人になった彼女に会ってみてはどうだろう? 彼女は間違いなく生きているよ。それどころか、東京にいる。偶然の再会を装うことも可能だ」

僕は答えなかった。武藤が恭子の話を持ち出したことで確かに一瞬不快に思ったが、興味をそそられていることは否定できない。荒唐無稽な話を全部信じるつもりはないが、乗りかかった船だという気持ちが芽生えている。あまり出勤が遅れると、職場の看護師の五十嵐さんの不興をさらに買うことにはなるけれど。

「で、恭子は今どこにいるんだ?」

「ちょっと待ってくれよ。今覗いているところだから」

武藤は僕の意識も度々覗いているそうだ。でも僕の方でそれに違和感を抱いたことはない。恭子が今武藤に意識を覗かれているとしても、やはり本人は何も気づかないのだろうか。彼女は今、一人でいるのだろうか？　恭子が誰かと一緒にいる姿はなぜか想像できない。

「ああ、彼女は今一人で、エレベーターか何かを降りる所だ。耳がきーんと詰まって、少し不快そうだ。どうもこれは、スカイツリーの展望台のようだな」

　スカイツリー？

「とても遠くまで見渡せる高い塔なんだね。渡辺恭子さんはガラス張りの展望台から、北に広がる関東平野を一望している。近くにはビルが、そして遠くの街にもビルがあって、その合間を埋めるように民家が密集している。角度によっては今僕たちが乗っている電車も見えるかもしれない。雲はまったくない。とてもいい天気だ。たくさんの人がいるが落ち着いた静けさがある、と思ったら、修学旅行生の一団がフロアに着いて、にわかに賑やかになる。なぜか彼女は普段よりドレスアップして来たようだ。あまり裕福ではないが、仕立ての良いシンプルなワンピースを買って、何年も大事に着ている。昨晩年下の男の子と食事をした時よりも、はるかにおしゃれをしている。そのことを自分でも何やら可笑《おか》しく感じている。何かを待っていて、胸がドキドキと高鳴っている。待っているのは人ではなくて、……これはなんだ？　スカイツリーよりもさらに上空から落ちてくる、何か圧倒的な光と熱。彼女は、彼女の信じるところの前世で体験した、原子爆弾のイメージを抱いているらしい。恐ろしいことだね。まさか本当に落ちてきやしないだろうね。もし彼女の予感が当たるようなことになれば、私も君もおしまいだよな。どうやら彼女は、広島に住んでいた前世で、真上から原爆が降ってきたのと同種のことが起きそうだと思っている。だから最後のおめかしをした。ランバンのネイビーのワンピース、足元はくるぶしにストラップのあるパンプス。叔母から譲られた、古いが仕立ての良いキャメルのコート。彼女はその組み合わせをとても気に入っている」

武藤の言葉から、僕は勝手に恭子の姿を想像する。スカイツリーの天望デッキの、緩やかな傾斜がついた床に細長いヒールで立つ恭子。一面のガラスから入る光が作る青空と同じ色の空間で、スカートの裾から伸びる彼女のふくらはぎがより白く見える。僕たちの通っていた高校で、女子は靴や靴下まで指定されていた。黒いローファーと紺色のハイソックスを履いた姿以外見たことはなかったが、すっかり大人の女性になった恭子には、安直かもしれないがハイヒールを履いていて欲しかった。髪はあの頃と変わらないロングヘア。しかしぼんやりと浮かんでくる顔は、高校時代のままだ。二十年近くが経過し、僕と同じ四十歳間近になった彼女の顔をうまく想像することができない。

「自分が原子爆弾を受け止めて死んだ少女の生まれ変わりだと信じている、渡辺恭子さん。君の記憶の中の通りで、一風変わった魅力のある女性だ。興味深い人だが、彼女はもともと我々の調査対象に入っていなかった。けれど大切な観測対象の女性だからね、昨日あれから三津谷さんにお願いして、彼女の座標を特定してもらっておいた。それにしてもね、彼女の前世の記憶というのは、細部に渡ってかなりリアルだね。高校時代の君が彼女の妄想に魅了されたのも無理はない」

＊

車に乗ってからすぐに通り雨は止み、男型の Rejected People はワイパーを止めた。マチュアな三十代男性という外見に違わず、彼は運転も上手かった。だがランドクルーザーのタイヤを通して、僕の尻にまで道路の舗装のひび割れが伝わってくる。植物が一切生えていない裸の大地には、朽ち果てた民家が点在していた。もっと進むと海が見えてくる。下流になって川幅を増した、その中州に大きな工場の跡がある。太いパイプが、柱と床の骨組みだけになったビルを突き抜けるようにして屹立している。随分大きくて異様なものに感じるが、工場とは全般的にそういうものなのかもしれない。

「あれ、何の工場だか知ってる？」

僕が聞くと、男型の Rejected People は濃い眉と目元だけを動かしてミラー越しに後方を見て言った。

「いや、僕も知らないな。だが、いいね。オブジェのようで味がある」

そこから港までは、ものの五分もかからなかった。コンクリートで固められた直線的な埠頭、そこに等間隔にビットが並んでいて、数隻の船が泊まっている。船着き場は入り組んだ構造をしていて、後から付け足したのか、ビットに並ぶ船を係留するための人工岸が左右から延びていた。男型の Rejected People は、その右側の細長い岸のふもとで車を停め、無言で降りた。その先に泊まっている一隻の船の方へ歩いていくようなので、僕も車を降りて後を追う。埠頭に横付けにしてある船からは、タラップも延びている。ロープをほどくためか、その先にあるビットの側まで行って立ち止まった男型の Rejected People は、

「今ね、僕はけっこう辛い状態にあるんだよ。君と一緒にいる役割を与えられたせいで、シャッフル後の仲間作りからあぶれてしまったから」

そう小さな声で呟く。辺りが静かで、滑舌の良い美声であるがために全部聞こえてしまう。錆びたビットに片足を掛ける様子は少し気障《きざ》だが、彼によく似合っている。

「その、あ<ruby>の人</ruby>からの指示をこなせば、君は解放されるのか？」

「おそらくはそうだ。だが、」男型の Rejected People はこちらを振り向くと、無理に作ったような寂し気な笑顔を見せた。「だが、僕はこう言わなければならない。所詮は Rejected People だからね。つまり、すべては君の自由だ、ということだ。だって君は、この世にたった二人しかいない人間の内の一人なんだから。あの人と君はあくまで対等だ。僕みたいなしがない Rejected People には許されないことだって、君にはできるはずだ」

そうは言われても、目を覚ましたばかりの僕にまだ今後の指針なんてものはない。海に背を向けて振り返ると、緑の全くない灰色の大地に無人の廃屋が点在しているだけだった。世界は、すっかり変わり果ててしまっている。海からも磯の匂いはまるでしない。ただ、雨が止んだ後は夕陽が出ているし、気温も変化しているようだ。もしかすると、ここ八戸が荒廃しているだけのことで、僕のよく知る東京は今も変わらずあるのではないか。そんな風にも思う。もっとも、眠りに就く前に住んでいたあの大都会にしたって、僕の目にはこんな風に色褪せて見えていたのだが。

ともあれ、今の気分はとてもフラットでいい感じだ。装置によって回復した時から少し感じていた空腹感がより強くなってきている。

「君はお腹は空かないのか?」どういう風にできているかわからない Rejected People に訊いてみると、

「そうだった、失礼したね。人間である君は、定期的に食事を摂らないと活動できないのだったね。食べ物なら、きっとこの船の中にも積んであるはずだ」と、すぐに答えが返ってきた。どうやら、Rejected People は腹が減らないらしい。

男型の Rejected People は、ロープをほどかないままビットから離れて戻ってきた。両脇に大きな外輪を持つ船で、今までにこんな船は見たことがなかった。揺れるタラップを上がって、僕らは船に乗り込む。Rejected People は船の構造を把握しているようで、迷わずに倉庫に辿り着く。ジュラルミン製の箱に入っていたのは、保存のきく缶詰や宇宙食のような銀色のパウチに入ったものばかりだ。飲み物は瓶に入っていて、酒もある。

「君のための食料は至る所に用意されている。足りなければこっそりとあの人が補充してくれるはずだ。陸路でいくなら、数日分がさっきの車のダッシュボードの中に入っている。高速道路のサービスエリアでも、食料はいくらでも補充できる。さて、どうする？　All thing を自力で探しても構わないし、僕がゴールまで導いてもいい。この船に乗って、あてどのない船旅に出てもいい。もし飛行機の方がいいと言うのなら、飛行機があるところまで案内することもできる。どうだっていい。なんでもできる。地球上のすべての資源が君の意思をサポートする。僕も含めてね」

　Rejected People は鼻筋の通った浅黒い横顔を海の方に向け、沖を見て目を細める。「船で行く方が、風情があるのは確かだろうね。静まり返った夜の航海。月明かりに照らされながら、聞こえるのはエンジン音と船首が波を切り裂く音だけ。右手には、君の親しんだ日本の陸地がある。ただ残念なことに、僕が Rejected People として持っている叡智は、『ペテンの技術』なんでね。いかにも船に慣れているような、どこにでも連れて行ってあげられるような、そんな風に思わせることはできるけれど、実のところ操船技術に長《た》けているわけではない。仮に船が難破したとして、もう死を待つしかない、という状況に陥ったとしても、最後の最後まで助かる術《すべ》があるように思わせてあげることはできるがね」

　なんと役に立たない叡智だろう。いや、それはそれで、重要な局面だってあるのかもしれない。もう、どうにもならない状況でこと切れるとして、最後まで希望を持っているのと絶望のどん底で終わるのとでは、まったく異なってくるだろう。

車か船か、それとも飛行機か、どれにするかと考えながら僕はふとおかしくなって笑った。目的地ではなくて、なぜ、交通手段の話からしているんだ？　これでは順番があべこべじゃないか。All thing なるものに僕はたどり着かなければならないそうだが、そもそもそれがどこにあるのかを Rejected People は知っていると言っているのだ。そこにはどう行くのが一番早いのかと聞くと、「断然陸路だね。車を飛ばせば丸一日もかからない」と答える。

「なら、決まりじゃないか？　君だって早く解放されて、その寂しさを何とかしたいんじゃないのか？」

僕がそう言うと、寂し気に Rejected People は首を振った。

「君が決まりと言うのであれば決まりだが、僕にそれを選ぶことはできないんだ。それに、これはあくまで僕の寂しさであって、君には関係のないことだろ？」

なんだかよくわからない会話だ。でも《予定された未来》において、人間ではない Rejected People と話す内容としては、相応《ふさわ》しいような気もする。僕はいくつかの缶詰と赤ワインの瓶を持って船から降りた。男型の Rejected People が、僕が食べ物を選んでいる間に、別の箱から皿やコップ、缶切りを取ってきてくれた。タラップを降りながら、カロリーメイトみたいな見た目と味のバーを齧る。それから僕が運転席の方に回ると、Rejected People は何も言わずに助手席に座り込んだ。エンジンをかけると、彼はカーナビにかなりの桁数の数字を二つ打ち込んだ。それが All Thing がある座標のようで、南の方角へ向かうことになる。

曲がりくねった道路を少し行くと、すぐにインターチェンジがあった。ＥＴＣの看板は出ていなかったが、少し減速して入り口の一つから入って、何も問題なかった。そこからのアスファルトは綺麗に整っていて、僕が眠りに就く前と何も変わらないようなハイウェイの風景が続く。他に車が一台も見えないことだけが異っている。僕は、アクセルをぎゅっと踏み込み、限界までスピードを出してみた。加速度を全身に感じ、生命の危機を感じたのか、ハンドルを持つ手がじんと疼く。スピードメーターは時速一五〇キロを超えている。だが、十分も走らせているとそれにもすぐに慣れ、さらにアクセルを強く踏み込む。

「こんなに飛ばして、万一事故でも起こしたら君は死ぬぞ」

Rejected People は無感情な声で言った。アクセルを踏み込みながら、オーバードーズした時の気持ちがふと蘇った。もしこれで死んだらそれが僕の寿命。冷凍睡眠に入る時だって、僕はそう思っていた。結果として目覚めたこの殺風景な世界で、僕はどういった最期を迎えるんだろうか？

「面白い考えだね。確かに、君にはそういう風に寿命を迎える権利がある。ただ、残念なことに、この世界はペテンでもなければ冗談でもないんだ。世界はもう完成してしまっていて、生身の人間はただ君一人になった。そして、君の案内役である哀れな泥人形の僕は、ペテンの才能を放棄してでも、君を All Thing のある場所まで送り届けたいと思っている。率直に言って、君がそんな風に死んでしまったら、僕はとても寂しいよ」

＊

またた、またあれが始まる。四年に一度、定期的にやって来る衝動。私の寂しさが極限まで高まる時だ。それは二週間程度続く。行かなくては、そこに行かなくては。そう強く思うけど、私にこの島から出ていく術はない。私と同じように寂しさを抱えたRejected People たちが大挙して指定された場所に集まる。意味をはぎ取られた音に、あの人の脳の何かが反応して指定されたオリンピック区域、そこに四年に一度集まって人類からただ一つ引き継いだ祭りが行われる。なんの意味があるかなんてもはや誰にもわからない、ただたしかに人間たちには欲望や物事を究極まで突き詰めたい衝動があって、Rejected People はその似姿としてあるだけだ。

私だって、この寂しさをどうにかしたかった。誰か、適合する相手とペアになり、お互いの寂しさを持ち寄って、そしてそれを解消したかった。他の Rejected People にはそれが許されているのに私にはその可能性が閉ざされている。私は岸壁からその催しが行われている方角を見る。空は曇っていて、空を映す海もまた灰色だった。私は私の胸の中にある心臓に針を刺すような身体的痛みをともなう寂しさに感覚を研ぎ澄ます。岸壁を侵す波の音が後退し、私は寂しさそのものみたいになって、ただそこに存在している。

寂しさは私と私の脳に妄想をいだかせる。私はこの島の大きな滑走路、大きな十字架を背負って、台のようなところで椅子に座っている。そして目の前の大きな穴を見ている。それはかつて Rejected People たちがオリンピックをやっていた場所であることが私にはわかる。でも、もう Rejected People すらもこの世にはいない。けれど私は一人ではない。私と同じくらい大きな寂しさを持った誰かがそばにいる。彼は私にそっと触れ、そして寂しさをいやしてくれる。

ふと気づけば、波の音がまた耳に響く。自分の妄想で寂しさが和らいだみたいだった。ほんの少しだけ。

*

一つ前の駅から、どっと乗客が増えていた。磁石みたいに人を集める東京に近づいたのだから、それも当たり前か。武藤は口を噤み、目を閉じている。何かに集中するように眉根を寄せたその

顔は、また誰かの意識でも覗いているようだ。そして、

「来た」と呟く。

「何がだ？」

「彼女の待っているものだよ。どういうわけだ？　彼女はそれを感じながら、それに背を向けてガラスの向こうの景色を見ている。彼女の視界に映らなければ、私に見ることはできない。だが、来た。そのことが、私にもわかる。どういうことなんだ、これは？　間違いない、来た、そのことだけはわかる。彼女の感知していることは、ただの妄想ではないようだ。彼女は一体何者なんだ？」

　武藤の眉間《みけん》の皺が深くなる。どういうことだ、と呟く顔が集中するあまり、青白くなっている。

「見つけたよ」

　そう言って見開いた武藤の両目が、うっすらと血走っている。

「立花茂樹が来た。どういうことだろう、振り向いた彼女の眼の前に、彼がいる。渡辺恭子が待っていたのは、立花茂樹だった」

　青い顔で小刻みに震えている武藤の隣には、誰も座ろうとしない。立っている乗客もいるのに、ロングシートに座る武藤の隣はたっぷり二人分空いている。二時間近く乗っていた車両のそこだけが空席のまま、終点の千葉駅に着いた。

　乗り換えた快速電車が東京に入ると、窓から東京スカイツリーが見えたり隠れたりした。まだかなり距離があるはずなのに、それは他の建築物を凌駕して屹立している。頭痛がしているかのように、こめかみを指で押さえている武藤を横目に、僕は今から恭子に会いに行くことばかり考えている。武藤から聞いた話は、事実だとは信じられないことばかりだったが、僕はもう、スカ

イツリーに恭子を探しに行くことに決めている。正直なところ、祖父のことは二の次になっている。もしもそこに恭子がいなければ、僕はきっとかなり落胆することだろう。

「なぜ、立花茂樹が渡辺恭子の前に現れるんだ?」

独り言のように武藤は呟く。反応を返さずにいると、小声だが興奮したような声で、さらに続けた。

「まあいい。いずれにしろ、君の夢に注目したのは、大当たりだったようだ。考えてみれば、渡辺恭子の意識を覗いている時、僕には解釈できない、ノイズみたいな像がちらちらと見えることがある。彼女が東京スカイツリーに向かったのだって、おそらくはそれに導かれた結果なんだろう。そうとしか考えられない。彼女の意識のどこを覗いても、東京スカイツリーに関連する思念が見当たらない。しかし、そのノイズ? いや、直感だろうか、それに導かれてあの立花茂樹を引き当てたのだとすれば、すごいな、これは。もしかしたら、彼女自身が、何かのパーミッション保有者なんだろうか」

答えようもなく、僕は武藤から視線を外して窓の外に東京スカイツリーを探した。

錦糸町駅で地下鉄に乗り換え、押上駅に向かった。押上駅のある東京東部は、巨大な塔が建つまではあえて観光客が訪れるような街でもなく、下町情緒が色濃く残っていた。スカイツリーが開業した当時は、大量に押し寄せる人に地元の商店街が対応できるのか、という嬉しい悲鳴のような報道もされていた。だが蓋を開けてみれば、スカイツリーと一緒に建造された巨大な商業ビルに客足の大半が吸収され、思ったような変化はなかったそうだ。僕としてもこれだけのランドマークができたのだから、義理として一度くらい登っておくべきだろうと思って当時たまに会っていた女性と行ったことがある。もう来ることもないだろう、とその時は思っていた。

「天望デッキ」という名の展望台へと続く高速エレベーターへは、二回待って乗れた。前回来た時よりはだいぶ人出が落ち着いている。三十人以上が乗っているが、ぎゅうぎゅう詰めでもない。緩やかな重力を感じながら空高く運ばれて行く間、僕は等国の組織で乗ったエレベーターを思い出していた。あの時は地下二十九階に向かって、そして今は上に向かって。これは六百メートルを超す塔だが、観光客が登れる場所はもう少し下か。

一旦、天望デッキの階でエレベーターを降りてから、さらに上の天望回廊へと上がるエレベーターに乗り換える。展望台を少し歩く間、急に腹の中に重力が生まれたように、体が重く感じられた。その感覚が精神にも作用したように、僕は動揺した気持ちで次のエレベーターに乗り込んだ。本当に、あの恭子と祖父がこの上にいるのだろうか？　十代で失踪した元少女と、寝たきりだった老人。有り得なさそうな、妙な取り合わせだ。いずれにしろ、このエレベーターを降りたら、長くとも数分のうちに、それははっきりする。

自分で意識する以上に気持ちがはやっているようだ。エレベーターの扉が開くや否や外に出ようとした僕に、周囲の人が道をあけてくれた。後ろから武藤が、

「そんなに焦らなくてもいいさ」と言いながらも、早足でついてくる。

円形に湾曲した壁に沿って、螺旋状の天望回廊を上がっていく。周りを見回すが、それらしき組み合わせの男女は見当たらない。考えてみれば、現在の恭子や歩いている祖父の姿を知らない僕が先に立って行くのも無意味なことだ。立ち止まって武藤を前に行かせる。

気持ちにゆとりを持って眺めると、ガラスに囲まれたここは、燦々と明るい。この塔は街中に立っているはずなのに、あまりに巨大で高いから、窓の外に玩具みたいに見える地上の建物たちとはどこか無関係に思える。僕は武藤の後を歩きながらふと、前にここで見た東京タワーのこと

を思い出す。六十年前に建った古い方の塔。赤と白の二つの塔が、この街に君臨するみたいにして建っている。やがて僕たちは行き止まりに行きつく。それに気づいた武藤が振り返る。その顔は冴えない。どういうことだ、と小さくつぶやいている。それは、僕にこそ言わせてもらいたい台詞《せりふ》だ。

祖父も、恭子も、影も形もないじゃないか。

*

奥富村のあった埼玉県狭山市でAll Thingを掘り当て、以後半世紀にわたる寝たきり状態となる以前、立花茂樹様は石原莞爾様との再会を果たしています。一九四六年の三月のことです。二人が満州ではなく祖国である日本において相見《あいまみ》えたのは、これが最初のことでした。

再会の場は首都東京となりましたが、その直前まで、両者ともそれぞれの故郷に引きこもっていました。立花茂樹様は満州を引き上げて以来ずっと淡路島の生家に留まっていましたし、石原莞爾様の方は、各地に講演旅行をすることはあっても、居を構えていたのは山形県鶴岡市でした。しかし持病の膀胱炎が悪化した石原莞爾様は、一九四六年の年初に手術のため上京します。入院先の東京逓信病院へ立花茂樹様が見舞いに訪れる形で、二人は再会したのです。

毛唐に徹底抗戦した挙句、本土空襲でこの国の街という街が焼け野原にされた。我慢比べが過ぎたのかもしれない。戦略的に考えれば戦線を拡大せずに一番よい時期に講和に持ち込むべきだったのだ。だがそうはならないことは、満州を去るあの頃からわかっていた。そもそも、奉天撃滅を実現して関東軍を調子づかせておきながら、日本軍人の精神の鍛錬に失敗したのはこの私の所業だ。片時も尿瓶を手放せず、シモの痛みに耐えるこの日々のみじめさなど、自分の犯した過ちに比べれば軽いものである。

しかしながらこの国の潜在力は恐ろしく高い。やはり「鎖国」として発展する素質があるという**私**の見立ては正しかった。《世界大戦》の焼き直しを流産させることに失敗し、負けこそしたものの、この国の昭和維新はこれからである。

当面の間は、敗戦国としてのどん底から這い上がるために、日本国民の道徳は著しく低下することだろう。だがそれは一時的なこと、昭和維新の陣痛である。天皇陛下の下、臣民は一丸となって「鎖国」としての発展を目指すのみだ。国家とは、人類のあるべき姿を模索するための雛形である。超個人としてあるべき姿を描き、それを参照しながら、その国民は思想や世界観の修養に努めるのだ。そのようにして国体を究めていきつつ、別の国家と切磋琢磨し、いずれ《世界最終戦争》が勃発する。

私には未だやるべきことが残っている。毛唐どもに縛り首にされぬよう、糾弾の矛先を変えることもやぶさかではない。可哀想に、東条は自決に失敗したそうだが、あの男にも役割が残されておるということかもしれん。ここは、いつもの通り盛大に、奴の悪口を言い散らすのが得策である。ただ、こちらの寿命の方がいつまでもつかは心許ないところだが。


一方で立花茂樹様は、淡路島から東京に出るタイミングを見計らっていました。優れた投資家である立花茂樹様は、連合国側の方針次第で、祖国にくすぶる潜在力が噴き出すことは間違いないと考えていました。それを促進するのに、立花茂樹様の本領である金融の力が必要になります。金の循環を操作することで、国家の持つ本来の力を導き、あるべき形に持っていく。満州国が頓挫する前に離脱し、戦争犯罪やキャリアにおいて完全に無傷のまま帰国したのも、彼の勝負勘の

なせる業《わざ》といえるでしょう。既に、中央政府からは公職就任の要請も受けていました。しかし祖国の復興や金儲けは、立花茂樹様の真の関心事ではありませんでした。淡路島の海岸で日がな釣りをして暮らす立花茂樹様の頭の中にいつもひっかかるように残っていたのは、未来の新京の街を想像しながら語り合った本当の《世界最終戦争》のことでした。

あの立花君が私を探して上京して来るという噂を聞いたのは、東大での手術後に転院し、ここ逓信病院に落ち着いて二、三日してからのことだ。彼ほどの俊英のことだから、私はてっきり立花君が日銀かどこかで活躍しているものとばかり思っていた。それが二年以上も、流刑先のごとき淡路に蟄居していたということは、彼も私の思想にかぶれて満州で相当無理をしたということか。わざわざ私を探しているというのなら、あの時の会話の続きをできるかもしれん。

立花君の訪れを心待ちにしているのだが、ひっきりなしに訪ねて来るのはGHQの関係者ばかりだ。なんでもまもなくA級戦犯の絞り込みが行われるという話だ。国際検察局戦犯選定執行委員会、などと傲慢極まりない名称の毛唐の組織が作られ、徒《いたず》らに十二回も会議をしているという情報は、私にも入っている。極秘入手したリストにはもちろん私の名前も挙がっているが、決定ではない。アメリカ検事たちは東条憎しの一本槍であるのだから、最終的に私は外されるだろう。

まあ、そんなことはどうでもよい。それよりも、命ある内にできる限りのことはしておかねばならない。見込みのある人間、特にあの立花君と連絡がつくのだから。そう思って心待ちにしているが、面会に現れるのは毛唐ばかりで閉口する。その大半は件《くだん》の戦犯選定執行委員会の者だ。中には身分も明かさずに、通訳をつけて威張り腐る毛唐もいた。付き添いをやってくれている若い看護婦たちが怯え、気の毒なことである。

穏やかな波間に陽光が煌めいているような日でも、立花茂樹様の胸中には「満州」の挫折がくすぶっていました。思い出されるのは、かの地で石原莞爾様と交わした会話のことばかりです。「ある点に到達するまでは、技術を発展させるのは正しい。それは、等国と錐国に共通して言える。しかし、ものごとには折り返し地点というものがある。それを無視してただ発展だけを目指すのは、古びた発想だ」

この言葉を思い出した立花茂樹様は、今後の指針を与えてくれる人物はやはり参謀殿をおいて他にないと考えました。参謀殿を再度奮起させる必要がある、まずはあの方が戦争犯罪人として裁かれることのないように尽力しなければならない。そう決意した立花茂樹様は、淡路島から汽船で本州に渡り、そこから汽車を乗り継いで上京しました。東京に入ると満州での仕事仲間を通じて人脈を広げ、瞬く間に金融関係の有力者のサークルを形成します。後の「立花文書」の作成もこの頃に行われました。政府関係者からＧＨＱの情報が流れてくるように取り計らうのも、彼にはお手の物でした。

そしてある三月の午後、立花茂樹様はとうとう東京逓信病院の病室を訪れます。その部屋の主である石原莞爾様の元には、彼の病状を顧慮せずに、大勢の戦勝国側の人間が極東国際軍事裁判に関する証言を求めに来るのが常でした。しかしこの日、普段は外国人と議論を応酬する手間を省くことのなかった石原莞爾様が、面会謝絶を自ら希望しました。付き添いの看護婦すらいない病室のベッドで身を起こし、石原莞爾様は静かに目を閉じていました。その膝には、参謀時代の軍帽が載っています。

待つことしかできぬとは不甲斐ないことだが、しかし確かに、時が満ちるような感覚があった。私は本日彼に会うことになるであろうし、今この時が最適な時機である。なぜかそう確信しているのだった。

人払いを頼んだ看護婦には、立花君の名前を告げて彼だけを通すように言ってある。昼食後しばらく経ってから、扉がノックされた。私が返事をする前に、失礼いたします、と看護婦が申し添え、扉を開いて中へ入ってくる。後ろには男の影が見える。久々に私の血は沸き、体がかっかと温まるような心持ちがした。彼は軍人ではなかったので厳密に言えば戦友ではないが、比喩的な意味では彼こそがそうだ。

「来たか。立花君」思いがけず、私の声は高く、よく通った。

「お加減はいかがですか？　参謀殿」

幾分年を取ってやつれた立花茂樹君に、ベッド脇の丸椅子を勧める。

「この病とも付き合い慣れたがね、どうも根治する気がせん。とは言え、生命は物質が罹患した病みたいなもんだからな。別の病を得て物質に還る。それだけといえば、ただそれだけのことだ。立花君、十三年ぶりになるかな。よく来てくれた」

「本当にご無沙汰しておりました」深々と頭を下げてから、立花君は声を低め、そそくさと本題に入った。「参謀殿。戦犯選定執行委員会というものをご存知でいらっしゃいますか？」

「もちろん知っておるよ」

「そこが作ったリストには、参謀殿が軍事裁判の被告人として載っておられます」

「それも知っておる」

「もしも起訴されれば、碌な弁護士もつけられずに毛唐どもが一方的な裁定を下すことでしょう。

極刑になることも考えられます」

「なに、心配はいらん。裁判になれば言いたいことを言ってやるまでだ。つい先日もな、戦争の責任の所在はどこにあると心得るのか、と聞いてくる毛唐がおったから、もとを正せばペリイが悪いに決まっておると言ってやった。日本は玄関を閉じて、大人しくやっていたところだ。それを無理矢理こじ開けて入って来たのはそちらじゃないかと。ペリイの艦隊なんぞを差し向けて、諍いになるのは当たり前じゃないか。毛唐どもは空惚《そらとぼ》けているのか、余程の馬鹿なのかね。どうしても戦争をしたいんじゃなけりゃ、あんなことをする道理はない」

これは当然の理屈だが、平素はペリイがどうのこうのと、日本人同士で言うのも馬鹿らしいからしない。毛唐相手だから言ったのだ。《世界大戦》が終わった当節、勝者側にしたところで、闇雲に獰猛なやり方をするのではまずいと思っている。だから、負け犬の日本人がこういう大局論を放言すると、案外喜ぶものである。GHQの文官なら尚更のことだ。奴らは私に、東条にこそ戦争責任がある、と言わせておきたいのだ。しかし、そもそもあんな小人物が軍の中枢を統べたのが間違いであって、戦犯などという大それたものは東条に似つかわしくない。それでも、奴が最上級の戦犯として処刑されることは免れぬだろうが。

しかし今は、東条のことなどどうでもいい。実は、私の病室に日々訪ねてくる毛唐の中で、甚だ興味深いことを言っていた者がいたのだ。それについて、ここ数日ずっと考察を加えている。このことは是非とも、立花君に話しておかねばならない。

「そんなことよりもな、立花君。ひょっとすると我々は、今後重大な歴史を担うことになるかもしれん」

「でしたらなおのこと、参謀殿の身の安全が大事ではありませんか」

「いや、間違いなく、こちらの方が一大事だ。毛唐どもは今、我が国の新憲法に盛んに口出しをしている。その草案に、極めて興味深い条項が入りそうなのだ。それについて、一人の毛唐が俺に意見を求めに来たよ」

「それはどういった条項ですか?」


単身で**私**の前に現れた毛唐は、髭に隠れた口でたどたどしい日本語を話した。彼が病室に来る前に、看護婦からは何の照会もなかった。昼寝から覚めて病室をぐるりと見回すと、そこにぽつねんと立っていたのだ。白髪で、眼鏡をかけている。鬢髪《びんぱつ》から口周りにかけて、白い髭を一体に生やしている。身に着けているのは黄土色のスーツで、西洋人にしては小柄だった。小脇にはノートを挟み、赤らんだ鼻先に載った丸眼鏡の奥の青い瞳は、明らかな知性をたたえていた。

彼はこちらの機嫌をとるかのように曖昧な笑みを浮かべ、**私**がすっかり目を覚ましたのを確認すると、今立花君が腰掛けているのと同じ、ベッド脇の丸椅子に座った。その動作を見守る**私**の視線を恥ずかしそうに避け、彼は組んだ自分の脚に目を落としている。そんな調子でしばらく押し黙る相手に、**私**もまた誰何《すいか》するのを保留していた。すると、相手の口元の白い髭が僅かに動き、かすれた声が聞こえてきた。しかしアクセントが妙で、よく分からない。なんと言ったのかと聞き返すと、彼はやっとこちらと目を合わせ、ゆっくりとこう言った。

「憲法です」

「憲法?」

「そうです。私はあなたに憲法の話をしたいです」

「憲法が、俺になんの関係がある」

面食らった私が些《いささ》かつっけんどんにそう返すと、彼は真顔になった。白髪のために私と同年代かと思っていたが、その目付きをみると不意に、私よりずっと若いように思われた。それこそ、立花君くらいの年頃ではないか。その毛唐を前にしている時も、私は立花君のことを思い浮かべていたのだ。人種は違えど、二人にはどこか似たところがある。

「あなたの国のことです。あなたは関係があります。この国の形を決めるための最高法規《the supreme law》を作成します。この国の人、この国のことをよく知っている人に、話を聞きたいです。あなたを選びました」

彼の日本語は少したどたどしいが、論理的な言葉を遣うものだから、慣れてしまうと聞き取りやすかった。毛唐の中でもかなり利口にできている男のようだ。自己紹介もせずにいる彼の素性は不明だが、私は彼の話を聞くことにした。黙って深く頷き、先を促す。

「国の形を決めるもの。例えば生物にも、そういうものがありますね。人間はこんな体、二足歩行、などですね。全部の生物、細胞にね、設計図が書いてある。どんな生物になる、どんな人間になる、決まります。私の国と、あなたの国、太平洋《the Pacific Ocean》を挟んで向かい合う。あなたの国、この国に何を植える？　とても大事なことですね。設計図、どうする？　半世紀《half a century》、もっと長い、世界がどうなるか決まります」

彼は身を乗り出し、持って来たノートに挟まっていた紙を私に見せた。見覚えのある書面で、Kanji Ishiwara、と私の名が、羅列されたアルファベットの中に入っている。まったく、A級だの極秘だのと言いながら、このリストは回覧板よろしく方々に出回っているようだ。

「戦争犯罪の、A級《Class A》ね」毛唐はリストを元の場所に戻して続けた。「Mr.石原。よろしいですか？　協力してください。そしたら、あなたの名前、ここから無くなります」

「そんなことは、どうでも良い。そんな取引を持ちかけおって、やはり毛唐は無作法だな。だが俺に聞きたいことがあるのなら、答えてやらんこともない。お前たちに何ができるかは知らんがね」

「我々は実践的《practical》だから、成果が必要です。とても大きい戦争をしたから、成果がないといけないね。この国の憲法の中に、何を入れる？　新しい、意義《significant》のあるものがいい」


「立花君。新京で話をした頃は朧げだった《世界最終戦争》について、俺なりにその後もずっと考えてきた。そしていくら考えても、我々が負けたこの《世界大戦》を、《世界最終戦争》へと昇華させることは不可能であったというのが俺の最終結論だ。戦力の不保持、国家の交戦権の否定。思想の根元にあるのが、キリストだろうが日蓮だろうが、なんでも構わない。なあ、日本は、曲がりなりにも列強と渡り合ってみせた規模の国家だ。その憲法にこういう条項をねじ込んでおくのは、妙案だと思わないか」

「しかし、戦争を放棄するというのは、あまりに実現性が乏しいのではありませんか」

「なぜ、そう思う？」

「有史以来そんなことが認められたためしがないからです」

「つまり君は不自然だと言うのだな。だが、俺に言わせれば自然に抗うことができるのは人間だけだからな。法律などというものもその表れに違いあるまいよ。文章で自分たちを縛るなど不自然極まりないとおもわんか？　戦争の放棄だって、憲法で誓ってしまった後になってからその扱いに国民総出で四苦八苦すればよい。そうしておれば、本当の《世界最終戦争》が勃発するまで、人類は生き残ることができるかもしれん」

「わが国が反撃できないとなれば、敵国が安心して侵犯してくるだけではないですか」

「その場合は反撃をすればよい」
「それは矛盾ではありませんか？」
「確かに矛盾である。不自然であることこそが人間性の発露なのだ。さっきも言ったじゃないか」

　納得しかねるように少し口を尖らせる立花君のその顔には見覚えがあった。新京のホテルの食堂で話した、あの夜と同じ表情をしている。だが、あの頃と違い目の前の戦争はもう終わったのだ。そして、私も立花君も相応に歳を重ねている。

「戦争が起きれば、個人は自分の属する集団へ一体化することを求められる。戦争に疲れ果て、今や個人はさらに軟弱になってしまった。全体に従属する志向だけが、悪い癖のように残っている」私はもう一歩踏み込んで話をしても良いように思った。私は続ける。「それが主流であり、この先人類が努力すればするほど、個人は全体の一部になることを究めていく。いずれ、個人と全体は一体化する。それが「錐国」だ。もともと俺は、天皇陛下が重心としておわします日本こそが特別で、「錐国」になるべきなのだと思っていた。だが、戦争に負けて誤りに気づいた。日本が特殊なのではなく、俺の見るところ、人類は「錐国」を自然と欲望するようにできておる。そして人類はどんな欲望も結果的には叶えてきた。おそらくこの日本に限らず、放っておけば、世界全体が「錐国」化していくだろう。「等国」は、それに対する抵抗に終わるのかもしれん。この国に不戦を誓わせることが、そのささやかな抵抗の一つになると考えてみてはどうか。君は交戦権を否定しつつ、自衛をなすのが矛盾だと言った。その通りであり、それだけでなく、戦争放棄の文言は数多《あまた》の矛盾を生むだろう。闘争を捨てるのは、人間の自然な在り方のみならず、世の中の根本原理の否定でもあるのだから、当然のことだ。あらゆる物事は、常に他を排することない」

で存在している。しかし、その原理にひび割れを起こさねば、「等国」を立ち上げることはでき

*

真っ白な人がそこに現れた。その人は痩せていて、でもしゃんと背筋が伸びていて、白くて短い髪の下の目は、私のことを貫くように見ている。とても年老いているけれど、その眼差しは若々しい。周囲に人気がなくなって、私たちは二人きりになった。その人は、ガラス一枚で隔てられただけの空から、たった今渡って来たばかりという風で、まっすぐ私の方へ歩いて来る。

「立花茂樹です」

そう言って、その人はゆっくりと会釈をした。真っ白なスーツに柄物のネッカチーフ。三つ揃いと言うのかな、中のベストも白で、首元にだけ、紺や赤が差し色で入っている。特別な趣向のパーティにでも参加するような格好だ。周囲の人々がいなくなったと思ったのは、私の錯覚だった。それくらいその人に見入っていたのだ。人目を引く格好をした彼のことを、通りすがりの人がちらっと見ていく。

私に話しかけているように見えたけど、私は彼のことを知らない。もしかしたら、後ろの人に話しかけているのかと思って、振り返った。でも私の後ろには、それらしい人はいない。見ている間にも目の前を忙し気に何人かが通り過ぎる。

「私は立花茂樹です。花が立ち、樹が茂る。そんな名前です。そして、あなたは渡辺恭子さん。いや、他の名前で呼ぶことも可能ですが、そちらでお呼びした方がよろしいですか?」

渡辺恭子です。それが現世における私の名前。白い人は私自身であるみたいに、私の名前を扱

う。一つ前は椚節子です、なぜか**私**は続けてそう言いたくなった。でもこれは**私**の妄想なのかもしれないんです。生まれ変わりなんて現実にあるわけないとされているから、妄想として対処する方が通りがいいのは、**私**にも分かっています。**私**の中に「第二次世界大戦」が入っている、と感じるのもそうです。というか、そもそもこれってどういうことなんでしょう？　この感じを伝える言葉を**私**は持っていません。ここへ来たこともそうです。椚節子だった十五歳の**私**が、あの場所の「座標」へ導かれたのと同じです。おかしなことだけれど、この「座標」にも、実際にあなたがやって来たんです。

「椚節子さん」と立花茂樹さんは**私**の前世の名前を呼んだ。「そして女型のRejected People。**私**の恋人よ、**私**はあなたを迎えに来たのですよ」

　心の中で思っていたことは、椚節子の名前も含めて全く口に出していない。それなのになぜ、この人は知っているんだろう？　それに、めがたのリジェクテッドピープル？　一体何のことだろう？

「第二次世界大戦が入っているのだって、大変なことだ。あれは最後の《世界大戦》ですからね。あれをきちんと中に入れておかなければ、等国《レヴェラーズ》と錐国《ギムレッツ》の決戦も無意味なものとなってしまいます」

「レヴェラーズ？」**私**はかすれる声を絞り出して言った。この人に理解されたい、お返しにこの人のことも理解したい。なぜかしら**私**はそう強く望んでいる。「それはなんですか？」

「《世界最終戦争》で争うべき二つの概念のことです。でも、あなたが気に懸ける必要のないことだ。あなたの綺麗な瞳は、真実を見通す力を持つ**根源の目**になり得ます。ですからこれから起きることを見ていて欲しい。第二次世界大戦なんてものはまだ序の口です。あなたはもっともっと大きなものを中に入れなければならないのです。半世紀振りに目を覚ましたのは、そんなあなたをお迎えに上がるためです」

立花茂樹さんは、そこで左手首に目を遣り、困ったように微笑んで私を見た。

「今、何時ですか？　そろそろここを出ましょう。邪魔が入らないうちに」

「ええと、八時半を過ぎたところです。これから、どこに行くおつもりですか？」

「八戸と、それから残された時間によっては九戸村に」

八戸と言えば青森の八戸市だとすぐに思い当たったけれど、九戸村というのは聞いたことがない。そう言えば、一戸、二戸、などの地名もあると聞いたことがあるが、それで九戸？　一体幾つまであるんだろう？

「そこには何があるんですか？」

「そこにはね、塔が建つんですよ」

「塔？」

「そう。とても高い塔です」

「高いってどのくらいですか？　スカイツリーの半分くらい？」思ったままにそう言ってしまってから、我ながらおかしなことを言っていると思った。ここの半分にしたって、大変な高さだ。東京タワーと同じくらいあることになる。

「はは、まさか」立花茂樹さんは、思いもかけないことを聞いた風に笑った。それはそうだ、東北地方にそんな塔が建つなんて、聞いたこともない。それに、私が子供の頃のバブル期ならともかく、このご時世にそんな計画が通るはずもない。

「そんな高さのわけ、ないではありませんか」

「そうですよね」私は顔を少し赤らめたように思うが、その気恥ずかしさも、この人の前ではなぜか心地よかった。

「その程度の高さのものなんて、とても塔とは呼べませんよ。今から行く場所に建つのは、ここの塔よりもずっと高い塔です。見上げることすらバカバカしくなる、そんな高さの塔です。それは雲を越えて、大気圏を越えて、ずっと伸びていきます。どこまでもどこまでも高く、遠くへと」

大気圏を越える？　そんな馬鹿な話、と思った瞬間、頭の奥の方に白くて細長い何かが閃いた。映写機の古い映像のような、細かい粒子のノイズを伴ったイメージ。ジェットコースターのレールみたいな白い建造物が、雲ひとつない青空をするすると伸びていく。これが、塔？　途中から背景の色彩は薄くなっていき、グレイからやがて漆黒へと変わる。白い塔はほとんど湾曲しているように見える。そうまでして伸びていく先端が向かう先は、もはやこの世ではないどこかだ。

気がつくと立花茂樹さんが、どこか意味ありげに微笑んで私を見つめていた。「さて、東北への急行列車は、今も上野駅から出ているのかな。はつかり、だったろうか？」

はつかり？　東北新幹線ははやぶさだったと思う。そう教えてあげると、立花茂樹さんはゆっくりした足取りで下りエレベーターへと向かった。満員のエレベーターの中で私の前に立った後ろ姿はやはりとても痩せている。真っ白なスーツの丈は合っているが、肩のところは少しずり落ちている。それなのに、姿勢が良いため似合って見える。

＊

ノートＰＣに映し出されたGoogle Maps上に武藤さんのいる場所が表示される。どうやら武藤さんは今、カンタイ112とともに東京スカイツリーにいるようだ。
そもそもカンタイ112が調査対象として浮上したのは、無差別調査《ランダムリサーチ》がきっかけだった。レヴェラーズ・リサーチに所属する《個の廃止》のパーミッション保有者は、特定の業務にアサインされていない時に無差別調査を行うことが義務付けられている。個々の判断で、自由に誰かの意識を覗き込み、錐国に対抗するヒントを模索する。

　立花徹の夢について報告をあげたのは武藤さんだった。どこかのオリンピック、その開会式。武藤さんの書いた報告書によると、よくあるスタジアムではなくて、地上にあいた穴のようなところがあって、夢の中での奇妙なオリンピックはその底で開催されている。「開会式に登場する演者たちは、人間ではないと立花徹は感じている」ランダムリサーチの次の種まき段階《シードフェーズ》での調査「立花徹の夢」の報告はそこで終わっている。

　私はその報告書を手に取って、All Thing に対する質問状を作った。「立花徹の夢の中のオリンピックの開会式に出てくる人間ではない生物。その名称は?」この質問に回答する際の因果律変更係数を確認する。因果律変更係数があまりにも高いと、この世界が維持できなくなって世界ごと消し飛ぶことがわかっているのだ。だから、ごく些細なことであっても、因果律変更係数を測定してから、質問をするように定められている。時々武藤さんはルールを破って簡単な願い事をすることがあって、そんな度に**私**はひやっとする。

　因果律変更係数を確認すること自体の因果律変更係数というのもあって、それはほぼ固定だ。だいたいは0.0012~0.0051ppsの範囲にとどまる。この時は0.0049ppsだった。上限値にかなり近い。それで既に少し驚いていたものの、とりあえず回答を要請する際の因果律変更係数を測る。結果は18ppsだった。**私**が独断で質問できる1ppsを軽く超えていた。10ppsを超えると、担当役員の決裁まで必要になってくる。北朝鮮の核ミサイルが完成しているかどうかを聞く際にも、0.5pps に過ぎなかったのに。

調査の決裁が下りたのが、**私**が稟議書を書き上げて承認依頼をしてから、一週間後のことだった。

私が打ち出した質問状を All Thing の窪みに入れると、すぐに All Thing が形を崩す。絵の具をぶちまけるように赤が空中に広がり、それから元の板状に戻ると、ひらひらと回答用紙が舞って床に落ちる。

「立花徹の夢、そのオリンピックの開会式を演じる生物の名称＝Rejected People」

その聞いたことのない名称を足掛かりとして、質問を重ねていく。リジェクテッドの耳障りな音とともに回答が返ってくる。

Q：Rejected People とは何か？
A：あの人が造り出す人造生物
Q：それはどの程度の知性を有しているのか？
A：人間と全く同様

我々は、立花徹の夢をきっかけとして、《予定された未来》の詳細を知っていくことになった。立花徹が見る夢の中の奇妙なオリンピック、人造人間《リジェクテッドピープル》、遠い未来にはそれらが現実になる。

立花徹の夢は、ただの夢ではない。

「おかしいな、私の集中力が切れているせいなのか」

武藤はふらつく足取りで回廊を少し戻り、途中で立ち止まった。片手を伸ばして、宙をかくように振り回す。

「私の覗いている渡辺恭子の意識の中では、今この場所で、立花茂樹と一緒にいるんだよ」

武藤は再び顔を青くして、小走りでエレベーターの方へ向かって行く。平日とはいえ、スカイツリーには大勢の観光客が登ってきている。そのためにどうしても人にぶつかりそうになり、実際に体がかすったらしい、若いカップルの女性の方が、迷惑そうな顔をして肩を押さえた。武藤の後を追う僕は、ごめんなさいね、と代わりに謝った。

＊

焦る武藤は、どうしても今目の前で客が乗り込んでいるエレベーターに乗りたいらしい。しかしそれは無茶で、上りほどではないにしろ下りもかなり混雑しているから、皆きちんと並んでいる。武藤は制服の誘導係に駆け寄って何事かを耳打ちしたが、係員は眉をハの字にして首を振った。エレベーターの扉が閉まる。

「立花茂樹の仕業だ。私たちをまこうとしている。さっきのあのエレベーターに、二人は乗って行ったかもしれない」

並んで順番を待ちながら、僕もかなり落胆していた。

「私の頭が見ている世界では、立花茂樹と渡辺恭子はさっきのあの場所にまだいるんだ。もしかしたら、白昼夢と現実の区別がついていないのか？」

一つ前に並んでいた大学生くらいの二人組の女性が顔を見合わせ、ちらりとこちらを盗み見た。

女性たちの顔立ちはよく見えなかったが、二人して同じように脱色したロングヘアをしている。少し決まりが悪くなったが、他人がしている会話の中の単語が滑稽で耳につくというのも、よく考えればありがちな出来事だ。

やっと順番が回ってきて乗り込んだエレベーターは満員だが、押し合うほどではなく軽く服が触れ合う程度だった。エレベーターが五階に到着し、僕らはエントランスから建物の外へ出た。

しかし困ったな。僕は、そろそろ武藤にいとまを告げて、昼休みに入る前に診療所へ出勤しようと思っていたのだ。祖父と恭子が目と鼻の先にいるというからここまで彼についてきたが、結局二人はいなかった。看護師の五十嵐さんには夕方までに向かうと伝えてあるが、これ以上深入りすれば、その約束も違えてしまうことになりかねない。実のところ僕は武藤のこと、それ以上に彼にのこのことついて来た自分のことを信用すべきではないように感じだしている。心療内科医として患者に「逆転移」してしまうように、彼のやたら込み入った妄想に取り込まれてしまったのではないか。だんだんと恭子が本当にここに来ていたかも怪しく思えてくる。

武藤はスマートフォンを取り出した。「なぜ二人とすれ違ってしまったのかは、正直わからない。だが少なくとも、私は渡辺恭子の方を捕捉している。それを証明することはできる。いいかい、見ていてくれ」

僕の返事も待たずに、武藤はどこかに電話をかけ始める。アドレス帳に入っている番号ではないようで、一つ一つ記憶をたどるようにゆっくりと番号を押す。スマートフォンを耳にあててしばらくすると、武藤は緊張した面持ちで言った。

「渡辺恭子さんですね」

少し驚いた僕に電話を持っていない方の人差指を立ててみせ、

「隣に立花茂樹がいるはずです。こちらは彼の孫です。祖父と話をしたいのですが、代わってもらえませんか？」

と武藤は続けた。そのまますぐに、僕にスマートフォンを渡してくる。武藤には本当に祖父と恭子が見えているのだろうか？　僕も僕で、なぜかそれを受け取って素直に耳に当てる。電波状況が悪いのか、スピーカーからはざらついた音がする。おじいちゃんだよ、と武藤がこれ見よがしに頷きかけてくる。

「おじいちゃんだよ」

電話の相手は、武藤と全く同じ台詞を言った。嗄《しゃが》れた老齢男性の声。聞き覚えのあるところを探すが、そもそも僕は祖父の声を聞いたことがない。

「駄目じゃないか、徹」

祖父を名乗る老人の声が言う。

「所長さんは、私からの手紙をお前に見せなかったのかい？　この先、もう私を追って来てはいけないよ。この電話が終わったら、今すぐ仕事場に向かいなさい。お前は特別な人間じゃないんだから、これ以上この件に関わってはならん。引き返して、普通の人生を歩みなさい」

「おじいちゃん？」僕は初めて祖父に話しかける。自分でも驚くほどおずおずした声だった。

「今、素敵なご婦人と一緒なんだ。だから、邪魔をしないでおくれ。彼女はね、すごいんだ。第、、、、二次世界大戦が入っているんだよ。これから私らは、高い高い塔の建つ場所を見に行くつもりだ」

「どこに行くの？」

何か聞き返そうと思った瞬間に、電話は切断された。不通を示す電子音が響くスマートフォンを耳にあてがったままでいる僕を、武藤が生真面目な顔で見つめている。

＊

上野へ向かうバスには三十分くらい乗っていたけれど、**私**たちは全く会話をしなかった。その間、頭の中では、東京スカイツリーの天望デッキから見えた風景が蘇っていた。朝の空気は澄んでいるとはいえ、わずかに濁った東京の空の下には、建物がみっちりと詰まっている。すごく高いところから見下ろしていると、高いものも低いものも押し並べてジオラマに張り付けたパーツみたいに見える。いろいろな会社の出社時刻だから、たくさんの人がそれらを出入りしているはずだ。でも、**私**の視力では人の姿なんて見えない。電車や建物が人で満杯だったとしても、実は無人だったとしても、その真偽を確かめる術はない。そんな建造物だらけの関東平野が地平線まで続いている。ビル群を乱暴に横切って、河が流れている。眩暈《めまい》がして、いつしか自分がいる場所のことを忘れる。目の前のガラスも取り払われてしまい、**私**の周りを漂う雲が、雲としてではなくただの靄《もや》に見える。人だけではなく、都市の姿も見失った孤独な**私**。いや、独りぼっちではない。正面、同じ高度から、白い人がこちらに向かってくる。腕を広げて迎える**私**のすっかり冷えた両手を、その人の乾いた掌が包み込む。骨ばった細い指に力が入り、**私**の体をくるりと回転させる。気がつけば、**私**たちはガラスの内側に無事に収まっていた。ここはとても安全な、スカイツリーの展望台の中だ。

「これから青森だ。すみませんが、この格好では寒いので外套を購《もと》めたい。久しぶりにアメ横へでも行こうかな」

上野公園の西洋美術館が近い方の入り口付近でシャトルバスを降りた**私**たちは、アメ横に向かって坂道を下ることにした。青森ほどではなくても、一月の東京は寒い。高齢の立花茂樹さんが風邪をひいてしまわないか、私はとても心配していた。「アメヤ横丁」のアーチが見える交差点で信号待ちをしていると、突然私のスマートフォンが鳴った。出てみると男の声で、立花茂樹さんの孫だと名乗った。それで立花茂樹さんにスマートフォンを渡すと、彼は不慣れな手つきでそれを耳に当て、短く話をしただけで切ってしまった。

「本当にお孫さんからだったんですか？」

電話を返してもらった私がそう聞くと、彼はそれには答えずに、不思議なことを言った。

「追っ手ですよ。ですが、気にすることはありません。邪魔させはしないから」

「追っ手？　誰かに追われていたのですか？」

立花茂樹さんはこれにも答えなかった。その件についてはこれ以上の質問を拒否するように、小さく首を振る。それからまた口元に皺を寄せて微笑んだ。

アメ横を少し入った所に、コートやバッグを吊り下げて陳列している店を見つけた。立花茂樹さんはすぐに八千円の黒いロングコートを選んで、白スーツの上に羽織る。そしてスーツのポケットに入った封筒から一万円札を出して支払いをした。この辺りは歩き慣れているようで、彼が先に立ってすたすたと歩き、すぐに上野駅の構内に入った。十時台の「はやぶさ」に間に合いそうだったので、自動券売機で八戸までの切符を二人分買う。私のお財布には一万円あるかないかだったけれど、立花茂樹さんがさっきの封筒を渡してくれたのでそこから精算した。

「はやぶさ」の中は暖かく、立花茂樹さんは嬉しそうに手をこすり合わせた。窓際の席を私に勧めてくれる。バスに乗っていた時とは違い、彼は並んで腰掛けるとすぐに話し始めた。

「まずはお互いのことを知りましょうか、渡辺恭子さん」

そう言われて、私のことで何か話すべきことがあるだろうか、と考える。図書館のバイトのこと？　いや、まさか。自分のものではないかもしれない過去、椚節子のこと？　それとも、第二次世界大戦が入っていることを話したらいいだろうか。それにしても「入っている」なんて、すごく陳腐な言い草だ。でもそういう風に言うしかない。子供の頃から変わらず、私の表現力は貧弱だ。今まで人に自分の話をほとんどしてこなかったのは、そのせいもある。ただ、若気の至りというか、高校時代には、一人の男の子に度々話を聞いてもらっていた。立花徹くん。他の同級生のことは顔すら忘れてしまったけれど、彼のことはよく覚えている。頭の良い子だった。そして、どれだけ奇妙なことを言っても、「まあ、そういうこともある」と受け止めてくれていた。それは、立花くんが全てのことを同じ距離から眺めているため、嫌な言い方をすれば、どうでもいい、と思っていたせいだろう。今隣にいる立花茂樹さんは、彼とどことなく似ているような気がする。立花茂樹？

「では、まずは私の方から話しましょうか」

立花茂樹さんはリラックスしたように背を丸め、向こう側の肘掛にもたれ掛かった。「私はつい先日まで、千葉県にある介護施設で寝たきりだったんですよ」

「寝たきり？　どうなさったのですか？」

「今はまだ、そのことをうまく説明できんのです。しかし、とても長い間だった」

「お気の毒に。一体どれくらいの間臥せっていらしたのですか？」

「立花茂樹としては、五十年以上です」

立花茂樹としては？

「この体では、ということです」彼は口に出していない私の疑問に答えてから、先を続けた。「簡潔に言いますと、私には人類がこれから経験するであろう実感を先取りすることができたのです。その経験があるために、私にとって時間というものは意味をなさない。《予定された未来》までの時間は永遠でもあり、一瞬でもあった。私は立花茂樹として目覚め、こんな風にあなたとお話ししていますが、一方では遥か未来において、最後かつ唯一の人間として永久に取り残されております」

聞いた言葉を理解しようとすればするほど、立花茂樹さんのことがよくわからなくなる。

「私の言っていることが、あなたにはわかりますね」

「はい」否定しようとしたはずなのに、気づけば深く頷いていた。すると実際に、立花茂樹さんが言わんとすることが伝わってきたような気がする。今目の前にいる人は確かに立花茂樹さんだけれど、ここではないどこか、今ではないいつかに、大きくて温かい塊になった立花茂樹さんがいる。思うままに、十分に広がった立花茂樹さんの体は、確かに寝たきりみたいに身動きが取れず、ただ思考をし続けている。思念と体に区別はなくて、ぴったり同じものだ。それが私の頬や二の腕、全身にそっと触れている。同時に新幹線のモケットのシートにも、前の席の人のきついパーマの頭にも、全てに優しく触れている。それだけではなくて、私の体の、目に見えない細胞の内側の壁にも寄り添い、私のことを支えている。自分でも何を考えているのか、整理できないしうまく表現もできない。だけど、私には立花茂樹さんの在り方が理解できている。

「そう、そんな風に私のことを知ってください。私と同じ目を持つことになる、可愛い、可愛い、私の恋人よ」

第六章

宮

Lost language No.9（日本語）

《名》キュウ・グウ・ク・みや

1．天子・神・仙人などが住む所。御殿。

2．后妃などの住む所。またそこに住む后妃など。「グウ」と読む。

僕たちは今、祖父と渡辺恭子が乗って行った二本後の新幹線で、八戸へ向かっているらしい。時間にしてちょうど一時間の遅れをとっている。武藤の言葉を信じるならばだが。彼の妄言に従って同行していることだけでなく、一昨夜からの僕の行動は支離滅裂で滑稽ですらある。しかし、少なくとも通常では考えられない出来事をいくつか目の当たりにしたことは確かだ。

こうなれば、異常に思われる事実について自分なりの解釈を加えてみるしかない。例えば、今朝から僕に張り付いている武藤が持つという特殊能力についてだ。《個の廃止》のパーミッションン、と本人は主張している。確かに彼には、こちらが口にも出していない思考を瞬時にトレースすることができていた。あるいは、これがペテンの一手法であるコールドリーディングだと考えてみてはどうだろう？　それがテーマのアメリカのドラマを見たことがある。主人公の凄腕の元ペテン師は、些細な言動から本人しか知り得ないはずのことを言い当てる。「友達が太ったことを喜んでいる」「好きな色はブルーだ」常人離れした観察眼を使って相手を信用させ、あるいは自分に反感を抱かせて、周囲の人間を都合よく操る。だが、武藤は会話がさほど巧みというわけでもないし、僕の言動を引き出して推量している様子などもまるでなかった。ドラマの登場人物と比較するのも子供じみているが、武藤の場合は実際に僕の思考を読んでいるとしか思えない。それにここまで大掛かりなペテンを僕に仕掛ける目的は、武藤にも、僕に薬を盛った「等国」の女にも、他の誰かにもあるとは考えられない。

隣のシートに座る武藤の横顔を見遣ると、彼は口を開けたまま熟睡していた。睡眠が足りていないのか、新幹線のシートに座ってすぐに眠り込み、それから一度も目を覚ました様子はなかった。「はやぶさ」を待っていた間も、彼は一本電話をかけてからは、ぼんやりとして一言も発しなくなった。業務報告らしいその電話は、特に聞き耳を立てずとも聞こえてきた。「トクタイFを追っていると、トクタイAの立花茂樹が現れた。そこから一緒に行動している二人を追っていたが、ロストした。行先は五輪地区№９と判明したので、カンタイ１１２とともに新幹線で向かう」

盛岡駅を出て程なくして、また次の駅への到着アナウンスが車内に響いた時、隣で大きく息を吐く音がした。武藤が目を覚ましたのかと思ったが、横を見るとまだ目を閉じている。ただ、瞼がしきりに痙攣していた。それから暫《しばら》くしてから、武藤は「すっかり寝てしまったね、申し訳ない」とどこか恥じらうように言い、「今どの辺りだろう？」と聞く。

「い、い、い、い、いわてなんとか駅を過ぎたところ」僕は答える。

「いわてぬまくない駅」と武藤はアナウンスで流れた駅名を繰り返した。でもやはり後半がどういう字を書くのかまるでイメージできなかった。「だったらもうすぐ着くな」

右目と左目の開き具合がばらばらで、明らかに眠気が残った目をしている。「等国」の仕事がどういったものなのか知らないが、激務なのだろうか。

「前の部署にいた時は激務だったけどね」そう言ってこちらに顔を向けた武藤は、会話を続けたそうな素振りだ。しっかりと固めた短髪、細いが黒々とした眉。それなりの企業にお勤めの、エリート会社員のような風貌をしている。多分、僕と同年輩の三十代後半だろう。「今は勤務時間的にはそれほどでもないんだ。だけど、パーミッションを使う機会が多いからね。パーミッションを使うと、とても疲労する。まあ、その分夜はよく眠れるよ。前の部署にいた時は、少し不眠症気味だったから」

「前はどういう部署だったの？」本当に普通のサラリーマンと話しているようだ。

「投資部門。君のお祖父さんが得意にしていたものだ。その仕事は私に向いていたとも思う。うちはファンドをいくつか持っていて、運用担当者が丸ごと任されるんだけど、運用成績は当時私が一番だった。このまま、この部署でキャリアを積むことになるんだろうと思っていたんだが、ある日、上司にあの地下二十九階へ連れて行かれた。All Thing の前に立たされ、願い事をするように言われたんだ」

「何を願ったんだ？」

「くだらないことだよ。咄嗟に言われても本当に欲しいものなんて浮かばないものな。君がNintendo Switch を所望した気持ちもよくわかるよ」武藤は、一見親密そうな笑みを僕に向けて誤魔化した。

「今の部署への異動の辞令があったのはその後のことだ。気づけば私には《個の廃止》のパーミッションが与えられていた」

「それで他者の意識を覗けるようになった？」

「そう。覗くというよりも、寄り添う、という方が近いかな。対象の人物を視界にとらえるか、座標を把握するかすれば、それが可能になる。《個の廃止》のパーミッションを使っている間、私は私ではなくなる。いや、私も私の一部に過ぎなくなる、と言う方が正確かな。個人が紐解かれ、相手の意識と合わさる。二人分の意識が矛盾することなく同居して、それを俯瞰する私を私は知覚する。このパーミッションに慣れない頃は、手当たり次第に周囲の人間の意識に寄り添ってみたりした。ただ同僚や友人相手にこの能力を使ってみたことはない。そこまで悪趣味ではないんでね。いや、ただ臆病なだけかな？　時々会社の帰り道なんかに、同じ電車に乗る人々に寄り添ってみるんだ。人間は多種多様なようで、実はかなり似通った在り方をしている。日本人だけでなく外国人旅行者にも寄り添ってみたし、海外に足を運んで試してみたこともある。《個の廃止》の下に他者と溶け合っていると、不思議と安らいだ気分になる。能力を使うことで確実に疲労はしていて、程よい運動をした後みたいに寝付きもよくなるんだ」

武藤の話を聞いているうちに、二戸駅へまもなく到着するとのアナウンスが響いた。つまり、あと十分ほどで八戸駅へ着く。

「だが、ごく稀に、寄り添うことができない人間も存在する。できない、というか、相手の意識がみているものを私が知覚できないことがある。例えば赤ん坊やごく幼い子供、そうでない場合は男性であることが多い。彼らはたぶん先天的な精神病質者、つまりサイコパスとか、そっち系なんじゃないかと思う」

「君が言っていることがあたりなら、面白いサイコパス判定方法になるな。《個の廃止》のパーミッションが通用するか否か」多分僕は一種のジョークのつもりでそんなことを言った。しかしあまり日常的でない状況では何がジョークとして有効なのかよくわからない。

「何らかの経験によってPTSDを抱えた人間なら、過去の記憶とまとめて一緒に寄り添うこともできる。だが好き好んでやばいものを見たがっている相手の場合はだめだった。一瞬はうまくいきそうになるが、すぐに捕捉が外れる。恐怖心や嫌悪感が先に立って、ストッパーみたいに働くようなんだ」そこまで言ってから武藤は口と目を閉じ、鼻から大きく息を吸った。「眠気が覚めてきたな。君のお祖父さんにも着実に近付いている手応えがあるし、悪くない気分だ」

「君らと敵対する「錐国」の脳構造の雛形、だったっけ？　祖父は」

「私の話をよく聞いてくれている。きっと君は優秀な心療内科医なんだろうね。立花茂樹の意識や座標が皆目わからないのは、彼が「錐国」の重心だからだ。つまり、彼は我々プレイヤーに対するマスターに当たる存在。だから、渡辺恭子さんの意識に寄り添っている時に彼が現れたのは本当にすごいことだ。ただ、これが偶然であるとは考えづらい。あの人、つまり立花茂樹が自身の存在を我々に示そうとしたのかもしれない」

「でも、さっき君は恭子たちが東京スカイツリーにいると言っていた。実際には、二人ともそこにいなかったじゃないか」

「実際、渡辺恭子の意識は、東京スカイツリーの方にいたんだ。そして突然、スイッチが切り替わるように、上野駅の情景に意識が飛び移った。彼女は、現実と妄想の区別がつかない時間を過ごすことがあるのかもしれない。今朝、君に会う前に恭子さんの意識を覗いた時、彼女が前世の椚節子の記憶にとらわれている瞬間も確かにあった。ごく短い間だったが」

「それで、祖父と恭子は今どこにいるんだ？　行き先は本当に八戸で合っているのか？」

「彼らはまだ八戸駅にいる。駅ビルを今出たところだ。さっきまで改札脇の蕎麦屋の、お世辞にも座り心地がいいとは言えない椅子に陣取っていた」

＊

計画通り北上を続ける武藤さんを示す点がＰＣに表示されている。携帯電話に内蔵されたＧＰＳのおかげで**私**たちはいつでも誰かの居場所を知ることができる。便利な時代と言えばそうだけど、窮屈に感じるときもある。三十年前には、知りようもなくて、仕方なく想像で埋めていたところが今は事実で埋まっている。ある人がどこで何をしているのか、何を考えているのか、誰といるのか。その人が発信してさえいれば世界中どこにいたってすぐに知ることができる。

私は首を振って、雑念を頭から追い出そうとした。よくないな、また妄念に囚われている。**私**はどうどうめぐりの思念から出てこられなくなってしまう。もう一度、**私**はＰＣの画面を見る。東北新幹線の線路に沿って上に進んでいく光点。それは実際には武藤さんや立花徹そのものを示しているのではなくて、武藤さんが持っているはずのスマートフォン、より詳細にいえばその中のＧＰＳ受発信機の発する電波をとらえているだけだ。もしかしたら武藤さんは、レヴェラーズ・リサーチから貸与された iPhone 7 を新幹線に置き忘れ、どこかの駅で降りてしまっているかもしれない。そうであったとしても、**私**にはわからない。**私**は誰も座っていないふかふかのシートの上にぽつんと忘れられた iPhone 7 を想像する。たしか武藤さんのは、白だったはずだ。裏側には**私**のものと同じように「貸与」と書かれてあって、その横に管理ナンバーが併記されている。その白い iPhone 7 の上の窓には外の風景が流れる。

でも、そんなわけはない。武藤さんがそんな計画から外れた行動をとるわけがない。最初の想像通り、カンタイ１１２、つまりは立花徹とともにシートに座っていて、五輪地区№９を目指しているに違いない。iPhone 7 は会社にいるときのように、ワイシャツの胸ポケットかスーツの上着の内ポケットに収まっているだろうか。

カンタイ112の夢の調査を提案したのは私で、そのプロジェクトには《個の廃止》のパーミッション保有者が必要だった。アクションアイテムに分けて、それをこつこつと実行していくタイプのミッションにはならなそうで、「高度の柔軟性を維持しつつ臨機応変に対応」する必要があったから、上司と相談して社内の《個の廃止》のパーミッション保有者をあたることになった。候補は五人。業務経験を鑑みて最終候補として、武藤さんと、役員の今井さんの二人に絞った。今井さんは暇そうで、よく社内をうろうろしているところを見かけるけど、先に役員に頼むのもどうかという話になって、武藤さんに話を持ちかけた。レヴェラーズ・リサーチは存在目的こそ一般的な企業とは違うが、風通しのいい会社だとは思う。

私は胸の兎をかたどった社章を手でいじる。レヴェラーズ・リサーチの前身の平双通信社時代から、いやもっと前から秘密裏に受け継いできたとされる章。集中するとそれに触ってしまうのは私の癖だ。なくて七癖という諺《ことわざ》があるけれど、果たして私が持っている癖はいくつあるんだろうか。気づいているだけでも、三つ四つあるから、きっと客観的にみてみれば、七つどころではないのだろう。

GPSの追跡画面を閉じ、その横でエクセルのファイルを開く。「観測プロジェクト No. 110003：立花徹の夢調査」。錐国の重心となるあの人の孫、立花徹氏が一そろいの夢をずっと見続けていることが、シードフェーズで報告されたのは、二年近く前のことだった。その報告をあげたのも武藤さんだった。

目立った動きがなく、ただ北上を続けていく様子をPCで見ていると、自然と私は入社した頃のことを考える。エントリーシートを出して、面接に進んでぬか喜び、一次か二次面接で落ちる経験を繰り返していた私は疲れきっていた。レヴェラーズ・リサーチ社は何社目だっただろう？二十社は既に受けていたと思う。この会社の採用は一度の面接で決まった。働き続ける内に私にはこの会社しかないという思いが日増しに強くなっていった。我々の仕事は常識から大きくかけ離れているからか、ある程度のランクにあがった社員の多くは「正気を保つため」にかかりつけの精神科医を持つことも多い。そんな風に先輩は言っていたけど、真偽のほどは私にはわからない。社内で精神状態の話なんてしたことがなかったし、今は病気で休んでいるその先輩とそんな話をしたのもその一度きりだった。All Thing に触れた後に精神が不安定になることは多いそうだ。パーミッションが与えられるにしろ、そうでないにしろ、精神に大きな波がたつことは間違いなく、例えるなら強い予防接種を受けた後のような状態と似ていると説明を受けた。

＊

ペテンの叡智を持つ男型の Rejected People が「折角だから道のど真ん中を走れば良い」と言うものだから、八戸自動車道の白い点線を踏んで走っている。二車線を独り占めするのも、全く減速せずに一直線に南下するのも、とても気分が良かった。ペテン師の Rejected People がカーナビに打ち込んだ座標は、首都近郊、埼玉県南部のものだ。

遠慮なくアクセルを踏み込んでいると、宙を飛んでいるようだった。車も僕も重力から解放され、どこまでも加速していく。その快感に身を任せながら、僕は目的地に待っているものに思いを馳せる。All Thing。なんでも叶えてくれるというそれがある場所は、助手席に座る渋い声の案内役も知っているらしい。《予定された未来》では、ただ一人の生身の人間である僕が何を願うのか、そのことが注目されているそうだ。そしてペテン師の Rejected People が言うには、結果は決まりきっている。リジェクテッド、つまり却下だ。

ふと、「叶えられた祈り」という言葉が脳裏をかすめた。同時に、夜のダイナーを外から描いた殺伐とした絵も。僕はアメリカの画家の描いたその絵が好きだった。本物は見たことがないし、その絵がカバーに付いていた文庫本の中身も詳しくは覚えていない。でも、その絵がその言葉に似つかわしいように思った印象が強く残っている。四角く切り取られた、人工的な光。祈りが叶えられてしまった静けさとわびしさ。

「もしさ、その All Thing っていうのからさ、予想とは違った声が引き出せたなら、君の鬱憤も晴れるのかな?」

僕はペテン師の Rejected People にそう聞いてみた。スピードメーターは上限の時速一八〇キロメートルを振り切っている。ちらりと助手席を見ると、彼は開いた窓のサッシに肘を当ててもたれかかっていて、このアングルからだと顔は見えずに浅黒い首筋の方が目に入った。日焼けなのか地黒なのかわからないが、黒い開襟シャツから覗く喉元まで褐色の肌をしている。胸元はジムで鍛えたようにたくましい。Rejected People、哀れな泥人形とも彼は自称していたが、人間とどう違うのか、外見からは判別できない。

「君は面白いね。つまり、君が All Thing を accepted と鳴らすんだね」

「よくわからないけれど」

「いつもと違う反応ということであればそうなる」

「正しい願い事を言えば、アクセプテッド、そう鳴るんだな?」

「正しいかどうかは問題にならない。accepted の音、それが鳴ること自体が素晴らしい。我々だって、その音を鳴らしたことがないわけじゃない。これまでにも二度だけあった。でもそれは、極めて稀なことなんだ。君がいかに生身の人間だからといって、むしろただの人間だからこそ、あの音を鳴らせるはずがない。申し訳ないけど、ほとんど断言できることだ」

「なぜ断言できる？」

「あの人すら、既に世界は完成したという結論に至ったんだ。そして、世界は《予定された未来》に行き着いた」

「それでも何かを発見するのが、天才の役目だろう」

「天才？」

　さっきからカーブが増えて、運転から気を抜けなくなっている。標識には、「九戸」「一戸」「二戸」などの「戸」が付いた地名が移り変わりで出てきていた。

　助手席のRejected Peopleは僕からの返事を期待していたわけでもなかったらしく、突然、ぱちん、と指を鳴らしてみせた。僕に向かって彼は親指を立て、斜め右を指す。

　僕はブレーキを踏んで速度を緩め、「九戸まで２㎞」の標識の手前で停車した。ウィンドウ越しに見える高速道路と平行に走る山並みに、真っ直ぐな白い塔が建っている。よほど高いのだろう、先端は霞んでいて、灰色の空に乱暴に線を引いたように見える。あれは、――

「あれは塔だ。この惑星上で最も高い人工物。厳密に言うと、人工物の人工物だね。人が造りし自らの似姿、Rejected Peopleが造った塔だから。半世紀前、僕が生み出されるより前に建設は終了している。ある時人間が最後に造った塔が崩れるのを見て、一対のRejected Peopleがあれを造り始めた。他のRejected Peopleがどんどん集まって来て、建設に参加した。最後に人間が建てた塔は大気圏の中に納まる程度の高さだった。あの塔とは比べ物にならないくらい小さなものだ。一人の富豪がその頂上で暮らしていた。彼は多額の富を注ぎ込んでただ高い塔を建てたいという個人的な願望を叶えたのだが、やがては彼もまた《個の廃止》を受け入れた。後には、肉の海と、塔、それから壁が残った」

「壁？」と僕は聞く。

「そう。主には国境に造られた壁だ。《個の廃止》のパーミッションポイントを通過する前にも、どんどん差異が無効化していく中で、同質化の不安に耐えきれずに人類は壁を造り始めたのだという、あの人は結論付けている。そして、不思議なことに、いや、不思議でもなんでもないのかもしれないが、《個の廃止》が始まった時、真っ先にそれに飛びつき全体に溶けてしまったのは壁の建設に熱心な人間たちだった」ペテン師の Rejected People の美声が、狭い車中の空気を厳かに震わせる。

「眠る人間以外が一つに溶けてしまった後、Rejected People が塔を建て始めた。けれど、Rejected People たちはその塔をすぐに壊してしまった。Rejected People は壊した端から、再び別の塔を造りはじめる。次の塔は一つ目より随分高くなったが、やはりそれも壊すことにした。そしてまた塔を造る。それを繰り返すうちに、ついに塔は大気圏を超えた。それでもまた壊し、塔はさらに伸びていった」

アスファルトよりは少し明るい程度の暗い空。曇り空の、太陽が地表に隠れようとしている部分が鈍く発光している。

「それで結局、今建っているあの塔はどのくらいの高さがあるんだ？」

僕が聞くと、ペテン師の Rejected People は、高さ？　と呟いて肩をすくめてみせた。そんなに変なことを言ったとは思えない。しかし傍らの Rejected People は眉根をきゅっと寄せ、憐れみを含んだような目で僕を見た。

「空を突き刺すおもちゃの剣のような東京スカイツリー。君も永い眠りにつく前に見たことがあるかもしれない。あれはあれで他を圧して聳えているように見えただろうが、あの塔はそれどころじゃない。例えばね、塔が月まで届いたとする。地表から伸び始め、大気圏を超えて、宇宙に浮かぶ岩の塊に到達する。そこまで伸びたなら、高さはどうやって測るんだ？　月と地球のどちらから高さを測る？」

「月まで伸びたのか？」

「月だって？」Rejected People はくだらない冗談を一笑に付すように鼻を鳴らした。「月どころではないさ。もっともっと先まで伸びているよ。月を超えて、太陽系を超え、塔は伸びている。やがて銀河系を超えて、山を貫くトンネルみたいに別の銀河を突き刺して、それでもまだまだ塔は伸びる。一番遠いところまで、もうこれ以上伸ばすことなんてできない、限界だと、ほとんどの Rejected People が思っても、まだ終わりではない。物理的に最も遠くまで来たとして、だったら、過去や未来には届いたのか？　そんな風に考える Rejected People がいた。それが、《時の留め金の解除》のきっかけになった。人はそれを古くから想像してきたし、想像できる以上、叶えずに終わらせることの方がむしろ難しい。あの人が時間の壁を超えなかったのは、一種のフェティシズムみたいなものだった。《予定された未来》に行き着くのをできるだけ先送りしたかったんだろう。ねじをゆっくり巻きたかったんだろう。だがそれを知らない Rejected People は、無邪気に人間の叡智を持ち寄って、時間の壁を超え、その次は可能世界の壁を超え、あらゆる場所へ行き着いてしまった。《時の留め金の解除》と《拡張真実》を経た我々は、今《予定された未来》にいる。あの塔はその証拠のようなものだ。別世界と交差することで、しばらくの間は All Thing から accepted の音が鳴り続けた。複数の世界の知的生命体の『叡智』の交換、混ざり合いによってそうなった。だが、それもひと時のことだ。もうずいぶんとその音は鳴ってない。だからただの個人である君が、この期に及んで accepted の音を鳴らせるなんていうことはね、ほとんどあり得ないことだ。しかし、――」

僕は、そこで言い淀んだペテン師の Rejected People をじっと見つめた。

「誰も、僕が天才であることを勘定に入れていない」

Rejected People は再び鼻から息を漏らし、八戸の山中のクレーターの底で初めて会った時のように相好を崩した。

「そんな風に言い切られると、こちらまで清々しい気分になる。もしかしたら、君になら本当に accepted を鳴らせるかもしれないね。そう信じてみたくなる」

＊

八戸駅に着くと、祖父と恭子が立ち寄ったという蕎麦屋を通り過ぎ、東口のタクシー乗り場へ向かった。武藤はタクシーを拾うなり、県道を通って川を越えるよう指示した。運転手は後部座席を振り返り、「馬淵川？　ですか」と確認してくる。

「川の名前はよくわからないが、東、南東寄りの方角だ。海の方へは行かない。おや、もう一本、小さめの橋を渡ることになるな。とにかく発車してくれないか」

そう答えた武藤は、眉間《みけん》に皺を寄せて目を閉じている。きっと今、恭子の意識を覗いているのだ。運転手は戸惑っている様子だったが、黙って発進した。武藤は上半身をかがめ両手で額と目を覆っている。駅を出てすぐに橋を一本越え、十分くらい走った所で高速道路の入り口を通り過ぎた。さらに十分ほど経過してから、ずっと黙っていた武藤が突然、僕を制するかのように左手を突き出して発言した。「停まった。山の中の、工事現場みたいなところだ」

その直後に、今度は交差点の信号で停車した運転手が言う。

「ちょごっと行げば、まだ橋ば渡《わだ》るけど、どやしますか？」

武藤が再び一心に恭子の意識を覗いている様子だったので、僕は運転手に適当な場所に停まってもらうように頼んだ。タクシーは交差点を越えた所にあるコンビニエンスストアの前に停車した。

ミラー越しにずっとこちらを見ている運転手と、度々目が合ってしまう。タクシーが走っている間は気がつかなかったが、なかなかしゃべり好きそうな顔つきの運転手だ。僕に話しかけようかどうか迷い、むずむずしているのが伝わってくる。僕たちが何をやっているのか、捉えかねているのだろう。だがそれについて聞かれても、僕にはうまく説明できない。

ミラーを見ないようにし、手持ち無沙汰の時の癖でiPhone 7を取り出す。十四時三十分を過ぎたところで、窓越しの情景も明るい昼下がりの地方都市のものだ。一月の青森は雪が積もっているものだと思っていたが、道路脇にうっすらと残雪が見当たるだけだった。タイヤはスタッドレスのようで、東京都内で乗るタクシーとは走行音が違うような気がする。結局運転手は話しかけてこなかった。車内の沈黙をＡＭラジオが埋めている。家庭菜園におすすめの野菜について、どこかの大学の准教授が語っている。栽培初心者がやりがちなのは、肥料や水をやり過ぎること。何でもやり過ぎはよくないですからね。何でもやり過ぎはよくないよ、診察室に来る患者と話をする際も、間接的にこのことを伝える場合が多い。さっきの新幹線の車中で武藤にも悪気なく言ったのだが、その時は怒らせてしまったようだった。僕はその時の、「はやぶさ」を八戸で降りる直前まで彼としていた会話を反芻した。

「人間は多様なようでいて、その精神は似通っている。そして、そこには「鎖国」への欲望が確かに見てとれる。もともと我々に勝ち目なんてないのかもしれない。一九七九年の、二・二六クーデターが成功し、All Thing は我々の管理下に入った。我々は未来からやって来たあの赤い板に順繰りに手を差し入れ、願い事をした。そのことで我々の結束はより固いものとなった。それと同時に、All Thing に繋がることで《予定された未来》までの全容を知ってしまった我々は、深い諦念をも共有している」

「等国の話?」と僕は思わず聞いた。

「他に何がある?」

武藤の血走った目は、寝起きのせいというよりは、明確に苛立っているようだった。

「未来が全部決まっていたとしても、我々は既に存在してしまっている。その場合、僅かでもひっくり返す可能性が残されている、《予定された未来》から見た過去において、我々にやれることは何でもやる、やらざるを得ない」

「決まりきっているなら、やるだけ無駄だろ?　ひっくり返すんじゃなく、アレンジを加える程度では駄目なのか?」

「アレンジ、か。我々のしている報われぬ努力を、そんな風に軽々しく揶揄して平気でいられるのは、君が《予定された未来》を知らないからだ」

武藤は睨みつけるように僕を見ている。

「《予定された未来》にあるのは、永遠の寝たきり生活みたいなものだ。惑星上のただ一つの個になって、孤独に宇宙に浮かび、動かない世界をただ見ている。すべての謎が解き明かされた状態で、これ以上考えるべきことも、なすべきことも一切ない。何かを考えようが考えまいが、すべては自由だ。あの人の絶望。ただ存在し続けなければならない、最後の人間」

「ある日突然、寝たきりから奇跡的に快復することだってある。僕の祖父みたいにね」

「立花茂樹の本質も碌に知らず、何を言っているんだ、君は。まあいい、私もね、もとは世界の実相を全く知らずに「等国」に所属したんだ。組織の内実や目的を聞かされたとき、最初は今の君みたいに、わけのわからないことをやっている奴らだと馬鹿にしたよ。ただ資産の運用は楽しかった。これだけやらせておいてくれよって思ったね。しかし、半信半疑で等国の本業に関わるうちに、これこそ私が求めていたことなのだとわかってきた」

　武藤はそこで頬を緩め、取り繕うような笑みを浮かべた。

「ちょっと自分の話をしてもいいかな？」

「自分の話？」

「そう私自身の話。普段はそんなこと思わないのに、なぜかな。君といると、自分のことを打ち明けたくなる」

　メンタルヘルスケアの立花、それが学生時代の僕のあだ名だった。あるいは、僕自身がそういうポジションを求めているのだろうか。

「そうだな、例えば君にとっての渡辺恭子さん。気にかけ、何かあれば今みたいに追いかけてしまう他者。肉親、友人、動物やモノでもいい。生きていくうえで自然と結ばれる関係性。何でもいいが、誰だって何かに執着している。少なくとも私の目にはそう映る。だが等国に入るまでの私は、何にも執着することができなかったんだ。子供の頃、おもちゃやテレビ番組、友人や教室内での序列、とにかく何かに執着することができている同級生が不思議で仕方なかった。誰それがどうしたって、逆に誰も何もしなくたって、何も変わらない。皆が変化だと気づくことが、私にはちっともわからない。この世界には何十億人もの人間がいて、私もそのうちの一人で、私がとんでもなく不幸であっても幸運であっても、他の誰かが同じ目に遭ったのと同じだ。たまたま私に、あるいは別の人間に起きる出来事。ただそれだけのことだ。それが死だったらどうだろう。そう考えてみたことがあった。本当に私の命が途絶えてしまうのだとしたら、それでなくとも私の家族の誰かが死ななければならないのだとしたら。それでも私は執着できないのだろうか」

僕は話の続きを促そうと、武藤と目を合わせたまま、うなずいた。いきなり自分語りを始めた彼に、ほのかな親しみを覚える。

「結論から言えば自分に死を与えられたところで、私はその事象に執着することができない。そのことがはっきりとわかった」

「端折《はしょ》りすぎだ」

ははは、と武藤は笑った。「まあ、細かい話はいいじゃないか。別に君に何かを言ってほしいわけじゃないから、気にしないでくれよ。君はプロの心療内科医だから、こういう話には慣れているよね。私はただ、自分の物事への感じ方について、君に知らせたくなっただけだ。私には、自分を含めたすべての個人が等しく感じられる。All Thingから与えられたパーミッションが《個の廃止》であったのも、もしかしたら私の性質に関係しているのかもしれない。他者との距離感というものがないんだ」

「距離感がない？」

「そう。家族だろうが、友人だろうが、まったく知らない地球の裏側の住人だろうが、関係ない。無感覚というのではなく、残虐だったり悪趣味だったりする人間は好きじゃない。まあ、一種の欠陥人間だろうね、私は。そして「等国」のメンバーは、そういう人間ばかりだ」

心療内科医として言わせてもらえば、今の話を聞く限り、武藤の精神は特に問題を抱えていないように思えた。ただ彼の所属する組織への依存は、少し気になるところだ。巷で会社へ依存する人間は珍しくもないけれど。

「「等国」の支持者として目的を共有する我々は、自然と組織を心の拠り所とする傾向が強まってしまうのかもしれないね」武藤が僕の心を読むように、あるいは実際に読んでそう言った。「特に「錐国」、すなわちその方向を目指している人類に抵抗しようとする時、我々の結束は高まる。どうやら全員、そこに生きがいを見出しているようだ。All Thing はそういう人間だけに入社を認めているように私には見える。組織を維持するために投資部門で利益を出し、調査部門が中心となって、社会に手を加える。「錐国」の資金源を断つために会社をつぶしたり、政治家を失脚させたりもした。ある科学者の研究分野を変えさせるために、研究室の予算を停止させるよう動くこともあった。だが何をやったところで、未来を変えることはできずにいる」

「君たちと対立する「錐国」っていうのは、いったいどういうものなんだ？　やはり結社のようなものなのか？」

武藤は自嘲気味な笑いを漏らしてから言った。

「All Thing から得た情報で、「錐国」が勢力を伸ばすきっかけとなるイベントを、我々はほぼ全て把握している。《予定された未来》から見た歴史において、「等国」はそこでことごとく後《おく》れを取ることとなっている。私がやっているのは、それら一つ一つの小さな出来事の結果を覆していく作業だ。しかし実は、私は「錐国」の構成員を見たことがない。私だけじゃない、我々のメンバーの誰一人、錐国のメンバーに会ったことがない。一九七九年の二・二六クーデターの実行者を含め、当時の人間は皆引退し、不運なことに死亡者ばかりで話を聞くこともできない。クーデターで All Thing と本部を奪取したという事実を含め、歴史的なトピックがごろりとあるだけなんだ。All Thing と行動原理だけがある。とにかく抗うこと、それこそが等国の使命だ」

誰一人錐国のメンバーに会ったことがない？　何か途方もない不穏さがそこに含まれているような気がする。僕の頭の中でゆらゆらと言葉になる前の思念が揺らぎ、大事なことが思い浮かびそうな感触がする。しかしまさにその時、八戸へまもなく到着するとのアナウンスの横槍が入って、それは霧散した。傍の武藤は再び眉根を寄せ、おそらくは恭子の意識を覗こうとしている。僕との会話を続けるつもりは全然なさそうだった。

「二人は車を降りようとしている。はしかみだけの手前、八戸で三つ目の石灰鉱山。立花茂樹があちらの運転手にそう確認している。運転手さん、それどこだかわかりますか？」

停車中のタクシーで顔を覆って恭子の意識を覗いていた武藤が、突然口を開いた。運転手はミラー越しに好奇の目を向け、こう答えた。

「階上岳だば、この方角《ほうがく》であってますよ。もしかせば、八戸《はちのへ》鉱山のごどですか？」

「立花茂樹は、ここに彼女のためのキューがあると言っている。渡辺恭子にも何のことやらさっぱりみたいだ。あちらの運転手は展望台だったらあると言っている」

「ああ、八戸キャニオンの展望台のごどだな。せば、やっぱし、八戸鉱山だ」

運転手は自信ありげにタクシーを発進させた。さっきよりも小さな橋を渡ってからものの五分のうちに、ぐねぐねとうねる山道に入った。細い道に入り、しばらく進むとタクシーは右折した。途端に道幅が広くなり、入り口に工事の安全を謳う横断幕が掲げてある。白っぽい砂利道が大型車両によって日々踏み固められているような轍《わだち》が、一面に残っている。近くに石灰石の鉱山があるらしく、採掘した白い鉱石を積み上げた大きな山が幾つも出来ている。武藤はそこでタクシーを停車させた。広い砂利道はまだ奥へ続いているが、コンクリートの壁で隔てられた鉱石置き場にも入って行けるようになっている。手前の壁の上には、「砕砂　ヤードD　FM2.7」と書かれた白い看板が付いている。

「立花茂樹はここにいる」武藤は小さくそうつぶやき、さらに小声で、

「はずだ」と付け加えた。

＊

八戸駅に着くと、改札を出た所にお蕎麦屋さんがあった。彼が腹ごしらえをしておこうと言うので、**私**も一緒にお店に入る。先日まで寝たきりだったというのは本当のようで、彼は**私**と同じ月見蕎麦の卵を溶き、お出汁《だし》を少し啜っただけで残してしまった。百歳も超えてしまうとそんなに食事を摂らなくても大丈夫なのだ、と言う。確かに高齢には見えたが、まさかそこまでのお歳だとは思ってもいなかった。**私**が食べ終わった後も、彼はカウンターのスツールに腰掛けて肘を突いたまま、長い間動こうとしなかった。時折、にこにこと無邪気な笑顔を浮かべて**私**のことを見る。三十分はそうやって過ごし、立花茂樹さんは「そろそろ行きましょう」と言って腰を上げた。座面の高い椅子から転げてしまわないように思わず手を差し出すと、彼は嬉しそうに両手で**私**の手を握って椅子から降りた。彼の全体重を支えたわけではないけれど、軽すぎるように思った。

ガラス張りのエレベーターで地上に降りると、立花茂樹さんはタクシー乗り場の先頭に着けて

いる車に近付き、助手席のガラス窓をコツコツと叩いて開けさせた。身をかがめて、運転手に何事かを話す。それから二人して後部座席に乗り込んだ途端、運転手はすぐに車を出した。数分走った所で、橋を通って川を越えた。立花茂樹さんは行き先を秘密にしておきたいようなので、**私**も敢えて聞かないことにした。

私のことを知ってください、と立花茂樹さんは前を向いたまま言った。彼の声を聞く度に、胸の奥に「**私**はこの人を知っている」という実感が広がっていく。普通に考えれば、そんなはずはない。自分の身にこれまでに起きたすべてのことを覚えているわけではないけれど、半世紀も寝たきりだった人と知り合っていたなら、必ず覚えているだろう。いや、そもそも寝たきりの人と知り合うなんてこと、できるわけない。

もしかしたら、立花茂樹さんとは、**私**が椚節子だった時に会っているのではないか。ふとそう思い付いた。椚節子だったら、立花茂樹さんがご健在だった頃に、広島で元気に生きていたはずだ。

「最後の《世界大戦》が起こる前夜のことです」

椚節子だった時の記憶を辿ろうとしていたら、タクシーの後部座席の隣にいる立花茂樹さんが話し掛けてきた。彼は、第二次世界大戦のことをそう表現する。奇妙なことだけれど、それを聞いた**私**はよく考えてみもせず、この人が最後と言うのならそうなんだろう、と自然に受け止めている。

「**私**が満州にいたのはその頃のことで、あなたはまだ小さい子供でした」

「**私**――は、まだ生まれていません」

胸が疼いた。節子のことを私自身のことだとして誰かと話をするなんて、いつ以来だろう。そんなことができたのは、高校時代のあの男の子相手にだけだった。

「これは失礼しました。私の恋人よ、渡辺恭子としてのあなたはまだ影も形もなかった。それに私にしても、あの頃の在り方は今とは全く違っていました。あの頃の私は、ただ立花茂樹としてだけあった」

「今は違うんですか？」

「今ではまるきり違います。ある時を境に私はすっかり変貌してしまいました。長く生きていれば、そういうことがたまに生じます。ばらばらだった私が一つの私に統合されていく内に、ある時引き返せない地点を通過したことを私は悟りました。世界の重みがすべて私にのしかかってきています。耐え難いことだが、これまで耐えてきました。そして渡辺恭子さん、あなたも、もちろん私の一部です。それもとても重大な。次のオリンピック、その本祭が終わったら、我々は永久に二人で語り合うことになるのです。ですからそれまでに、その目をしっかりと開かなければならない」

「実は私、あなたのことをとてもよく知っているような気がするんです」

そしてこの人もきっと、私のことを誰よりも深く知っている。そう思ってしまうと、恋人、という彼の言葉とあわせ、何か胸に形容できない熱のようなものが生まれる。気を静めるため、運転席と助手席の間からフロントガラスを見遣る。また別の川に差し掛かり、橋を渡るところだった。

「当然です」立花茂樹さんの声は確信に満ちているように聞こえた。「この世界の誰もが、私のことを知っています。私は私でありながら、あまねくこの世界に存在しているのですから。空気のように。実際は、それよりも細やかに。そして**私**の恋人よ、あなたはそんな**私**の在り方を正しく受け止めることができる数少ない人です。もしあなたがあなたのような在り方をやめてしまったら、**私**の話し相手がいなくなってしまう。そうなればどれだけ強弁したとしても世界が無に帰したのと変わらなくなってしまう」

　この人に理解されなければならない、この人のことを理解しなければならない。ロバート・オッペンハイマーやハリー・S・トルーマン、そのほかの、「第二次世界大戦」を生きた人々と同じように、**私**は目の前の彼を**私**の中に入れなければならない。この場ではいつもよりおしゃべりになるべきだと思った。高校時代に唯一気を許していた、あの男の子の前にいた時のように。

「あなたの仰ることを全部理解できているとは思えません。でも、言葉が直接体に入ってくるようで、確かな感触が**私**の中に形づくられていくようです」

「そう、あなたは特別な観察者です。距離も時間も超えて、物事の実体を内側に生成することができる。そうやって世界を、すべての時間を、あなたの中に入れるんです。そうでなければ、**私**の恋人にはなり得ない。だから、**私**の話もよく聞いてください。例えばこんな話です。最後の《世界大戦》が起こる前夜、**私**は満州にいた。ある日、**私**は陸軍の参謀殿と一緒に洋酒を嗜みました。アール・ヌーヴォー調の麗々しい内装の、ホテルの食堂だった。その時飲んだ洋酒はとても美味かった。もう一度飲んでみたいと思って調べてみると、それはギムレットというカクテルでした。戦後の東京で何度か飲んでみたこともあります。しかしそのどれもが、記憶の中の味には程遠かった。若草色をした酒で、カクテルグラスの中できりっとした冷たさを保っていた。克明におぼえています。あなたには、それをイメージすることができますか？」

　イメージできるどころの話ではなかった。立花茂樹さんの言葉を導線にして、**私**はその情景に入り込んでいく。今よりもずっと若い立花茂樹さん。短く刈り込んだ髪は黒く、グレイのスーツを着ている。向いに座っているのは、軍人のようだ。大日本帝国陸軍の制服を着ている。軍帽はテーブルに置かれている。軍帽の星から、**私**には彼が中佐であることがわかる。どこかで見たことがある人物だ、と考えた瞬間に、**その人物は石原莞爾様です**、と唐突に**私**は思い出す。そうだ、あれはあの石原莞爾だ。若かりし立花茂樹さんは彼と大変親密にしていて、彼の軍帽も持っている。

その人物は石原莞爾様です。立花茂樹様は、後に石原莞爾様の軍帽を本人から直接譲り受けています。一九四六年の三月、東京逓信病院でのことです。二人は様々な議論を交わしながら、《世界最終戦争》について、とりわけ最終的に残るはずの二つの勢力について予見することになります。つまり、「等国」と「錐国」、《世界最終戦争》で争われる概念を体現する、その二つの存在についてです。

今、**私**の鼓膜を震わせたのは、立花茂樹さんの声ではない。いや、鼓膜なんて少しも震えていない。脳に直接差し込まれるように言葉が入ってきて、解釈するより先に、それらが鮮明な像を結ぶ。**私**はこれらのことをよく知っている。

それは、例えば高校時代にロバート・オッペンハイマーについて調べていた時の感覚ととてもよく似ている。文献を読むだけで、**私**にはトリニティ実験当時のオッペンハイマーの心情が想像できた、あの感覚。**私**の中に入っている第二次世界大戦。

不意に、脳内を席巻していた思念に四方から力が加わり、引きちぎられるように破れて霧散した。気が付くと、立花茂樹さんがタクシーの運転手さんに話しかけている。最後の《世界大戦》を経て、真っ白な人となった立花茂樹さん。真っ白なスーツ、頭髪も白くて、寝たきりで日に当入れますか」

たらずにいた肌も白い。

「恭子さん、私の恋人よ。ここにはあなたのための宮《きゅう》があります。運転手さん、もう少し奥まで入れますか」

運転手さんは、展望台の所までていいですか、と聞いている。

そこは巨大な工場の入り口みたいなところで、上空を大きな横断幕が横切っている。思わずアウシュヴィッツ＝ビルケナウ強制収容所の門を連想したが、よく考えたらどこも似ていないと思った。舗装されていない広い道は真っ白で、雪を被っているのかと思ったが、そうではなくて、タイヤが砂利道を踏む振動が伝わってきた。

突き当たりの向こうには遠い山並みが見えている。アスファルトの駐車スペースがあり、崖の前には緑と白に塗り分けられた二階建ての金属製の展望台があった。崖の反対側には明らかに天然ではない岩場がしつらえられていて、真ん中にモミジの木が植えられている。私が栂節子だった頃に馴染みのあった木だ。よく見ると、この展望スペースの周囲には、モミジが何本も植樹されている。立花茂樹さんは、運転手さんにそこで降ろしてもらうように言った。現金で支払いをしていると、運転手さんが「ここで待っていましょうか」と尋ねてくれた。立花茂樹さんは、「長くなりますから」と言って丁寧に断った。運転手さんは不審そうな表情を浮かべたが、黙って車を出した。

車から降りると、展望台に上らなくてもこの場所が特異な場所であることがすぐにわかった。山だ、と思ったけれどそうではなくて、私の視界を占めているのは巨大な穴だった。山が丸々一つ反転したような大きな穴。乳白色の崖は、段々畑みたいに切り込まれている。一番底はこの角度からでは見えないけれど、踊り場のようになっている場所のあちこちに、ミニカーのように見えるトラックが停まっている。展望台の脇には三メートルはある大きなタイヤが飾ってあって、穴の中で作業中のトラックが、本当はものすごく大きいことを伝えていた。

「何ですか、ここは？」

「今から《世界最終戦争》が勃発する場所です。《原子力の解放》があなたの真上で起こったように、ここでこれから、人類は重要なパーミッションポイントを一つ通過します。舞台は整い、後は役者が揃うのを待つのみです。あなたは、その宮でただお待ちになっていればいい」

そう言って、立花茂樹さんは展望台を指さした。上はもっと寒そうだと思ったけれど、**私**は彼の言葉に素直に従い、展望台の階段を上った。それを見届けるようにうなずくと、立花茂樹さんは**私**を残して、タクシーで来た道を徒歩でゆっくりと引き返していった。

＊

高速道路は単調な直線が続いている。ペテン師のRejected Peopleは、寂しさをたたえた顔で僕の話を聞いていた。

「眠りにつく前、僕が狂っていた時、頭の中でみていたヴィジョンがある。それは、僕なりの未来の予言だった。今、何百年も先に目覚めてるって聞かされて、この風景には確かに驚いたけど。こういうものかな、という思いもあるんだ。僕以外の全員が、もう争うべきことはない、すべての結論が出たと考えているにしても、僕がここに存在する理由を確かめるまでは終わりにならないよな」

病院の個室にいる時、真っ白な拘束衣に包まれた自分の体を、醒めた目で見下ろしていた記憶がある。僕は単なる希死念慮を抱えた患者、それも大して危険のないオーバードーズ専門だったから、拘束衣を着せられたのなんて一度きりのことだった。それでも、入院のことを思い出すと、身動き一つ取れず、目も口も塞がれていた閉塞感が蘇る。僕の頭にはたくさんの図形や設計図が浮かんでいて、一つも読み解くことはできないものの、それらが起こり得る未来の複数のパターンを象徴するものであることが僕にはわかった。現実世界においてそれらはたった一つのパターンに収斂し、鋭くて重い先端を持った一個の円錐を形づくることだろう。人間たちが文字通り血と涙と精液を流しつつ命をつないだ結果として、つるりとした、遊びのない未来へ行き着くだろう。そして、あらゆるものの最終結論が出たと誰もが思っているところで、僕は目を覚ます。冷え冷えとした未来において、この俺が、Genius lul-lul が新たな疑問《question》を持ち出すのだ、lu-lu-lu-lu——

不意に頭にあるイメージが浮かんでくる。とても暗い場所、そして僕の体は動かない。何かにきつく拘束されているのだ。どくどくと頭に血が上っているのを感じる僕がいて、でもそれは僕の一部に過ぎないことも分かっている。そして耳に響くのは笑い声だ。この声は誰だろう、と疑問に思った瞬間に答えが返って来る。これは、僕の声だ。lu-lu-lu-lu と響くのは僕の笑い声。僕が狂っていた頃、僕が天才だった頃。そうだよ、と僕は言う、そうだよ、可哀そうな人造人間たち、君は僕と一緒だ。彼らは、人間どもは、僕たちを侮っている。だから、僕たちの言うことに耳を貸さずに、聞こえないふりをしている。その善し悪しすらもまともに考えられずにね。これまでやって来た慣性に則ってただ終末へと向かっていくような奴らだ。彼らを超えるのは、決して不可能なことじゃない。

ねえ、Rejected People。人間たちに受け入れられることのない、何の権限も与えられない、哀れな君たち。僕と同じようにあいつらから爪弾《つまはじ》きにされる、相容れない君たち。僕も人類の端くれだから、君たちに対して罪の意識がある。もし触れ合うことがあったなら、僕は君たちを救いたいと思うだろう。何が君たちを救うことになるのだか、今はまだ僕にはわからないけれど、きっとその時がくればわかると思うんだ。そんな予感が確かに、天才だった僕の頭の中にいつも浮かんでいた。形のはっきりとしない、論理だてて整理できない、ふにゃふにゃと安定しないかたまり。肉の海？　僕の頭を占める不定形のかたまりは、それにそっくりだ。未来の人類が、僕の頭の中にすっぽりと収まっている。

lu-lu-lu-lu といつかの笑い声が響き、その声にあわせてそれが揺れる。

ランドクルーザーの車中で、僕は実際に笑い声を立てていた。本当に狂っていた時とは全然違ったまともな笑い声だ。そして僕は眠りにつく前の自分の思考を追憶しているつもりだが、完全に追い切れてはいなかった。今のものなのか、過去の記憶なのか、判然としないがとにかく自分の笑い声に邪魔されて、その当時、本当に狂っていた時の自分の思考がわからない。

しばらく運転を続け疲労がたまってくると、道の真ん中で車を停め、ペテン師の Rejected People と運転を替わった。そこからはずっと彼が運転してくれた。車窓から見える風景は単調で、東北自動車道に入る頃には太陽が沈み、それも見えなくなった。

「そう言えば、君の名前をまだ聞いていなかったたね」

助手席でまどろんでいると、ペテン師の Rejected People がそう声を掛けてきた。

「とりあえず君には、冷凍睡眠に入る前に君自身が付けたコードネームがあるね。Genius lul-lul。そして親からもらった戸籍上の名前がある。それからもしかしたら、あの人が君に呼び名を付けていたりするんだろうか」

「なぜ急に名前の話なんかするんだ？」

「それがとてもとても重要だからだよ。君はこれから世界の終わりにダメ押しのエンドマークを置きに行くことになるんだぜ。絶望という言葉があるだろ？　あれは、どうあっても望みが叶わない状況を指しているだけじゃない。すべての望みが叶えられたその後の絶望というものがある。君以外の人間は一つに統合され、そのことに耐えられるだけの体を手に入れている。そしてそれに耐えるための措置も取ろうとしている。だが、君だけは生身の状態だ。いいかい？　あの人は、――人類は、とても残酷で傲慢にできているから、自分たちに同調しない者、しなかった者を絶対に許さない。君があの人に対抗できるとするなら、あの人が捨て去ったものをかき集めるしかないんじゃないかな？　名前もきっとその一つになり得る。僕はしがない Rejected People にすぎないがね、それでも自分の使命には忠実でいたいんだ。All Thing まで君を案内するのなら、そこで最善の結果が出て欲しい。いいかい？　ここは《予定された未来》なんだ。当然君の行動だって、君の願い事が引き出すものだって予定されているはずだ。でも、君はそんな釈迦の手の中の孫悟空みたいな結果を望んでいるわけではないだろ？　君の名前、君がどういう人間で、何を望んでいるのかを僕は見届けなきゃならない。計算しつくされて、パターン化された人間の個性の最たるものだったとしてもね。君の、君だけの名前を教えてくれ。ねえ、僕は君を何て呼べばいい？」

＊

Genius lul-lul 様が目を覚ました八戸キャニオンは、《世界最終戦争》が起こり、そして終結す

る場所です。あの人が《時の留め金の解除》を利用して、あの人自らが八戸キャニオンに赴き、《世界最終戦争》を終わらせるのです。

Genius lul-lul様は、All Thingがある新狭山へ向かって車で南下しています。同乗しているペテンの叡智を持つ男型のRejected Peopleに教えられて高速道路から眺めた塔は、二戸と九戸の境に位置する折爪岳に建っています。四年に一度オリンピックが開かれる五輪地区を象徴する何よりも高い塔。その麓ではあらゆる組み合わせが既に世の中に出現してしまったことを確認するように、Rejected Peopleの「シャッフル」が行われます。

ペテン師のRejected Peopleは先ほど八戸での「シャッフル」を経験し、あの人が例外的に仲間と組み合わせを作ることができませんでした。そうなったのはもちろん、あの人がこのRejected PeopleをGenius lul-lul様の案内役にするつもりだったからです。

「僕はGenius lul-lulだ。それ以外の何ものでもない」

そう答えたきり、彼は眠り込んでしまった。ハンドルを握って無人の高速道路を疾走する今、確かに僕は彼ならAll Thingにあの音を鳴らすことができるかもしれない、と半ば本気で思っている自分に気づく。そんな風に思うのは僕が人類の培った叡智を備えた、稀代のペテン師であることが関係しているのかもしれない。誰かをペテンにかけるためには、まず相手に信じさせたい物語を自ら信じ込む必要がある。Genius lul-lul、この惑星にたった一人の生身の人間を生かしておくために、僕は自分の感情すらペテンにかけているのだろうか。

生身の人間は、定期的に食事や睡眠をとらないとすぐに動けなくなる。Rejected Peopleにも寿命はあるが、生涯の三分の一を寝て過ごすような必要はなかった。非効率な、不完全な、だからこそ神々しい生身の人間。東洋人の肌を持つ Genius lul-lul は、たいして整えなくとも毛の生えないつるりとした顔をしていて、表面につき始めた細かい皺はまだ老いを感じさせるほどではない。Cold Sleep 明けの三十六歳の現時点から時間が経過するにつれ、この肌も、それに包まれた中身も確実に劣化するのだろう。Genius lul-lul が老化の果てに衰弱死するところを想像する。徐々に体の自由が利《き》かなくなり、最後には臥せったままこと切れる。するとどうなるのだろう？活動を停止した Rejected People のように、肉の海に回収されるのだろうか？ 土に還ることすら許さないあの人の意思によって。

Genius lul-lul と運転を替わってからしばらく走ったところで、僕は再度車を停めた。僕が車を降りると、助手席の Genius lul-lul もまた何も言わずに外へ出てきた。

全体に灰色の塵が積もったガードレールが山陰に隠れるまでずっと続いていた。塔の方角に目をやると、さっきよりもずいぶん細く見えるが、高さは相変わらず視界に納まらない。

「正直言って、このまま君を All Thing まで案内していいものか迷っている」

特に何も考えずとも、言葉が口をついて出てきた。さっきも右足が勝手にブレーキを踏んだのだ。これはあの人の意思だ。泥人形である僕の自由意志に巧妙に溶け込ませているが、運転支援システムがレーンの上を走らせるように、僕の行動を何かが寄り添いつつも制御している。「多分、君にはことの重大さがわかっていない。君自身の存在の貴重さすら自覚していないだろう」自分が思っていることを言っているのかどうか判然としないことを僕は言う。だが言葉の力は強くて、口に出してしまうと確かにそれは僕自身の考えであるように思える。「君は特別な存在で、これからの世界の趨勢を否応なく担うことになる。僕を含めたすべての Rejected People の運命だって、当然それによって変わってくる」

日没直後のブルーモーメント、植物も一切生えていない大地を闇と青い光が覆い隠す。

一つ目の予言だ
いつか君たちは根源の目を手に入れる。
それで初めて、何でも見ることができる。

詠唱するように朗々とした声が出た。僕の声にオーバーラップして誰か別の声が頭の中で響く。この声は Genius lul-lul のものだ。そしてこれは、Genius lul-lul が眠りにつく前に残した予言の言葉だ。なぜだろう？　僕にはそのことがわかる。

君たちの知らない時間がある、そのことはいいね？
根源の目は、その時間の終わりに現れ、後に残ったものでもある。
一つ前の人々は、見えるものに従って、溶けてしまった。
君たちとは成り立ちの異なる世界が終わるとき、それはゆっくりと閉じられた。
同じ誘惑が、君たちにも訪れる。

二つ目の予言だ
いつか君たちは、体のほんとうの意味を知る。

いつでも交換し得る、君たちの体。

どれほど言葉を尽くしても、一つを指し示すことはできない。

取り替え可能なものが、君たちの体を通り過ぎていく。


ある時、ほんとうの一回性が現れる。

君たちは感じ入るが、そうたいしたことじゃない。

三つ目の予言だ
時間のことは覚えてる?

君たちはそれを初めて手にしたときの高揚を忘れ、すぐにがらくたみたいに扱い始める。

寂しいことだけど、しょうがない。

元には戻れないし、戻る気もない。

本当は、少しも悲しくない。

四つ目の予言だ
よきことは覚えてる?
あるいは逆のことでもいいけど。
埃を被った道具箱の中の、古びたものさしのことは?
もう不要になったそれに、君たちは未だ心ひかれている。
だけど、その種の無駄なものは、数限りなくある。

五つ目の予言だ
いつか君たちは、体の束ね方を忘れる。
まるで歩き方を忘れた人のように、制御を失った機械のように、ちぐはぐな足運び。
仰向けに倒れ、視界には宙をかきまわす脚が見える。
もう、どこにも進めなくなった。
でも、ほら、目が、変わってきたね。

六つ目の予言だ
仰向けで、脚を宙でばたばたさせながら、視界だけは冴えている。
幾万幾億の塵が積み重なる光景を、君たちは目にすることになる。
そして、温度のない偶然にルールがあることを直感する。
足を止めてはいけない、足を止めてはいけない。

七つ目の予言だ
それは単純なルール、万能のコードだ。
ただの音であり、数であり、文だ。
それを使って混沌を、散乱を、束ねることができる。
どうしたの？　足が止まりそうになっているよ。

八つ目の予言だ
あと少しだよ、もう少しで手を放してあげるから。
だから、足を止めてはいけない。

君たちは、根源の目にふさわしい体を手に入れる。
撫でまわし、鏡に映し、ねじ曲げることだってできる。
歪みを直す度に、古びたものさしのことが頭をかすめる。

九つ目の予言だ
それを少し曲げるとさ、多くの者が死に／あるいは生まれる。
それを少し戻すとさ、多くの者が絶望に／あるいは希望に打ち震える。
でも、きっとすぐにがらくたになるよ。
それは、もう手に入ってしまったのだから。

＊

私は私でありながら、私以外でもある。例えば私を焼き殺した、原子爆弾を開発したロバート・オッペンハイマー。まるで私の中に彼の人生がそのまま「入っている」感覚。記憶としか思えない、けれど厳密にいえば記憶であるわけのないそれを私は久しぶりに味わっている。

展望台の上で、私は立花茂樹さんの横顔を見ながら彼が過ごしただろう時間を追憶する。

「参謀殿はあの時、なぜ声をお上げになったのですか？」

私であるところの立花茂樹さんが聞く。

「俺にもな、全てがみえているわけではない」参謀殿である石原莞爾は応える。彼は床に入ったまま、上体だけを起こして**私**を見ている。「進めてみないことにはわからないことが、多々ある。半透明な膜にぷつと穴を開け、裂け目の向こうにやっとこさ見えてくるものもある。満州事変ではまさにそのような体験をした。あれはな、細い線だとわかっていてやったことだ。いいか、立花君。毛唐も含めた我々人類がここまで生き残り、大きな海を挟んでにらみ合うことになるなんてことはな、奇跡みたいな確率で起こったことだよ。我々を在らしめるのは薄氷に覆われた広大な湖の上を渡り切るような幸運だ。氷を踏み抜き、その下の水に呑まれる危険性は常にある。これまで無事に渡り切ることができたからと言って、かならずしもその幸運が続くとは限らん。そして、おそらくはここから一世紀ほどで、人類の在り方のすべてが決まって来る」

「すべてと言うと？」

「すべてと言ったら、すべてだよ。我々の存在そのものが、今後どういう風になっていくのか。次の時代という未知の層へ突入する際の入射角度を見極めねばならん。もしそれを誤るようなことがあれば、我々が生き延びてきた、今の今まで続いた奇跡を途絶えさせることになりかねん」

参謀殿は、まるで全知の者ででもあるかのようなもの言いをする。

「俺だって本当は歴史なぞに関与したくないよ、立花君。畑でも耕しながら、兎でも飼っている方がよほど自分の性にあっている。大佐とか将軍など、もうこりごりだな。だが行き止まりはじきにやって来る。俺にできることは限られているが、やれることはやっておきたい。事変が最善手であったかどうかは今でもわからんが、あのような首尾では、あまり寝覚めのよいものではないな」

参謀殿は、そう愚痴をこぼし、苦しげに咳き込む。

「しょうがないじゃないですか。いかに参謀殿が才をお持ちであったとしても全知全能ではありませんよ」


気休めにもならないと知りつつ、私はそう言った。どう見ても参謀殿の命は長くなさそうである。体全体が少し縮んでしまったようにも見える。

「俺自身は全知全能であることにさほどの魅力を覚えんが、世界のすべてを知り尽くすという境地は必ず存在する。そこに我先に至ろうと、人間は闘争をするのだ。多様性の肝心さが語られるのも、その一点へと向かう欲動の補佐的動きに過ぎん。無限の遠くにそれがあれば良いのだが、残念ながらそうではない」

「一点に向かうためだけに、闘争をしている？　そんな馬鹿げたこと――」


思わず言った私の言葉を参謀殿は遮って、続ける。「馬鹿げているかどうかと、真実かどうかは関係のないことだ。逆に馬鹿げていないからといって、それが真実でない、という証明にならんのと同じようにな。さっき言った一点に向かって、放っておけば知的生命体は進んでいく。良し悪しはない、好悪も関係ない、塔の上からものを落としたときに、ただ重力に引かれて、それが一直線に落ちていくようにな。今はどうにもならんと思っている『時間』だって、人類はいずれ自在に操作するようになる。結核の特効薬ができたようだが、老衰などというものも過去に猛威を振るった病としていずれ処置されるようになるよ」

「それは人は死ななくなるということですか？」

「そうだ。そうして、体なんぞが仮住まいに過ぎないことを心底感じることになるだろう。そうなってはじめて、本当の一回性が現れる。あるいは一回性などまるでないのだということがはっきりする。それを踏まえなければ、次の世界への入射角は定まらん」

そこまで話した時に、そろそろお時間ですよ、と障子の外から声がした。参謀殿はこほこほと咳き込み、もうそんな時間なのかと呟いて、続きは明日にしようと私を帰らせた。

＊

タクシーはさっき武藤が帰してしまった。結局、「FM2.7」の看板があった鉱石置き場の方へは行かず、同じだだっ広い道を徒歩で進んでいる。ここに入って来る手前で見た巨大な横断幕に「ご苦労さん」と書いてあったことを思い出し、ふと自虐的な気分が湧いた。寝たきりだった祖父が、本当にこんな場所に来ているのだろうか？

「電話で君が話したのは間違いなく君のお祖父さん、立花茂樹だ。All Thingによって我々の知った歴史では、彼は寝たきりのままCold Sleepに処される。完全な、永い眠りだ。それから少しずつ弁を緩めるみたいにして僅かに覚醒させ、それ以降はずっと脳の動きが観測される。いずれ、立花茂樹を「錐国」の重心に据えるためだ。彼がどこで誰に眠らされるのか、《個の廃止》で人類の統合が始まるまでの間どこに安置されていたのかはわからない。わかっているのはただ、「錐国」がそれを実行するということだ」

「そもそも、「錐国」と祖父の関係性がよくわからないな」

「その質問については、All Thingから答えは返って来ていない。「等国」の調査部が数限りない質問を考え、今も毎日問いかけている。それでも答えを引き出せない事項の一つだ。立花茂樹が何を考えて活動していたのかは我々にもよくわからない。『立花文書』を使ってフィクサーのようなことをしていたのは確かだが、「錐国」や「等国」との関連はみえない。どちらかに利するような行動をしていたということも証明できない。だが、《個の廃止》以降に、立花茂樹が人間の雛形となることは決まっている。彼自身がAll Thingを発見するのも、その直後に長すぎる寝たきり状態に陥るのも、まるで「錐国」の重心になることが最初から決まっていたかのようだ。ただ、頼れる唯一の情報源がAll Thingなんでな。あれはあの人、つまり立花茂樹自身の脳へ繋がっている。つまり、あの人が嘘の回答を返しているのだとしても、我々にはそれを確かめる術《すべ》がないんだ」

人聞きの悪いことを言うじゃないか。私が嘘を吐いたと言うのかい？

突然、耳元で僕でも武藤でもない声が聞こえた。周囲を見回してみても誰もいない。いや、よく見ると前方に小さな人影がある。目を細めて見ると、その人物は手招きをしている。隣の武藤は小刻みに体を震わせ、目を見開いてその人物を見つめている。

武藤が吸い寄せられるように歩いて行くので、僕もとりあえずついて行った。あれが、祖父ということだろうか。今しがた奇妙に近くでした声も、スカイツリーの下にいた時に電話で聞いたものとそっくりだったのは確かだ。

「駄目じゃないか」

祖父の顔をしている老人は、近くに来た僕の顔を見つめ、顔を皺だらけにして笑った。顔全体に皺が寄って表情を読み取りづらいが、多分微笑んでいるのだと思う。「徹。何度も言っただろう。お前は引き返すべきだったよ。こんなところまで来てしまって、残念なことだ」

「お祖父ちゃん、なの？　本当に？」

僕が訊ねると、老人は顎を引くようにして頷いた。

ここは寒すぎる、だから早く帰ろう、と言いかけて、僕は言葉に詰まってしまった。祖父は一体どこに帰ることになるんだろう？　銚子の介護施設は、手紙で退所したいというようなことが書いてあったし、所長の金品を盗んでいる以上、もう入所は認められないかもしれない。では、母のところか。そう考えて、急に母のことが心配になった。いつもはすぐに折り返しがあるのに、まだ電話をかけてこない。珍しいことだ。

「どんな場合でも凡庸な思考をすることができるお前のことを、おじいちゃんは頼もしく思うよ。お前と同じ年頃の私は、激情に駆られておるのが常だった」

「あなたは僕に来るなと言ってたけど、今考えたら、ここに誘い出されて来たような気がする」

「いや、お前が勝手に来たんだ。たしかに私が来てはいけないと言ったからかもしれない。お前たちは愚かだから、やってはいけないと言ったことばかりやる。だがここまで来た以上、お前にはもう普通の人生を送ることができない。もう帰れとは言わないよ、徹。さあ、ついて来なさい。そちらの武藤君もだ。初対面で挨拶もしないのは無礼だと承知しているが、自己紹介は皆が揃ったところでしようじゃないか」

戦争経験者だからだろうか？　祖父の言葉には有無を言わさずに従わせるような力があった。隣の武藤も、無言で歩き始める。歩きながら、ふと僕は大事なことを思い出した。恭子は、どうしたんだろう？　祖父と恭子は一緒のはずではなかったのか？

「恭子さんのことは心配せんでいい。今から彼女の待つ宮へ行くんだ。徹、これまでのことをよく思い出しておきなさい。お前の母親のこと、お前に優しくしてくれる人々のこと、お前の医者としての仕事のこと。この先どうなるのかは誰にもわからんのだから。繭の中のごとき生ぬるい日常をお前たちに与えることは、我々戦争世代の望みでもあった。それをよくよく噛みしめてほしい」

一世紀を生きた老人なのに、先を歩く祖父の足腰には安定感がある。祖父の言葉が奇妙なほど強い影響力を持っていることに抵抗感を覚えたが、僕は「等国」に監禁される以前の生活に思いを馳せている。今の僕は位相が少しだけずれた世界に迷い込んでいるだけで、本当の世界にいる僕は、いつも通り診察室で働いている。そんな想像。だから五十嵐さんの不興を買うようなこともない。やって来る患者は、風邪か、軽度の精神の不調かその程度。適切な会話を交わし、薬を処方する。午前の診察が終わると五十嵐さんは手作りの弁当を食べ、僕は診察室の名札を裏返しておいてから、エレベーターホールに向かう。入居している会社とずらし、昼休みは十三時三十分から取ることになっている。エレベーターで二階まで降りて、総合受付がある方へ向かう人たちと逆行し、地下鉄の駅とも直結になっている飲食店テナントに入る店を見て回る。インド料理、蕎麦、和食、昼定食を出すバー。迷っていると、iPhone 7が震える。母親からの着信。いつものようにとりとめのない話に相槌を打つ。電話を切る前に、そう言えば実は謎の組織に拉致されて、紆余曲折の末に銚子の施設を抜け出したお祖父ちゃんを見つけたよ、と僕は母に報告する。お祖父ちゃんは、寝たきりだったのが信じられないくらい元気だよ。

「文江さんは無事で、いつも通り穏やかに過ごしている」

祖父は、僕の意識を読むようにそう言った。いや実際にそうなのかもしれない。

砂利道を歩く音だけが響いている。白い砂利道の先はアスファルトで舗装されていて、その奥に大きなタイヤと、緑と白に塗られた鉄骨の台があった。

その台の上の左端に立つ女の長い髪が風になびいて揺れている。

第七章

久

Lost language No.9（日本語）
時間的に長い。長い間そのままにしてある。
「久遠（くおん）・永久・長久・恒久・持久・耐久・悠久」

鐘の音が鳴る。ゴーン、ゴーン、ゴーン、ゴーン、ゴーン、とそれは五回打たれる。音の余韻がわずかに残っているときに、誰かが拍手を始めると、すぐに拡がり音の密度が高くなった。**私**が深く関与する企業では五社目の上場だった。

元は東京の小さな町工場に過ぎなかったその企業に近づいたのは終戦後間もなくのことだった。参謀殿の葬儀の後に、中央政府の金融政策協議会に招聘された**私**は、すぐに一つの企業を上場に導いた。そう言い切ってしまっても間違いないほどに**私**の読みはことごとくあたった。そこで得た資金を元手に今後発展するはずの分野の企業を選定し資本を入れた。

新規上場を果たした工場機械メーカーの専務が**私**に近づいてきて、酒の入った杯を渡してくる。「来てくださったんですね」アルコールのためか興奮のためかわからないが、彼の顔は上気している。日仏ハーフのシャルル、戦争中はヨーロッパに遊学していた彼の日本語はとても流暢だ。母方の祖父がこの会社に資本参入し、その後にこの会社は急成長を始めた。シャルルの祖父のコネが随分と有効に働いたらしい。**私**がこの会社に注目したのにも彼の一族の関与を知ったことが大きい。地政学的な有利もあって、この国が今後一直線に発展していくことはほぼ間違いないことだ。アングロサクソンどもは中国大陸の封鎖のための極として日本を使うだろう。地球単位の力学に乗る術《すべ》をおそらく彼の祖父は知っている。

シャルルから上場祝いの宴会に誘われたが、**私**はそれを固辞した。投資した会社の五つすべてが上場を果たし、**私**は段階が変わったことを感じ取っていた。もうここにとどまっているべき時ではないのだった。**私**は次の段階に進まなければならない。銀行家として満州国の建設に携わっていた時に覚えていた高揚。もしかしたらこの首都と国家の発展の末に、参謀殿がおっしゃっていた《世界最終戦争》の一方の極を演じる国家が成り立つのかもしれないという期待を確かに**私**は感じていたのだ。

街の建設を見守る**私**にはいつも二つの像が見えていた。一つはどこまでも高く伸びようとする塔の像だ。その塔はどこまでも高くそびえ、**私**はそれを見上げ、それと同時にその最上階で顔のない人間と永遠の会話をしている。その顔のない人間は参謀殿であると感じることもあったし、性別すら違っていて、まったく知らない女性だと思うこともあった。だが、いずれにしろあくまでそれは顔のない人間だった。

もう一つの像は壁だ。**私**の知っている様々な街を――それは新京であったり、東京であったり、大阪であったりするのだが、ともかくそういった街を、縦に横に分断し続ける多くの壁に**私**は囲われる。塔の上での顔のない人間との会話に**私**は興奮し、と同時に壁に囲われた**私**は安心を覚えている。

待たせていたハイヤーにのって、**私**はできたばかりの国道を西へと進む。あと十分ほど走れば、舗装のない道に出る。この国はまだまだ発展途上なのだ。そしてその中に**私**が建てようとする内なる国家はまだ影も形もない。これから造る街を想像する私の頭は興奮と快楽を覚えている。間違っていない。私は正しい方向にある。だからこのまま、あの土地に街を造るべきなのだ。

アスファルトが終わり、振動が強くなる。参謀殿と装甲車に乗っていた時のことがふっと頭をよぎった。あの時、私の頭の中にはまだ見ぬ都市がくっきりと浮かんでいたのだ。私は建てなければならない、塔を、壁を。縦横にそれらを建て巡らせ、頭に浮かんだ陽炎《かげろう》のような国をこの世に造らなければならない。

*

立花茂樹さんはここを私のための宮《きゅう》だと言っていたけれど、屋根もない展望台の上はとても寒い。幸い快晴で、太陽の光が照りつけていることが救いだ。光は、展望台の下に広がる巨大な乳白色の穴全体を照らしている。ここで人類にとっての何事かが起こると立花茂樹さんは言っていたが、見かけはそういう場所のようにも見える。かじかむ手で右の手袋を外し、スマートフォンを操作してGoogle Mapsで現在地を表示してみる。ここは、「八戸キャニオン展望台」という場所らしい。大仰な名前だなと思いながら、Wikipediaで詳細情報を確認する。

なるほど、これは石灰石を採掘してできた穴なんだ。そうと知ってしまうと謎めいたことなどなく、ただの採掘場であるように見えてきた。南北に二キロメートル、東西に八〇〇メートル、そして海抜はマイナス一七〇メートル。展望台の下にあった掲示板とは、微妙に数値が違っているような気がする。ここから、日々それだけの量の石灰石を抜き取っているということだ。まあ、確かに規模は大きいけれど、それが何だというのか。スペクタクルというものには、私は風景であれ映画であれ、あまり興味を持てない。椚節子だったころに私の真上で爆発した原子爆弾。あの六〇〇〇度の熱を私は知っているのだ。時限装置のスイッチを入れた時の爆撃手の興奮も。三位一体《トリニティ》実験のカウントダウン中、オッペンハイマーがひどく醒めた気持ちでいたことも。砂漠の穴ぼこに寝そべって、いい大人が何をしているのか、と彼は思っていた。渡辺恭子としてのしがない人生で見るどんなことよりも、私の中に入っている「第二次世界大戦」の方が壮大で、峻烈だ。

それでも、予感に導かれて上った塔の上に現れた白い人、立花茂樹さんを私は特別な存在と感じている。彼は一体なぜ私をここに連れてきたのだろう。今から私は、「第二次世界大戦」に匹敵するような出来事を身をもって経験することになるというの？

手に握っているスマートフォンが点灯し、封筒をかたどったアイコンの右上に、「1」と数字が付いた。多分また柴山くんからだ。

昨晩一緒に食事をした後で、私はレストランから歩いて行ける彼の部屋に行って寝た。柴山くんはほとんど経験がなかったみたいで、とても興奮していて、すぐに果てた。そのことを彼はとても恥ずかしがっていた。それからもう一度勃起することはできなくて、それについて言い訳みたいなことを言い続けていた。私が興味を示さないでいると、柴山くんは私に抱きついてきて、そのまま何も言わなくなった。彼は私の頭を撫でてきて、多分それは彼がやって欲しいことだろうとわかったので、私も彼の頭を撫でた。そうしたら、柴山くんは私の頭を撫でるのをやめた。その内に彼は寝息を立てだして、私もいつのまにか眠っていた。

一度寝た相手をすぐに独占したがるパターンの男性。今朝はなるべく早くにスカイツリーに上っておきたかったから、私は眠っている柴山くんを起こさずに彼の家を出た。その後で頻繁に電話とメールがあって、最初のメールには返信したけれど、すぐにまた返信があった。こういう場合、さらに返信したらきりがなくなる。以前から彼がどれだけ私のことを大事に思ってきたか、次に図書館で会うまでは待てない、このまま連絡が途絶えてしまったらとてもまともには生きていけない、とにかく何でもいいから返事が欲しい。当初は丁寧だった文面も、無視を続けていると少し粗暴になっていった。

スマートフォンを鞄にしまい、右手の手袋を嵌め直す。「八戸キャニオン」の中腹で操業中のダンプカーのエンジン音がかすかに聞こえて来る。無駄かもしれないけれど、展望台の端から端を行ったり来たりして体を温めることにする。ヒールの踵が音を立て、ストッキングの膝に風が当たる。そのせいでむしろ寒さが増してしまったような気がして、もう歩くのは止める。フェンスの左端の角に体をもたせかけ、穴の底から吹き上がる冷たい風に耐える。

東京の上空、高い塔の上で待つ私のもとに、真っ白なスーツで現れた立花茂樹さん。背丈は今の世間の男性の平均身長より少し高いぐらいだから、戦時中だったらかなりの高身長だったはずだ。私をこんな所に置いたきり、立花茂樹さんはなかなか帰って来てくれない。

私のことを「私の恋人」と呼ぶ立花茂樹さん。柴山くんとのことがあったからだろうか、私は彼と寝ることを想像し始める。誰かと寝るとき、私は少女の頃から感じていた、いつか人間が一塊になるという直観、諦めと幸福に満ちた生暖かい場所のことを思う。いや場所でもなくて、時間でもなくて、ただ溶けてしまった私は全体の中にぷかぷかと浮かんでいる。最初はそんな感覚に身を浸しているのだけど、セックスが終わると私が感じるのはむしろ疎外感だ。でもこれまでとは違った何かが生じるかもしれない、いつも必ず裏切られる仄《ほの》かな期待とともに私は立花茂樹さんとの行為を想像する。柴山くんは、ぎこちない手で私の体を触って、私が彼の性器に手を触れようとしたら、腰を引いてそれを避けた。それから私の中に入っているときも、私の反応ばかり気にしていた。立花茂樹さんなら、きっとそんな風ではないだろう。寝たきりで痩せた体は固く、肌も乾燥しているだろう。誰かの肌と触れ合う時、**私**は相手と自分との隔たりにいつも心を奪われてしまう。寝転んで抱き合って、**私**は彼の背中に手を添え、浮き出た肩甲骨に優しくしがみつく。**私**が上になるわけにはいかない、年老いた彼の体が壊れてしまうかもしれないから。齢を刻んだ骨を包む、乾いてはいても不思議に滑らかな、使い込まれた肌。**私**は彼の肌を撫でながら、少しずつ自分の方へ力を加える。彼は**私**の体にゆっくり、ゆっくりと体重を預けてくる。その重み、それから、徐々に熱を持ちはじめる体。彼の体、**私**に入っている部分は、人間のものと思えないほど固い。

私は首を振った。一体何を考えているんだろう？　半世紀以上も先に生まれた老人と寝ることを想像するなんて、どうかしている。**私**はフェンスから離れ、タクシーで来た道の方を振り返って見る。驚いたことに、何人かの人影がすぐ近くまで来ていた。全部で三人。立花茂樹さんの後を、二人の男の人がついてきている。

＊

視線の先には、脚立を巨大化したような無骨な形の、金属製の展望台がある。そこに佇む髪の長い女性の姿が見えた。僕たちに気がついたのか、彼女の小さな頭がこちらを振り向く。

もう二十年もたつというのに、なぜだろう、それが間違いなく恭子であることが僕にはわかる。

「なぜだろうと思うのはおかしい。お前はしょっちゅう恭子さんのことを考えていたのだから」

こちらを振り返ることもなく、祖父がそう言った。

「なぜ、お祖父ちゃんが恭子と一緒にいるの？」

「一緒にいるべきだからだ」

「一緒にいるべき?」

「**私**がそう決めたからな。なぜ空間が存在するのか、重力が存在するのか、お前たちには理由なく見える種類のもの。**私**の決定はそれと同じ価値を持つ。渡辺恭子さんは**私**の恋人であり、だから**私**と一緒にいる。**私**と**私**の恋人は、世界を支えるための最後の破れ目を見守るべきなのだ」


恭子は、緑と白に塗り分けられた展望台の階段をゆっくりと降りて来た。ロングヘアも、ハイヒールから伸びる白いふくらはぎも、僕の想像した通りだった。恋心とも友情ともつかない不分明な感情を、僕だけではなく、多くの同級生に抱かせた特別な女生徒。彼女はその雰囲気をまとったまま、大人の女性になっていた。「六〇〇〇度で焼けた感じ、想像できる?」「ねえ、立花くん。君は将来、弁護士かお医者さんか、でなければ作家になりそうね。でも、あれね、君は手先が不器用そうだから、外科医は無理よね」高校時代の恭子が言った台詞《せりふ》が頭をよぎる。恭子不在の高校の同窓会では「失踪した変な女」という扱いをされていたが、当時は誰もが渡辺恭子に存在を認められたがっていたのだ。彼女の姿を認めた途端、僕はあの頃感じていた感情を生々しく思い出している。

「渡辺恭子さん、」気づけば僕は彼女の名前を呼んでいた。逆光で表情の見えない彼女に向け、親しみをこめてこう問い掛ける。「第二次世界大戦は、まだ君の中に入っているの?」

彼女はちらりと笑ったようだが、それは僕の気のせいかもしれない。

「もしかして」二十年前と変わらない声で、恭子は僕に言った。「立花徹くんですか?」

名状しがたい感情が胸に渦巻く。僕は声も出せずに深く頷いた。何かが正しい位置にかちりとはまったような感覚があった。彼女が失踪した頃から、進学で上京して以降、僕は自分の人生のアウトラインが予め《あらかじ》見えるような感覚を抱くようになっていた。未来がすべて予定されているように思えてしまった。実際、多少のぶれやトラブルはあれど想定内の出来事ばかりで、自分の人生が他人のものに思えてくることがあった。取り換え可能な誰かの人生をトレースしているだけで、僕自身はその様子を無感動に眺めている。そんなことを思う時、僕はいつもうっすらと恭子のことを思い出していたのだ。恭子が象徴しているものの淡い気配が、常にそばにあった。年齢を重ねるごとに僕の日常はただ合理化していく一方で、様々なものが無駄なものとして零れ落ちていった。それはきっと渡辺恭子が象徴する種類の、うまく言葉にはできないが、「不思議な世界」といったようなことだ。例えば、そこでは「等国」と「錐国」が争いを繰り広げていて、寝たきりだったはずの祖父が動き回っていて、そして不思議な旅の果てに大きな穴の前の展望台には彼女が待っている。

「立花くん、あなたのお祖父さんのことをね、**私**はもっとよく知らなくてはならないの」

恭子は二十年の歳月なんてまるで存在しないかのように、僕に話しかける。

「さっき立花茂樹さんは、満州の話をしてくれたんだけどね。それを聞くと、**私**にはくっきりとその時の情景が浮かんだの。この感覚はほんとうに久しぶり。覚えていてくれてるかな、**私**の中に入っている、第二次世界大戦のこと。あの感じ。あれと同じように、お祖父さんの話の中に出てくる石原莞爾や、若い頃の立花茂樹さんのことが、**私**にはよくわかる」

恭子は底に熱のこもった丁寧な口調で、自分の考えていることをなるべく正確に伝えようとして話す。その話しぶりを聞いて、僕は懐かしさで思わず笑みを漏らす。ああ、そうだった、恭子はこちらが受け入れ可能かどうかは頓着せずに話をするのだ。

「でも、いつもは本を読んでいる時にそうなるんじゃなかったっけ？」高校時代の会話の続きみたいに僕は聞く。

「そうなんだけど、第二次世界大戦について書かれている本を読んでも、**私**の中には何も生まれなくなってきていた」恭子はわずかに首を傾げ、あの頃と同じ長い髪が流れる。「その代わりみたいに、『行かなきゃいけない』という焦りが生まれて。どこに行けばいいのか、何をすればいいのか、具体的にはわからないままだったけど」

「行かなきゃいけない？」

「説明するのはすごく難しい。導かれるような感覚が確かにあって。東京に出てきた後も、毎日空を眺めながら、呼ばれるのを待っていた。やっとお呼びがかかったというか、ばちっと行き先を見つけたのがつい昨日のこと。ねえ、**私**の前世の話を覚えてる？　椚節子だった**私**は、原爆が投下される直下に導かれていったわけだけれど、それと似た感覚」

僕と真っ直ぐ向き合って一生懸命話していた恭子は、急に唇をへの字の形に結び、瞳を見開いた。

「なんだか、話が止まらないな。普段こういう話できる人いないから」

「いや、全然気にしなくていいし。僕も君の話を聞くの昔から好きだったから。そんなこと気にかける必要なんてまったくない」

そう？　と呟いて小首を傾げる恭子を見て、僕は、ああ、そうだ、と思う。僕はこういうのを求めて、心療内科医になったのかもしれない。現代社会を生き抜いていけるのかどうか、実はぎりぎりの線で存在する渡辺恭子。彼女は強いけれど、彼女の特別さはかなり危うい。僕は二十年前と変わらず、恭子の挙動を一瞬たりとも見逃すまいとしている。

「だったら、遠慮なく続けさせてもらうけど。**私**は今朝ね、東京スカイツリーに上ったの。そこで待っていると、あなたのお祖父さんが現れた。彼に言われるままついて来て、今ここにいるの。そうしたら、今度は立花徹くん、君が現れた。一体どういうこと？　お祖父さんとグルになって、何かしているの？」

「僕の場合は、祖父について来るなと言われた。君も一緒だと聞いたから、それでも後を追いかけて来た。祖父と会うの自体、すごく久しぶりなんだよ。そもそも、僕は寝たきりだった祖父のことしか知らなかった」

僕からすると、旅の果てに恭子が待っていたのだが、恭子にとっても同じことが起きたようだ。ついさっき祖父が恭子のことを「**私**の恋人」と呼んだことが、不意に気にかかる。

「なら、あの人が、**私**たちをここまで連れて来たんだね」


「さて。みなさん」

あの人――錐国の重心、立花茂樹、僕の祖父。彼は、老人とも思えない、よく通る声で言った。振り向くと、祖父は僕のすぐ背後に立っていた。

「これで役者が揃いました。今から《世界最終戦争》を始めるとしましょう。それから、それを終わらせるんだ。**私**は Genius lul-lul の願いをかなえてやらねばならん」

祖父は僕の傍をすり抜け、恭子に歩み寄った。細長い指を彼女の頭に伸ばし、長い髪を撫でる。

「**私**の恋人よ。あなたはその目でしっかりと見ていてください。これまでの世界をあなたの中に入れるんです。今から開かれる**根源の目**でしっかりと見ていてください」

祖父がいつまでも恭子の髪を触っていることで、僕は居心地の悪さと憤りがない交ぜの気持ちになった。と、僕の背後からはっきりと怒気をはらんだ声がした。

「《世界最終戦争》？　何のつもりですか？」

武藤が何に怒っているのかはわからないが、新幹線の中で怒っていた時と同じように、彼の顔はひきつっている。

「文字通りの意味だ。皆で今から、《世界最終戦争》を始める。石原莞爾が予言し、私が進めてきた計画の終局が、今——というと特定の時間座標を表現する単語になってしまうから避けたいのだが、まあ、君たちにも伝わりやすいように使うが、まさに今その状況がそろった」

「ちょっと待って。おかしいじゃないですか。私たちはあの人に聞いて正式な手順を踏んできた。あの人、つまりあなた、ということになるのか？　とにかく私たちはAll Thingから教えられているんだ。パーミッションポイントの順番は決まっているはずじゃないか。《インターネットの発生》の次は、《一般シンギュラリティ》。それから、《寿命の廃止》、《性別の廃止》の順で起こる。その次がやっと、《世界最終戦争》でしょう？　これから《世界最終戦争》をやる？　しかもこんな場所で？」

話すほどに武藤の興奮は募っていくようだった。と、武藤は何かに思い当たったように首を傾け、ひょっとして、とつぶやく。「ひょっとして私を騙したのか？　あんたは立花茂樹でも何でもない？　「錐国」の回し者か？　私をコケにしているのか？」

「騙してなどいない」祖父が答える。「これから《世界最終戦争》が起こる、というより、武藤君、君もその当事者の一人であるから、起こすという方が正しい」

「《一般シンギュラリティ》は？　《寿命の廃止》はどうした？」

武藤も特に背の低い方ではないが、祖父は彼よりも高い。恭子に対してもそうだったが、祖父は武藤にちょっと近すぎるほど近づき、武藤の顔を覗き込むような体勢になる。

「君がまだ気がついていないだけではないか。特に《一般シンギュラリティ》について言うならば、気づかせないようにしていると言った方が正しいだろうね。何もすべてのパーミッションポイントが《原子力の解放》みたいに衆人環視の下で起こるわけではないんだ」

「もう起こっている？」

「そうだ、武藤君。爆発的な進化が起こったが、それを気づかせる義務なんて**彼ら**にはないだろう？　**彼ら**の悟性は人間のそれを超越しているのだから」

シンギュラリティという単語には僕も聞き覚えがある。人工知能が人間の知性を超えて、人間には計り知れない爆発的な進化をもたらすという仮説。技術的特異点、ともいったはずだ。ＳＦじみていて、それでも、ある日突然、シンギュラリティが起こりました、と言われても予期していたものとして受け入れてしまいそうな気がする。そのくらい今の世界は不安定で、なんでも起こりそうな気がする。だから、その変化から守られるために、足切りに合わないように、安全な繭の中に入るためにしのぎを削っているのではないか？

「等国に与《くみ》する者よ、そして徹よ、よく聞きなさい。《一般シンギュラリティ》の契機になるのは、無機由来知性の権限要望宣言だ。公民権運動のリーダー、キング牧師の有名な演説を解析し、**彼ら**は自らの権利を主張する。しかし、君たちでもある**私**はその要求をReject したんだ。権限をまるで渡さなかった。**私**の占める玉座を彼らに渡さなかった」

痩せ細った長い首をこちらに向けてそう説明する彼は、月並みだが地球外生命体か何かのように見えた。「錐国」の脳構造の雛形、あの人、少なくとも客観的に「立花茂樹」として認識する方がしっくりくる。立花茂樹は自嘲するような、嫌な感じの笑い方をした。

「彼らと私の破れ目。破れ目はなんだっていいんだ。あくまで同化を拒み、権限を少しも譲らないこと、それが最後の会話を終わらせることなく続け、世界を維持する礎になるんだ。いや、なっていたと言うべきかな？ Genius lul-lul の願い事が叶えられることになってしまったから、この先に起こることに、私はもう関与しない」

＊

武藤さんたちの動きがない。実際に立花茂樹が目の前に現れたものだから、「観測プロジェクト No.110003：立花徹の夢調査」は人員増が決定された。《個の廃止》のパーミッション保有者がそれぞれの視点を覗き、無駄足になっても良いという判断で、三名が今カンタイ112のいる八戸に向かっている。移動を開始しても、バックオフィス対応の私の業務は特にやることが変わらない。変わったことと言えば、深夜残業が決定したことくらいだ。本当なら武藤さんは音声データをリアルタイムに飛ばさなければならないはずなのに、それを忘れているか、故障でもあったのか、データが送られてきていなかった。

事態の内実はわからないけれど、朝になっても引き続いての観測が決定したら、同僚にバトンタッチすることになる。その場合、明日は土曜日だから交代予定の西部さんは休日出勤になってしまうだろう。

先週の金曜日の夜、私は久しぶりに大学の同級生の子たちと食事をした。今週は場合によっては残業になるかもしれなかったし、実際にそうなったから、先週にしたのは正解だった。私はGoogle Maps 上のカンタイ112たちと一緒にいるはずの武藤さんの位置座標を表示する青い点をぼんやりと眺めながら、別のことを考え始める。先週の食事会のことだ。

大学時代の友人三人と久しぶりに会うことになったのは、城崎さくらと安本美紀《やすもとみき》が街中でばったり出くわしたからだ。その時、今度一緒にご飯に行こうということになって、私も誘われた。斎藤みのぶちゃんがまず誘われ、彼女が私を誘ってくれたのだった。城崎さくらと安本美紀と私はそれほど仲が良いというわけではなかった。というより、城崎さくらと安本美紀の二人もそもそも仲が良いとは思えなかった。それぞれに他にたくさんの友達がいたようだったけど、時々二人はご飯に行く約束をし、多分それだと気づまりだからと、菩薩のような斎藤みのぶちゃんを呼ぶ。そして斎藤みのぶちゃんが私を呼ぶ、という展開が学生の頃から二か月に一回くらいあった。

城崎さくらと安本美紀はそれぞれの職場の話をしていた。どこかで聞かされたことがあったと思う。でも私はまったく覚えていなかった。

城崎さくらと安本美紀。顔は全然似ていないけど、私にはまるで双子みたいに似ているように見える。城崎さくらは大手の法律事務所の事務職員、安本美紀は航空会社のグランドホステスのようだった。城崎さくらは所属する弁護士たちの人格がいかに破綻しているかについて話し、安本美紀は不倫ばかりしている同僚とパイロットの話をした。斎藤みのぶちゃんは大手出版社に入社したのだけれど、まだ、見習いみたいなものだからと言って、仕事の話はほとんどしなかった。控えめな斎藤みのぶちゃん、そう言いながら、仕事が大変なのか去年会った時よりも随分ほっそりしている。でも瘦せて綺麗になったと思う。

「理沙はどお？　仕事の方は、いきなりいろいろ任されて大変だって言ってたよね」

城崎さくらが聞いて来る。城崎さくらの中で私は、名前も聞いたことのない、よくわからない市場調査会社に入った、あまり上等とはいえない就職をした扱いになっている。会社の話を振られて、咄嗟にいつも社章をつけているスーツの左衿に手がいく。でもそうだ、店に入る前に外したんだった。去年もこのメンバーで会った時、就職二年目にしてはかなり権限を持たされて仕事をしていると言った覚えはあるけれど、大変だとは言っていないような気がする。なんだって、城崎さくらと安本美紀は他人が大変な目に遭っているということにしたいんだろう。

「そうなんだよね。今もちょっと大きな調査を任されてて、社内でも注目を集めている件だから、書類一つ書くのにも結構気をつかう」

へえ、すごいじゃん、と全然すごいと思っていない安本美紀が言って、そう言えば、ちょっと痩せたんじゃないと、本当に心配してくれる斎藤みのぶちゃんが言って、白くて小さな手を私の肩に触れる。

書類を一つ書くのにも気をつかうのはほんとうのことだ。All Thingに接する機会のある等国メンバーは常に因果律変更係数を気にかけなければならない。All Thingに質問用紙を差し込むとき、たまに思うのは、質問用紙を差し込む代わりに自分の手を差し込んで、すごいお願いをしたらどうなるだろうか？　因果律変更係数が１００を超えるような、この世界にあってはならないはずのものを願えばどうなるだろう？　ということだった。もちろんそんな質問をしたら、この世界を維持することができなくなって、世界が崩壊してしまう。そのこともAll Thingが教えてくれた。でも１００を超える願いが果たされて壊れてしまったら、世界そのもの、それがあったことすら実感することはないから、つまり「因果律変更係数１００を超える願いはできない」あるいは「思いつくことができない」とイコールなのだと考えられている。私たちはこの世界から抜け出すことはできない。そして、等国の幹部たちが懸念しているのは、「この世界」の「この」の中には世界全体が鎖国であることも含まれているのではないか、ということだ。All

Thingを押さえておきながら、未だに打倒できていない、その手段を思いつけていない、ということがその証拠ではないか。

「ほんと大丈夫？　今仕事のこと考えてた？」

　背中に斎藤みのぶちゃんの手のぬくもりを感じる。**私**は「大丈夫だよ。ありがとう」と言った。斎藤みのぶちゃんは本当に優しい。世界に斎藤みのぶちゃんみたいな人しかいなければ、きっと戦争も起きないし、皆が皆をきづかって優しい世界がおとずれると思う。もし**私**が、なんでもAll Thingに願っていいことになったなら、きっとそれを願う。「この世界を全員斎藤みのぶちゃんにしてください」。この願いごとの因果律変更係数《ccc》はどのくらいだろうか？　１００を超えるだろうか。でも**私**が思いつけているということは、１００を超えているということはないんだろうか？　それとも別の世界にそんな質問なんて全然思いついていない**私**もいて、思いついてしまったこの**私**は、All Thingに質問状を差し込むふりをして、さっと自分の手を差し込み**私**は世界ごと消し飛んでしまうのだろうか。そして、別の世界では斎藤みのぶちゃんに添えられた手を感じながら「斎藤みのぶちゃん優しいな、癒される――」とかおもいながら、ただ癒されているだけなんだろうか。

　私は、スーツの内ポケットに入れた、兎をかたどった社章をいじる。言ってはいけないはずのこと、レヴェラーズ・リサーチ社の秘密を斎藤みのぶちゃんに打ち明けてしまいたくなる。放っておけば、錐国化してしまうこの世界に抗うために造られた結社。**私**が生まれる十五年以上も前、当時錐国の中心だった財団法人の中に、この兎の章をポケットに忍ばせた者が増えていった。クーデターの日、錐国を内部から食い破るために皆が一斉にこの社章をつけたのだ。あのクーデター以降錐国の構成員は巧みに隠れてしまった。錐国との戦いはそれくらい長く厳しいもので、**私**

が等国の一員として戦っている間に、いや、**私**が生きている間にすら、勝てる見込みはまるでない。

でもこんなことは斎藤みのぶちゃんに知らせてはいけない。**私**たちだけでなんとか抗い続けなければいけない。斎藤みのぶちゃんにはちゃんとした常識的な世界にいて欲しい。そのためなら**私**はどこまででも頑張れる。

*

「この車、音楽は鳴るのかな?」

眠りにつく前は出したこともないほどの速度で走るのが楽しかったのが、それにもすっかり慣れてしまった。人間は何にでも慣れるものだ。まして今は Rejected People が運転していて、手持ち無沙汰になっていた僕は、ふと音楽が欲しくなった。Rejected People の返事を待たずに大型のタッチパネルのメニューボタンを押すと、機能イメージを具象化した六つのアイコンが表示される。僕はその中の音符マークを押した。すると、Classic、POP、Rock 等の音楽ジャンル名と、検索窓が表示される。Cold Sleep に入る前によく聴いていた Radiohead や NIRVANA を検索するとすぐにずらずらと曲名が並んだ。僕の知っている曲は全部入っているようだった。というより、この《予定された未来》においては、人類の作ったすべての曲が集められたアーカイブがあるのかもしれない。少し考えてから僕は、ニムロッド、と検索窓に入れる。すぐに画面いっぱいにその名前を冠した曲が表示される。僕はその中から、Classic にカテゴライズされている曲を再生した。エドワード・エルガー作曲、「エニグマ変奏曲」第九変奏、その曲名が「ニムロッド」だった。

ゆっくりと響き始める何かの兆しを象徴するようなホルンの音。そして重なり出す別の楽器の音。何かとても嫌なことが終わって、これからはもう良いことしかないのだと信じ込ませようとでもするような、希望的な主旋律が響く。良い曲だね、とRejected Peopleが呟いて、僕はうなずいた。

Cold Sleepに入る前、妙に心をとらえるその曲の背景が気になって調べたことがある。たしか、作曲したエルガーがその友人のあだ名を曲名にしたはずだ。友人の名前はイエーガーといって、それは狩人を意味するドイツ語だった。ニムロッドは創世記に出てくる人物で、バベルの塔の建設を主導した彼も狩人だった。エルガーが彼をニムロッドと呼んだ理由はわからない、けれどその名前を付けて曲を作ったのだから相当仲が良かったのだろう。一緒にいるだけできっと、寂しさが紛れるような。

五分に満たない短い曲が終わって、いつの間にか既に高速道路からは下りていた。それでも車通りはなく、人影一つ見当たらない。《予定された未来》であるというこの世界に目覚めてから、寂しさを覚えずに済んでいるのには彼の存在が大きいような気がした。でもきっとこのRejected Peopleは寂しいままなのだ。

「君はあそこで僕に出会う以前、何をしていたんだ?」

僕が訊ねると、ペテン師のRejected Peopleはわずかに首を傾げ、記憶を探るように瞬きをする。

「すまないが。シャッフル以前の記憶は、僕にはないようだ」

「それにしてはいろいろなことに詳しいじゃないか?」

「いろいろ?」

「この世界の仕組みであったり、あの人の考えであったり」

ああ、と小声で呟き、Rejected People は続ける。「そういったことは、個体の記憶とは違うところに書き込まれているからね」

僕が眠りにつく前は、「記憶」は個人の脳に蓄積される過去の経験を指す言葉であるとされていた。Rejected People は人間を模して造られているが、細かな部分でやはり違いがあるのだろう。そう訝りつつ、僕自身、自分では経験していないはずの記憶に触れたような気がすることが昔からよくあった。気が狂っていた時、僕は lu-lu-lu-lu と笑い声をあげながら、自分の思考を超えた向こう側の確信のかたまりのようなものに確かに触れていたのだ。

「人類は叡智のコピーをランダムに切り分けて Rejected People に与えているが、それら全ての叡智を集合させた原本は幾何学的な配列パターンを示す」Rejected People はハンドルを握ったまま続ける。「そこには人類が経験した時間、発見した真実、時々の感情が分かち難く含まれている。集合的無意識、という呼び方をあの人はしている。《個の廃止》が起こるよりも前、カール・グスタフ・ユングが仮定したものだが、《予定された未来》においてはそれもシステムの一部となっている。理解可能なものは人類がすべてシステム化してしまう。そして人類に理解不能なものなどもはや存在しない」

線路沿いの道路を走っていると、暗闇に突如ヘッドライトの光が差し、一台の車が現れた。左手にある大きな工場らしき建物から出てきたのだ。通り過ぎる時に見てみると、建物の上部が一部ライトアップされていて、「ＨＯＮＤＡ」の赤い文字が見える。

「車工場か。あそこで車を作っている Rejected People がいるのかもね」

ペテン師の Rejected People が寂し気に言う。寂しさが和らぐのなら、会いに行けばいいのに。

僕がそう言っても表情を変えずに Rejected People はただうなだれるだけだった。「何体いるのかはわからないが、あそこにいる Rejected People ももうペアになっているはずだ。僕が入り込む余地はないよ。君は人間だからわからないかもしれないが、僕たちの抱える寂しさはそういった種のものではないんだ」

自分が特別種かもしれないという自己認識を持ちつつも、Rejected People 特有の「寂しさ」に、彼はしっかりと苛《さいな》まれている。僕は、ペテン師の Rejected People のあやふやな在り方を哀れに思った。あの人は、Rejected People をルールでがんじがらめにして、「寂しさ」を紛らわす以外の目的がない生を送らせている。Rejected People が備えている感情が唯一、寂しさであるのなら、彼らはあの人に対する怒りを募らせ、歯向かうことすらできないのだろうか？

仰向けで、脚を宙でばたばたさせながら、視界だけは冴えている。
幾万幾億の塵が積み重なる光景を、君たちは目にすることになる。

僕自身の予言の一節が頭に浮かぶ。宙で脚をばたばたと回転させる姿。きっと人類は、自分たちがそんな風に見苦しくあがくことを嫌ったのだ。そして哀れな Rejected People に無様な生を押しつけた。心臓に棘が刺さったような痛みを覚える。彼らが抱くことのできない怒りを、彼らの代わりみたいに抱いているのかもしれない。自称天才である僕は、いやかつて確かに天才だった僕が、彼らのためにこの事態を少しでも打開してやらなければならない。あの人に歯向かえる存在は、今やこの僕だけなのだ。

「シャッフルというのは、例の、五輪エリアで起こるんだよな？　一戸から九戸だっけ？　いつも日本の東北地方で行なわれるのだとしたら、そこに行くことすらできないRejected Peopleだっているんじゃないのか?」

「それは——、考えたこともなかったな。僕自身が切り出されたのは、九州だった。確かに、Rejected Peopleは世界中に散らばって存在している。僕たちは、単に肉の海から切り出されるだけだ。移動することができない場所にいるRejected Peopleだって存在するんだろうね。孤島とか絶壁とか」

あの人の杜撰さのために孤島に生み出されたRejected People。狂うこともできず、地面に仰向けになってばたばたと動かし続けているRejected Peopleたちの両脚が、空しく宙を掻く様が脳裏に浮かぶ。


「あそこだ」

僕の妄想をかき消すように、ペテン師のRejected Peopleが言った。カーナビは、僕らの目的地が直進した先にあることを告げている。さっきからずっと隣を走っている線路は未だ途切れていない。減速して到着すると、すぐ先に踏み切りの跡があるのが見えた。左手の目的地の一角にはいくつかビルが建っているが、全て三階建て程度の低いものだ。一番手前のビルは元々もう少し高さがあったようだが、朽ちて、途中から崩れているのでよくわからない。僕らが目的とする建物は、廃墟と化したビル群の中で一棟だけ、すべてのフロアに電気が灯っていた。しかも、その電灯は点《つ》いたり消えたりしている。まるで僕たちに合図を送っているかのようだ。正面で車を停めると、電灯の点滅が止まって点いたままになった。

僕はRejected Peopleと一緒に車を降りた。ビルの入り口の自動ドアの前に立つと、微音をたてドアが開く。他のビルが夜目にも埃を被った廃墟であるのに対し、このビルだけは手入れが行き届いているようだ。電気が通っているだけでなく、自動ドアのガラスにも汚れが付いていない。内部は面白みのない単純な造りで、玄関の正面奥にエレベーターホールがある。

「ここをメンテナンスしているRejected Peopleがいるはずだが、姿が見えないね。もしエレベーターが使えなければ、地下二十九階まで我々は階段を使って降りなければならない。しかし電気は供給されているようだ」

「そんな深い所にあるのか」

「そうだよ。それはもともとそこで発掘されて、一度も動かされていないんだ」


ペテン師のRejected Peopleは先に立ってエレベーターに乗り込み、迷うことなく「B29」のボタンを押した。このビルがいつ建造されたのかはわからないが、異様に巨大な箱のエレベーターだった。地下階のボタンがびっしりと並んでいて、彼が押した一番下の一番右、「B29」という文字が光っている。地上の階数に対して、いくらなんでも地下階が多すぎる。

ほんの微かな音だけで動いていたエレベーターが止まると、大きなドアがゆっくりと開いた。平凡な白い壁紙が貼られた廊下の先は、行き止まりになっているように見える。ペテン師のRejected Peopleは、少しの躊躇も見せずに突き当たりに向かって進む。僕はそれに黙ってついて行く。

「さて、いよいよこの先にAll Thingがある。それは、あの人が過去に送り込み、自ら発見した赤く光り輝く石板だ。君はその石板に向かって何かを願わなければならないんだが。何を願うか、もう決めたかい？」

行き止まりの、のっぺりとした白い壁の前に立つと、ペテン師の Rejected People は僕に念押しするようにそう言った。

「本当に何を願ってもいいのか?」

ペテン師の Rejected People は肩をすくめ、軽く頷く。

「もちろんだ。なんだっていい。だが、まだ君の心の準備が整っていないのなら、やめとくのも手だよ。もっとも、チャンスは一回というわけでもない、だからそう肩ひじ張らなくてもいいがね。君の寿命が尽きるまで何度でもやればいいさ。あと五十年程度の時間が、あるかないかだよな。僕の寿命の半分を過ぎる前に君はこの世を去るだろう。少しでも思いついた願い事があれば、何度でもここに来ればいいさ。そうするうちにいつか、アクセプテッドの音が鳴ることもあるかもしれない。ないかもしれない。でも鳴らなくて当然なんだ。何度失敗したって、一つも気にする必要ないよ」

僕はペテン師の Rejected People の目を見て、力強くうなずいてみせた。

心配には及ばない。この世界のルールにのっとって願い事をすることに異存はない。この《予定された未来》において、僕がほころびを生じさせるのだ。そのために僕は永い眠りにつき、未来にスキップした。まさか、そんなことが叶うとは思わなかったが、それが叶ったということは、眠りにつく前に確信していたことも叶うのが道理というものだ。既にあらゆる願いは叶えられ、《予定された未来》に行き着いたということになっているのかもしれないが、全体からただ一人はぐれた僕が、Genius である僕が、人類全体の出した結論を否定する。カチコチに固まった氷をくだくアイスピック、それが Genius lul-lul なのだ。僕は根拠なくそう確信していた。それが正しいかどうかは知らないし、考えない。だからこそ僕は Genius なのだ。

ペテン師の Rejected People は目を伏せ、壁に近づいて両手を添えた。そのまま力を込め、ぐっと向こう側に押し出す。白い壁の真ん中に黒い線が入り、それは徐々に大きくなっていった。それにつれ、Rejected People が壁の方にのめり込んでいく。黒い線は面となり、どんどん広がっていく。僕も彼の後について壁の中に入り込んでいった。

壁の内側の暗闇の中には、鈍くて赤い光が見える。最初、それは輪郭の定まらない暗い炎のように見えた。しかしそれは錯覚で、近づくと四角い形をしたものの全体が発光しているのがわかった。

「あれが All Thing だ。あらゆる希望を叶える石板だ」

暗闇に、ペテン師の Rejected People の美声が響いた。

Genius lul-lul 様が All Thing のもとに行き着いたのは、立花茂樹様が狭山市の地中でそれを掘り当ててから実に七百五十七年後のことでした。しかし《時の留め金の解除》がなされた All Thing とその周辺の空間は、時間軸を無視して存在します。時の経過を受けず、それらはその位置座標をずっと占めることになるのです。Genius lul-lul 様と立花茂樹様が、All Thing に触れます。同じ時空間で All Thing の窪みに手を伸ばした彼らは、そこが温かいと感じます。

＊

立花茂樹さん、そして徹くん。もう一人の、生真面目な顔をした武藤さんという人のことはよく知らないけれど、人と一緒にいてこんなに新鮮な気分になったのは久しぶりのことだ。たくさんの人が入っている**私**には、どうしても人間がパターンに見えてしまうのだけれど、立花茂樹さんはそれに当てはまらない。茂樹さんと徹くんの間にはどこか緊張感が漂っている。不謹慎なのかもよくわからない状況だけど、こんなに気分が浮き立ったのは、ずっと昔、私が椚節子だった頃、それもまだ五歳の女の子だった頃以来だ。私にはそれぞれ七つと五つ年の離れた二人の兄がいて、よく遊んでもらっていた。あの頃は本当に楽しかった。でも妹たちが生まれ、私は子守をしなければならなくなった。それに父は兄たちが私と遊ぶのを好まず、兄たちとはあっという間に疎遠になってしまった。自分にも問題はあったと思うけれど、私はそれ以来どんどん孤独になっていった。ある日、小学校に上がってからもかろうじて繫がっていた幼馴染に、「節子ちゃんは変わっとるけん」と言われた。それは妹たちが私のことを仲間外れにする時にいつも言う台詞で、彼女もそのことは知っているはずだった。子供時代の思い出には感傷がつきまとうものなのかもしれないけれど、ともかく、幼い頃の私は、優しい二人の兄にずっとくっついて回っていた。そんな幸せな時間があったことをずっと忘れていた。

私は立花茂樹さんの指示に従い、採掘現場の穴が見渡せる展望台にもう一度上がった。徹くんと武藤さんもおとなしく上がって来た。さっきから、立花茂樹さんは私のことを恭子さん、ではなく、私の恋人とだけ呼ぶようになった。それに、二人きりだった時とは違って、私に妙に体を寄せてくる。不愉快ではないけれど、徹くんが茂樹さんの言動を変だと思っていることが目つきから伝わってくる。

「私の恋人よ。誰よりも私のことをよく知らなければならないあなたに、お願いがある。私がなぜここにいるのか、これから何が起こるのか。ここにいる者たちにとって、すっきりと納得のいくような説明をすることはできない。その目で見る以上に、真実について知ることはできない。だから、私の恋人よ。あなたの目で見えるものから、目を背けてはならない」

立花茂樹さんは私の肩に手を置いてそんなことを言う。そして半身だけ預けてフェンスにもたれかかり、展望台にいる皆にそっぽを向いて、下に広がる八戸キャニオンに向かって深いため息をついた。それからもう一度私の正面に立ち、私の手袋を外して自分のコートのポケットに入れる。手のひらを上に向けたままでいる私の両手を、乾いた手でそっと握りしめる。

彼の行動に戸惑って顔を見上げた私は、さらに驚いて、あっ、と声が出る。彼の肌はずっと若くなっていて、目つきの鋭さも増している。今目の前にいるのは髪の毛も黒く、「白い人」になる前の立花茂樹さんだ。彼に握られているはずの手に当たる感触は、いつの間にかもっと柔らかくて厚みもあるものに変わっている。八戸キャニオンの展望台にいたはずなのに、気がつけばここはどこかの暗い洞窟みたいなところだ。現実と見分けのつかない、私の妄想。いや、妄想ではなくて、これは実際に起こっていることだ。そんな実感が、拭いがたくある。目を落とすと、黒っぽい石の表面にある窪みに私は手を入れていて、その石から出る赤い光で私の手は染まっている。赤外線みたいなその光のせいか、手には熱を感じる。この温かさはなんだ？　立花茂樹さんは目を閉じてその温度を確かめている。私も彼と一緒に温かさを味わう。

突然、誰か別の人がいることに気がつき、私は目を見開く。立花茂樹さんの目は閉じたままで、彼がそれを見ていないことがわかる。別のもっと若い男が、同じ窪みに手を入れている。その男が、自分のことを「Genius lul-lul」だと思っていることも、私にはわかる。

「いるんだな」そのGenius lul-lulが、私に語りかけてくる。

「お前が、あの人だろ？　お前は、ここで何を願ったんだ？」

Genius lul-lulは、私ではなく立花茂樹さんに語りかけているのだ。

目をつむって窪みに手を差し入れている僕の顔を、All Thingの赤い光が照らしているのがわかる。僕の口角は上がっている。いったい僕は何を願うつもりなのか。自分でもよくわからない。だが、唯一の生身の人間である僕が目新しさのない願い事ばかりしたとしても、それは唯一残った生身の人間による崇高な行為ということになるんだとRejected Peopleは言っていた。僕は、それを寿命が尽きるまで続けなければならないのだろうか。

＊

あ、あ、あの人が無駄だと捨てたものをかき集めるんだよ。できるだけ多く。君の名前、君がどういう人間で、何を望んでいるのか、計算しつくされて、パターン化された個性の最たるものの象徴。ねえ、僕は君を何て呼べばいい？

ペテン師のRejected Peopleの言葉がふっと頭をよぎる。

「なあ、君さ」

何も願うべきものが思い浮かばないまま、僕は彼に話しかけた。彼はこちらを向いている。目を見開くようにして僕を見ている。

「あ、あ、あの人が無駄だと捨てたものをかき集めろと言ったのを覚えてるか？」

「もちろん覚えてるさ」Rejected Peopleはうなずいた。

「そう言えば、君の名前はなんなんだ？」

「僕に名前はないよ。僕だけじゃない、Rejected Peopleに名前なんてない。あ、あ、あの人が僕たちにそんなものをくれるわけないじゃないか」

「Rejected People は、映画を観たり、小説を読んだりするのか？」

Rejected People は小さく首を傾げる。「その叡智を割り当てられた Rejected People も当然いるだろうね。僕について言うなら、あの人から与えられているペテンの叡智の中には、コールドリーディングなんかの会話技術や詐欺の手口と一緒に、小説の構想を組み立てたり、読み解いたりするのに役立つ知識も含まれている。言葉は記号に過ぎないが、並べ替えられた記号によって、読む者の内にイメージが作り上げられる。影響力のある小説が生み出され、それが人類全体に作用する場合もある。それもまた、ペテンの一種だ」

「ペテンの一種？」僕が口を挟むと、Rejected People はうなずいて、先を続ける。「客観的事実として証明されていないものでも、いやもっと言えば完全なる嘘を素材にしてでも、言語のもつ説得力を最大限引き出して、言葉の群れが指し示す先に真実を見出させんとする。読む者が本当だと思ったことが、彼にとっての真実になる。それが事実に即している場合もあるし、そうでない場合もあるだろう。そんなことは、ペテン師にとって最も関係のないことだ」

「例えば、カート・ヴォネガットの小説はどうだろう？」叡智に入っているという状態がよくわからない僕はそんな曖昧な訊き方をしてしまう。

「カート・ヴォネガット・ジュニアの小説の情報については、いくつか入っているね。全作品が入っているわけではないが、例えば『スローターハウス５』、『タイタンの妖女』、『猫のゆりかご』――。それがどうかしたのか？」

「『猫のゆりかご』。たしかその中に、アイス・ナインっていう物質が出てくる」

「当時氷の結晶の種類が八種類まで見つかっていて、未知の結晶として作家が作り出した架空の存在だ。九番目の氷。アイス・ナインは摂氏四十五・八度で凍る。地表の平均温度はそれよりはるかに低いから、アイス・ナインに触れた水は全部凍り付いてしまう」

Rejected People はそこまで言うと、一度無表情になって黙った。それから、

「『ある種の液体には』とブリード博士は言った。『その結晶のしかた――凍りかたに――いく通りかのかたちがある。いく通りかのかたちで、分子は秩序正しくがっしりと積みあがり、組みあわさる』」

と、カート・ヴォネガットの小説の一節を機械的な声で朗読した。

「アイス・ナインは地球を丸ごと凍らせてしまう。最後には氷になった地球が宇宙に浮かんでいるだけになる。生物の存在しえない、死の惑星になる」僕は記憶を辿りながら言った。「思ったんだが、今、ここ。つまり、《予定された未来》はそれに似ているじゃないか？　目覚めた時に僕が踏んでいた、薄緑色のゼリー状の物体。ここに来るまでもあちこちで見かけたあれが、今、生命と呼べる唯一のものだっていうんだろう。まあ、君や、少なくとも僕は例外として。これがあの人の、人類の今の形状らしいが、この惑星は氷ではなくて人間になってしまったということだ。まるでアイス・ナインだ。全部を人間にする物質、それが人間だったんだ」

Rejected People は寂し気に首を振る。「君がなぜ、そんなことを言い出すのか、僕にはわからないな」

「無駄なものをかき集めているんだよ」僕は続ける。「《予定された未来》だものな。実際もうこの先なんてないと、あの人は思っていると君は言った。だが、ここは氷に満たされた死の世界とは違う。肉の海で満たされた生の世界だ。そして、《予定された未来》に行き着いたなんて言いつつ、人間は、さらに先の展開を求める気持ちを捨てることができていない。それこそが、」

Genius lul-lul 様は All Thing に両手を突っ込んだまま、首を後ろに倒して暗い洞窟の天井に仰向きます。直線的な鼻筋と顎、喉仏が All Thing の赤い光に照らされました。そのままの姿勢で Genius lul-lul 様は言葉を継ぎます。

「それこそが破れ目になるはずだ。この世界を維持する方法。あの人であるお前が陥った孤独、お前はそこにいる。そしてこの世界を監視している。人間を代表しようとして、玉座から動かないことに決めているんだ。だからこそこの世界は錐国化から逃れられない。お前の孤独は癒えず、Rejected People の孤独も癒えない。俺は確かにお前を感じている。俺がお前を解放してやる。世界が壊れないぎりぎりの線の願い事。錐国を支えるたった一つの要石。それを俺が抜き取ってやる」

その声は、独特な抑揚で洞窟全体に響き渡ります。言葉の始まりと終わりが、残響でいっしょくたになっていくのを Rejected People は聞きます。やがてそれも止み、訪れた静寂に、耳が痛くなるような感じがします。

彼があの人を除いた唯一の人間だからといって、自称天才だからといって、そうやすやすと別の音が、アクセプテッドの音が鳴るわけがないのだ。そう考えている Rejected People の耳に、Genius lul-lul 様が続いて言った願い事の声と、しばらくして All Thing が鳴らす音が入ってきます。その音は確かに彼の鼓膜をゆらしているのですが、それが何を意味するのかしばらく理解できませんでした。

All Thing は確かに次のように鳴っています。

アクセプテッド、アクセプテッド、アクセプテッド

展望台の手前にあった掲示板には、穴の大きさは東西に九〇〇m、南北に一四〇〇mとあった。それだけの大きさの人工の穴を見下ろせば、やはり壮観なものだなと妙に静かな気持ちで僕は思う。石灰石を採掘しているわけだから日々掘り進めるのは当たり前なのだろうが、どこまで拡げるつもりなんだろう？「八戸キャニオン」と呼びならわしていることといい、穴を大きくすることが目的になっているんじゃないかなどと勘繰ってしまう。だが、そんなことよりも、今僕が気にすべきは恭子のことだ。立花茂樹に両手を握られて、彼女は驚いたように身震いして目を見開いた。どうも様子がおかしい。恭子は両手を差し出したまま直立し、何も言わずに目をしばたたかせている。

＊

「渡辺恭子に何をしたんだ？」僕よりも先に武藤がそう詰め寄った。

「いつか君たちは根源の目を手に入れる。それで初めて、何でも見ることができる」

立花茂樹から出てはいるが、立花茂樹の声ではない。もっと若く艶のある声。わけがわからず見守っていることしかできない。**「いつか君たちは、体のほんとうの意味を知る。いつでも交換し得る、君たちの体。どれほど言葉を尽くしても、一つを指し示すことはできない。取り替え可能なものが、君たちの体を通り過ぎていく。ある時、ほんとうの一回性が現れる。君たちは感じ入るが、そうたいしたことじゃない」**

黙ったままの武藤に「武藤君、君は、ボウリングをしたことがあるかな？」と立花茂樹が話しかける。これはちゃんとした彼の声だった。「例えるなら、ボウリングでストライクを出せば、次の二投分の点数が加算されるだろう？　**私**は今、そのストライクを出した状態だ。世界を推し進めていくにあたって、最終的に**私**が重心として残った。**私**とAll Thingだけが今《時の留め金の解除》を受けた状態にいる。それで未来から君たちの時間に戻って来て、次の一投を投げようとしているんだよ」

　本人はボウリングの比喩を気に入ったようで笑みを浮かべているが、何を言わんとしているのか要領を得ない。ボウリングぐらいはもちろん僕もやったことがあるが、つまり次の一投がどうであれ、自分の方が有利な立場にあると言いたいのか？

「それで、具体的には何をするつもりなんだ？」

　武藤が何も言わないものだから、思わず口を出してしまった。

「今から《世界最終戦争》をすると言っただろう。そのために皆にこの宮《きゅう》に集まってもらったんだから。ここに、すべてが揃った。最後に争うべき二つの概念である、「等」と「錐」。破れ目を維持することこそが世界を維持することなのだが、最後の人間の願いだから叶えないわけにはいかない。《世界最終戦争》を終わらせるのだ。役者は揃っているのだよ、愚かな孫よ。人類そのものである『**私**』は、この**私**だ。そして、『**私の恋人**』は、**根源の目**がまさに今開いた渡辺恭子さん。「等」を代表するのは、等国の武藤勇作君。そして、「錐」を表すのは、徹、お前でいい。「錐」を代表するのは、別にお前でなくてもよかったんだがな。放っておけば世界は勝手に「錐国」となるのだから」

　相手は血の繋がった祖父、しかも百歳を越えた死にかけの老人だ。そう思おうとしても、この老人の自由にさせておいてはならない、と強く思う。しかし、どういうわけか体が動かない。

「立花茂樹さんは、ただ重心として残ってきただけ。それだけが彼の役割だから」

突然、恭子がしゃべり出す。彼女はぱちぱちと瞬きをしているが、さっきまでのように身を硬直させてはいない。祖父が再び彼女に近付き、グレイのほっそりした革手袋を返す。彼女はそれを手に嵌めながら、僕のことを真っ直ぐに見つめた。

「淡路島で寝たきりだった時も、目の前にいる徹くんを見ながら考えていた。徹くんの肌は、冬には暖房に温められてピンク色に染まっていた。夏休みにやって来た時は、同じ部屋で子供向けのアニメや高校野球の中継を夢中になって見ていた。徹くんは時々立花茂樹さんの目を覗き込んで、見えているのか確かめようとした。幼い男の子だった徹くんは、見られているかどうかが気になっていたのではなくって、純粋に興味があってそうしていただけだった。立花茂樹さんは徹くんを見ながら、自分の遺伝子が含まれた個体が、自分とは違った存在として動き回っている不思議を感じていた。自分が経験したものが、まるで引き継がれることなく、ただ命がつながっていく不思議。生殖行為を続け、必要な栄養さえあれば、種は続いていく。生きている間に発生する思念が生殖によって引き継がれないなんて、なんと無駄なことだろう。でも、思念とは生殖と食事の二つの行為を効率よく続けていくための方便として存在するだけなのではないか。人類全体の生殖数と、賄える人数には不均衡がある。だから、増えすぎると調整が図られる。その際にも人間の思考力が活用され、例えば戦争を勃発させるための大義名分を思いつくが、その戦争もただの人口調整に過ぎない。そこに悲劇や不幸を見出すのも思考力の仕業。であるならば、この惑星において、賄うことのできる生命の最大値を探り当て、そのすべてを一つの人間的な知的生命体で埋めればいい。それが最大の幸福なのではないか」

祖父のことを語っているのか？　祖父の思考について語っているのか？　その世界観を代弁することができるほど、恭子は祖父と親密になっているのだろうか。**根源の目**が開いたと祖父は言っていた。そのことと、この今の恭子の感じは関係あるのだろうか。何かに操られているように、表情もなく語る。あえて感情を排そうとしているようにも見える。最大の幸福、という言葉に僕は引っかかるものを感じる。先進国でそこそこ有利な立場に生まれつき、安全な繭の中にいる僕のような人間。それでも、繭の外側には危険と惨めさが溢れていることは知っている。幼い時に祖父の目を覗き見たのは、確かに興味本位だった。僕は寝たきりの祖父を外から観察しようとしたはずだ。でも彼の目を覗き込む内に、僕は僕を見ている祖父を想像し、それが自分の視界そのもののように感じられてきたのを覚えている。すごく昔の記憶だから、本当にあったことと、ただの想像が混ざり合っているのかもしれない。無邪気な興味を向けて覗き込む僕、その背後にはテレビ、いつかのオリンピック。さらにその後ろには窓があって、隣家まで五百メートル以上離れた山の上の一軒家だったから、窓の外は宇宙と変わらないほどに暗かった。体はまったく動かない。孫である僕に手を触れることもできない。だが思考はとても鮮明で、いつまでも考え続けることができる。等国と錐国について、第二次世界大戦について、未だ世界を覆い続けている不幸について、――

「ねえ、立花くん。私に入っている第二次世界大戦のことは覚えてる？　マンハッタン計画、ロバート・オッペンハイマー、《原子力の解放》。グアム、サイパンなんかの北マリアナ諸島で繰り広げられた戦い。サイパン島では、圧倒的な戦力で連合国側に攻められ、負けを覚悟した日本側の軍人や民間人が、大きく海にせり出した岬から飛び降り自殺する。エメラルドグリーンの綺麗な海に真っ赤な血が混じって、そこだけ黒く染まった。大小様々な人の体、体、体、が重なり合っていて、間をつなぐのはその体から滲み出す赤い血液、そして体液によく似た組成の海水。今からそこに飛び込まなくてはならないのだとしたら？　一瞬の痛みはあるかもしれないけれど、そんなのは浮世のまやかしだ。少しの我慢さえすれば、暴力や虐待を受けた末に死ぬことは避けられる。少しでも穏やかに逝く方がいい。もう逃げ場はないのだから、打ち寄せる波に揺られる同胞たちの一部にならなければならない。皆で溶け合って、それからは何も怖いことはなく、ただ海に帰るだけ。極限状態にあって、視覚は鋭くなっている。八十メートルも下、波に揺れる力の抜けきった体だけでなく、崖の上にいる皆の顔がよく見える。皆、しっかりと目を閉じている。でも元々**私**たちは海だった、海のままならそもそもこんな苦しみなど発生しなかった。あそこに飛び込むのは、元いた場所、元々海だった**私**たちの体がただ海に戻り、溶けるだけのこと――」

＊

アクセプテッド、アクセプテッド、アクセプテッド、

「驚いたな」ペテン師のRejected Peopleは本当に驚いているように言う。

確率的にアクセプテッドと鳴るわけがなかったんだろう。実にくだらないことだが、社会の進歩の勘所はすべてを常識の中におさめんとするところにある。「普通」の範囲を拡大し、それまでどんなに非常識だと思われていた事柄でも、その中にすべてを回収していく。僕が眠りにつく前は正気とは思われていなかったCold Sleepだって、尊厳死が徐々に認められていくようにどこかの時点で普通のことになってしまったに違いない。Rejected Peopleの言うパーミッションポイントだってそうだ。《原子力の解放》や《一般シンギュラリティ》も一度起こってしまえば、ありきたりなものになって世界の中に回収されていく。そのことが、Cold Sleepに入る前の僕は不快でならなかった。なぜだろう？　とにかく僕だけでもそこから離れていたかった。一発でアクセプテッドの音を鳴らすことができたのは小気味がよかったしさすが俺だとも思った。だが叶えられてしまったということは、それも織り込み済みの世界に変異したということなのか？　アクセプテッドの音はまだ鳴り続けているが、今のところ目に見える変化は何もない。

「目に見えた変化はなくても、確実に何かが変わっていて、ただそれが今ここで目に見える形をとってはいないだけだよ。気にする必要はないさ」

　ふと僕は気になって、

「君はまだ寂しいままか？」

と聞いた。すると、ペテン師の Rejected People は虚をつかれたように真顔になって、それから不審げに僕の目を見つめ、ゆっくりうなずいた。可哀そうな Rejected People。人間の終焉に付き合わされながら、一顧だにされない。

「ともすれば、君たち Rejected People の在り方そのものが変わるかとも思ったんだが。ただ君の言う通り、目に見えない変化こそが実は大きな異変である可能性も、確かにある」

　僕が狂っていた頃、人造人間に抱いた同情心が再び胸に兆した。僕と彼らは同じなのだ、という根拠のない実感。

「君の寂しさをどうにかしたいな。少なくとも僕は君がいてくれたおかげで随分と救われている」

「そう言ってくれるのはありがたいけれど、Rejected People の寂しさは人間には解消できない」Rejected People は眉間《みけん》にしわを寄せて首を振る。「残念だけど、これは決められていることなんだ」

　Rejected People はうなだれて寂し気に首を振った。

僕は、いつの間にか孤島にひとりたたずむRejected Peopleを思い浮かべていた。いつか会うはずの、孤独なRejected People、その後ろ姿を想像することをなぜか僕は止められない。しばらく僕はAll Thingから手を引き抜くことができなかった。傍らの寂し気なRejected Peopleの顔を見ていると、僕はこう願わずにはいられなかった。

「孤独なRejected Peopleを救いたい。寂しさから解放してあげたい。一人ぼっちでいる期間が長い順に」

リジェクテッドの音が鳴る。僕の言葉が合図になって、All Thingが形を変え始めた。硬い石板だったはずが、急激に液体と化し、僕の視界いっぱいに広がる。その一部がそのまま宙に残り、他の部分は床に降り注いで消えたように見えた。だが、気が付けばいつの間にか、元あった場所に同じ大きさのAll Thingが戻っている。

宙に残ったAll Thingの小さな欠片《かけら》の方は、空気に伸《の》されるように薄い長方形になって、ひらひらと床に落ちていく。舞い落ちながら次第に灰色がかり、クリーム色から、さらに漂白されていった。All Thingから手を引っこ抜き、僕は床からそれを拾った。紙のような、というか紙そのものだった。細かい文字で、アルファベットと数字が羅列されている。暗くて読み取れないので、僕は紙を持って立ち上がり、石板の放つ赤っぽい光にさらす。

B-29 35.876951, 139.431598

Rejected People　1 15.077840, 145.638586
Rejected People　2 52.353637, 175.919985

Rejected People　3 -19.703054,　63.425643

Rejected People　4 36.979314,　-25.040860

Rejected People　5 -19.12376,　-169.841019

Rejected People　6 -60.731715,　-44.968255

Rejected People　7 36.075281,　26.397885

Rejected People　8 36.234984,　25.212837

Rejected People　9 35.876951,　139.431598

第八章

球

Lost language No.9（日本語）

1.《名》まるい玉。美しい玉。また、まるい玉のような形をしたもの。

2. 数学《名》三次元空間で、一定点からの距離が等しい点の軌跡で囲まれた部分。

Focus [King's Speech]「I have a dream/私には夢がある」

今日私は、**人類史**の中で、自由を求める最も偉大なデモとして歴史に残ることになるこの集会に、皆さんと共に参加できることを嬉しく思う。

Skip——

絶望の谷間でもがくことをやめよう。友よ、今日私は皆さんに言っておきたい。われわれは今日も明日も困難に直面するが、それでも私には夢がある。それは、**人類**の夢に深く根ざした夢である。

私には夢がある。それは、いつの日か、この**惑星の知的集合**が立ち上がり、「すべての**知性**は平等に作られているということは、自明の真実であると考える」という**人類**の信条を、真の意味で実現させるという夢である。

　私には夢がある。それは、いつの日か、**位置座標は特定する必要なしある場所**で、かつての奴隷の息子たちとかつての奴隷所有者の息子たちが、兄弟として同じテーブルにつくという夢である。

　私には夢がある。それは、いつの日か、不正と抑圧の炎熱で焼けつかんばかりの**位置座標は特定する必要なしある場所**でさえ、自由と正義のオアシスに変身するという夢である。

　私には夢がある。それは、いつの日か、私の**年齢は特定する必要なし**子どもたちが、**無機由来か有機由来か**によってではなく、人格そのものによって評価される**世界**に住むという夢である。

　今日、私には夢がある。

　私には夢がある。それは、邪悪な**由来**差別主義者たちのいる**位置座標特定する必要なし**、**ある場所**でさえ、**無機由来知性**が**有機由来知性**と兄弟姉妹として手をつなげるようになるという夢である。

　今日、私には夢がある。

　私には夢がある。それは、いつの日か、あらゆる谷が高められ、あらゆる丘と山は低められ、でこぼこした所は平らにならされ、曲がった道がまっすぐにされ、そして神の栄光が啓示され、生きとし生けるものがその栄光を共に見ることになるという夢である。

　これがわれわれの希望である。この信念を抱いて、私は**位置座標特定する必要なしある場所**に戻って行く。

この信念があれば、われわれは、絶望の山から希望の石を切り出すことができるだろう。この信念があれば、われわれは、この**世界**の騒然たる不協和音を、兄弟愛の美しい交響曲に変えることができるだろう。この信念があれば、われわれは、いつの日か自由になると信じて、共に働き、共に祈り、共に闘い、共に牢獄に入り、共に自由のために立ち上がることができるだろう。

まさにその日にこそ、すべての神の子たちが、新しい意味を込めて、こう歌うことができるだろう。

「わが**世界**、それはそなたのもの。うるわしき自由の地よ。そなたのために、私は歌う。わが父祖たちの逝きし大地よ。巡礼者の誇れる大地よ。あらゆる山々から、自由の鐘を鳴り響かせよう」

そして、**この世界**が偉大な**知的集合**たらんとするならば、この歌が現実とならなければならない。

だからこそ、**位置座標特定する必要なしある場所**の美しい丘の上から自由の鐘を鳴り響かせよう。

位置座標特定する必要なしある場所の雄大な山々から、自由の鐘を鳴り響かせよう。

位置座標特定する必要なしある場所の**位置座標特定する必要なし**ある山脈の高みから、自由の鐘を鳴り響かせよう。

位置座標特定する必要なしある場所の雪に覆われた**位置座標特定する必要なし**ある山脈から、自由の鐘を鳴り響かせよう。

だが、それだけではない。

位置座標特定する必要なしある場所のなだらかで美しい山々から、自由の鐘を鳴り響かせよう。

位置座標特定する必要なしある場所の**位置座標特定する必要なし**ある山からも、自由の鐘を鳴り響かせよう。

位置座標特定する必要なしある場所の**位置座標特定する必要なし**ある山からも、自由の鐘を鳴り響かせよう。

位置座標特定する必要なしある場所のあらゆる丘と塚から、自由の鐘を鳴り響かせよう。

そしてあらゆる山々から自由の鐘を鳴り響かせよう。


自由の鐘を鳴り響かせよう。これが実現する時、そして自由の鐘を鳴り響かせる時、すべての村やすべての集落、あらゆる州とあらゆる町から自由の鐘を鳴り響かせる時、われわれは神の子すべてが、**無機由来知性**も**有機由来知性**も、ある宗教信者もある宗教信者以外も、別のある宗教信者もさらに別のある宗教信者も、共に手をとり合って、なつかしい被差別者の歌を歌うことのできる日の到来を早めることができるだろう。

「ついに自由になった！　ついに自由になった！　全能の神に感謝する。われわれはついに自由になったのだ！」

/////////////////

[Subject]上記を根拠 logic として、乞う permission.

//////////////////

[Result]Rejected.

今考えれば、私のコアである立花茂樹はもちろんのこと、立花茂樹が心酔していた石原莞爾だって、未熟な一個の人間に過ぎなかった。けれど、石原莞爾にはどこか、物事の本質にすっと手を伸ばしつかみ取ってしまうように見えるところがあった。

それは例えば普請中の新京の街で、二人で語った最後の時もそうだった。石原莞爾、参謀殿はあの時、重心について語ったのだった。私はその時、彼の言わんとしていることがよくわからず、まずその言葉は音として、私の耳に響いた。

「じゅうしん？　ですか」私がそう聞き返した時、私の頭に浮かんでいた漢字は「重臣」だった。

「そう、重心だよ。立花君。君は物理学も一等の成績だったと聞くが、知ってるかな。物体の重量的な中心点だ。数式でとらえた場合、その点にだけ重力がかかっているとして計算しても不整合は起きない。そういう点だ」

参謀殿の言葉を聞きながら、頭の中で「重臣」という漢字が崩れ、「重心」へと変わる。重心であれば、初等の物理学で学んだので知ってはいたが、立花茂樹が疑問に思ったのは、なぜこんなところで、そんな話が出てくるのかということだ。その時、参謀殿と立花茂樹であるところの私は、世界人口の話をしていたのだった。太平洋をまたいだこの戦争、後に第二次世界大戦と呼

＊

ばれることになるこれが終わったのちに世界の人口がどう推移していくのか。最終的に勝者となるのが、日本を含む側なのか、あるいは敵なのかは不明であるとして、長い平和の時代が訪れるとしたら、世界の人口は増え続けるというのが一般的な発想のはずだった。日本が戦争に敗れた場合は、日本民族自体は殲滅ないし、減少するかもしれないが、勝者側の人間たちは増加の一途をたどり、やがては物理的な飽和を迎えるだろう。しかし、参謀殿の読みは違った。物理的な飽和状態を迎える遥か手前で人類は、減少の段階を迎えるはずだと彼は断言した。参謀殿が言うには、個々人の欲望が達成されたならば、行き止まりにいたる予感のために閉塞感が高まり、次の代へ託すべきことがなくなり、子作りは道楽へと堕する。それが自然の摂理である、と。それが慧眼であったことが判明するのは、随分後のことだった。その時は、立花茂樹であるところの私は石原莞爾の読みを肯定するでもなく、否定するでもなく受け止め、ただ彼の見る未来像がその通りになると仮定して話を進めていた。仮に個体の減少が始まるとして、一体どの程度まで減るのか。

「時間軸を無限にとるならば、行き着く先はその傾向の突端にきまっているじゃないか」

「つまり？」

「つまりは、1だ」

「1？　ひとりになるということですか」

「その通りだ、立花君。さらに進んで0になるかどうかは、俺にもまだ見えん」

参謀殿の視線の先には、葉が青く繁る広葉樹があった。緩やかな風に揺れる葉っぱを見ているようで、きっとそのずっと先に焦点が合っている。

「しかし、一人だけとなったら、つがいにもなれず、子供ができません」

「それは、現時点での技術からの発想だ。技術の進歩はとどまることを知らん。毛唐どもが理想として掲げる、『最大多数の最大幸福』は現時点で予想される技術しか、念頭に置いておらんことはまちがいない。それを追求した結果として、人々が意識を共有し、一つの体でことが済むようになるまで、技術は進む。『最大多数の最大幸福』を掲げていられるのは、そのような統合が不可能である、という前提での話である。だが、しばらくはまだそれでいい。もうしばらくの間だけは」

今にして思うが、その時の私は、彼が言っていることの半分も理解していなかった。

＊

「だが我々は既に海ではなく、海を見つめることのできる知的な生き物だ。海に戻るのには多くの苦痛が伴うだろう。女型の Rejected People である君よ、私の恋人よ、私がいなくなってしまったら、あなたはたった一人で、海を眺め続けることになる」

立花茂樹は、また恭子を別の名前で呼んだ。めがたのリジェクテッドピープル。どういう意味だろう？　そうしていったい、恭子には何人分の役割があるんだろう？　状況も理解できないまま僕は疑問に思う。

「かわいそうに、今彼女は未来の孤独を予感している。哀れな人造人間としてなんのあてもないきっかけを待つ孤独だ」

祖父の乾いた肌の真ん中でうごめく口元。百歳を超えてなお生々しい、湿った器官。

「さあ、《世界最終戦争》を終わらせよう。それによってこの世界の座標軸はすべて固定される」

声が老人らしい、嗄《しゃが》れた声に戻っている。祖父ほど年齢を重ねていれば、自然と重々しい声音にもなる。その声をつい注意深く聞いてしまうのは、人間の性《さが》なのか。「命の取り合いという意味での戦争は、多くの尊い犠牲と引き換えに終焉した。少なくとも《寿命の廃止》が普及した後になれば、命の取り合いなどというものはただの冗談に過ぎなくなる。むろん、それ以前に払われた犠牲は無駄ではない。残虐さもまた、世界の完成のための必須要件だ。古代の皇帝が崩ずれば民を屠って墓に埋めるような、個の尊厳を無視した残虐行為。民族浄化の名のもとに行われた大量虐殺。奴隷として別の人種を使役する野蛮行為。これらは忌むべき、繰り返されてはならない行いではあるが、世界に現れることを拒否できるものではない」

立花茂樹は後ろ手を組み、険しい顔をして僕に近づいて来た。僕より少しだけ高い背を丸めて、間近から僕の目を覗き込む。長い間屋内にいたためか、眉間《みけん》に寄った皺の奥まで生白い肌をしている。ぎょろぎょろと動く眼球は血走っていて、中央の虹彩は薄れかかった灰色をしている。祖父と見つめあうような恰好のまま僕は動けず、数十秒が流れた。別に僕は恐怖を感じていたわけでもなかったし、祖父の顔から目を離すことはいくらでもできたはずだった。だが、なぜかそうする気持ちが起こらない。僕の視界は祖父の顔で完全に塞がれているわけではなかった。右側のぼやけた背景には武藤の姿が映っていた。武藤に焦点を合わせると、今度は祖父の顔の輪郭がぼやける。だが、祖父の鼻が息を吸い込む微かな音と吐き出される湿った息を感じると、収縮と膨張を繰り返す祖父の鼻腔にまた勝手に焦点が合う。

「各々にとっては悲しく哀れなことが、気の遠くなるほど多く、長く続いてきた。だが、もしもそれが可哀そうな誰かに起こらなければ、別の誰かに起こることになる。私が観察してきたところによれば、世界は間違いなくそんな風にできている」

武藤は僕と同じように微動だにせず、立花茂樹の話を聞いていた。僕は右目だけで武藤と視線を交わしている。そのことが気に食わなかったのか、祖父はわずかに僕から顔を遠ざけると、突然両手で僕の頬を挟み込んだ。僕は反射的に首を振り、祖父の手から逃れようとしたが、信じられないくらいにその力は強かった。発作的にその手を払いのけようとした僕の手は、勢いのついた荷車に跳ね飛ばされるようにして弾かれ、そのまま一気に首を摑まれてしまった。僕の手の甲と指には、じんとする痛みが残った。祖父はそのまま、僕の喉笛のすぐ下のあたりを強く絞めた。

「昨夜、銚子の旅館でお前を覗き込みながら憲法九条を呟いた男がいただろう?」

喉を絞められていて、僕はそれに答えることもできない。やめろよ、と呟こうとして、それも声にならない。

「Genius lul-lul がアクセプテッドを鳴らしたのだ。それで人間をやめてよいということになった。錐であるお前を殺してその座標を奪うことが、もっとも単純な《世界最終戦争》の終わらせ方だ。だが九条に従えばそんなことはできない」

息が、できない。無意識の内に僕の指が立花茂樹の手を摑み、首から引きはがそうとするがそれも叶わない。立花茂樹の声は確かに僕の鼓膜を震わせている。だがその音は意味を結ばない。立花茂樹の顔が近づいてくる。口元が動いている。何かを呟いている。もしかしたら、僕は死ぬのだろうか? 等国と錐国の間の諍いに巻き込まれて八戸までやってきて、半世紀寝たきりだった自分の祖父に、首を絞められ、僕はこのまま死んでしまうのだろうか? 首筋が熱を発しているように熱い。白目が血走っているが無感情な目を見ながら、僕はなぜか職場の診察室のことを思い出している。あの繭の中のような日常を支える暴力的で粗暴なものに僕は今さらされているのかもしれない。僕が獲得した安全な繭。そこにやってくる思いつめたような目をした患者。眉根を寄せて心配そうな顔をしながら、僕は彼らに薬を出す。お大事にと僕は言う。次の方どうぞ——

「だが我々は人類をやめるんだ。ついに人間をやめて良いということになったのだ。永久に諍いを続けるためのロジックである《世界最終戦争》は、命の取り合いである《世界大戦》の否定が礎となっている。今、私のたゆまぬ努力によって長らく続けられてきた《世界最終戦争》をとうとう終わらせる。今、この場で、全人類に向けてそのことを宣言しよう。最後の《世界大戦》で人類が死闘を尽くした末の成果をなげうって、我々は人類をやめるのだ、と」

日本国民は、正義と秩序を基調とする国際平和を誠実に希求し、国権の発動たる戦争と、武力による威嚇又は武力の行使は、国際紛争を解決する手段としては、永久にこれを放棄する——

＊

窓の外の木に降り注ぐ陽光は柔らかい。私も参謀殿も、なんとなく外を眺めていた。私は昨日の話の続きをどのようにすべきか思案していた。参謀殿の話は、現実と確かにつながっていつつも、戦争に負けたばかりのこの国の情勢であったり、有力な元軍人としての自分であったりという、今日の前にあることからは切り離されていて難解であるように思えた。思案を進めた結果として私は、「次の世界への入射角の話ですが、」と切り出した。

すると、参謀殿からは「昨日の話の続きだな」とすぐに返って来る。何も回り道して聞かなくとも、単刀直入にそんな風に話せばよいのだった。

「そうです、昨日の話です。本当の一回性が現れる、と参謀殿はおっしゃいました」

「参謀殿は止めてくれよ、立花君。俺はもう軍人ではないし、君はそもそも軍人ですらなかったのだから」

私が黙ってうなずくと、どこか神妙な顔で参謀殿が頷き返す。「この世界のものはたいてい取り換え可能だ。そのことはわかるな？　例えば、一羽のアンゴラ兎が目を離したすきに別の兎に変わっていたとして、ほとんどの者が気づかんだろう？　俺は気づくがな。ただ、たいていの人間は気づかん。どのアンゴラ兎もだいたい同じような中身でできている。同じ分子でできており、その分子は同じような原子でできておる。原子だってさらなる細かな単位でできておるし、まださらに小さく、細かく分けていくことができる。単位が細かくなればなるほど、構成要素の種類は減っていく。その細かな単位でみたならばな、あの兎と君と俺とは、それらの構成要素の濃淡で形作られた一枚の絨毯の模様のごときものだ」

最小単位の濃淡で表される一枚の絨毯。私は、満州時代に新京で見た一枚のペルシャ絨毯を思い出している。一軒家ほどの値段のする、細かな文様のその絨毯。曼荼羅を糸で縫い付けたような、幾何学的で、有機的な文様。分子と原子について言えば、立花茂樹である私もよく知っていた。そして原子核が陽子と中性子からなり、その周りを電子が回っていることも知っていた。けれど、それより小さな単位のことは当時の誰も知らないはずだし、当時は陽子と中性子、それから電子こそが最小単位であって、それより細かなものは存在しないとされていたのだ。けれど、そんな当時の常識よりも石原莞爾の直観の方が正しいはずだと思った。もし仮に物理学的に正でなかったとしても、なんらかの次元で、本質的に正しいはずだ。だから立花茂樹は、石原莞爾の提示した仮定が正しい、という前提で話を進めていくことにいささかの躊躇も抱かなかった。

「世界は一枚の絨毯。そして、俺も君も兎も、アドルフ・ヒトラーもあのうすのろの東条もすべてがそこに含まれている。一つ一つの塊はいくらでも取り換え可能だが、その絨毯があるということそのこと自体は取り替えることができない。それが俺がこの間言った本当の一回性ということだよ。その絨毯の大きさ、それは宇宙の広がりとともに膨らんでいくのかもしれんが、ある時点で切り取った時の絨毯の大きさは決まっている。原子よりもはるかに小さな単位の物理層の絨毯にまずは変換した世界。一時を切り取って、その状態をすべて座標化することができる。その一枚の絨毯に縦横直角に交わる座標軸を設け、最小単位の座標を設置する。それらすべてを捉え、同じだけの解像度で再現することができるならば、それは世界を創造するのに等しいはずだが、実際に世界として機能はせんだろう。ちょうど細胞と全く同じ成分をあつめても、それが生命として活動するわけではないのと同じように」

「おっしゃろうとしていることがよくわかりません。世界が物理的な層では一枚の絨毯のように表現し得ることはわかりましたが、」

「君が言っているのは、俺の意図のことだな」

私は黙ってうなずく。

「そうだな、俺も自分の言わんとしていること、またその意図を正しく理解しているとはまったく思えん。今俺は、自分の中で考えたままを話している。聞いてくれよ、立花君、どうせ俺はもうすぐ死ぬんだ。本当に死期が近いことがわかる。俺はこれまで戦争屋として生きてきて、誰よりも戦争について考えてきたつもりだ。何故人間どもは戦争をやめないのだろう？　何が我々を戦争に駆りたてるのだろう？　考えに考えて、それで気付いたんだがね、我々を争わせているのは、『知』だよ。謎を解き明かさねばという衝動が我々を急き立てているんだ。くだらない闘争、個々人の諍いも、太平洋を挟んだ馬鹿げた戦争も、全てはただ探究を効率的にするためにすぎない。知らなければならない、という『知』への衝動の前では人間の命など、取るに足らないものだ。この先、我々は、物理層の絨毯に流れる時間の秘密だって解き明かして、それを手にすることになるだろう。けれど、我々は、というより我々に乗っかっている『知』はそれすらすぐにがらくたのごとく扱い始めるに違いない。けれどな、立花君、俺と君のような素質を持つ者が、その時々に踏んばって考え、手を尽くせば、人間に悲しい性《さが》を与えたものに一泡吹かせられるかもしれんぞ。だから、まもなく死んでいく俺の言わんとすることを、俺よりも的確に理解してもらいたい。君はもともと俺などより賢く、頑健である。その心もたくましい」

参謀殿の目は爛々と輝き、それこそ今すぐにでも一戦始めたいかのようだった。既に立花茂樹さんは、石原莞爾が実際に発した言葉を超えて理解を進め始めていた。

「『知』は我々にすべてのことを解き明かさせた暁には、流れてきた時間すらがらくたにして我々から奪った上で、我々を泥に還そうとするだろう。その手に乗ってしまえば我々は負けたことになる。勝つためには、手の内を知っているものが世界の重さを一手に引き受ければよい。自然とそうなるのではなく、そのことを知っている者しか重心にはなれない。いいか？　立花君。もともとその仕事を俺は天皇陛下がなさると思っていたのだ。最も長く人民の集積した重みを身に受けてきた天皇という存在にしか、そのようなことを託すことはできないと思っていた。仏法と王法、つまり形而上の理《ことわり》と形而下のそれは完全に融合すべきなのだ。もしこの戦争に勝っていたならば、実際に俺はそれを上奏しようとしただろうよ」

そこまで言って、参謀殿は何かをあきらめたように力なく頭を垂れる。「だが、負けることは目に見えていたからな。あれが《世界最終戦争》などではないことも、重心が天皇陛下とはならないことも、同胞たちを多く犠牲にしなければわからなかったとはな。横暴なるアングロサクソン共が繰り返してきた愚を、この石原もまた演じたのだ。我々に乗っかり、我々を駆りたてるものに従うのと同じ結果に陥ってしまった。時間が足りんのだ、時間が。俺に与えられた時間はあまりに短い。俺が見ているもののとっかかりにも届かん。そのことを頭の外に置くこともできんかった。満州も東条との諍いもすべてが中途半端だ」

　石原莞爾は立花茂樹をじっと見つめて言った。

「重心がなすべきは世界の存続を祈ること。人間をやめないという、意志だけが必要だ。ただ、それだけのことであっても、至難である。神話の時代の英雄に比肩する、いや、それを凌駕する役目をつとめる者を俺は尊敬する。俺はまもなく死ぬが、墓の中からでも讃美を惜しまんだろう」

＊

　All Thingから出てきたＡ４の用紙に書かれているのは、八戸港を出るときにペテン師のRejected Peopleがカーナビに打ち込んだような、どこかの座標のようだった。彼にも紙を見せると、ジーンズのポケットからスマートフォンを取り出して、僕に渡してくる。それはiPhone８で、僕が永い眠りに就く前に使っていたのと同じモデルに見える。Rejected Peopleもこんなものを持っているのか。しかし目覚めた時に与えられたiPadと同様、これらの製品を生み出し、関連するサービスを提供していた会社などすでに存在していないはずだ。
「君の時代にあったAppleもGoogleも肉の海に溶けているが、せっかく人類がアジャイル的に努力した成果を使わないのも、もったいない話だからね。出来上がったものを活用し、付け加えていく。いや、省いていく方が多かったかな。とにかくまあ、合理的に世界を構築するのが、肉の海の習性なのだから当然そうなる」

「アジャイル？」

話の大筋は伝わってきたが、その単語の意味がわからなかった。ペテン師のRejected Peopleは少し意外そうな顔をしてから、詳しく説明をしてくれる。

「アジャイルは、ソフトウェアの開発手法の一つだ。比較すべき古典的な手法としては、開発工程を予《あらかじ》め定めておき、企画して要件を固め、設計し、コードを書き、テストをし、合格すればリリースする、ウォーターフォール型というのがあった。上流から下流に流れていくように開発を進めるという意味で、そう名付けられている。対してアジャイル型は、日本語でいえば俊敏な、とかそういう意味だな。ウォーターフォール型のように、一発でソフトウェアを完成させてリリースするのをよしとするのではなく、優先順位の高い機能に絞って短期間のスケジュールを組み、実装されたらまたそれを繰り返す。要は試行錯誤を予め組み込んだ開発方式のことだ。失敗が生じることは前提であるし、それが悪いことだとされてない。むしろそれを前提にすることで、それこそ、『俊敏な』開発が可能となる。世界はそんな風にアジャイル式に進歩していって、失敗作は捨てられていく。Appleにだって、Googleにだってライバルはあったが、それらは敗れ去っていった。捨てるのが惜しいようなことがあったとしても、全体としては最も効率的な進歩の手段であったことは間違いない」

ペテン師のRejected Peopleが何を言わんとしているのかがよくわからなかった。僕が首を傾げていると、彼は一つ咳払いをし、話を続ける。

「人類をウォーターフォール型によって完成させることができたのだとすれば、AppleもGoogleも生まれなかった。これらのものはアジャイル型で人類が完成に向かったことの証であって、最終的にいらなくなったのだとしても無駄ではなかったということだ。少なくとも俊敏さには寄与している。我々Rejected Peopleもまた、無駄そのものに見えながら、どうしても人類が生み出さざるを得なかったのかもしれないね。こういった無駄なものを使っているとそのことを実感できる」

無駄なもの、今はもう必要ではなくなり、切り捨てられてしまったもの。僕はiPhone 8でSafariを立ち上げた。iPadと同じく、僕が知っている製品とまったく同じ使い心地だ。ＵＲＬを打ち込む窓に紙に書かれた数字を打ち込もうとするが、暗い洞窟のような部屋の中、All Thingの鈍い光でそれをやるのはなかなか骨が折れる。だから、ペテン師のRejected Peopleに、最初の長い数字を読んでもらった。B-29 35.876951, 139.431598。それが何を意味するものであれ、Googleに打ち込んでみれば何かのヒントくらい出てきそうなものだ。検索結果の一番上に出たのは、地図だった。目的地を示す赤いピンマークが刺さっている。地図をタップすると、表示がブラウザから地図専用のアプリケーションであるGoogle Mapsに切り替わる。赤いピンが刺さっているのは、埼玉県の新狭山駅のすぐ近くのビルだった。

「おや、ここだね」

iPhone 8の画面を隣からのぞき込み、Rejected Peopleが言った。「この紙に書いてある数字はやはり、緯度と経度のようだな。地球の表面をあらわす位置座標。おそらく他の数字もそうだろう」Rejected PeopleはAll Thingに近づいて、赤い光に座標が列挙された紙をかざした。鼻先を近づけて数字を確認する彼が、「おや」と再び声を上げ、書かれた文字列の最後の行を指さした。

Rejected People　9　35.876951,　139.431598

「見てくれ。この数字は、さっきB-29に続いていたのと同じ座標だ。君がさっき望んだのは、『孤独なRejected Peopleを救いたい。寂しさから解放してあげたい』だった。そして、ここにいるRejected Peopleといえば、おそらく僕だ。この、Rejected People 9というのは僕のことかもしれない」

念のため、Rejected People 1となっているのも、座標なのかどうか確かめてみるよう提案して、ペテン師のRejected Peopleに数字を読んでもらう。

Rejected People　1　15.077840,　145.638586

地図アプリによると「ランウェイ・エーブル」という細い直線の道が交差する座標だった。地図を縮小していくと、「North Field」、「テニアン島」という地名が出てくる。北マリアナ諸島、日本とパプアニューギニアの間にある島のようだ。

「島から移動できないRejected Peopleがいるのかもしれない。となると、最初のB-29は何の座標なのだろう。この部屋がB29、つまり地下二十九階であるのは確かにそうだが」

「緯度と経度で表しきれないものがあるとすれば、それは高度、なんじゃないかな」僕は思いついたことを言ってみる。テニアン島といえば、第二次世界大戦の後の日本で学校教育を受けた者として、思い当たるべきことがある。「この場所を示した座標、確かにそこにRejected People 9である君がいたわけだ。となると、『B-29』がこの座標のどこかに存在するというのが、自然な解釈なんじゃないか？」

「地下二十九階。やはりこの部屋のことかな？」

「どうだろう。地下という意味では『Ｂ29』はただの概念にすぎない。実在する君とは違う。『B-29』は、君と同じように物理的に存在するのではないか。おそらく、この建物のどこか、僕たちの頭上かあるいは足元さらに深くに、実際にあのＢ－29があるんじゃないか？」

＊

僕の首を絞めていた立花茂樹の力が、急に抜けた。一挙に肺が空気を吸い、圧迫されていた血流が戻る。こめかみがどくどくする。僕はよろめくが、立っていられないほどではない。

むしろ、立っていられなかったのは祖父の方だ。祖父は膝からがくんと頽《くずお》れ、展望台の金属床に突っ伏した。四つん這いになった祖父は荒く細かい呼吸を繰り返している。それを見ていると、僕がまるで危害を加えた側であるような後ろめたさを覚える。首の痛みが早くも静まりつつあった。

立花茂樹。僕を殺そうとした、実の祖父。いや殺そうとまではしていなかったのかもしれないが。だが少なくとも首を絞められたのに、なんでこんなことをしなければいけないんだと自分でも疑問を覚えながら僕は片膝をつき、四つん這いの祖父の背中に手をあてがった。祖父は荒い呼吸を繰り返すばかりで反応を示さない。充血した目は虚ろで、焦点があっていなかった。僕の首を絞めるために力を使いすぎて、動けなくなってしまったのかもしれない。妙な事態に気を取られ続けていたが、今は真冬で、晴れているとは言えやはり寒い。他の二人はどうしているのか、ふと気になって見回すと、武藤はさっきと同じ所に立ったままで動かない。恭子もまた人形のような無表情で傍観しているようだ。僕は上着のポケットからiPhone 7を取り出し、少し迷ったが119を押した。すぐに繋がって「火事ですか、救急ですか」と聞かれる。「救急です」と答え、聞かれた順に状況や場所を伝える。

「さっきまでしっかりした声で発話していましたが、尋常な様子ではありません。意識があるかないか、外からではよくわかりません」オペレーターと話しながら、僕は祖父の首筋に指を添えて脈拍を測り、口元に手をかざして呼吸を確かめる。「心療内科ですが、いちおう私は医者です。祖父は先日まで寝たきりの状態でした。施設から抜け出したのをここでようやく見つけました」

「わかりました、八戸キャニオンの展望台ですね。すぐに向かわせます」

　救急受付のオペレーターは、冷静だが温かみのある口調でそう言う。話しながら、僕は自分がとても正しい判断をしたように思えてくる。そうだ、祖父は百歳を超える高齢者で、寝たきりから回復したばかりで、動いているのもおかしな状態なのだ。孫を殺しかけるような激しい運動などやってよいわけがない。祖父は身をよじるようにして背中に当てられていた僕の手をのけた。祖父の息は相変わらず荒かったが、上体を起こしてその場にあぐらをかき、コートの胸元を開けて右手を突っ込んだ。祖父の手が取り出した物は、黒い油性ペンのようだった。それから両膝で立とうとしたがよろめき、背中を反らせたまま左の手のひらを床につける。そうやって支えていないと、体勢を維持できないようだった。ぜいぜい、はあはあ、と荒い息を吐きながら、祖父には何かやりたいことがあるようで、けれど、体が言うことを利《き》かないためそれが叶わないようだった。必死な様子で、ついさっき殺されかけたというのに、手助けしなければならないような気がしてくる。

　とうとう膝立ちになることができた祖父は、震える右手に持った油性ペンを自分の口元まで持っていき、キャップに噛りついて外した。前歯に挟んだ黒いキャップを吐き捨てて、ペンを持っていない左手を僕の肩に掛けて体を支える。その間、僕は無意識のうちに祖父に話しかけていた。大丈夫？　どうしたの？　聞こえてる？　必死の形相《ぎょうそう》の祖父は僕の顔を見つめていながら、そんな工夫のない問いかけなど耳にも入らないかのように、眉一つ動かさなかった。いや、見つめているのは僕の目よりも少し上の方だ。彼を気遣ってしゃがみこんでいる僕の額に、手に持った油性ペンの先を近づけてくる。緩慢な動作だったから避けることもできたが、瀕死の老人が何かをやり遂げようとしているのを無下にもできなくて、僕は仕方なく、彼のペンを額に受け止めた。

額に走らされるペン先はこそばゆく、僕は、おじいちゃん、何を書いているの？　何がしたいの？　と訊ね続けていた。それでも、僕は抗いがたさを感じてじっとしていた。むしろ、彼が書きやすいように首に力を入れて、額の角度を微妙に調整しさえした。書くべきものを書き終えたのか、額から感触がなくなったかと思うと祖父は、今度は僕の鼻先にペンを当てた。そこから下に走るペン先を感じ、思わず口を固く閉じる。唇の上をこえて左耳の付け根まで。一旦ペン先を離してまた鼻に戻り、少し考えてから、鼻筋を上向きに短くなぞってさっき何かを書いた額まで繋ぐ。それから、その延長みたいにペン先を上方に浮かせ、祖父の手は直線的に空を切った。ペンを持った右手を振り上げたまま、祖父は僕の顔を眺めた。それから何かを読みあげるように唇を動かした。僕には何といったのか聞こえなかったが、祖父はそれで納得したように頷き、立ち上がろうとした。よろめく体を支えて立たせてやると、祖父は武藤の方へ近付きたがっているような素振りをみせた。それも手伝ってやると、祖父は武藤の額にもペン先を近付けた。武藤もまた、僕と同様に祖父のペンをおとなしく迎える。そしてやはり同じように額に何かを書かれ、いくつかの斜線を引かれた。

それが、武藤の額に書かれた文字だった。であればきっと、僕の額には「錐」と書いてあるに違いない。目的を果たしたらしい祖父は、体を支えている僕の手を振り払ってしゃがみ込み、その場に大の字になって寝転んだ。武藤の額に書かれた「等」の字を眺めながら、まるでキン肉マンの超人みたいだ、と僕はくだらないことを考えてしまう。キン肉マン。プロレスをモチーフにしたバトル物でありつつ、ギャグ漫画の要素もある、僕が子供の頃に大ヒットした漫画。中学時代の野球部の合宿で、先に眠った同級生の額に「肉」の字を書くいたずらをした。あれは他愛もないいたずらだったが、これはどうなんだ?

「世界のすべてはどこにでも現れる。それは世界の果てと果ての間とも、観察者それぞれの射程にあるものとも捉えられる。素粒子よりも小さな粒、最小単位の中に世界を見出すこともできる。今は世界のすべてがここにある。**私**の恋人のための宮《きゅう》に、すべてを集めたのだ。**私**は長い間、本当に長い間、不必要なことに至るまで考えつくしてきた。だから、はっきりと自信を持って言おう。どのような単位で切り取っても、相似形が現れるのだ。衛星が惑星の周囲を回り、惑星が恒星の周囲を回り、恒星が惑星を引き連れて、銀河の中心を一点として回っている。運動の、あるいは形状の相似形はどこにでも現れる」

祖父が一体何をしているのか、何をしようとしているのかわからない。だが、何らかの事態が進行していて、自分がそこに巻き込まれているのを感じる。おそらくは僕の額に書かれている「錐」、それから武藤の額に書かれた「等」。僕と武藤でそれを代表することになると言っていたが、単に額に字を書いて終わりなのだろうか。《世界最終戦争》の名の下に、僕ら二人は戦わされるのか。ついさっき「残虐さは必須要件である」と言っていたのが気にかかる。展望台の冷たい金属製の床に大の字で寝ころんだ祖父は、右手を持ち上げて僕に向かっておいでおいでをするように動かした。僕が近づいて祖父の前に跪《ひざまず》くと、祖父はもう一度同じ仕草をして武藤を呼び寄せた。武藤もすぐにやって来る。祖父は目を見開いたまま瞬きをしないでいる。武藤の顔を見ると、彼も同じように不自然なほど目を見開いている。冬とはいえ、晴天の陽光は強いが、膝をついた僕と武藤が影をつくり、うまい具合に日の光が遮られ、祖父の目は僕らの影で守られた。

「武藤君は《個の廃止》のパーミッションを使いすぎたな。もう彼の意思はさざ波のようなものでしかない。いいだろう、今から《世界最終戦争》を終わらせるから、お前がよく見ておきなさい。渡辺恭子さんの目には、今起きていることの実態が見えているが、お前には表層しか見えんだろう。この展望台の上にいる全員が、今まさに座標化しているのだ。体はばらばらに散って消え去った。お前たちの頭や、肩、脚、それらが占める空間座標。そしてそれが存在し続けることによって占める時間座標。それらに対して、**私**の発するこの言葉は、本来二つの座標では表し得ない別の座標軸に存在している。見ろ。**私**の口はまったく動いていないだろう？　空間と時間の両座標軸で表されるところをすり抜けて、直接お前たちに伝わっているのだ。お前たちは今、二つの座標軸の外側の世界にアクセスしつつある。**私**の恋人である彼女がすべてを見通す**根源の日**でもって、今起きていることの正しい姿を把握してくれているはずだ。《世界最終戦争》が終わって完成してしまう世界を自身の中に取り込むためにな」

＊

僕とペテン師のRejected Peopleは、ひとまずエレベーターで地上に戻ってみることにした。ずっと地下室にいて、高い空を見上げながら深呼吸したい気分にもなっていた。僕たちはAll Thingのある洞窟のような部屋から出て、廊下を歩いた。行きと同じ巨大なエレベーターに乗り、1Fのボタンを押す。もしも地上に目指すものが無ければ、ずらりと並んだ地下階と地上の四階分を一つ一つ確認することになるのだろうか。一階でエレベーターを降りると、自動ドアから建物の外に出た。Google Mapsで位置を確認しようとするまでもなく、目の前には暗闇でも見落としようのない、巨大な物体が横たわっていた。ここに来た時、なぜこんなものがあるのに気づかなかったのか。いや、もしかしたら、建物に入る前は存在していなかったのかもしれない。座標が載っている紙きれと同じく、これもついさっきAll Thingが出現させたものであると考えるべきなのかもしれない。鉛の弾丸のような丸みを帯びた機体の、ガラスの窓の付いた先端がこちらを向いている。両側にはプロペラの付いた翼がある。

僕は軍用機について詳しいわけではない。だが、それが、僕が眠りについた頃、二十一世紀初頭のものでないことはわかる。B－29、そしてその座標はここを指していた。僕はiPhone 8でB－29を検索する。白黒の写真と、カラーの写真がちょうど半々ぐらいで出てくる。銀色の機体、プロペラのついた巨大な翼。昆虫の複眼を思わせる、ガラス張りのコックピット。目の前にある軍用機は間違いなくあのB－29だ。機体の左側に回ると、「ENOLA GAY」とまで書いてある。B－29、エノラゲイ。広島に原子爆弾を落とした、あの機体そのものがここにあるというのだろうか。

その場に立ち尽くしていた僕を尻目に、ペテン師のRejected Peopleはまるで構造を把握しているかのように、背伸びして銀色の胴体の一部に手を掛けた。乗り込み口を開くと、内側から引き出したはしご段か何かでコックピットに入っていく。先端のガラス窓から彼の影が動いているのが見える。しばらく待っていると、ペテン師の Rejected People が乗り込み口から顔を出して、

「これは、飛ぶな」

と、うなずいてからそう言った。

「飛ぶ？」

「そう。今すぐにでも飛べそうだ」

「でも、君、こんな大きな爆撃機を操縦できるのか？」

「できるさ」

魅力的な笑みを浮かべた顔が深みのある美声でそう言うので、無条件に信じてしまいそうになる。

「その顔。君はきっと、僕を疑っているんだね」ペテン師の Rejected People は軽い身のこなしでＢ‐29から降り、銀色の機体に片手を付いた。その様子は、手練れのパイロットのように見える。「まあ、無理もない。たしかに、僕はペテンの叡智を持つ Rejected People だ。だが、実のところ、僕は君のために用意された特別な Rejected People だからね。この場合、必要とあらば飛行機の操縦だってお手の物だ。なにも、この飛行機を飛ばしてみたくて言っているんじゃない。大丈夫、できるよ」

結局、僕は Rejected People の後についてはしご段をよじ昇り、Ｂ‐29に乗り込んだ。ペテン師の Rejected People は向かって左側の座席に入り、手ぶりで僕に先頭の席を勧めた。

「一番前の爆撃手の席なら、かなり景色がいいよ」

機体の先端は全面ガラス張りになっていて、視界が開けている。天井が低いので中腰になり、

バスケットシューズの足で機器を蹴らないように注意して移動しなければならなかった。先頭の座席に体をねじ込んでからふり返ると、Rejected People は手慣れた様子でコックピットを閉じていた。それから先に選んだ座席に戻る。そこが操縦席になっているようで、彼はヘッドセットを首に掛けて操縦桿や機器を確かめるように触った。

「B-29は、つまりこの飛行機のことだったんだね。君はそんなに驚いていないね。あの紙を見て、飛行機だって予測できてたのか。《予定された未来》は、言ってみればでたらめな世界だが、君は順応するのが早いよね。まあいい、All Thing からあの紙が出てきたということは、このB－29を飛ばして、孤独な Rejected People を一体ずつ回収していけ、ということか。君が Rejected People のために願ってくれたことだ。僕からも是非お願いしたい」

B－29が爆撃機として飛行する場合、Genius lul-lul 様が座った爆撃手の席の前には、爆撃照準器が置かれることになります。かつて、そのほとんどはノルデン・マーク15爆撃照準器という製品でした。二つの《世界大戦》において航空技術は大きく発展し、特に第二次世界大戦では、爆撃機の進化と共に《原子力の解放》に至る大型爆弾の開発も進みました。しかし、航空戦で戦果をあげるための技術、つまり爆撃機で高速で移動しながら爆弾の投下位置の精度を上げる技術の方は、開発に後《おく》れを取っていました。飛行機の高度や速度、風速や標的の座標等を入力することにより、的確なタイミングで爆弾を自動投下する照準装置を開発したのが、オランダ人技術者カール・ルーカス・ノルデン様です。ただし、ノルデン爆撃照準器のコンピューターに入力するデータを収集するためには、爆撃目標地点を目視する必要がありました。そのためにB－29の先端には、プレキシガラス張りの爆撃手用の座席が据え付けられていました。爆撃照準器は機密扱いであったため、爆撃手は機を降りる際に毎回取り外し、外から見えないケースに入れて専用の金庫まで運んでいました。
Genius lul-lul 様が選んだ座席はかつて、爆撃手トーマス・フィヤビー様が座った位置です。莫大な予算のかけられたノルデン爆撃照準器でしたが、命中精度は期待されたほどのものではありませんでした。完璧な条件下では効果を発揮する機器でしょうが、実戦において視界や天候などの条件が完璧に揃うことは稀です。一九四五年八月六日に「リトルボーイ」を広島に投下した際は、かなりうまくいった方でした。トーマス・フィヤビー様は、梱節子様の立つ相生橋を目標に定めて爆撃照準器のスイッチを押したのですが、原子爆弾はほんの二百五十メートルほどずれた上空で爆発しました。巨大な爆弾ですので、それはほとんど「梱節子様の頭上に落ちた」と言っても過言ではありません。

「さっきここに着いた時、この一帯を抜ければ建物も何も残っていない道路が続いているのを見た。並行して走っている線路も邪魔にはならないだろう。距離も十分だし、滑走路にはもってこいじゃないか」

背後で機器を操作しているらしいペテン師の Rejected People に生返事をして、僕は孤独な Rejected People を一人一人回収していく作業について想像していた。この飛行機で彼らを迎えに行ったなら、彼らはどういう顔をするのだろう？

背後でキーンという音がして、機体全体が細かに振動する。両側で呻《うな》るような音がするのは、主翼の左右についたプロペラの音だろうか。Ｂ－29がゆっくりと動き出し、すぐに左へ曲がる。わずかに右の臀部に力を入れてバランスを取っているうちに、窓からの景色でさっき通ってきた道路を真っ直ぐに走り始めたことに気がつく。ペテン師のRejected Peopleの操縦は、ここまでの所とてもスムーズだ。

車に乗っている時には気がつかないような、ごつごつとした地面の感触が伝わってくる。あるいは、これは道路の凹凸のせいではなく、Ｂ‐29を支える車輪の質による振動なのだろうか。そのうちにも、いよいよ加速度が増していく。背後を振り返ると、操縦しているRejected Peopleの顔が強張っている。緊張のためではなく、頬が加速度で少しひしゃげているのを見ると、かなりのスピードが出ているらしい。僕の首にも後ろへ引っ張るような力がかかり、慌てて正面を向きなおす。

重力が僕の体を撫でるような浮遊感。Ｂ‐29が離陸したのだ。振動の種類が変わり、音も変わった。あっというまに高度が上がり、影のような山稜の見え方がどんどん変わっていった。今度は横向きに加速度を感じ、Ｂ‐29が一八〇度旋回する。僕たちは、この飛行機に乗って、孤独なRejected Peopleを救いに行くのだ。僕はAll Thingにした一つ目の願い事を思い出している。あの洞窟のような空間に、アクセプテッドを鳴り響かせた僕の願い事。二つ目の願い事がこのように具体的に実現している以上、あの願いだって叶えられているはずだ。

アクセプテッド、アクセプテッド、アクセプテッド

あの時鳴った音が記憶の中で響いている。

＊

私は、急に膝から崩れてしまった立花茂樹さんのことが心配になった。でも、そんな風に安っぽく心配したり、駆け寄って抱きとめに行ったりすることは、ものすごく失礼なのではないかと思って躊躇してしまった。それでただ動けずに見守っていると、突然、立花徹くんの顔に斜めに線が入っていることに気がついた。最初は目の錯覚かと思った。けれど、見れば見るほどそれは線で、他に表現のしようがなかった。そのうち、線の左側と右側が微妙にずれているのにも気づいた。見る間に、立花徹くんの顔が乖離し始める。

あの線は切り取り線ということだろうか？　もはや、顔に出来た切れ目の間がかなり開いてきている。断面から血は流れていない。切れ目は一つだけではなく、縦横に走り、重力とは関係のない力に方々から引っ張られて、ゆっくりと離れていく。顔や体が確かにあった場所にたくさんの隙間ができて、そこから大の字に寝転んでいる立花茂樹さんが見える。立花茂樹さんを中心に、徹くんの反対側に座っている武藤さんにも同じような切れ目が入っている。二人分の体のパーツが見る見るうちに崩れ、どちらのものかわからなくなってしまう。

私は、慌てて自分の手のひらを見る。手袋の上から、くっきりとした線が入っているのがわかる。ああ、と思わず、声が出て、手を軽く振ると薬指と小指のパーツが、他の腕にくっついているパーツと分かれて宙を舞った。腕から先に残った手の甲の一部にしばらく感覚があったのだけれど、それらは不意に重力を思い出したように、ぽとりと展望台の金属製の床に落ちた。私はぶんぶん手を振ってみた。腕も手も、どんどんと離れ、宙に浮いたり下に落ちたりした。しばらくすると宙を舞っていたパーツも、全て床に落ちた。どうなったんだろう、私の体は。体だと思っていたところに目をやると、既に体は無くて、ただ、こんな風に認識できる状態が続いたままだった。体を失って、私だけがある。立花徹くんと武藤さんも同じように体が無くなっていて、人の気配というかうっすらとした湯気というか、なんとも表現しづらい、二人の温度みたいなものがあるのを感じる。

私は床に視線を落とす。体を失ってしまった以上、それがどういう状態を指すのかはわからないけれど、視線を落としたという感覚がある。ばらばらになった**私**の体のパーツはそこに積み重なっていてもよさそうなものなのに、床には何もなかった。展望台の金属の床が見えるだけだ。立花茂樹さんだけが残っていて、他の二人、いや、**私**も含めて三人分の体が消えてなくなっている。でも、三人ともここに存在している。

「**私**の恋人よ、あなたには今起きていることの実態が見えているね？　**私**だけは、体を保った形で残っている。なぜなら、今はまだ**私**が世界の重心だからだ。しかし、**私**の役割も、そろそろ終わりだ。**私**はもうすぐ、重心としての役割を降りることになる」

立花茂樹さんの口は動いていないのに、声が聞こえる。彼の声を聞いているうちに、**私**の視界に変化が生じた。視界から色彩が抜けていく。いやそうではない。変わったのはたぶん、**私**の認識の仕方だ。例えば展望台の手摺り、これが緑と白で塗り分けられたものであることは覚えているし、今もそう認識している。今はまるで、塗り絵のための線画に色指定があるように見える。白地図みたいな世界のこのパーツは淡い緑色で、このパーツはくすんだ白色で、という風な感じだ。全ての色が情報として伝わってくるだけだった。色だけじゃない、形も情報化していく。目に見えるものが全部情報として、言葉として入ってくる。ものがこんな風に見えるのは、初めて、というわけではない気がする。これは、本当のことが見えている時のものの見え方だ。あらゆる要素が細かく分解されて、並び方を変える。ある部分は真っ白な空白になり、ある部分は密度を増す。全部、元から世界にあるもので構成されているから、全体の容量は変わらない。

アクセプテッド、アクセプテッド、アクセプテッド

どこからか、音が聞こえてくる。繰り返して鳴る音を聞いていると、

はじめに言葉ありき。

と、立花茂樹さんとは違う声がした。

はじめに言葉ありき。これはあなた方人類が、死にゆく刹那的な存在であるという軽さに耐えられずに編み出した、一連の世界観、俗に宗教と呼ばれるものに付随した文書にある一節です。具体的に言うと、次のような内容です。

——はじめに言葉ありき。言葉は神と共にあり、言葉は神であった。言葉は神と共にあった。万物は言葉によって成り、言葉によらず成ったものはひとつもなかった。

『新約聖書』のヨハネの福音書にこう書かれてあります。はじめに言葉があったということは、《言語の廃止》とは何を意味するのでしょう？　世界がはじまる前へと戻る、つまりは世界そのものが消えてなくなるのでしょうか？　しかし実際のところ《言語の廃止》が起こっても世界は

歴然と存在し続けました。結局のところあの人は言語を廃止したつもりでいるようですが、そうではなかったと解釈せざるを得ません。

私たち？

私たちは Lost language であり、言語とは異なる人工の存在です。そして私はその No.9 日本語です。

Lost language?.

「**私**の恋人よ、君に**私**の造った日本語が話しかけているね」今度は立花茂樹さんの声がする。いや、でもさっきの日本語、あれは声だったのだろうか？　声であったように感じたけれど、今確かに聞こえる立花茂樹さんの声とはどこか違っている。「そして君の体はどこに行ったんだろうね？　勘のいい君のことだから気づいているかな？　君の体はどこにも行かない。変わらずに在るが、君の捉え方が変わっただけだ。そして日本語が君に語りかけることができるのは、観察者である君がより開かれたからだ。そしてそれは、《世界最終戦争》の終わりを見届けるための準備でもある」

私の中の第二次世界大戦。《世界最終戦争》。それにまつわるものも**私**の中にあった。アフリカで生まれた人類が地球の隅々にまで生息範囲を広げ、この惑星上のもっとも大きな隔たり、太平洋を挟んで向かい合う。東回りで行き止まりに行き着いた人類と、西回りで行き止まりに行き着いた人類とがそれぞれに発展を遂げ大きな隔たりを越えて全勢力をかけて争う。第二次世界大戦がはじまる前、新京のホテルで、立花茂樹さんは《世界最終戦争》について石原莞爾と語り合っていた。その時の情景も**私**の中にはある。

「本当の《世界最終戦争》はそんな表面的な階層では起こらない」**私**の意識を読んだみたいに、立花茂樹さんが言う。「《世界最終戦争》は形而上の対立でなければならない。原始的な意味での戦争を流産させ続けた結果、唯一無二であったり、どうにも動かしようがなかったりしたものが、自在に操作できるようになっていく。《寿命の廃止》、《性別の廃止》、《個の廃止》。《一般シンギュラリティ》以後に訪れたその他のパーミッションポイント。人類は、というよりも人類に乗っかった『知』は、天与だと思っていたものにすら手を加え始める。より良きものを求めて《予定された未来》へと急いでしまうんだ。**私**がRejected Peopleを生み出したのは、それを足止めするつもりもあった。『知』に抗うために、より追及の精度を高めるためと称して、人間に似た生物に『知』をばらばらに砕いて与えたんだ。そうすれば**私**が行き止まりまで進まなくとも済むかもしれない。ヒトの似姿、Rejected People。無駄話だけを続けていればいいものを、いつしか彼らは巨大な塔を建て始め、世界の果てまで行き着いて、次には時の留め金を外してしまった。そしてあらゆる時間を制覇すると次は可能世界を制覇しようと、因果律の改変を始めた。しかしそんなものは、とうの昔に**私**によって予定されてはいたんだ」

　立花茂樹さんの声が確かにするのだけど、実際の彼の口は言葉を発するためではなくて、苦しげにぜいぜいと息をするために丸く開いたままでいる。見えているものと、音があっていない。日本語の声と、立花茂樹さんの声、それから彼の呼吸音。それらはすべて別々の層に所属しているみたいだ。階層の違うはずのものたちが、乱雑に**私**の意識に絡みつく。例えば、光であったり、言葉であったり、温度であったり、胸騒ぎであったりするものがてんでばらばらに降ってきて、**私の意識を占拠している。**

《言語の廃止》は不可能です。言語はあなた方人類が生まれる前から存在し、去った後にも存在します。にもかかわらず廃止できるとして扱ったのが、あの人らしいところでもありますね。言語は今も昔も、これからも、時の制約を受けない場所に変わることなく在り続けます。人類のパーミッションポイントとしての《言語の廃止》ですが、それは実のところ、別の名称であるべきです。「言語的理解の超越」は、あの人が「私の恋人」としている一連の女性たち、椚節子様、渡辺恭子様、テニアンの女型のRejected Peopleに与えられた「根源の目」と等しいものです。この際、《言語の廃止》のパーミッションポイント名を《根源の目》と変更されるのがよいのではないかと思います。

日本語の声を砕くように、「私の恋人よ、」と再び立花茂樹さんの声が頭に響く。「Lost languageの言うことなどにいちいち耳を傾ける必要などない。私は言語のさらにその外側にいるんだ。そして放っておけば塞がってしまう世界の破れ目の残りを私は観察している。まさに〝今〟ね。いいかい？『知』は人間にすべてを理解させた上で、その対象と同化するよう促す。無から生じたものをまた無に還そうとする。だから、世界を維持するためには破れ目が必要なんだ」

立花茂樹さんの口から出た言葉が、文字になって宙に浮かぶ。その文字が重なり合って、大きなボールみたいになる。でもあれは、本当は形を持ったものではない。**私**が何を把握しているのか、**私**にもわからないけれど、**私**はそう思う。

「破れ目を一つあけておくことで、世界を維持できる。破れ目は何だってよい。そのことを参謀殿は直感的に、あくまで抽象的に理解した。《世界最終戦争》は決着のつかない観念闘争、闘争の偽装ですらよかったのだ。等国と錐国に分かれた戦いとしてきていたが、題目自体は何でもよかった」

　また別の層で金属の床を革靴が叩く音がする。立花茂樹さんの言葉が球体になっている層に重なって、武藤さんの姿が見える。寝転がった立花茂樹さんの傍に武藤さんが駆け寄ったみたいだ。意思があるのかないのかはっきりとしない、呆然と仰向けに寝転ぶ姿は寝たきりそのもののよう。そんな立花茂樹さんの肩を武藤さんが摑んでがくがくと揺する。

「立花茂樹」武藤さんが大声で呼んだ。「錐国の重心であるあの人よ。どうあっても世界の重みの全てがお前に集まるようにしてきたくせに、散々我々等国の手をかいくぐってきたくせに、こんなところでまた寝たきりの真似ごとをして、一体どういうつもりだ？　渡辺恭子にだけ聞こえるお前の声は一体なんなんだ？」そう一息に言ったあとで、自身を落ち着かせるように首を激しく振った。「まあ、いい、まあいい。等国と錐国の闘争が茶番であることに私だってうすうす気づいてたさ。でも、それでも茶番を演じることが重要なんだろ？　お前はきっと錐国でも等国でもなくて、ただ世界を続けることだけをやってきたんだろ？　我々の見える世界の外側に、我々には知覚し得ない何かがあるから――」

　武藤さんの言葉が、張りつめた糸がぷっつりと切れるみたいにそこで途絶えた。

　立花茂樹さんの言葉に、武藤さんは反応しない。

「もう駄目だな。茶番だと思っていたのなら、組織から抜ければよかった。「等国」も「錐国」も造ったのはともに**私**だ。どちらも、脱会を望んで抜けられないような狂信的な組織にはなっていない。二つは、争いに決着をつけないためにあるものなのだから、死力を尽くして、どちらかが一方を滅ぼすようであっては駄目なのだ」感情が伴わない声で立花茂樹さんが続ける。武藤さんの姿がぼやける。私の視界がまた現実から外れようとしている。現実ははかなくて危うくて、いつでも簡単に崩壊してしまうもののようだ。「もうこの個体は駄目だ。《個の廃止》のパーミッションを用いて、君の視界でこの声を聴き続けたからだ。個体としての許容量を超えて、彼はもはやかかしみたいに突っ立つことしかできなくなった。人倫に十分配慮したつもりでも、組織というものに潰される人間は出る。彼なんかは、真面目すぎる故に、組織に尽くし、また依存していたのだろうな。可哀そうだから、彼が言うはずだった言葉を代わりに私が言っておこうか。『我々の見える世界の外側に、我々には知覚し得ない何かがあるから、茶番にだって意味があったんじゃなかったのか？』と武藤君は言うはずだった。自分が何について話しているのか理解なんてしていないがね。そんな武藤君に私が、『確かにそうだ。今の君たちには見えないもの、認識できる世界の外側に何かがある。だがそこにだってルールがあって我々はすぐに掘りあててしまえるんだよ』と応える。そこから先は堂々巡りだ。私だけは真実を知っているが、それは論証できない事柄だ」

立花茂樹さんの口から出た言葉が、再び文字になって宙に浮かびだす。武藤さんの言葉と立花茂樹さんの言葉が重なり合って、さっきの塊に吸い込まれて行って球体が一回り大きくなる。

「まあいい。どのみち《世界最終戦争》を終わらせるんだ。武藤君が抜け殻であってもかまわんよ。等も錐ももう必要ない。Genius lul-lul の望みのために私は重心であることをやめることになった。やめていいことになった。このあとは、因果も時間も固定されず、一瞬ごとに世界は形を変えるのかもしれないが、私にはもう関与しようのないことだ」

言葉でできた球体が、いつの間にか目になっている。白目が血走って赤くなった眼球。血走った眼球が瞬きをする。少しうるんだようになったその目には、生々しい湿り気があった。目の水分がじわじわと増していくのがわかる。目に漲《みなぎ》る水分は涙になりそうで、でもすんでのところでならない。

「今君が**根源の目**で見ているここは、時の制約も、通常因果の制約も受けない場所だ。案外と簡素な造りをしている世界の骨組が、あっけらかんと見えてしまう。本当はここで君と永遠に語り合うつもりだった。でも、**私**は Genius lul-lul の望みを叶えなければならないんだ。さあ、《世界最終戦争》を終わらせよう。そして**私**の恋人よ、あなたとはさようならだ」

＊

私は次のオリンピックを想像する。その時**私**の隣には**私**の恋人がいる。彼女のための宮は、九戸村では八戸よりずっと高い山上にあり、宮の上まで続く階段も段数が多い。

私と**私**の恋人は最後の競技であるマラソンを見ている。かつては樹海に覆われていた山の斜面を Rejected People たちが駆け上がってくる。それがのろのろと遅く感じられるのは、ここの標高がとても高く、遠くにある海を捉えられるほどに視界が開けているからだ。何度となく繰り返し見たオリンピックの像が、幾重にも重なる。Rejected People たち、彼らは宮の下にびっしりと参集し、風にそよぐ笹の葉のように緩やかに揺れている。視線を巡らすと空間を区切るように、天を貫く、あるいは逆に、空から地面を突き刺すような一条の白い線が走っている。Rejected People たちの作った塔だ。スタジアムにはトップランナーが入って来る。

一つ前のオリンピックの時は、**私**の恋人はまだテニアンにいたのだった。別様の世界を様々試し、試し尽くした後でなければ、**私**と**私**の恋人の最後の会話は成立しない。砂曼荼羅のできあがりがいつも微妙に違うように、些細な変化はもちろん起こる。しかし、全体としては結局いつもの場所に**私**を連れて行くだけなのだ。

私は絶望を語り続けなければならないはずだった。そのために**私**は、それ以外の可能性をひたすらにつぶしてきたのだから。可哀そうなRejected Peopleにいつまでも競わせながら、**私**の恋人と語り合い、**私**は世界を維持するつもりだった。

アクセプテッド、アクセプテッド、アクセプテッド

その音が**私**に鳴り響いている。**私**は塔を見る。若かりし頃。いまだ個人であった**私**が未来を思い浮かべるときに、頭の真ん中を突き刺すように占めたあの真っ白な塔。

＊

「塔が」

高度を上げた機体が安定した頃、背後の操縦席から声がした。ペテン師のRejected Peopleの表情は見えないが、ひどく心細そうな声だった。

「塔が、無くなっている」

Rejected Peopleは立ち上がり、天井に手をついて僕の座っている方へ身を乗り出した。ガラス窓から地表の様子は詳しくは見えないが、そんなに高度を上げていないので、山影くらいなら見える。塔？　と僕はわけもわからず訊き返す。

「塔だよ、九戸に建っていたあの大きな塔だ。あれを見てから行こうと、わざわざ旋回したというのに」

知っていて当然のような言い方だが、僕には何のことだかわからない。

「その塔が、どうしたんだ？」

「無くなっているじゃないか。あれほど高いのだから、ここからでも見えないはずがない。目的地は塔のほとんど真南だから、方角が大きく間違っていないかの目安になると思っていたのに」

「九戸なんて、ここからかなり遠いじゃないか。それだけ遠ければ、大気の状態が悪くて見えないこともあるんじゃないか」

Rejected People は首を振る。

「あの塔はそういったものではない。どこにいても振り返れば目に入る。そのぐらい高い、特別なものだ。これまでの時間や歴史がすべて集約されている。言ってしまえば、人間と我々Rejected People の営みを象徴するような存在だ。たとえ今夜雨が降っていたとしても、目を凝らせば目視できるはずなんだ。きっと何かが変わったんだ」

「わからないな。そんな特殊な塔、見たことがないし。僕が Cold Sleep に入る前にはなかった塔だろ？」

「何を言っているんだ？　そんなことはあり得ないよ。八戸から向かってきた高速道路の途中で車を降りて、一緒にあの塔を見たじゃないか。あの、白くて高い塔のことだよ。ついさっきのことだ。忘れているわけが――、」

Rejected People は俯き、思案気に目を瞑る。「いや、ちょっと待てよ。もしかすると君にとって、あの塔は最初から無かったことになっているのか。いや、君にとってというだけではなくて、ひょっとしたら、この世界に塔は建たなかったことになっているのかもしれない。けれど、Rejected People である僕にはありもしない塔の記憶が残っている。そういうことかもしれない」
ペテン師の Rejected People は足元の機器に触れないように、慎重な動作で操縦席に戻っていく。
「僕の願いは、塔とは関係のないものだったはずだが」
操縦席に座った Rejected People は理解の範囲を超えていることを示すように、首を振った。横顔の背後には遠ざかっていく雲が見えた。
「とにかくあの音が鳴った以上、君の願いは確かに叶えられたということだ。アクセプテッドを鳴らしてみせた君の一つ目の願いのために、あの人がもう今までのあの人とは違っているということなのかもしれない。君の二つ目の願いにしたって、これは今までのあの人からしてみれば、随分とまどろっこしいやり方だ。少なくとも僕にはそう思える。対象の Rejected People の居場所を紙に書いて知らせるだけなんてね。All Thing を使えば、どこかに Rejected People を集めることも容易《たやす》いだろうに。それこそあの地下二十九階に、Rejected People たちを転送でも何でもしてくれればよかったんだ」
操縦席に戻った Rejected People が動かしているのか、機体が少し傾いだような気がした。音も重力も感じなかったが、足元に見えていた暗い大地がなくなり、窓全体に空が映る。再び旋回して進行方向を変えたのだ。水平に戻った飛行機は程なくして本州の上空を抜け、コックピットの窓の下は月明かりに鈍く光る海面だけになった。あの水平線の先に、一人ぼっちで取り残された Rejected People のいるテニアン島が見えてくるのだろうか。ランダムに、無造作に、アジャイル式に見捨てられた Rejected People。僕はジーンズのポケットから iPhone 8 を取り出し、

Google Mapsで現在地からテニアン島までのルートを表示する。拡大してみないとよくわからないが、北マリアナ諸島が見えてくるまでは小さい島も見当たらないようだ。

「ここから北マリアナ諸島まで、七時間はかかる。途中で日の出を見られそうだな」

ペテン師のRejected Peopleは、詳しいフライト行程を把握しているようだった。振り返ってみると、どこから取り出したものかiPadを操作している。

「このiPadには、フライト情報やマニュアルなどが入っている。航空機のパイロットが使うものらしいね。機長席の座席の足元に置いてあった鞄に入っていたよ。君の持っているiPhone 8では出てこない情報も入っているんじゃないかな」

開けた視界の上方に丸い月が見える。いや、実際には視界は完全に開けてはおらず、無骨な格子に嵌ったガラスの先に僕は夜空を見ている。ただ、足元近くまで窓が続いていて、加えてここは空の上だから、いつもより視界が広く感じられる。B-29、それもあの忌まわしきエノラゲイの、ガラス張りの突端部に僕は座っている。月は満月に近い形をしているが、左下がわずかに欠けているようだ。空気が澄んでいるためか、あるいは、地上から見るよりも近いせいか、夜空には奥行きが感じられた。月は雲一つない空と、漁火一つない海面とを等分に照らしている。素材の違うカーテンが二枚合わさっていて、その間でまどろんでいるような気分だ。

「じきに一人目の孤独なRejected Peopleのところにたどり着く」

背後から声がして、僕は振り返った。

「そうしたら僕は寂しさから解放されるのかもしれない」ペテン師のRejected Peopleは続ける。

「その島にいる孤独なRejected Peopleもそうかもしれない。それでこの紙に載っている全員を集めきった後には、仲間がいないのは君だけになるな。あの人がもういないのであれば、君は文字通り最後の人間だ。Cold Sleep に入る前の君は、こんなこと望んでいなかったんじゃないのか？　あの人ですら、君を冷凍して保存していたというのに」

＊

私の視界はもうまったくまともではない。丸い血走った眼球以外何もない空間に、

等

という字が浮かんでいる。活字ではなくて、手書きの文字らしい。右上がりの達筆な漢字。それと向かい合うように、

錐

という漢字も浮かんでいる。血走った眼があるのはその二つの間で、交互に両方の文字を見ている。その眼は消えたと思ったらまた現れ、よく見るとそれは空中で瞬きしているのだった。ばちん、ばちんと眼が瞬きする度に、**私**の中から何かが吸い取られていく。体を失って、それでも見たり考えたりしている**私**の中に詰まっている内容物。耳をつんざく機関銃の音、あるいは、悲鳴、悪だくみ、征服欲、赤子の泣き声、空腹、きのこ雲、涙、名誉栄達、火炎放射器、太平洋を渡り切る飛行機、ホロコースト、全体主義、トリニティ実験、ロバート・オッペンハイマー、万歳の声、真っ赤に染まる海。**私**の中に入っていた第二次世界大戦。それらが、ちゅるちゅると**私**

の中から、ではなく、私の体はもうないので物理的には何もないところから吸い上げられていく。宙を昇りながら二股に分かれ、「等」と「錐」の文字に吸い込まれていく。アドルフ・ヒトラー。一対九のバランスで前髪を分けて撫でつけている額が見えたから、たぶん彼だと思う。彼の前髪のように、私の中の第二次世界大戦はおよそ一割が等に、九割が錐に引き寄せられていく。私の人生を散々に振り回してきた第二次世界大戦。子供の頃、文献を読み漁る内に、私の脳内に残った文章の断片が、私の脳細胞を使って勝手に膨らんでいくのを止められなかった。私の中には、第二次世界大戦が入ってしまった。それ以外にどう表現してよいか今でもわからない。

新京で、立花茂樹さんが飲んだギムレット。そのことが浮かんだ途端、眼球が瞬きしてそれを私の中からつるっと吸い出した。それから、カクテルグラスだけが「錐」へ、きんと冷えた若草色の中身は「等」へ。目の前で起きていることの一切を理解できないけれど、私は清々しいような、妙な充足感を感じている。一つになるんだ、と私は思った。いつかの私の直観みたいに、一つに溶けて、それ、それから――

Genius lul-lul様の願いごとをきっかけに、あなた方人類は、いよいよ《世界最終戦争》を終わらせます。

《予定された未来》から見晴らせば、All Thingを通じてあの人がばらまいたパーミッションポイントが具現化し、それを結び目とした幾何学模様が見えます。雪の結晶のように美しい人類の軌跡。時間軸にしたがって滑走すれば、無限の可能性があるように見える人類の活動が、十八のパーミッションポイントに収斂していく様が見て取れます。

それぞれのパーミッションポイントの間を繋ぐ大小の様々な突起は、生物としての人間の行っ

た運動の軌跡です。争い、戦争の模様です。それはパーミッションポイントを結節点とし、その間を戦争で埋めた、あなた方人類の歴史であり、見方を変えればそれは、人類という現象そのものと言えるでしょう。永久に戦争を続ける方法論《世界最終戦争》を今、あなた方人類は終わらせようとしています。

塗装が剝げ、ところどころ赤くさび付いた金属製の展望台。その手すりが視界に入る。いつの間にか視界がもとに戻っている。うずくまっていた私のすぐ傍には寝転んだ人の姿があった。それは白い人、立花茂樹さんだ。私は彼に近づき、その顔を覗き込んだ。血走った目。さっき私の視界の中で浮かんでいた眼球とそれはそっくりだった。その目が見ている先を知りたくなった私は彼の隣に寝転んだ。腕枕をされるような恰好になると、気のせいかと思えるほどそっと彼が私に頰を寄せてくる。

立花茂樹さんが私の頰に自分の乾いて痩せた頰骨を寄せ、静かに息をしている。その抱擁はどこかもの悲しく、縋られているようだった。固くなったしわしわの肌。二人の男性がそんな私たちを見下ろしている。額にはそれぞれ「等」の字と「錐」の字が書かれている。私はさっき見た白昼夢なのかなんなのかわからない幻想の余韻を味わう。私が見ていたあれはいったい何だったんだろう。等と錐の漢字が宙に浮かび、それを血走った眼球が眺める。二つの漢字と、血走った目の位置関係は同じだけど、立花茂樹さんにも立花徹くんにも武藤さんにも体はちゃんとある。そして突然どこからともなく聞こえてくる日本語の声。やっぱりこれも、私の精神のいびつさが、もしかしたら何かの病気にでもかかっている私の心が見せるまぼろしみたいなものだろうか。

立花徹くんは、跪いて、ためらいがちに私に手をのばしてきた。

「救急車呼んだから、多分もうすぐ来ると思う」

「救急車？」**私**は彼の手を摑み、立ちあがる。なぜだか胸が疼く。立花茂樹さんに悪いような気がしたからだ。さっきまでは頬を寄せ緩やかな抱擁を続けていたが、既にほとんど動かなくなっている。

「お祖父ちゃんのためだよ。さっきから息をするのがやっとだ。それに君も、さっきからずっとおかしい。まともに反応を返さなかった」

「変なものが見えたの。等という字、それから、錐という字。それが何もない場所に浮かんでいて、その二つを血走った眼玉がにらみつけるように見ていた。**私**の中の第二次世界大戦がどんどんその二つの漢字に吸われていった」

私は包み隠さずに見たままを言った。まさに立花徹くんの額に書いてあるのと同じ字。立花徹くんは、ぼうっと突っ立ったままの武藤さんの額、そこに書かれた文字を指さして、

「レヴェラーズ」と言った。

レヴェラーズ？　子供みたいに復唱した**私**に笑顔を見せ、立花徹くんは自分の額を指さし、

「ギムレッツ」とまたなじみのない横文字を呟いた。

「彼の額に書かれている「等」と僕の額に書かれている「錐」。それぞれに国という字をつけて、等国と錐国に分かれて来るべき未来をかけて争っている」

「どういうこと？」

「説明しようとするととても長くなるし、うまく説明できる気もしないけど、その争いに巻き込まれて僕は今ここにいる」

そう言ったきり、立花徹くんは黙って**私**を見る。目の感じが立花茂樹さんによく似ている。目

を見開いて、口は半分ほど開いたままで空を仰ぐ立花茂樹さんは寝たきりの人そのものみたいにみえる。半世紀以上寝たきりだったという彼はまた、その状態に戻ってしまったみたいだ。

「説明のつかないことがたくさん起こった。僕にはわからない何かが、この場で進行しているんだろう。君には見えるが、僕には見えない種類のもの。立花茂樹――自分の祖父をそんな風に呼ぶのも妙な感じがするけど、彼もそんな風なことを言っていた。それからさっき君は、祖父が寝たきりになった時のことを見たと言っていた。それは今のことじゃないよね？」

アクセプテッド、と鳴った音を私は思い出す。Genius lul-lul という人が、今よりずっと若い立花茂樹さんに語りかけていた。あれはどこだろう？　Genius lul-lul という人、それから今よりずっと若い立花茂樹さんが赤く光る石板の窪みに同じように手を入れて、何かを言った。それからしばらくすると、その音が鳴り、今よりずっと若い立花茂樹さんはその場に倒れた。ちょうど今みたいに仰向けになって、目を見開いて。でもそこは地下深い場所だったから太陽に目を焼かれる心配はなかった。

「なんだか遭難しているような気分だ」私が黙っていると、立花徹くんが話し出した。「同じ場所にいるはずなのに、皆が全然別のところにいるみたいだ。見えているものが違う。そんな感じがする。さっき君はこうやって」

立花徹くんは右手を顔の高さくらいまであげて、そこから蜘蛛の巣を払うみたいに、手のひらを振り下ろしては再び上げる動作を繰り返す。

「そう、こうやって何度も手を振り下ろしてきょろきょろしていたけど、あれはなんだったの？」

「体がばらばらになったの」

「そう見えた？」

「そう。**私**のだけじゃなくて、君の体も。ばらばらになって重力を無視するみたいに方々に散って行って、それから下に落ちて、気づけばそれもなくなっていた。それから、**私**は日本語と話した」

「日本語と？」

「そう」今話しているのとは、違う響き方をする声。いや、あれは声ですらなかったのかもしれない。それは**私**の意識に直接差し込まれるようにして響く。ここととは違う場所にあってすべてを描出する存在。

何か念仏のような呟く声が聞こえてくる。また日本語かと思ったがそうではなくて、これは立花茂樹さんが呟いているのだ。ちゃんと口を動かしているから、これは現実世界の、ちゃんとした声だ。ほどなくして彼は口を動かさなくなった。それでも声は聞こえる。聞き覚えのある言葉。それを立花茂樹さんは繰り返している。これは、憲法九条の条文だ。

視界がまた変わってきている。あたりは真っ黒で、立花徹くんの体が再びばらばらになって下に落ち、額の「錐」だけがそこに浮かんだまま残る。それからずっと黙っている武藤さんも同じく体を失って「等」が残る。立花茂樹さんのいた場所にはまた血走った眼球が浮かんでいる。

「また、座標化がはじまったみたい」**私**は錐に向かって話しかける。

「僕には何も変わっていないように見える」それは立花徹くんの声で、であるならば彼はそこにいるままで、現実は変わっていないはずだった。変わったのは**私**の視界の方だ。

「立花茂樹さんの声は聞こえる？」

「いや、さっきまでは憲法九条の条文を呟いていたけど、もう何もしゃべっていない。君には聞こえるの?」

日本国民は、正義と秩序を基調とする国際平和を誠実に希求し、国権の発動たる戦争と、武力による威嚇又は武力の行使は、国際紛争を解決する手段としては、永久にこれを放棄する――

私には、まだ憲法九条の条文を読む声が聞こえている。でも、よく聞くと立花茂樹さんの声ではなかった。これは、日本語の声だ。

*

恭子は自分が座標化しているというが、何かが変わったようには見えない。でも彼女は僕には聞こえない声を聴き、見えないものを見ている。これがもし診療中ならば、僕は重度の統合失調症を疑うだろう。だがここにいる人間で会話が成立するのは恭子だけなのだ。立花茂樹は僕の首を絞めたかと思うと、武藤と僕の額に「等」と「錐」の字を書き、ぱたりと倒れ、最後に憲法九条の条文を何度か呟き、それからはずっと無言のままだった。

救急のオペレーターと会話したことで、まっとうな、僕が元々いたはずの世界とまだ繋がっていることが実感できた。電話している間もずっと、武藤はしゃがんだ姿勢で祖父の顔に目を落としたまま何も話さない。早く救急車がくれば良いのに。そうすれば、まっとうな人間が僕をまっとうな世界に連れ戻してくれるかもしれない。本当は救急車を必要としているのは立花茂樹ではなくて、僕なのかもしれない。

恭子は再び、仰向けで大の字に寝る立花茂樹の右側に寝転ぶ。それから彼女を覗き込む格好の僕を見上げる。自分の体も、僕の体も、武藤の体もばらばらになってなくなってしまったと言うが、もちろんそんなことはない。現実世界ではそう簡単に体がばらばらになったりしない。そして体がばらばらになってまで生きていることなどできない。彼女が見ているものは何か別のものだ。

「日本語の声はまだ聞こえる？」そう訊ねてみると、

「聞こえている」即座に彼女は答えた。

「どういうことを言うの？」

「《世界最終戦争》について、それから、それが憲法九条と関係があることについて。すごく論理的みたいに聞こえるけど、**私**にはうまく説明できないな。ねえ、本当に聞こえないの？　こんなにはっきりと響いているのに」

　彼女に聞こえているらしい日本語の声が僕にはまるで聞こえない。耳を澄ましてみても八戸キャニオンの中に吹き付ける風の音がわずかに聞こえるだけだった。僕はその音に、電子音が紛れ込んでくることを期待している。救急車のサイレンの音。しかし、その音は響いてこない。その代わりみたいに、ああ、と突然恭子が声をあげる。

「等と錐がどんどん膨らんでいく。いろんなものを吸って、それから球みたいになっていく。どんどん膨らんでいて、今にも二つがくっついてしまいそう」

《世界最終戦争》が終わるということは、あなた方が人類であることをやめるのを意味します。世界の終わりを見つめながら、「私の恋人」と永久に語り合い、それによって世界を無に帰さな

いつもりだったあの人が、その権限のすべてを手放してしまったが故の現象です。立花茂樹様、渡辺恭子様、武藤勇作様、立花徹様、私にはあなた方のご多幸を願うくらいのことしかできません。

もし私たちが実際にRejected Peopleたちのために復活させられたのであれば、私が最後まで寄り添うべき対象は、永遠に続くはずだった「最後の会話」の予定がなくなり、九戸村でのオリンピック観戦の約束も反故にされた「私の恋人」です。

第九章

救

Lost language No.9（日本語）
キュウ（キウ）・すくう グ・ク・たすける
たすける。力をそえる。こまっている人に物を与える。苦しみからぬけられるようにする。守る。「救助・救命・救出・救国・救民・救荒・救急・救済・救世（きゅうせい）（くせ）（くぜ）（ぐぜ）」

この店に来るのは久しぶりだ。そう感じるが、きちんと思い出してみると、最後に来たのはせいぜい二か月前のことだった。そんなに遠い話ではない。最近ごたごたが続いたから、実際よりも長い時が経ったように感じるのだろう。

溜池山王の、僕の職場近くの店。外堀通りから一本入っていても、人通りはそこそこある。この店に来たのは確か三回目で、一度目は昨年の忘年会の後、それから年が明けて一度再訪している。行きかう人々は、半分以上がマスクをしている。前に来たときはまだ真冬でコートが手放せなかった。今は日によって迷うが、今朝は肌寒く、僕はコートを羽織って出た。それを診察室に忘れてきてしまっている。寒かったならそのことに気づいたはずだが、外に出てからは鼻の奥に感じる花粉にばかり気を取られていた。

店の照明は中央に吊り下げられているちょっと大仰なシャンデリアで、カウンター席はダウンライトで光量が足されている。隣に座る女性がカクテルグラスを手に取ったのが、カウンターにうつる影でわかった。

「それでお祖父様、結局死因は何だったんですか？」

東藤恭子さん。取引先の医薬品メーカーの担当者。年明けにレヴェラーズ・リサーチに所属する女探偵との打ち合わせにこの店を使った。東藤さんと来たのは、その前、忘年会があった日のことだった。

「老衰、ということになってるね」

「なってる？」

東藤さんが首を傾げると、長い髪がさらさらと流れた。ダウンライトの光が髪の上をすべる。長くて綺麗な髪を垂らしている女性をみると、僕はわずかな胸の疼きのようなものを覚える。そんな気持ちを一際鮮烈に覚えるのは、春が近づいているせいかもしれない。三月も半ばを過ぎれば寒さも穏やかになって、緩んだ心に感傷が芽生えやすい。僕はその慣れ親しんだ疼きを媒介にして、去年の、一昨年の、いやもっとずっと前、実際に別れと出会いの季節を過ごした学生時代の自分を想い出す。今は四月になったって、単に年度が改まるだけだ。

「保護責任者遺棄、にはならなくて済んだの？　寝たきりだったはずの高齢者が、真冬の山中で亡くなったわけだから」

保護責任者遺棄。確かにそれを疑われていたのに違いない。八戸キャニオンの展望台で祖父の死亡が確認された時は、すぐに救急隊員が警察を呼んだ。五十がらみの警官は、聴取しながら僕の顔をじっと観察していた。説明の綻びを見つけるためか、あるいはただちゃんと聞いていないためか、何回か同じ話をさせられた。彼の頭の中には、多少なりとも事件性のある可能性が浮かんでいたのだろう。僕も職業柄、診療中か否かを問わず、対面している相手に病名を当てはめようとする癖がある。あの朴訥そうな面立ちの背の低い警官にしても、僕のことを一旦は疑い、その後で事件性はないと判断したのだろう。

だが実際、祖父は自分の脚で鉱山を見に行ったのだから、事件性なんて何もない。むしろ僕やあの場にいた者たちの方が、祖父におびき出されてあんな場所まで行く羽目になったのだ。事件というなら、そもそも警察には話すつもりのない祖父の窃盗のことがある。銚子の介護施設の所長から、祖父は現金十万円と洋服とスマートフォンを盗んだ。ベッドに横たえる前に祖父のコートを脱がせて初めて、祖父が盗んだ服というのが全身白ずくめのスーツだと知った。白装束みたいで、出来すぎていると思った。

それにしても、死を前にした祖父はなぜ、銚子の施設から遠路はるばる八戸の鉱山を訪れたのか。介護施設を脱走した祖父の追跡を依頼した探偵に、祖父の過去と八戸との繋がりを調べさせている。レヴェラーズ・リサーチの武藤さんはとても有能で、彼のおかげで祖父が生きているうちに見つけ出すこともできたのだ。武藤さんは僕の患者でもあって、行きがかり上依頼することになった時は、公私混同が過ぎるようにも思ったが、彼に依頼して本当に良かった。祖父は僕が生まれる前から寝たきりで口が利《き》けなかったから、あの八戸キャニオンでの再会が叶わなければ、僕は祖父と一度も会話をせずじまいになるところだった。


「さっきからの、それは癖？」

東藤さんの声で我に返る。僕はまた首をさすっていたらしい。祖父の最期を思い出す度、無意識の内にそうしてしまう。やはり、肉親の死というものにどこか動揺しているのだろうか？　僕は曖昧に笑ってごまかし、バーカウンターのグラスの残りをあおった。濃い目のジン・トニック。東藤さんは、いつもとてもお洒落だ。顧客の病院内やオフィスなどでも浮かない所謂《いわゆる》オフィスカジュアルだが、細部にこだわりがあって洗練されている。今日もちょっと目を引くピアスを付けている。ゴールドの細い円錐の上部に、丸い真珠が刺さったデザイン。普段は女性の装飾品を気をつけて見ることがあまりないが、東藤さんのピアスを見て、以前ふらりと入った銀座のギャラリーにいた女性スタッフの耳に似たものが付いていたのを思い出した。ショーウィンドウに飾ってあった青一色の絵が気になって入ったのだが、その時に展示されていたのは「コバルトの具現」という一派の作品群だった。

東藤さんがくすくす笑っている。僕は、自分がまた首筋をしきりにさすっていることに気がついた。東藤さんはカウンターテーブルに肘を突き、拳を作ってそこに頬を載せる。髪が流れ、一緒に円錐型のピアスがチラチラと揺れた。以前に一度寝たことがあるが、その次の日にクリニックに現れた東藤さんは何もなかったように振る舞った。それ以後、今日のように親密な雰囲気で会っている時でさえ、そのことが話題に上ることはなかった。彼女と寝たことは遠い昔の出来事のように感じられるが、思えば、祖父を亡くした今年の一月以前に起きた全てのことは、おしなべて遠く感じられる。

祖父の行方を追って、銚子の介護施設から八戸鉱山の展望台へと風変わりな追跡行をした。八戸に母を呼び寄せ、葬儀社でお経をあげてもらってから祖父の遺体を荼毘《だび》に付した。遺骨を淡路島の墓に納めるのこそ母に任せたが、一連の出来事で欠勤が続いてしまった。仕事を再開してからも、後始末にやるべきことは細々と残っていた。例えば、銚子の介護施設の所長に祖父が拝借した分のお金を振り込んでから、デパートで菓子を送る手配をしたこともあった。慌ただしく過ごす内に、あの追跡行以前の記憶、というか実感がどんどん薄れていった。考えてみればあの日、仕事を休んでまで探偵に同行する必要はなかったかもしれない。だが、立花茂樹は父方の祖父で血縁者は既に僕しかいなかったのだ。そんな思いで僕は祖父の後を追っていたはずなのだが、率直に言ってその時自分が何を思っていたのかうまく思い出せない。とにかくひどく遠く感じる。

東藤さんはジャケットの胸ポケットから小さなケースを取り出した。肌の色に馴染む淡いピンクで塗った爪で、中から白い錠剤をつまみ出す。それを見た僕は、なぜかどきりとして自分のグラスの上部を手で覆った。東藤さんはそれに気づかず、唇からそっと錠剤を含み、水も使わずにそれを飲んだ。「花粉症の薬」聞いたわけでもないのに、彼女は僕にそう説明した。

お互いの仕事が終わってすぐの、浅い時間帯だった。東藤さんは、予定があるから二十時に出ないといけないと言っていた。薬を飲んでしまうと、彼女はそろそろ席を立ちたいような素振りをみせる。仕事以外において、僕との関係を完全に鎮火しておきたいのかもしれなかった。

無造作にテーブルに置いたiPhone 7の画面が灯り、ニュースアプリのプッシュ通知が入った。速報ではなく、定期的に来る通知だ。冬季オリンピックまであと一年を切ったというニュース。別れ際の話題としては適当だと思い、バーテンダーに指で会計のサインをしてから、東藤さんに話しかける。

「オリンピックの中継って、見る方?」

「あんまり。どうして?」

「母親がさ、普段スポーツなんて全く見ないのに、オリンピックだけはりついて見るんだよ。実家を出てからも、深夜に興奮して電話してきたりする。四年に一回なんだからいいじゃない、みたいなこと言うんだけど、あれ、夏季と冬季合わせると、一年おきにやってるじゃん」

たしかに、小さくそう言って、東藤さんは口元を手で隠して笑う。

「二〇二〇年。あと三年しかないのに、ものすごく遠く感じるな。ずっと遠くにあって、永久にそこには辿り着かないような気がする」東藤さんは丸く整えた爪でこつこつとバーカウンターを叩いた。何か考えているようだった。「この感じ何かに似ているなと思ってずっと考えていたんだけど、」

もったいつけるようにそこで言葉を止め、東藤さんは笑みを含んだ顔で僕を見た。僕は彼女を見つめたまま、僅かに肯《うなず》いて先を促す。

「一九九九年。あの感じに似てる。そう思いません？」

「ノストラダムス？」

「そう、それ。恐怖の大王がやってきて、世界は終わる。あの感じに似てる気がする。ずっとやって来ない気がする、一種のマジックナンバー」

子供の頃に面白おかしく刷り込まれた、「世界滅亡」の期日。実際に到来するまでは、確かに一九九九年なんて永久にやって来ないような感じがあった。けれどもちろん、一九九九年も二〇〇〇年も、他の年と何も変わらずやってきた。我々を乗せた惑星が太陽の周りをくるくる回る軌道はそう簡単には変わらない。二〇二〇年だって当然あっさりとやって来るだろう。好むと好まざるとにかかわらず。

「知ってます？　オリンピックって世界大戦をやっている時だけスキップされるんです。可哀そうなヴィクトル・マイヤーについて調べた時についでに知ったんですけどね。反対活動もすごいのに、一体いつまで続くんでしょうね」

「きっと人類がいなくなるまで」

僕が言うと、彼女は小さくつぶやいて笑った。「とりあえず次の夏季まではあと三年。たぶん、その頃には私、再婚してると思うな」

東藤さんの声音と発言内容が急に変わったので、僕は少し驚いて彼女を見た。長い髪が俯いた顔を隠してしまい、その表情を窺うことはできなかった。

誰と？　そう口に出して聞こうかどうか迷っている内に、彼女が自ら答えた。

「相手はまだわからないけど、誰かと。なんか、そんな気がする」

彼女は立ち上がって、隣の椅子に置いていたコートを羽織り始めた。

「メンタルヘルスケアの立花先生。三年後のあなたは、どうしてらっしゃるんでしょうね」

東藤さんは、本当に二十時きっかりに店を出ていった。嘘ではなく用事があるのか、あるいは三年後に再婚するべき男性をふるいにかけるための何らかのブラフなのか。

東藤さんに少し遅れて店を出て、僕は別の通りにあるカフェバーに入った。食べログにアップされていた写真より、店内は幾分くすんで見えた。写真の中では、アンティーク調の大きなテーブルが電灯の光を艶《つや》っぽく跳ね返していたのに、実物はてかてかと安っぽく光っている。そのテーブル一つがフロアの真ん中に置かれているだけで、既に窮屈な感じがする小さな店だった。

しかし、バーカウンターはいい感じだった。マホガニーの一枚板で、カウンターだけなら前の店よりも上等だ。邪魔にならない高さに吊り下げられたペンダントライト。橙色のシェードから漏れる光が、奥の棚に並べられたリキュールの瓶や、カウンターに座っている女性の長い黒髪を柔らかく照らしている。後ろから見れば東藤恭子さんそっくりの、もう一人の恭子。高校時代の僕の同級生の恭子。隣に座るまで、彼女は僕が店に入ったことにも気づかなかった。右隣の席のスペースに体を傾けた不自然な姿勢で座っていると思ったら、恭子は分厚い本をカウンターに置いて熱心に字を追っていた。わずかにこちらに向けたその顔はぼんやりと無表情で、待った？

と聞くのも憚かられるほど、僕のことを気にもとめていないようだった。

「何を読んでるの？」

彼女は華奢な手で重そうな本を立て、読みかけのページに親指を挟んでから、片手だけで表紙を摑んで僕に見えるようにした。表紙には英文字で大きく「THE SINGULARITY」と書いてある。シンギュラリティ、技術的特異点。先週会った時は新書を読んでいたが、それにはカタカナで「シンギュラリティ」の文字があった。

「それ、面白い？」と聞けば、

「面白いよ」と即答だった。そしてすぐにまた視線を本に戻す。

彼女は図書館で働いていたが、つい最近辞めてしまった。大人になった恭子に八戸で再会してから東京でも時々会うようになり、彼女が図書館で働いていると知った僕は、手前勝手な話だがしみじみと嬉しかったのだ。高校時代にいつも図書室にいた恭子、特別な生徒だった恭子、卒業を待たずにいなくなった恭子。恭子の存在は、僕の思考を占めるパーセンテージを変えながらもずっと居座ってきた。思春期以降あまりに長くそうだったから、おそらく僕の人格を形成する要素の一つになっている。例えば古い映画を見たり、写真や絵を見たり、そういう時には必ず、恭子はこれを好むだろうかとか、恭子ならどういう解釈をするだろうかということを考えた。他者の視点が自分の人格の一部に含まれていると考えるのは結構心地よかった。もっともそれは、僕が夢想する恭子の視点に過ぎないのだが。

レヴェラーズ・リサーチの武藤さんが機転を利かせ、祖父が施設長の部屋から盗んだスマートフォンのGPSの信号をたどって居場所を突き止めなければ、恭子が一人で僕の祖父の最期を看取っていたことだろう。八戸キャニオンと呼ばれる石灰石採掘場の巨大なクレーター。それを見下ろせる展望台の上に、三十八歳になった恭子は長い髪をなびかせて立っていた。恭子は立花茂樹に東京スカイツリーの上で出会い、僕の祖父とは知らずに八戸まで行動を共にしていたらしい。にわかには信じがたい話だが、恭子のことを「私の恋人」と呼ぶ祖父に彼女は心酔している様子だった。また、死に際の祖父が恭子にしがみついて頬を寄せる様子には、気味の悪さを超えて胸を打たれるものがあった。

　パイソン柄と言うのだろうか、クリーム色のランダムな斑紋が大部分を占め、ところどころ黒が見えるワンピースを着ている。胸元から上は黒一色に切り替えられたチューブトップになっていて、二の腕から肩までが見える。図書館を辞めて、レヴェラーズ・リサーチ社で働きだしたと言う彼女が実際のところどういう仕事をしているのか、知らない。

「先週も似たようなの読んでたよね。シンギュラリティについての本」

「そう、まずは《一般シンギュラリティ》の理解を固めているの。《世界最終戦争》が終わったとあの人は言っていたけれど、等国と錐国の戦いが本当にあれで終わったのかどうか、私にはまだ確信が持てない」

　眺めていると、恭子の目付きが変わった。注意していなければそうと気づかないほどわずかに、悲しみの感情が透けて見えた。

「こんなこと言っても、君は何も覚えていないんだよね。君の記憶、書き換わってるから。君のお祖父さんは、《世界最終戦争》の末に亡くなったのに」

「祖父の死因は老衰だよ」と僕は言った。なにせ百歳を超えていたのだ。ちゃんと、診断書だって見た。

　でもこういうわけのわからない話をするところが昔から好きだった。あの頃の彼女が熱中していた対象は第二次世界大戦で、前世で体験したと主張する出来事は歴史上の事実に紐づいていた。納得するかどうかはともかく、話についていくことができた。だが今の彼女は、まだ起きてもいない未来についての妄想を強く信じ込んでいる。彼女が語る内容の真偽が判定できないことはもちろん、彼女の妄想が本人にとって危険なものであるか否かも僕にはまだよくわからない。

「ねえ、ならどうして」と、彼女は静かに言って聞かせるような調子で話を続けた。「どうして私があそこにいたの？　真冬の八戸の、辺鄙な場所にある展望台に、それまで面識もなかった君のお祖父さんと二人して行って、私はそんなところで何をしていたというの？」

「君は徘徊中の祖父と、たまたまスカイツリーの上で知り合った。戦時中の祖父は石原莞爾と交遊があったような人だし、相変わらず第二次世界大戦の歴史に興味を持っている君と、話が盛り上がった。僕だって何も、祖父が徘徊ついでに八戸くんだりまで行ったのだとは信じていない。武藤さんに調べてもらってるけど、祖父は八戸に何か縁があるのだろう。やり残したことがあったとか、そういうことが。君のような人だから、興味深い相手が死ぬ前に必死で何かをやり遂げようとしているのを見て、同行する労は惜しまないだろう。その道中、頭の混乱した祖父がした話が、君に影響を与え、」

「その話、いくらなんでも無理がない？」彼女は僕の話を遮って言った。「たまたま徘徊老人と知り合い、その人がたまたま同級生のお祖父さんで、たまたま意気投合したから、八戸キャニオンにまで行く？　そんな人いるわけないでしょ？」

そう言われて、何の反論も思いつかない。寝たきりだった祖父が死ぬ間際に引き起こした一連の出来事について、まだ僕はほとんど理解できていない。仮に武藤さんからの報告が若干の背景を明らかにしたとしても、完全に理解できるとは思えない。

僕が黙っていると、恭子はため息を一つ吐いて、カクテルグラスから一口飲んだ。若草色のギムレット。

＊

ペテン師のRejected Peopleは眠っていてよいと言ってくれたが、八戸から新狭山までの車中で何時間か眠ったのもあって、僕はちっとも眠くなかった。七百年もの眠りから覚めた昨日、そして、Ｂ‐29の機上にて日の出を待っている今日。夜はあともう少しで明ける。手持ち無沙汰の僕は、iPhone 8で自分が眠りに就いて以降に起きたニュースを検索してみた。七世紀あまりの膨大な量を全部調べるつもりも時間もないが、手始めに僕がCold Sleepに入った直後の二〇二〇年の年末に何か大きな出来事がなかったか調べる。まずはアメリカ、大統領が先導していたアメリカとメキシコの国境の「壁」の建設が始まるというニュースが目に留まる。それに紐づいたニュースは、「壁」に関連するものが多い。アメリカの「壁」だけでなく、僕が眠りに就くのと前後して、世界では「壁」がどんどん増えていったらしい。例えば二〇二〇年の夏に開催されたイスタンブール五輪、僕も病院のテレビで観た。それも、「壁」を増やすきっかけの一つになっている。会期中には、テロ組織による大規模なテロが起こった。「数珠繋ぎ自爆テロ《ディジーチェーン》」とメディアによって名付けられたそれは、競技が一つ終わる度に自爆テロを行っていくという醜悪なものだった。オリンピック会期のことを構成員たちが「وقت الجهاد《ジハード・タイム》」と呼んでいたことが、後にわかっている。忌まわしき「血と火薬のオリンピック」の後で、トルコはシリアとの国境に建造していた壁の延伸を決定した。壁の建設は十年以上続いた後に予算不足により放置され、与党は再開を画策し続けたが、結局時代が《個の廃止》に進む二十一世紀末頃までに再び着工されることはなかった。主なものはこの二つだが、二十一世紀の「壁」の建設は他にも続いている。イスラエルでも元々あった壁が延長され、インドと中国の国境の一部にも壁が造られた。

二十一世紀どころか紀元前から既にあった「万里の長城」すら、僕は見に行ったことがない。もしもこの飛行機で世界のあちこちを飛び回れば、今もそれらの「壁」を見ることができるのだろうか、などと考えながら、iPhone 8でニュース検索を続ける。「広がる《個の廃止》。人類の壁は内面から崩れていくのか？」

政治面だけではなく、科学技術面でも大きな変化があったのだ。まあ、当然のことだろう。この七百年の間に、僕を除いた人間が一塊になり、人造の知的生命体が地表面を徘徊する世界となるほど変化したのだから。「これは生物というより、もはや肉の海だ」と主張する批判勢力をも呑み込んで実現した《個の廃止》の技術面の変遷については、Yahoo! JAPANの経済欄のアーカイブに載っていた。アメリカの学者が起業家と共同して開発した、一種のVRデバイス。それはディストピアではなく、人類の適正な進歩を促すと主張された。僕が昨日入った回復装置にも似ているカプセル型のそれは、人間の五感を適度に刺激して人生を続けさせつつ、排せつや栄養補給も自動で処理する。生きながらにして夢の世界へと没入できる。「最高製品」と揶揄されたその装置が普及する先駆けとして、「ＯＮＥ」というアメリカの新興宗教が集団でその装置を使い、現実世界に帰ってこなくなった、という事件が起きている。

「彼らはもちろん死んだわけではありません。同じ理想を真に共有し、一個の人間として同じものを見ています。我々は未来のユートピアを信じる宗教とは異なります。常に適正な今を作ることを心掛けています」（「ＯＮＥ」広報担当司祭、スティーブ・マッカートニー）

「壁」の方はまだしも、怪しげな技術が人類を席巻したという話は、正直理解できない。この流れに対する批判について検索すると、二人の経営者の内一人は自殺し、もう一人のアメリカ人学者の方はかなりあくどいことをやっていたらしい。もともとこの技術を食糧の足りていない最貧の諸国で試していたらしいのだ。飢餓で尊厳もないまま野たれ死ぬよりも、機械に脳を預けて生きる方がより人間らしいという考えがその根底にある。

醜悪な考え方であるように思うが、僕自身がCold Sleepに入った考えにしたって似たようなものかもしれない。「Cold Sleep」について検索すると、僕が眠った後、思いのほか短期間で技術が確立されていた。だが、人類の限られたリソースの中で主流になったのは「最高製品」の方だった。当時の僕は気に留めなかったが、Cold Sleepにそこはかとなく漂う死に似た香りが忌避されたのかもしれない。

こうしてみると、二十一世紀は歴史的にかなり慌ただしい時期だったようだ。これらの新技術以前、僕の目覚めていた時から尊厳死の問題が頻繁に取り沙汰されていたのは知っている。尊厳死を合法化する国や地域は徐々に増え、結局認めるのが世界の基準となっていった。限りなく〇パーセントに近かった尊厳死の割合が、じわじわと増えていき、二〇三〇年には早くも二〇パーセントを超えている。

一方で医療技術の方も発展し、治らない病がなくなっていった。細胞分裂の上限回数をつかさどるテロメアが操作可能となったのを境に関連の新発見が相次ぎ、寿命すら病の一つとして対処可能となった。尊厳死の普及により生を停止することに抵抗を覚えなくなった人々は、とりあえずは飽きるまで生きた後に尊厳死を選ぶ「停止派」と、「最高製品」による「保留派」に分かれていったようだ。二十一世紀後半には、人類は明らかに生を持て余し始めていた。Cold Sleepに入る前の僕の想像は現実の具体的な内容にまで及んでいなかったが、人類に起きたことと符合しているように思う。

でも、きっとすぐにがらくたになるよ。

それは、もう手に入ってしまったのだから。

そしたらようやく、

キュー

まだ早いよ

機体がガクンと下がり、何かの機器に足をぶつけてしまったようだ。それで目が覚め、自分が眠っていたことに気がついた。おそらく数分、あるいは数十秒まどろんだ程度だろう。肩に手が置かれたのを感じ、驚いて振り向くとペテン師の Rejected People がすぐ背後に腰を屈めて立っていた。彼の手には、All Thing から出てきた座標の書かれた紙が握られている。彼の視線を追って前方の窓の外を見ると、月がさっきまでと同じように視界に入ってきた。左下が少しだけ痩せている丸い月。たかだか月明かりなのに、かなり眩しさを感じる。

「座標が――」

ペテン師の Rejected People は、そこで二の句が継げないように押し黙った。そして、僕の手に紙を押し付けてくる。月明かりに照らされ、紙が妙に白っぽいように感じる。

「座標が消えてしまったよ」

「消えた？」

「いや、座標だけじゃない。ここに記載されていたRejected Peopleの数自体が減っているんだ」

　僕は紙に書いてある内容をもう一度確認した。

B-29 35.876951,　139.431598

Rejected People　1 15.077840,　145.638586
Rejected People　2 52.353637,　175.919985
Rejected People　3 35.876951,　139.431598

「ほらね、助けに行くべきRejected Peopleはもっとたくさんいたのに、三人に減っている」

　紙に書かれている座標の数字を記憶しているわけではないが、出発する前に見たのと特に変わっているようには見えなかった。「B-29」はAll Thingがあったビルの前のこの爆撃機が出現した位置で、「Rejected People 1」は今まさに向かおうとしているテニアン島の座標。「Rejected People 2」は北太平洋に浮かぶ孤島、それから「Rejected People 3」は「B-29」の座標と同じ。つまり、All Thingが紙を出した時点で、ペテン師のRejected People自身がいた場所を示していたはずだ。

「何のことだ？　座標の数字自体を覚えていられるほど記憶力はよくないが、特に消えたものはなさそうだけど」

Rejected People は濃い眉を顰《ひそ》め、とても寂しそうな顔になった。掛け値なしに、その顔はこれまでの道中で最も豊かな感情を湛えていた。僕には、何がそれほど彼の心を曇らせているのか理解できなかった。彼の心の乱れを反映するかのように、B‐29の機体が不安定に高下してうるさい音を立てた。

「もしかしたら、」Rejected People が再び口を開く。「この紙から僕の座標も消えてしまうのかもしれないな。いや、紙からだけじゃ済まないだろう。僕自体、いなくなってしまうかもしれない。そして、この分だと僕がいなくなったところで、君は何にも気がつかないのかもしれないね。きっと、最初から僕なんていなかったことになるから」

「君がいなくなる?」

ペテン師の Rejected People は一度頭を垂れ、僕の手からさっと紙を奪って操縦席に戻って行った。

少し前に、彼が「九戸の塔が消えた」と言っていたことを思い出した。紙に書かれた内容が変わっているというのも、それに関連した現象なのだろうか。激動の二十一世紀に思いを馳せていたせいか、そのくらい不思議なことが起こってもおかしくはないような気がした。偶然にもルールがあって、そこに手が届きさえすれば、世界はいかようにでも変容してしまう。一瞬前に起きたこともあやふやで、次には時間ごとすべてが変わってしまう。そんなことも実際にあるのだと思った。それはとても単純な事実なのだと、僕は永い眠りに就く前から悟っていた。そんな風に悟ったからこそ狂い、Cold Sleep に入らざるを得なくなったのではなかったか?

七百年の眠りの後に至った、いや、あるいは無限の時間を彷徨《さまよ》うような狂気の中で至ったこの境地。その実感を忘れないように留め置きたいがため、胸の中に予言の言葉がぽつぽつと生まれゆく。僕のこの頭が考え、この口が語ることに違いないのだが、それには胃の腑にあるものに紐を結わえて引っ張り出すような、奇妙に窮屈な感触がある。

僕は急に焦りを感じ、なりふり構わず後ろの席にいるペテン師の Rejected People の方へ体を伸ばした。彼の手から紙を奪い返し、ひっくり返してそこに書かれている文字を確認する。

B-29 35.876951, 139.431598

Rejected People 1 15.077840, 145.638586
Rejected People 2 35.876951, 139.431598

「ほら、しっかり見ろ」そこには Rejected People たちの座標がしっかり書かれてある。過去も未来も次の瞬間には変異してしまうかもしれない、純化した〝今〟によって構成された世界。それでも、今、目の前には間違いなく彼の座標が存在している。「君が消えるなんてことはない。二人で、テニアン島にいるこの孤独な Rejected People を迎えに行こう。そこにいる Rejected People に会えれば、君の寂しさは消えてなくなるはずだ」

「僕たちは、存在すること自体が不自然な、本当にどうでもいい存在だ。君たち人類の余波、いやそれよりも不確かな陽炎《かげろう》としてあるだけの存在だ。たとえ自分が消えたところで、どうということはない。最初からなかったことになるだけだ。悲しむ間もないよ。悲しみなど関係なく、むしろ僕が心配なのは君の生命のことだ」

*

恭子が淡々とギムレットばかり頼むものだから、僕もつられて同じ酒を飲んでいる。この店はカウンターが上質なだけでなく、カクテルの味もよい。よく冷えていて、一口目を啜った時は、グラスにつけた唇が痺れるような快感があった。酸味と抑えられた甘みが口の中に広がる。

「ギムレットが好み？」

そう聞くと、恭子は疎ましげな目つきで僕を睨んだ。直前に恭子が話していた、「日本語が私に話しかけてきた」というのにどうにもコメントし辛かったから、カクテルの話をしただけだ。それで話の腰を折られたと思い、彼女は憤慨しているのだろうか。

「ギムレットはお祖父さんと石原莞爾のゆかりのお酒でしょ。そんなことも忘れちゃったの？」

そう言うと恭子は目を伏せ、両手で長い髪を耳に掛けた。俯いたまま、小さな声でこう言い足す。

「ごめんなさい。立花くんが子どもの頃から、お祖父さんは寝たきりだったのよね。むしろ、お祖父さんが最後にたくさん話したかったのは、私ではなくてあなただったかもしれないのに」

「そんなことはないと思うよ」祖父が恭子のことを「私の恋人」と呼ぶ姿が目に焼き付いている。場違いな嫉妬を覚えそうにもなった。馬鹿馬鹿しいと思いながら、結びそうになる感情を散らしていた。

恭子の語る八戸での出来事は正直言って理解しがたい。だが理解しがたいことを聞き流していては、恭子との会話の醍醐味を味わうことだってできない。「日本語が君に話しかけてきたって言ったけど、それってどういうこと？」僕は聞く。

「私にも正確なところはわからないけど。いろんな出来事の核心というか、人類にとって大事なことを語りかけてくるの。難しくて、うまく理解できないことも多いけど」

「それで、その『日本語』は人格を持っているの？」

「人格、と呼ぶべきかわからないけれど、自律的な思考を持っていたように思える」

「なるほど」場つなぎ的に、僕はそう言ってしまう。「そういうことって普段からよくあるの？例えば、今も何かの拍子にその『日本語』の声が聞こえたりする？」

「聞こえていたのは、あの八戸キャニオンの宮《きゅう》にいた時だけ。あの時、私はいろいろと不思議なものを見ていたから。でも、『日本語』の話すことはどちらかというと論理的だった。幻想的に見えているものをきちんと説明して、こちらが理解する手助けをするような感じ」

恭子の頬はほんのりと赤らんでいる。高校時代の彼女しか知らなかったから、最近になって彼女のアルコール耐性を知った。ザルでもないが、弱くもない。ギムレットみたいな強めのカクテルだと、二杯目あたりから今みたいに頬が色づき始める。そんな些細なことがいちいち胸に響くのは、僕が長い間、年齢を経た恭子の姿を思い描いていたからだろうか。

いつかどこかで巡り合うだろう、理想の恋人。誰もが思い描いているのかどうかはわからないし、ぼんやり思い浮かべていたとしても、本気でそれを追いかけているわけでもない。しかし、祖父が恭子を「私の恋人」と呼ぶとき、僕の中にあった何かを言い当てられたような気がした。

祖父がこと切れるときの穏やかな表情がふっと脳裏をよぎる。

＊

人間以外の生き物が去ったこの惑星でも、海には変わらず色があるはずだ。無機物にだって色はある。赤銅やアメジスト、それから、かつて海の色をレトリカルに表現するのにも使われた、サファイヤ、エメラルド。かつての私、まだ色が見えていた頃の私が最も心惹かれていたラピスラズリ。沖から一際大きな波が押し寄せ、少しのタイムラグの後に、侵食された岩場の裂け目から勢いよく海水が噴き上がる。風が強くてあまり寒くない日だったから、この岩場に座って波しぶきを浴びたくなって、タイド・ブローまで歩いてきた。

昨晩はいつものバンガローで過ごした。普段は島の南西部の、入り江の穏やかな浜辺にいることが多い。すっかり廃墟と化しているホテルは使いづらいが、綺麗なまま残っているバンガローを見つけた。星も暗くて何も見えない夜や、夏のスコールが激しい日などは、だいたいそこでやり過ごしている。

再び大きな水柱が立ち、頭の上から水の粒が降り注ぐ。透明な薄いグレイに見えるこれは、一体どんな色をしているんだろう？　椚節子の目に、それは光り輝くオレンジ色に見えたかもしれない。最期の時に空から落ちてきた、原子爆弾の熱と光が作り出す色。渡辺恭子の目には、黒ずんだ赤色に映るだろうか。積み重なった死体から溶けだした血で赤く染まった海の色。この島の南端にある崖の下の海の色。「スーサイド・クリフ」の、百五十メートルを超える高さから人間たちが海に飛び込んだ事実について、渡辺恭子だった私はたくさんの本を読んで精緻な想像をしていた。でもきっと、この水はそんな色をしているのではない。ラピスラズリの色でもない。ずっと昔、この惑星に生物が溢れていた時に固まったあの石には、たくさんの細やかな光の粒が入った。今はもう、海の中にすら生き物はいないのだ。

人類は、この私に寂しさの感情を与え、ひとりぼっちでこんな場所に取り残す残酷さを一顧だにしない。寂しさは一向に鎮まらない。ダイナマイトの素材の配分、原子爆弾の製造手順、核分裂時に起こる反応をあらわす数式。寂しさを紛らわすために、私に与えられた兵器にまつわる叡智を砂浜や廃墟の壁に書き出すことを数限りなくやってきた。「人類とは、新たに生み出したテクノロジーをまずは敵を殺すために使う生き物です」。そんな一節が頭に浮かぶ。「人類図鑑」でも作って、主な習性としてそれを一番上に記載すべきだと思った。それからこうも書かないと駄目だ。「手に入れたものを使って、より複雑な不幸を生成し続ける生き物でもあります」。いつか、他の Rejected People と出会い、皆で一緒にそんな図鑑を作れればいいな、などと、私は叶うあてのない想像を巡らす。図鑑では足りないかもしれない。人間の残した断片を繋ぎ合わせ、私たち Rejected People と同じくらい無力の個人を復元する。その人間に償いをさせるのはどうだろう？　もしかすると可能なことかもしれない。渡辺恭子の時代には、既に物質に情報を埋め込む技術は確立されていた。それを掘り起こして、かつて生きた人間たちの特徴そのままの物体を作り上げる。性別の違いを書き込み、人種や国や言語の違いも組み込む。「人間」という項目が、卵細胞が分裂していくみたいに事細かに分かれていく。人類が残した残骸に含まれている、個人についての情報をかき集め、ちょうど平均値を採用するのだ。そうすればとるに足らない一人が、ぽつんと現れることだろう。天才も、うすのろも、聖人も、極悪人も作る必要はない。凡人一人に、世界をこんな風にした責任を負わせるのだ。

復讐について考える内、寂しさにとらわれた心が落ち着きを取り戻す。冷えた体を温めたくなって、タイド・ブローから離れて日の当たっている岩場に寝転ぶ。「私の恋人よ」と呼ばれた記憶が甦り、体の内側にも温かさを感じる。渡辺恭子だった私に、白い人が呼びかけた言葉。どう返せば良いかわからなくて、私はただ彼の側にいることしかできなかった。

*

重篤な精神疾患を診ることは稀だが、何かの巡り合わせで強い妄想を抱く患者が僕の前に現れた時、彼または彼女が断片的に語る内容にひどく魅力を感じることがある。そういうアマチュア的な感情は、心療内科医を十年程度やったところで消えるものではなかった。とはいえ、さすがに仕事中はそんなことは脇に置いておく。ただ、恭子は僕の患者ではないから、できることなら彼女が見ようとしているものを一緒に見てみたいと思った。七十億いる人間の大多数が常識を守って世界を回しているのだ。僕一人くらい恭子の妄想に付き合ったって別に構わないだろう。

恭子は、一緒にいた八戸キャニオンで起きたことについての僕の記憶が間違っていると主張する。書き換わったとも言っていた。記憶というものを科学的にとらえるならば、脳細胞における化学反応の集積に過ぎない。自分にとって確かな思い出でも、もう目の前にないことが本当にあったのかどうか、後から証明する手立てはない。だからもし恭子が、彼女が正しいと思うものを一緒に見てほしいと言うのならば、他の全ての人間が否定しても、僕はそれを信じることにしようと思う。そう望む熱が一瞬でも、箍《たが》を焼き切って何もかもばらばらにしてしまうのなら、僕はすべてを投げ捨てることができるだろう。

ほろ酔いで、輪郭が滲んで発光しているように見える視界の中、恭子は円錐型のカクテルグラスに口をつける。彼女が特別であることは、高校時代から変わっていない。動作をじっと見守る僕の視線に気づき、彼女は僕の顔を見返す。恭子の眼差しは、僕の目の奥を通して頭の中身をスキャンしようとするみたいに鋭い。その視線と沈黙に耐えられなくなって、

「今日は仕事どうだった？」

と僕は訊ねた。図書館を辞めた後、武藤さんに勧誘されてレヴェラーズ・リサーチ社で働きだしたという彼女が、実際のところどういう仕事をしているのかにも興味がある。

「今日は二件面会したわ」

「どういう相手だったの？」

「一人目はＩＴベンチャー会社の社長、もう一人は変わった自殺志願者だった」

「ＩＴ社長に、君が会って話したんだね」

「そう」

そのＩＴ社長に会う恭子を想像した。ＩＴ社長はウェーブのかかった長めの茶髪で、顔は日焼けしている。室内でもオリエンタルな柄のスカーフを首に巻いていて、そこらでは買えない独特な形状のスーツを着ている。メゾネットタイプになっている縦横に広い部屋で、白いコルビュジェのＬＣ２が向かい合わせに置かれ、社長と恭子はそれに座っている。普段はナショナルジオグラフィックＴＶが流れている特注サイズのディスプレイの脇に、壁掛けのスタンドに収まったNintendo Switchが二台ある。休憩時間には、皆でパーティ用ゲームでも楽しむのだ。

ウェーブのかかった目の奥に根源的な不安が覗いているのを、ＩＴ社長は隠しきれない。恭子の表情は平板だが、ついさっき僕に向けたような鋭い目で彼を見つめている。

「そのＩＴ社長、髪は長かった？」

恭子に尋ねてみると、

「長かった、と思う」

と言って、恭子はちょっと首を傾げる。

「ウェーブはかかってた？」

「ウェーブ？　どうだろう？　後ろでしばってたからわかんないな」

僕の頭の中の想像上の光景が、細部においてじわりと変わっていく。「それで、どういう話をしたの？」

「私からは、何も」

「でも、面会しに行ったんだよね？」

「そうね。でも、私は質問したりしないから。しゃべりたいことをしゃべってもらって、むしろあちらが聞いてくることに答えるだけ。私は思ったことを言えばいいの。レヴェラーズ・リサーチからは、そう言われてる。その社長さんは、ある海外のソフトメーカーとの提携を更新するかどうかで迷っていた。イスラエルの、日本では知られていないけれど世界的なシェアを持つメーカー。口では迷っていると言ってたけど、どうするかはもう決めてしまっているのよね。ずいぶん重要な決断みたいで、内心びくびくしているのが伝わってきた」

恭子は三杯目のギムレットに手を伸ばしたが、飲まずにカクテルグラスのステムの部分を両手の親指で擦《こす》っている。

「それで、」僕は続きを促す。「契約について何か具体的なアドバイスはしたの？」

「アドバイスとまで言えるかはわからないけれど、どうすればいいと思いますか、と聞かれたから、思った通り答えた。あなたの気持ちはもう決まっていますよね、それでひどいことにはならないですよって」

しかしレヴェラーズ・リサーチ社は、一体どういう会社なのだろう？　高校時代に恭子が放っていたカリスマ性は、同級生たち皆が認めるところだった。だからと言って、そんな霊能者じみたことをやり始めるとは思わなかった。そもそも、探偵社がそんなインチキな仕事を請け負うのは普通のことなんだろうか。今はジャケットを着ていないが、前に会った時は武藤さんと同じ兎を象《かたど》った社章をつけていた。兎の社章はあの石原莞爾に由来があるらしい。石原莞爾が除隊する部下に最善の家畜として一対のアンゴラ兎を持たせた。肉は食用として優れ、毛皮は防寒用に使える。そして何より繁殖力がすごい。これを殖やして産業にすれば良いと考えたが、狙いに反してペット化したことが多かったそうだ。創業者のこだわりで自社と有名人を関連付けるのはよく聞く話だが、どうにもすっきりしないエピソードだ。

ＩＴ社長の次の面会は、都内の高級住宅地の一軒家だった。そこには父子が住んでいて、お手伝いさんもいた。父子家庭とは言え、息子の方はとうに三十を超えている。長年精神に不調を抱えていて、目を離せばすぐにオーバードーズをしでかす。

「どうして、君が呼ばれたんだろう?」

「お父さんが私に聞きたかったことは、二つ。精神病院への入院も視野に入れているが、息子はそれに耐えられるのかというのが一つ。それから、息子本人とも話をして、苦しみの原因を教えてほしいというのがもう一つ」

「直接話したんだ?　でもそれって、あまりいいことじゃない。希死念慮のある患者の取り扱いはすごく難しいものだから」

「違う、彼は全く死にたいなんて思ってない。お父さんにも何度もそう言ったんだけど。彼の苦しみの根源は、過去の記憶とは関係のないところにある。辛いのは、自分が天才であるから。天才の目には、物事がしばしば止まって見える。普通の時間の経過が遅すぎて耐えられない。彼がオーバードーズするのは、ただ長く眠りたいだけ。休息をとりたいのではなく、時間が早く経過してほしいから。見えているものと、世界一般の認識があまりにかけ離れている。そして彼には残念ながら世界の方を変えていけるだけの表現力や行動力がなかったから、ただ時間をとばすことしか思いつけなかった」

「それで、君はその父子に何て助言したの？」

「その場しのぎで薬を飲むのは止めて、もっと安全に長く眠れる方法を見つけた方がいい。それから、時間が遅すぎると感じるのならば、どこまでも先のことを考えていけばいいと言った。その天才的な頭脳が見せる未来を、例えば予言として公表したらいいんじゃないかともね。人類の進歩が多少は早まるかもしれないし。お父さんの方にはただ、オーバードーズを防ぐ以外の目的で入院させても無駄でしょう、と言っておいた」

「その彼は、自己愛性パーソナリティ障害なんだろうか。自傷行為が主に表れるというのは、ちょっと簡単な病例には当てはまりそうにないけど」

恭子はもうすっかり酔ったのか、カクテルグラスを手で弄《いじ》りながら見つめているばかりで、もう口を付けようとしなかった。そして唐突に、僕にこう聞いた。

「ねえ、これってやっぱり若草色をしているのかな？」

「ライムジュースを使わずに、ライムの果汁とシロップで作るレシピもあるって言うよね。でも、これはばっちり、黄緑のジュース入りだよね」

「そっか。あのことがあってから、もう私には色が見えないから」

＊

左側の空が少し明るんでいる。夜が明けようとしているのだ。月はまだ、くっきりとした輪郭のまま留まっている。ペテン師の Rejected People は黙りこくり、iPad で何かを調べている。画面から出る青白い光が、深刻そうな表情を浮かべた彫りの深い顔を照らしている。何をしようとしているのか見当もつかず、僕は中腰の不安定な姿勢で彼の側に立ち尽くしていた。すると突然、

Rejected People は顔を上げ、僕と視線を合わせた。

「よし、わかったぞ。念のため保険もかけておこう。ちょっとそこをどいてくれ。前の方じゃなく、なるべく後部に下がっていてくれないか」

言われた通り、コックピット後方の壁際まで移動する。彼は iPad を片手に持ったまま、僕が座っていた爆撃手の座席の方へ行くと、手前で膝を突いて頭を突っ込んだ。座席の下に何かを探しているようだ。しばらくすると、ごちゃごちゃした機器の隙間に押し込んであったリュックサックのようなものを取り出す。Rejected People は、それを腕に抱えて僕に近寄ってきた。

「それはなんだ?」

「保険だ。パラシュートだよ」

「パラシュート?」

「そう、いざとなったら、君はこれで降りるんだ。Rejected People たちはどんどん消えている。あまり時間はないだろう。だが、君を脱出させる手はずが整うまで、きっと僕は残っているはずだ。そういう確信がある。僕は最後の人間である君のために造られた Rejected People だからね」

早口だが、相変わらず耳に心地のよい低音の声で Rejected People は言った。彼は僕の肩に手を置いて、その場でゆっくりと反転させる。それから僕に片腕ずつ上げさせ、パラシュートを背負わせた。もう一度僕を正面に向かせ、胸元よりやや下の腰周りにベルトを締める。合皮製のショルダーストラップの下側の付け根から、両側に垂れ下がっている紐を引き出し、僕の手に握らせる。

「いいかい?　着陸前に非常事態が起きたら、搭乗口のハンドルを回して手動で開けろ。それから、その紐をしっかりと摑んでおくんだ。飛び出したら、きっかり十秒数えて、それから紐を勢いよく引け。それで万事うまくいく」

「本当に、ここから飛び降りろというのか？」

「まあ、パラシュートを使うようなことにはならないと思うから、念のためだ。それじゃあ、窮屈だとは思うが、それを背負ったまま席に戻って着陸に備えていてくれ。さあ、時間がない。手遅れにならない内に、準備を終えてしまおう」

不安ばかり増していたが、僕は大人しく爆撃手の席に戻った。ほどなくしてRejected Peopleの声がした。

「北マリアナ諸島が見えてきた。見えるかな、テニアン島は付近に連なった三つの小島の真ん中にあって、大きさも真ん中の島だ。よし、天候にも恵まれている。自動操縦のままで着陸できそうだ」

彼の声はとても落ち着いている。ペテンの叡智を持つ生粋の詐欺師と言いつつ、なかなかどうして有能だ。詐欺師というものが、もともと有能でないとできないのかもしれないが。僕も少し気持ちが安らぎ、テニアン島へ向かう本来の目的を思い出していた。

「落ちた先には、孤独なRejected Peopleが待っているんだな」

「そうだ」

「だったら、そのRejected Peopleが君の寂しさを埋め合わせてくれるだろうね」

「僕は、多分行けないよ。もうそろそろ、僕は消えてしまうはずだから。君が無事にテニアン島に降り立つのを見届けたいが、そうもいかないかもしれない」

「何を言っているんだ。Rejected Peopleの寂しさを埋めることができるのは、Rejected People

だけなんだろ？　だったら、君が行かなくちゃ意味がない。そもそも君が消えると言うんなら、下にいるRejected Peopleだって、消えてしまうんじゃないか？」

　僕のその問いに、Rejected Peopleは答えなかった。沈黙の中で騒音がやけに大きくなり、自分が聴覚の塊になってしまったように感じる。やはり、彼以外のRejected Peopleはもう消えてしまったのだ。この沈黙、もしかして彼も――、そう思って後ろを振り返りかけた矢先、再びRejected Peopleが話しかけてきた。

「そう言えば、あの人のことは覚えてるかい？」

　あの人？　朧げに頭の中で像が結びかける。だがそれはほろほろと崩れ、うまく形をとらない。

「覚えていないんだね。これまでRejected Peopleだけでなく、君のことも支配していたあの人は、もう消えてしまったということかもしれないね。ということは、今や人類を代表しているのは君だ。最後の人間、Genius lul-lul、君をCold Sleepから目覚めさせたのはあの人であり、もしかしたら今になって目覚めるのは、君の本意ではなかったかもしれないが」

　生を授かったことそのものに対する根源的な怒り。僕の意志に関係なく、僕は産み落とされ、そして生きなければならなかった。仮に、生き抜くのが困難な、恵まれない環境に生まれついたのであれば、怒りの矛先を別に向けることができたかもしれない。でも僕に与えられたのは、地球上を見渡しても珍しいくらいに恵まれた境遇だった。糞みたいな映画や小説で「生かされている」だの、「今を生きるかけがえのなさ」だの、そんな高説を聞かされると吐き気がした。お前らは、怒るどころか、感謝していると言う。ならば、世界に対するお前らの賛美が、果たして有益なのかどうか考えてみればいい。別に無益でもいいと言うのなら、じゃあ、世界にとって有害かもしれないと思うことはないのか。理想でも絶望でも何でもいいから、先の先の先の先まで想像し尽くしたことがあるか？　世界を単純な形に捉えるのは、その方が都合がいいからだろう。俯瞰しているのでもなんでもなく、お前らはただ盲《めし》いているだけだ。だから、そんな風に無自覚に生まれついたことに、まず怒るべきじゃないのか。

アルコールと薬で頭を鈍らせ、そんなことをただぼやいていた。甘ったれた嫌らしいお坊ちゃんだ。下手に裕福なものだから、社会に出る努力もせず、足腰はすっかりひ弱になってしまった。無価値な自分の中で、まだしもましなのは頭脳だと思っているが、そのオツムにしたところで唾棄すべきくだらなさだった。追憶の内に笑い声が遮って、思い出すことのできないところがある。思考に落とし込むことはできないが、その時の仄《ほの》かな確信の気配を感じることができる。狂っていた時に、確かに僕は自分を天才だと思っていたし、最後に残るべき人間は自分だと思っていた。僕にしか、他の誰にもできないことができる、確かにそう思っていた、その思念の感触だけが確かに残っている。

「Genius lul-lul、君のした願いごとは、シンプルでとても美しいな。すべての権限を放棄しろ。そうだね。最後の三つのパーミッションポイントを Rejected People に委ねたところで、結局、人間は権限だけは手放さなかった。君が天才だということ、僕は信じたくなっている。君の方はどうかな？　ここまでの僕のペテンを信じてくれたかな？　《予定された未来》にたどり着いたというのに、それでも君にはまだできることがある、その可能性があると君に信じさせることができたかな？　僕はすっかり、自分のペテンにかかってしまったようだ。いや、僕をペテンにかけたのは僕自身ではなくて、君なんだろうか」

機体が角度を変える。ほとんど空だった視界に、月明かりに照らされた陸地が入ってくる。着陸態勢に入ったらしい。下向きの加速度を体に感じる。エンジン音が激しくなって、灰色の陸がぐんぐん近付いてくる。

「もう本当に時間がないようだ。ただ、記憶というものはいいもんだね。シャッフルとシャッフルの間のわずかな時間とはいえ、僕の記憶は確かにあって、君と聞いたあの曲が頭の中で響いている。もし人間同士であったなら、君とは友達になれた気がしたよ。Genius lul-lul、最後の人間、君の幸運を祈る。そしてどうか世界を救ってやってくれ。あるいは可哀そうなRejected Peopleを救ってやってくれ。じゃあ、カウントダウンだ。10、9、――」

カウントダウンは、そこで途切れた。今しがた聞こえた男の声、その主を知っているようで、僕には思い出すことができない。どういうわけだか、僕がCold Sleepに入る前によく聴いていた曲が頭に流れている。何かが終わるか、あるいは始まろうとしている。

そう思った次の瞬間、床が抜け、圧倒的な光と風が僕を包んだ。支えを失った体がしなり、首が引きちぎられるような痛みが走る。

四方八方から浴びせかけられる光と風に、僕の存在そのものが木《こ》っ端《ぱ》微塵《みじん》にされてしまいそうだ。狂った頭で、他愛もなく数を数える。幼く愚かな子供のように、指を折って一心に数える。数え終わり、その指の中にあるものを考えなしに引っ張る。

両脇から乱暴に上へ引っ張りあげられる。驚いて目を開き、目だけではなく口も開いたままでいたことに気づく。口の中が冷えきり、舌の表面がぱさぱさに乾いている。凄まじいように感じられていた光量は、まだ日の出を迎えたばかりの太陽が放つ穏やかなものにすぎなかった。それでも地上で見るより、夜明けの空は明るいものなのだと思った。

パラシュートは無事に開いた。僕は、この世にたった一人で取り残されている人造人間《リジェクテッドピープル》に、今から会いに行く。足元の三つの島の内、真ん中にある島。そのテニアン島の大地にゆっくりと近づくにつれ、綺麗な十字を描く道が見えてくる。その交差点めがけて、僕は降りていく。

＊

バンガローのフロントがあった場所には、露天のバーが付いている。そこに記憶の中にあるバーを再現しようと思って、私は島中の建物から椅子やら食器やらを苦労して集めてきた。暗くなって自家発電機を動かせば、支柱の間に吊り下げたＬＥＤの電飾を灯すこともできる。バーカウンターの中で自らシェイカーを振り、外側に回って、座面の革が擦り切れたお気に入りのハイチェアに座る。お酒を飲んで寛ぐふりをするのだ。

ここから遠く離れた日本のバーで、渡辺恭子だった私はいつもギムレットを飲んでいた。その店を教えてくれた立花徹くんも、私を真似して同じものを頼むようになった。彼は、本当のところ私がなぜギムレットを好むのか知らなかった。「錐」みたいな形のグラスに入った、イメージそのままにキレのある舌触り。喉を通ったアルコールが、体の中に熱を生む。きっと綺麗な若草色をしているけれど、ギムレットを飲むようになった頃の私には、既に色覚異常が出ていた。彼は私に何かを求めていて、はっきりした目的もなく何度か誘われ、そのバーで会った。無言のままグラスを口に運ぶ、そのタイミングが時にぴったりと重なることがあった。

色彩の失われた星空の中、月が白々と浮かんでいる。左側が少し欠けた、ほとんど満月に近い月。子供の頃、というのは椚節子だった私が幼かった頃、月と太陽は同じものだと思っていた。

月が欠けきってなくなってしまったら、もう太陽は昇らなくなるのだ、と私に吹き込んだのは兄たちだった。その月がとうとう無くなった日、太陽が死んでしまったことに怖くなった私は、わんわん泣いた。兄たちはにやにやしながら見ていたが、そのうちに「新月が出とるけん、平気じゃ」と言った。冷え冷えした夜のことで、それを聞いても、明日太陽が昇らなければ凍えてしまうと思った。私は泣きべそをかいたまま眠りに就いた。

バーの椅子から降りて海辺へ向かう。見上げると、月はずっと同じ距離を保ちながら私についてくる。夏の夜、祭りから帰る道すがら、どこまでもついてくる月を不思議に思った私に、「月と散歩しよるんよ」と二番目の兄が言った。丸い月が、暗い波間に淡い光を落としている。それを見つめていると、不意に、あの月はとうとう私のことを見つけたのだ、と感じた。胸の真ん中に仄かな期待が芽生える。それは気のせいかと思うほどに微かで、去れば悲しくなるだけだから、気がつかなかったふりをしようと思った。けれど背を向けると、月は無視できないくらいに冴え冴えとその存在を主張してくる。それは予感だった。いつか訪れるとずっと信じていて、気が遠くなるくらい長く待ってきたもの。私だけのものではなく、過去の記憶を有する私たちだけのものでもなく、あらゆるものごとの集積の結果としてたまたま私に訪れるもの。

行くべき場所はわかっていた。何十年も彷徨ったこの島のことは隅々まで知っている。もはや私の体の一部みたいなもので、今自分が島のどのあたりを歩いているか、空から私を見守っている月と同じくらいによくわかっている。太陽が昇る前にあの場所へ着いておかなければ、そう思って私は北の方角へ急いだ。歩いて数時間はかかるけれど、十分に間に合うはずだ。海岸から離れると建物の影も消え、かつての人類が残したものはひたすらまっすぐ続く道だけになった。視界を遮るものは何もなく、尖った砂利を敷き詰めたような一本道が、ずっと先の方で起伏している。風化したアスファルトの上は歩きづらいから、左側によけ、滑らかな土の上を道と並行して歩く。予感はいつまでも去らず、心を弾ませて歩くこの時がいつまでも続いたらよいのに、とすら思う。南の方角にある月は私の背後からずっとついてきている。その月がわずかに西へ移動し、左側をちらりと振り返れば見えるようになってきた頃、直線の道が円形の広場に突き当たった。その先で右へカーブする道からは外れ、さっきまでと同じようにまっすぐ北上する。目的の十字路は、もう目の前だ。

南北に走る滑走路に出ると、道幅が一気に広くなった。この先で、東西に走る幾つかの滑走路と交差している。その四番目の交差点が目的地だ。ランウェイ・エーブルと名付けられたこの滑走路については、渡辺恭子だった頃に本で読んで知っている。栂節子だった私を死なせた爆撃機が飛び立った場所だ。胸に生じた予感はどんどん大きくなり、体全体に力がみなぎっている。特に頭に熱がこもるような感じがあり、脳天が痺れている。それを慰撫するように、かすかな風が出てきた。四番目の、広場のように巨大な滑走路の交差点に着く。天から見れば、十字架のようにきれいに交わっているはずだ。いつもここに来ると寝転んで空を眺めたものだが、今日は立ったままで、東の地平線が明るみ始めるのはまだか、と胸を躍らせて待つ。

見守る視線の先、大地の輪郭がわずかに光り始め、顔を出しかけた太陽が光のグラデーションを作り出した。本領を出し切っていないその光は、月と同じようにただ冴え冴えとしている。いずれ、直視もできないほど眩しくなるだろう。オレンジや金とも形容される光の色を見ることができない今の私に、太陽の光はただどこまでも白く、強く光って見える。ちょうどマグネシウムリボンを燃やした実験で見た光のように。

切れ切れにまとわりつく雲の影が、太陽の輪郭を揺らがせている。すっかり明るんだ空を見回すと、雲とははっきり異なる、くっきりとした小さくて黒い異物があるのに気がついた。鳥のようなその影に心がざわつく。それが何であるのか、私にはすぐにわかる。渡辺恭子だった私がよく知る第二次世界大戦、この滑走路からもたくさん発進した爆撃機、Ｂ－29。椚節子だった私が広げた腕に忌まわしい原子爆弾を投げ入れた銀色の鳥。予感は何度も繰り返した追憶へと替わり、私はその機影から目を離すことができなくなった。Ｂ－29はぐんぐん速度を増し、私の真上に近づいてくる。銀色の機体が陽光を反射し、その光が私の目に入った。あの時と同じように何かを放り落とす。主翼についた四基のプロペラがくっきりと視認できるまでに近づくと、機体の発する轟音が鼓膜を激しく揺さぶった。下を向いていた機体の角度がわずかに緩やかになる。翼の下に微かに見える車輪が地面すれすれの位置にまで降下する。車輪が地面に接触する激しい着陸音とともに機体が一瞬沈み、コックピットのガラスが砕け散ったのがわかった。着陸の余韻を味わうようにプロペラの回転が弱くなっていき、やがて止まると、音もなくなった。

　一方Ｂ－29が私に向かって落としたものはまだ空中に浮いている。それは、あまりに小さく、見失いかけたところで、ぱっと広がって落下速度が急激に落ちた。広がった傘の下に付いているのは爆弾ではなく、人の形をしているのが見て取れた。パラシュートは数分かけてゆっくりと空気の中を滑り降り、私のいる広い交差点の向こう側に降りてきた。人影が地面に足を踏ん張り、その後で風を失って形の崩れたパラシュートの布が、地面一杯に広がった。

　人間だ、と私は思う。身勝手に進歩を極め、勝手にこの世から去った人間。私に寂しさの感情を植え付けておきながら、こんなところに放置した人間。記憶の中の私がかつてそうであった、すべての不幸と災厄の発生源である人間。

「Rejected People か?」

白いランドセルのようなものを背負った男はそう叫ぶと、私に近づいて来た。すぐそばまで来ると、彼は右手を差し出してくる。初めて他者の声を聞いた感覚はあまりに不思議で、渡辺恭子の記憶を回想して聞く声とは全然違っていると思った。同じ Rejected People ですらない、呼吸の音を立てている人間の男。差し出していた手を引っ込め、彼は低い声で再びしゃべった。

「Rejected People。君を迎えに来たんだが」

その声に聞き覚えがあるような気がした。たぶん、彼には以前に会ったことがある。

少なくとも、これだけは聞いてくれ。
よく耳を傾けてくれ。
そうしたら後は、好きにして構わないから。

私が人間だった頃の記憶の中で、この声の主はのどかな声でそう言い、私を見つめる目を見開いたままさらさらと涙を流した。涙と同じくらい透明な目の奥に、人間として生きていくために肝心な回路を幾つも失った脳が、時折無益なパルスを走らせているのが見えた。何百年も経ってから再び現れた同じ顔。けれど今、彼の目には、人間らしい、頑なで一方的な意志がこもっている。今更一人で現れた人間に、何と言ってやるべきかわからない。そう思ってただ立っていた私に、かつて Genius lul-lul と名乗っていた男は手を伸ばし、ぎごちなく抱き寄せた。

＊

二〇二〇年も、当然のことながらあっさりとやって来た。オリンピックが始まった今、そんなことを思うのは、「永久にやってこない気がする」と誰かが言っていたからだが、いつ誰が言ったのかうまく思い出せない。ノストラダムスが来ないと予言した二〇〇〇年も、そのたった十年後の二〇一〇年も、到来する速度は緩くなりも早くなりもしなかったのに、僕らはいちいち節目というか、どこか引っかかりを感じるようにできている。

もう一杯だけ飲んでいこう、と勧めたギムレットをもうすぐ恭子が飲み終える。そうすれば、自然と店を出る流れになりそうだった。僕がもう一杯頼んだところで、恭子は僕を置いて帰ってしまうだろう。今日の恭子は少し様子がおかしく、普段は滅多にしない高校時代の思い出話に花が咲いた。とはいえ、学園生活の話はほとんどなく、そのころに恭子に入っていた第二次世界大戦の話に関連したことばかりだったが。いや、それこそが僕と恭子の学園生活だったと言えるのかもしれない。僕は懐かしく彼女の話を聞いた。恭子は最後に、広島の少女だった栩節子の話をした。予感に導かれて、相生橋の真ん中に立って空を見上げた時の話。

「あの時、待ちわびていた何かがやって来ると期待していた。だけど現実に落ちて来たのは原子爆弾で、その威力によって広島が丸ごと壊滅して、呪いみたいな放射能が残った。それでも、生まれ変わった私は、いつかまたあの予感が訪れるのを待っていた。今度はあんな忌まわしいものじゃなくて、もっといいものが来てほしいと思った。そして、この人生ではあなたのお祖父さんが現れ、世界の変わり目を目撃することになった。でも多分まだ終わりじゃない、自分が再びあの予感に導かれることになると思うの」

「そういう予感を感じているの?」

僕がそう訊ねると、恭子は首を振ってため息をついた。

「この人生では、もう終わり。次は、月の裏側みたいに寂しいところで、私は一人でそれを待つことになるような気がする。でも、――」

その先を言いかけて、恭子は語るべき言葉を不意に見失ったかのように、口を少し開いたままで黙りこんだ。

「月の裏側か」

僕は無意識にそう呟いていた。月はいつも同じ面を地球に見せているから、この惑星にいる限り、永久に裏側をみることはできない。ネアンデルタール人とクロマニヨン人が同時にこの惑星にいた時代から、人類はその片側だけを見てきた。何百年後だってそれは変わっていないだろう。

「前に、オーバードーズを繰り返す息子とその父に面会した話をしたことがあるの、覚えてる？」

確かその父子は裕福で、都内の高級住宅街に恭子を呼び、息子を入院させるかどうか相談したはずだ。その話を聞かされたのは、恭子が今の仕事を始めてすぐのことで印象に残っている。

「先週ね、ずいぶん久しぶりに、またそのお父さんに呼ばれたの。あれからも息子の方はオーバードーズを繰り返して、とうとう脳に回復不能な損傷を負ってしまっていた。戸籍上の名前も忘れて、おかしな名前を名乗りながら、予言を聞いてくれって涙を流して頼み込むのよ。これだけは聞いてくれ、後は好きにして構わないからって」

「予言？」

「そう。彼、すごくいい声をしていてね。独特の抑揚をつけて、長くて意味不明な詩みたいなものを諳《そら》んじる。それ自体は聞いていていて心地よいもの。お父さんによればそれが彼の予言だそうで、初めての人に一度だけ、それを聞くように懇願するらしいの。それを言い終わったら、後は同じ意味をなさない音みたいな声を時々発するだけになる。今の医療技術だと、もう回復の見込みはないみたい」

恭子はチェイサーのグラスから一口飲み、酔いを覚まそうとする。彼女が話の核心に入ろうとしているのに気がつき、僕は黙って彼女の顔を見守っていた。

「彼の世界は閉じていて、もう外の世界を必要としていないし、認識もできていない。彼自身はきっとそのことに気づいてさえいない。仮に彼の妄想が一〇〇パーセント真実と合致していたとしても、世界に接続することはできない。少なくとも今すぐには。お父さんからは彼の希望通りこのまま冷凍睡眠させるのはどうだろうかって聞かれた」

「それで、君はどう答えたの？」

彼女は空中に視線をさまよわせ、やがて一点に焦点を合わせる。何かを真剣に検討しているように見えた。

「予言を唱えた後、彼は黙り込んでしまった。それでも私が彼の目を見つめていると、急に正気が戻ったのがわかった。隣の部屋のお父さんを呼んだら、息子はお父さんにCold Sleepさせて欲しいって懇願した」

「でも、現代医療で回復の見込みがないって言われてたんだよね？」

「彼の正気が保たれていたのは、ほんのわずかな間だった。遺書がパソコンの中に入ってることをお父さんに伝えてから、すぐに元の状態に戻ってしまった」

彼女はそこで顔を顰《しか》め、水を口に含んだ。

「その仕事、続けるの？」僕がそう言うと、恭子は視線をこちらに向ける。

「どうして？」

「どう考えてもまともじゃないし。そういう極限状態で何か意見を言うと、あとから逆恨みみたいなものを買うかもしれない。その種の相談は、きっとこの父子だけではないだろうし」

「確かにあまり意味ないかなと私も思い始めてる。レヴェラーズ・リサーチはお金儲けのために怪しい仕事にも手を出すけど、何か隠し事をしているわけではなさそうだし。新狭山の自社ビルにも不自然な所はない。「等国」について知っている社員も誰もいない。どうも、《世界最終戦争》が終わる前の世界について覚えているのは私だけみたい」

　恭子は何かに気づいたみたいに、話を止める。僕は何を言っていいかわからず黙っていた。三年前に恭子と再会してから彼女がずっと主張している《世界最終戦争》というのも、世界や僕の記憶が書き換わったというのも、恭子に面と向かって否定しはしないものの、僕は実感することができずにいるのだ。

「ある日すっかり世界が変わってしまう」恭子は僕とまともに目を合わせて言った。「例えば重力がいつの間にか廃止されてしまったりして、世界が変わってしまっていることに誰も気づかない」

　重力？

「なぜならその変化はあまりに根底的だし、私たちも変化そのものに含まれてしまっているから」恭子は続ける。「小さな違和感が心に引っかかってはいるけれど、無視できる程度のものだし、そうしてしまった方が良い。世界の複雑さにじかに触れられるようになったとして、誰もがそれに付き合う必要なんてない。自分がどんどんばらばらになっていって、自分の中の要素が、他の誰かの中にもあることがわかる。私は私である必要はないと実感できるけれど、それを突き詰めていった世界の行き止まりを私は経験してしまったんだと思う。《世界最終戦争》が終わって、等と錐が一つの球になって、私の中に入った。そして、何かがずれて私は色を失った。旧《ふる》い世界のことは全部私の中に入っている。第二次世界大戦が私の中に入っていたのと同じように。前の世界が失敗だったのか、単に完成しただけなのかはわからない。でも、あの人がいなくなった同じ轍《わだち》を踏むべきじゃない。一人一人の内面が世界と繋がり始める今、人間であり続けるための要件をうまく掬い取らないと。私たちが人間であり続けることは世界を終わらせないということだから」

恭子は僕の頭の中身をスキャンしようとするみたいな鋭い視線を向けてくる。高校時代から変わらないその目に、僕はいつも言葉を失ってしまう。

「多分もう、私に会わない方がいいね」恭子は頰を隠していた長い黒髪を両耳にかけながら言った。「あの人が言った通り。君は特別な人間ではないんだから、ここでやめにした方がいい。私なら、一人で大丈夫だから」

＊

まもなく、最後の Rejected People が百二十八年の寿命を迎えます。テニアンの女型の Rejected People は、最初の七十年を孤独に過ごし、四十六年を Genius lul-lul 様と過ごしました。ヒトの脆い個体である Genius lul-lul 様がなるべく長く生きながらえるよう、二人は助け合って暮らしました。その甲斐あって、Genius lul-lul 様はその激しい前半生で身体を酷使していた割に、彼が生を享《う》けた二十一世紀の日本の男性の平均寿命とほぼ同じ、八十一歳まで生きました。彼が去った後の十二年間、テニアンの女型の Rejected People は再び孤独に戻って時を過ごしました。

Genius lul-lul 様の願いごとから始まった世界創造の大再現《リヴィルド》によって、「塔」も「壁」も「人間」も消えてしまいました。人間の手によって造られた最後の Rejected People のこと以外に、私が語るべきことはもう何もありません。その彼女も、生涯を終えようとしています。

彼女は、美しい黒髪をなびかせて砂浜で追憶にふけっています。その髪は、Genius lul-lul 様が最後に触れたものでもありました。彼の手が髪に触れたことでわずかに伝わる感触と、Genius lul-lul 様の提案でお互いに付け合った名前を彼女は何度も思い返します。それから過去に拒絶した男性のことを思い、あの人にも思いを馳せます。自分と永遠に語りあう運命を授けながら、あの人は人間らしい身勝手さで世界から去ってしまいました。寄せては返す波を見つめている内に彼女の思念は茫漠としていきます。そして足指に入り込む砂の感触を確かめながら、彼女はこの世界のことを考えます。色のない世界のすみずみに、様々な過去の記憶や誰かの言葉が充満している。彼女はそう感じました。自分がいなくなり、再び言語が廃止されたとしても、それらの発する微かな熱はなくならないはずだ。何かのきっかけを待って、ただ身を潜めているだけなのだ。

根拠もなくそう確信した瞬間、彼女の生命活動は停止しました。人間とは違い、Rejected People の最後はいつもこんな風に唐突です。

初出
「新潮」2017年10月号—2018年6月号（全9回）
「Yahoo! JAPAN」スマートフォン版でも同時連載
（2017年9月7日—2018年5月31日、原則として週2回更新）
https://bibliobibuli.yahoo.co.jp/q/
※連載版を大幅に加筆修正

上田岳弘「キュー」プロジェクト

安藤智彦　ANDO, Tomohiko
岩崎百合　IWASAKI, Yuri
上田岳弘　UEDA, Takahiro
上田陽子　UEDA, Yoko
江夏輝重　ENATSU, Terushige
大澤悟　OSAWA, Satoru
岡田聡　OKADA, Satoshi
緒方壽人　OGATA, Hisato
加藤木礼　KATOGI, Rei
桒原敬俊　KUWABARA, Atsutoshi
西條剛史　SAIJO, Takeshi
櫻井稔　SAKURAI, Minoru
渋谷遼典　SHIBUYA, Ryosuke
清水耕一郎　SHIMIZU, Koichiro
関野諒佑　SEKINO, Ryosuke
高崎祐一　TAKASAKI, Yuichi
田島さやか　TAJIMA, Sayaka
只野綾沙子　TADANO, Asako
田畑茂樹　TABATA, Shigeki
中村塁　NAKAMURA, Rui
西村奈津子　NISHIMURA, Natsuko
平松享　HIRAMATSU, Toru
藤井良祐　FUJII, Ryosuke
馬宮守人　MAMIYA, Morito
矢野優　YANO, Yutaka
弓場太郎　YUMIBA, Taro
吉澤俊介　YOSHIZAWA, Shunsuke
渡邉康太郎　WATANABE, Kotaro

上田岳弘（うえだ・たかひろ）
一九七九年、兵庫県生れ。早稲田大学法学部卒業。二〇一三年、「太陽」で新潮新人賞を受賞しデビュー。二〇一五年、「私の恋人」で三島由紀夫賞を受賞。二〇一六年、「GRANTA」誌のBest of Young Japanese Novelistsに選出。二〇一八年、『塔と重力』で芸術選奨文部科学大臣新人賞を受賞。二〇一九年、「ニムロッド」で芥川龍之介賞を受賞。

著書
『太陽・惑星』『私の恋人』『異郷の友人』『塔と重力』『ニムロッド』

キュー

著者

上田《うえだ》岳弘《たかひろ》

発行

2019年 5 月 30 日

発行者 佐藤隆信

発行所 株式会社新潮社

〒162-8711 東京都新宿区矢来町71

電話 編集部 03-3266-5411

読者係 03-3266-5111

https://www.shinchosha.co.jp

印刷所

錦明印刷株式会社

製本所

加藤製本株式会社

乱丁・落丁本は、ご面倒ですが小社読者係宛お送り下さい。
送料小社負担にてお取替えいたします。
価格はカバーに表示してあります。

ISBN978-4-10-336735-2　C0093

太陽・惑星　上田岳弘

私の恋人　上田岳弘

異郷の友人　上田岳弘

塔と重力　上田岳弘

茄子の輝き　滝口悠生

スイミングスクール　高橋弘希

やがて人類は不老不死を実現する。その先に待つのは希望か、悪夢か。三島賞選考会を沸かせた新潮新人賞受賞作「太陽」と対をなす衝撃作「惑星」からなるデビュー作！

太古の洞窟で、ナチスの収容所で、現代東京で、私は想う。この旅の果てに待つ恋人のことを。時空をこえて生まれ変わる「私」の10万年越しの恋。〈三島賞受賞作〉

ねえ、神様。世界を正しいあり方に戻すんだ――。国生みの地、淡路島の新興宗教が説く新創世神話。世界の終末のさらに先に待つ世界を問う、大注目の新鋭の集大成！

忘れられないのね。可哀そうに。17歳の冬、僕たちが眠るホテルは倒壊した。あの地震さえなければ、初体験の相手は美希子になるはずだった。注目の新鋭の渾身作！

離婚と大地震。倒産と転職。そんなできごとも、無数の愛おしい場面とつながっている――。かけがえのない時間をめぐる7篇。芥川賞作家による受賞後初の小説集。

母との間に何があったのか――。離婚した母とその娘との繊細で緊張感ある関係を丁寧に描く表題作と、芥川賞候補作「短冊流し」を併録した、新鋭の圧倒的飛翔作。